21 世纪中国语言文学通用教材

20 世纪外国文学选讲

杜吉刚　周　丹　主编

中国人民大学出版社
·北京·

前　言

《20世纪外国文学选讲》主要是针对我国高等院校中国语言文学专业大三、大四学生编写的一本选修课教材。

目前，我国高等院校中国语言文学专业开设的外国文学类课程主要有外国文学史与外国文学作品选读；使用的教材主要有各类外国文学史与各类外国文学作品选。这些课程主要是在大一、大二阶段开设。这些课程的开设、这些教材的编写，主要是向学生传授外国文学史知识，让学生获得一个较广的作品接触面。我们所编写的这本《20世纪外国文学选讲》，与以上这些课程、教材相比，主要目的不是向学生传授一般的外国文学史知识，也不是引导学生泛泛地阅读外国文学作品，而是训练学生的外国文学研究能力、外国文学作品的鉴赏能力。所以，我们在撰写过程中，并不注重对一般外国文学史常识的介绍，也不注重对外国文学作品肤泛的分析，而是注重对作家作品某些重要问题的分析、探讨。如果说，大多数外国文学史、外国文学作品选教材注重的是外国文学史知识、外国文学作品普及的话，那么，我们这本《20世纪外国文学选讲》注重的则是学生外国文学研究能力、外国文学作品鉴赏能力的提高。所以，这本教材的编写，该门课程的开设，对于中国语言文学专业学生大四阶段撰写外国文学选题毕业论文有一定的指导意义。

《20世纪外国文学选讲》属于“读经典”类教材，我们之所以聚焦于20世纪的篇目，主要有以下两点考虑：其一，20世纪以前的作品，相对没有那么难懂，学生阅读起来一般不会遇到太大的障碍；其二，相对来讲，学生更乐于阅读20世纪以来的作品，更倾向于选择20世纪以来的作家作品作为毕业论文选题。

本书由我选定篇目、拟订大纲，然后分头撰写，断断续续经过了两年多的时间，其间三易其稿，终于在最近完成了此书。其中由我撰写的部分是第1讲、第2讲与第9讲；周丹撰写的部分是第3讲、第5讲、第6讲、第7讲与第 8 讲；肖徐彧撰写的部分是第 4 讲；最后由我通读、审订全书。王亚芳、谢春平也参加了本教材的前期编写工作，但由于时间等原因中断了编写。本书由三人撰写，行文风格多有不同，缺点与纰漏也在所难免。恳请读者朋友批评指正，以便于我们进一步修订完善。

杜吉刚

2017 年 7 月 6 日于南昌大学前湖校区

目　录

第1讲 卡夫卡与《城堡》

一、弗兰茨·卡夫卡的人生档案

“卡夫卡是个自传色彩很强的作家”①，他的创作“都是从自己的生活经历和切身体验出发加以升华的”②。“卡夫卡的生活与艺术没有距离，他在生活中体验着艺术，又把艺术还原为他的生活体验。”③ 所以，要解读卡夫卡的作品，就需要了解卡夫卡的一些生平情况。

弗兰茨·卡夫卡

卡夫卡属于犹太民族。这个民族，在 1948 年以色列建国前，一直没有自己的国家，散居在世界各地，没有自己固定的家园，没有归属感。由于各种复杂的原因，这个民族与居住地住民的关系往往比较紧张，充满矛盾。欧洲各地广泛地形成了对犹太民族根深蒂固的偏见，在特定的历史条件下常常会因某一因素的刺激发展为民族迫害。“犹太人往往被描绘成基督徒的杀手、吸血鬼、强奸犯、恶毒的高利贷者、奸诈的商人、资本家剥削者、布尔什维克恐怖分子，或者带枪的犹太复国主义者。总之，几乎所有的诽谤都被加在了这个流放的群体上。”④ 卡夫卡出生在波西米亚首府布拉格，一生大部分时间也是在这里度

---

① 叶廷芳．卡夫卡及其他．上海：同济大学出版社，2009：21.

② 叶廷芳．卡夫卡全集：第八卷．石家庄：河北教育出版社，2000：编者前言 5.

③ 曾艳兵．卡夫卡研究．北京：商务印书馆，2009：25.

④ 曾艳兵．“耗子王国”的歌手——论卡夫卡与犹太文化的关系．外国文学评论，2003 (1)：66.

过。卡夫卡生活的时代，布拉格到处都充斥着对犹太人歧视、仇恨的情绪和气氛，针对犹太人的暴力事件时有发生。卡夫卡在自己的书信、日记里就多次写到犹太孩子在学校和社会上受歧视、受欺凌的情形。卡夫卡作为说德语的犹太人，处境尤为艰难。在20世纪初，讲德语的族群在布拉格大致占十五分之一，而讲德语的犹太人所占的比例就更少了。从语言环境来看，卡夫卡仿佛生活在一个语言的孤岛上。“作为说德语的犹太人，他们受到日耳曼反犹主义的排斥和打击；作为说德语的犹太教徒，他们受到基督教反犹倾向的排斥和打击；作为说德语的犹太人，他们尤其受到捷克民族主义的排斥和打击；最后，作为犹太人，他们受到一切人的排斥和打击。”① 受歧视、受排斥的民族血统成了卡夫卡一生中沉重的精神负担，这给卡夫卡的心灵蒙上了阴影。而被放逐的无家可归的漂泊感、作为“异乡人”的失落感也构成了卡夫卡创作内驱力的重要来源。“如果卡夫卡不是犹太人，没有按照犹太人的方式抚养长大，那么他就不可能成为卡夫卡；就像乔伊斯，正是因为他在爱斯基摩人中间长大，所以他才能够写出《尤利西斯》。”②

卡夫卡与家人的关系不睦，尤其是与父亲。父亲赫尔曼·卡夫卡是个白手起家的中等资本家，经营一家妇女用品商店。他深知创业艰难，一心想调动全家的力量来巩固、扩大来之不易的产业。卡夫卡是他唯一的儿子，他的期望可想而知。他想把卡夫卡培养成自己的继承人，希望儿子意志坚强、关心家庭事业。但是，卡夫卡天生羸弱，生性胆怯、迟疑、内向，爱好文学，与父亲的期望相去甚远。赫尔曼·卡夫卡不善于从思想上与儿子沟通，只会抱怨、呵斥、挖苦、怒骂。这对卡夫卡造成了很大的伤害。对于卡夫卡来说，父亲就是一位“暴君”，是一位“绝对权威的法官”，是一座“不由分说的法庭”。在父亲面前，卡夫卡常常充满恐惧，不知所措。卡夫卡终其一生都生活在父亲的阴影下，终其一生也都在为摆脱这种阴影而斗争。母亲尤莉是一位善良、贤惠的女人，她关心儿子，但更服从于丈夫。据马克斯·勃罗德《卡夫卡传》记载，在卡夫卡的童年时代，尤莉“从早到晚在商店里忙碌”，晚上是丈夫“不可或缺的玩伴（主要是打扑克）”，“弗兰茨的教育基本上是由家庭女教师和人情淡漠的学校进行的”。她并没有给予卡夫卡一个母亲所应给予的关爱。在卡夫卡进入成年阶段，当父子发生冲突时，她总是与丈夫“组成对儿子的共同战线”，她以温柔体贴的方式削弱卡夫卡的反抗意志，劝导儿子服从父亲。所以，卡夫卡终其一生也没能与母亲建立起那种正常母子应有的亲密关系。卡夫卡有三个妹妹，因年龄差距较大，关系不是很亲密。除了小妹在卡夫卡得病之后与他消除了隔阂外，其他两个妹妹一直与卡夫卡在感情上较为疏远。所以，卡夫卡在家里总是心情压抑的，他感到孤独，没有归属感，好像一个陌生人一样。卡夫卡在1911年1月19日的日记中写道：“在这个家庭感情里，我本人就已深刻地认识到我们这个世界冰冷的空间，我一定要用

---

① 林和生．“地狱”里的温柔：卡夫卡．成都：四川人民出版社，1996：9.

② 帕维尔．理性的梦魇：弗兰茨·卡夫卡传．陈琳，译．北京：法律出版社，2013：44.

一把火来温暖这个空间，这火正是我要去寻找的。”[①] 在 1913 年 8 月 21 日的一则日记中卡夫卡又写道：“我生活在我的家庭里，生活在慈爱备至，体贴入微的人中，他们比陌生人还要陌生。在过去几年里，我平均每天跟我母亲搭话不上二十句，跟父亲不过打招呼而已，也不搭理我那出嫁的妹妹及其丈夫。这并不是说我对他们怀有恶意，原因很简单，跟他们丝毫无话可说。”[②] 他的短篇小说《判决》《变形记》《司炉》等都对他的家庭关系情景有所描述，有所反映。

赫尔曼·卡夫卡与弗兰茨·卡夫卡

卡夫卡把爱情、把结婚生子看得很重。在《致父亲的信》中，他曾经谈到过这个问题：“结婚，建立家庭，接受所有将要来到的孩子，并在这个不安全的世界上维护他们的生命，甚至还对他们略加引导，这些依我看是一个人所能达到的最高境界。”[③] 为了实现这一目标，卡夫卡曾进行过不懈的努力。1912 年至 1924 年，卡夫卡先后与五位女性交往，订了三次婚，但终因各种主客观原因均告失败。菲莉斯·鲍威尔是与卡夫卡交往时间最长的一位女性，他们交往五年，两度订婚又两次解约，最终分手。原因主要是两个人的志趣不同。卡夫卡倾心于创作，而女方比较注意物质生活。卡夫卡害怕婚姻会损害自己的写作事业。格蕾特·布洛赫是菲莉斯·鲍威尔的朋友，一度与卡夫卡关系暧昧。据马克斯·勃罗德《卡夫卡传》记载，格蕾特·布洛赫曾生有一个儿子，据传是卡夫卡的私生子。但是，格蕾特·布洛赫与卡夫卡交往时间较短，关系也较疏远，并没有将生子一事告知卡夫卡。尤丽叶是一位鞋匠的女儿，曾与卡夫卡订婚，由于卡夫卡父亲激烈反对而没能与卡夫卡结合。密伦娜是一位少妇，一度成为卡夫卡的情人。但是她不愿意离开自己的丈夫，最终与卡夫卡断绝了来往。多拉·迪爱特是卡夫卡去世前结交的最后一位女友，是陪伴他直到他去世的人。他们真诚相爱并同居，但因没有得到多拉父亲的应允而没能结成正式夫妻。卡夫卡有一篇短篇小说《爱的险境》，内容是这样的：

卡夫卡与女友
菲莉斯·鲍威尔

我爱一个姑娘，她也爱我，但我不得不离开她。为什么呢？我不知道。

---

① 叶廷芳．卡夫卡全集：第五卷．2 版．石家庄：河北教育出版社，2000：31.
② 瓦根巴赫．卡夫卡．韩瑞祥，译．西安：陕西人民出版社，1986：145.
③ 叶廷芳．卡夫卡全集：第七卷．2 版．石家庄：河北教育出版社，2000：437.

情况是这样的，好像她被一群全副武装的人围着，他们的矛尖是向外的。无论何时，只要我想要接近，我就会撞在矛尖上，受了伤，不得不退回。我受了很多罪。……我也是被全副武装的人围着的，而他们的矛尖是向内的，也就是说是对着我的。当我想要冲到那姑娘那里去时，我首先会撞在我的武士们的矛尖上，在这儿就已是寸步难行。也许我永远到不了姑娘身边的武士那儿，即使我能够到达，也已是浑身鲜血，失去了知觉。那姑娘始终是一个人呆在那里吗？不，另一个人到了她的身边，轻而易举，毫无阻挠。由于艰苦的努力而筋疲力尽，我竟然那么无所谓地看着他们，就好像我是他们俩进行第一次接吻时两张脸靠拢而穿过的空气。①

小说所描写的情景，应该是卡夫卡的一种自我描述，或者至少说带有自我描述的性质。卡夫卡出身于中产阶级，博士毕业，工作稳定，薪水优厚，结婚生子、成家立业，应该不是难事，但在他却成了问题，成了可望而不可即的目标。

卡夫卡大学学的是法学专业，大学毕业后，在劳工工伤保险公司谋得了一个职位，薪水优厚，上司赏识，但是他的兴趣却是文学。卡夫卡说："对我来说，最好的生活方式即带着我的书写工具和台灯住在一个大大的、被隔离的地窖的最里间。有人给我送饭，饭只需放在距我房间很远的地窖最外层的门边。我身着睡衣，穿过一道道地窖拱顶去取饭的过程就是我唯一的散步。然后，我回到桌边，慢慢地边想边吃，之后又立即开始写作。"② 卡夫卡还说："在我的脑袋里有着庞大的世界，但如何解放我自己和解放它，而不撕成碎片呢？宁愿上千次地撕成碎片，也不要将它阻拦或埋葬在我的体内，我就是为此而生存在这里的，这我完全清楚。"③ 卡夫卡视写作为"祈祷的形式"，为自己唯一的幸福、唯一的天职，且准备为此而献身。但是，人的精力毕竟是有限的，在劳工工伤保险公司的工作严重地影响了他的写作生活。他常常感觉到巨大的创作力在体内膨胀，却又为办公室的各种事务而压回去。这让他感到非常痛苦。为此他一再在日记、在给亲友的信件中抱怨："我的职务令我不能忍受，因为它与我的唯一的渴求、我唯一的职业——那就是文学——是相矛盾的。因为我除了文学，什么也不是，也不可能是别的什么，如此，我的职务永远也不可能将我拉到自己身边，但它大概能将我完全摧毁，我已离此不远了。"④ "在我身上已经为一种诗意的工作做好了一切的准备，这样一种工作对我来说是一种美妙的溶解，是一种真正的变成有生命的过程，可是我在这里的办公室里却必须因如此一段公文而割弃一个如此幸运地有能力的身体上的一块肉。"⑤ 卡夫卡曾打算辞掉工作，以便能专心写作。但卡夫卡

---

① 叶廷芳．卡夫卡全集：第一卷．2版．石家庄：河北教育出版社，2000：538.

② 叶廷芳．卡夫卡全集：第9卷．石家庄：河北教育出版社，1996：213.

③ 叶廷芳．卡夫卡全集：第五卷．2版．石家庄：河北教育出版社，2000：251.

④ 叶廷芳．卡夫卡全集：第五卷．2版．石家庄：河北教育出版社，2000：262.

⑤ 叶廷芳．卡夫卡全集：第五卷．2版．石家庄．河北教育出版社，2000：62.

无法依靠创作来养活自己，他只得求助于父亲，希望父亲能够资助他两年。可父亲没有满足他的请求。无奈之下，卡夫卡只得在工作之余，在夜深人静的时候进行写作。但卡夫卡对自己的作品又极少满意，认为多为涂鸦之作。他在病重的时候，甚至还让女友烧掉了一部分手稿。后来他又留有遗言，委托自己的好朋友马克斯·勃罗德将他遗物中的所有稿件付之一炬，统统予以焚毁。

布拉格黄金巷 22 号，1916—1917 年卡夫卡的创作间

总之，在生活当中，别人唾手可得的东西，在卡夫卡却成了问题，这就是他的境遇、他的宿命。在短暂的一生当中，他没能很好地融入社会、融入家庭、融入生活。他没能找到自己的人生位置，没能找到自己的归属感，他成了一个无法确定自己身份的精神漂泊者。他的好朋友马克斯·勃罗德称他是一位“无家可归的异乡人”。

二、卡夫卡小说的异化主题

英国批评家埃德温·缪尔说：“卡夫卡所写的全部故事都是关于一个问题的直接的想象的表述，这个问题就是：置身于这个世界的人类怎样才能调节自己的生活以便与属于另一个世界的法律保持一致，这法律的奥秘是人类永远也无法确切地加以解释的，尽管看上去这些奥秘并不是什么奥秘。”[①] 埃德温·缪尔的话说得有些绝对，但有一点他说得还是比较恰切的，那就是卡夫卡的小说主要聚焦于人类与世界的关系问题。

首先，卡夫卡的小说揭示了人类个体或某一群体在异己环境（家庭/社会/世界）中不被接受（或不接受），无所归属、漂泊无依的状况。《变形记》

① 叶廷芳．论卡夫卡．北京：中国社会科学出版社，1988：65.

《回家》《起程》《美国》《村子里的诱惑》《城堡》《集体》《猎人格拉胡斯》《乡村医生》《荆棘丛》《饥饿艺术家》《女歌手约瑟芬或耗子的民族》等是该类小说的代表。《变形记》是卡夫卡的短篇代表作，写的是一个人变甲虫的怪异故事。但是小说的重点并不在于对变形的描述，而在于对变形后家人态度、情感变化的描述。格里高尔变成了一只大甲虫，这让家人非常恐慌。父亲气得哭了起来，母亲昏了过去。只有妹妹还关心他，给他送饭，打扫房间。后来父亲用苹果把他打成重伤，妹妹也逐渐对他产生了厌恶的情绪。日子一天天过去，家人都为生计而奔波。父母为了增加收入，租出了几间房子，把搬出的家具都塞进了格里高尔的房间。一天，格里高尔为妹妹演奏的小提琴声所吸引，爬出了房间，结果引起了一场混乱。房客们吵着要退房，妹妹也吵着要把他弄走。他被家人看成了“一切不幸的根源”。格里高尔绝望了，当天晚上，就告别了人世。格里高尔死后，全家人如释重负，很快便忘却了这段沮丧的经历，开始了新的生活。在这篇小说中，变形只是一种假定的手法，主要笔墨则集中于描写格里高尔变成甲虫后家庭成员的震惊、哀怨，以及对他的厌恶与弃绝。《变形记》是卡夫卡对家庭温情的绝望哀歌，它以一种荒诞化的方式，把家人间的陌生、冷漠关系渲染到了极致。《回家》是一篇微型小说，写的是一个游子回家后的所见所闻与所感。按照我们通常的人生经验，游子回家必定会有一个热烈、温馨的场面：母亲的抚摸、父亲的微笑、兄弟姐妹的拥抱。然而，我们的主人公回到家却没有遇到这样的场面。家里没有任何欢迎迹象。他走进家门，一丝不安就爬上了心头。他心里不踏实，不敢敲门，害怕自己的归来打扰了家人。他置身在自己的家里，感觉自己像一个陌生人，找不到温暖，找不到慰藉，找不到归属感。家已经不是他的灵魂栖息之地。作品以梦境的方式，写尽了家人间的冷漠关系。家既然已经不再是家，那么置身其中者也就没有固守其中的必要了，流浪自然就成了人们的一种选择。《起程》这篇小说写的就是这种情况。主人公宣称：“离开此地，这就是我的目标。”其逻辑起因也就在于家人间的冷漠关系。出行者的出发，是一种逃离现实的行为，是一种不知去往何方的自我放逐或逃亡。但是，家庭中的亲人间都不能相互接纳、相互沟通，那么，社会上人与人之间、种族与种族之间也就更是如此了。所以，外出流浪也不会有什么更好的结果。

《变形记》1916年德文版封面

《美国》是卡夫卡的第一篇长篇小说，原名为《失踪的人》。小说写的是一个名叫卡尔·罗斯曼的少年，因受一个成年女仆的引诱犯下错误而被父母逐出家门，其后远赴重洋，流落美国的经历。在纽约港，卡尔遇见了一个参议员，此人声称是他的舅舅，把他领到家中。不久他因违反家规被撵出了家门。在一家下等客栈，卡尔结识了两个流浪汉，他把他们当做朋友，随他们一起流浪，但他们却把他敲诈一空。后来，他在一家大旅社找了份电梯工的工作，但不久又被开除。总之，在美国这个陌生的国度里，他总是格格不入，被人们一次次扔到门外，无家可归。《村子里的诱惑》《城堡》《集体》《猎人格拉胡斯》《乡村医生》《荆棘丛》等作品也都揭示了人类个体（或某一群体）的这种生存状况。《村子里的诱惑》中的那位主人公，想在村子里过夜，不仅没能获得应有的接待，反而受到了村里人的监视、侮辱。《城堡》中的主人公K，想进入城堡，一直没能如愿；想在村子里住下，也为村里人所一再阻拦。《集体》中的五个朋友，拒绝接纳第六个想加入者到他们的圈子里来，反对建立新的社团。《猎人格拉胡斯》中的主人公，多年前狩猎时坠崖而死，只因死神之舟迷了航或其他原因，便没能到达彼岸世界，只好乘着小船漂流在尘世的河流上，没有航向，不知所往。《乡村医生》中的那位医生，只因听信了深夜急诊的铃声，便无法挽回，永远流浪在了荒漠的雪原之上。《荆棘丛》更是写尽了人类个体（或某一群体）在世界中的尴尬处境："误入了一片无法通过的荆棘丛"，"无法穿过"，也无法退回，动弹不得。总之，在卡夫卡的笔下，世界（社会）是一个陌生的、冷漠的所在，它或与人相敌对，或与人相隔绝，与人格格不入。在这个世界（社会）上，人是异乡客，是漂泊者，无所归依。

《饥饿艺术家》《女歌手约瑟芬或耗子的民族》是两篇艺术家小说。两篇作品重点写的是艺术家与社会之间的隔膜问题。《饥饿艺术家》的主人公是一位饥饿表演艺术家。对于他来讲，在这个世界上没有适合他口味的食物，所以只能忍受饥饿，没有别的办法。他渴望理解，等待相信并懂得他表演的观众。但是，观众却一直对他投以怀疑的目光。观众们属于与饥饿艺术家不同的另一个世界。他们观看饥饿表演只是为了"取个乐，赶个时髦"，所以不久就失去了观看饥饿表演的兴趣。最终，饥饿艺术家在人们的遗忘中死去。《女歌手约瑟芬或耗子的民族》中的主人公约瑟芬是一位民族歌手。她想用自己的歌声唤醒浑浑噩噩的大众，把大众从恶劣的政治或经济处境中解救出来。在她看来，她的歌唱即使不能消除不幸，至少也能够赋予大众以力量去承受不幸。但是，耗子似的大众对音乐是一窍不通。他们从约瑟芬的歌唱中听到的不过是拔尖了嗓子的叫喊或吹口哨的声音。他们根本感受不到约瑟芬歌声中所包含的智慧与力量。他们认为约瑟芬百无一用，以致排斥、抵制甚至诋毁她。约瑟芬最终不得不自我放逐，一走了之。总之，在卡夫卡的笔下，这个世界也没有艺术家的存身之地。

其次，卡夫卡的小说还反映了人类个体或某一群体为世界所吞噬的现象。《判决》《诉讼》《在流放地》《一份为某科学院写的报告》等是这类小说的代表。《判决》的情节很简单：年轻商人格奥尔格·本德曼给远在俄国的朋友写了封信，告诉他自己订婚的消息，并邀请他前来参加婚礼。随后，格奥尔格来到父亲的房间，把这件事告诉了父亲。父亲的反应令人诧异。父亲先是追问儿子在俄国是否真有这么位朋友，继而又说自己一直与这位朋友有联系，自己就是他在这里的代表。他指责儿子欺骗朋友、亵渎对母亲的感情，判儿子投河淹死。儿子也怪，竟然真的飞奔到河边，双手悬吊在桥的栏杆上，低声喊道："亲爱的父母亲，我可一直是爱着你们的。"然后就松手落进了水里。关于小说的意义，历来说法纷纭，难有定论。有的学者从父子冲突的角度去理解小说，认为小说是卡夫卡本人与父亲关系的再现。有的学者从宗教的角度理解小说，认为"父亲是……上帝的一个侧面"，"一个过着毫无准则的生活的人，在上帝突然变为实体时是不能逃避上帝的震怒的。"[①] 有的学者从社会学的角度理解小说，认为小说是个体社会化努力失败的寓言。有的学者试图从卡夫卡婚恋的材料中发掘小说的意义线索，认为"《判决》是卡夫卡第一次遇见鲍威尔小姐时所处窘境的产物，一种为了个人利益断然不能同她结婚的文学表现"[②]，如此等等。各种阐释尽管角度各异，阐释的结果也难以调和，但也达成了一种共识：作品揭示了人与周围世界之间的不协调关系，展示了人被世界吞噬的可怕图景。

《诉讼》被公认为是卡夫卡最优秀的作品之一，是"卡夫卡式"小说形成的标志。小说主人公约瑟夫·K是银行的一名高级职员。一天早晨，他莫名其妙地被法院逮捕了。奇怪的是，K的被捕仅限于法院看守给他的一声通知，法院既没有限制他的人身自由，也没有宣布他的罪名。K同过去一样，照常上下班，照常过自己的生活。K起先非常愤慨，第一次开庭时，他慷慨陈词，痛斥司法机关的腐败，揭露法官们的贪赃枉法，并决定不去理睬这桩案子。但是事实上他总忘不了这件事，随着时间的流逝，他越来越关心自己的案子，并主动到法院去探听，为之四处奔走。他聘请了一位律师，但律师除了用空话敷衍他外，几个月都写不出一份申辩书。K又向一位法院的画师求助，但得到的是"法院一经对某人提出起诉，它就认定你有罪"的答复。最后K在教堂里遇到了一位神父，这位神父给他讲述了一个"在法的门前"的故事。神父告诉K，"法"是有的，但是通往"法"的道路却障碍重重，要找到"法"是不可能的，人只能听从命运的安排，一切申诉都是无用的。小说结尾，K放弃了抗争，俯首听命，被两个穿黑礼服的人架到郊外的采石场处死。卡夫卡在1914—1915年间曾写有小说《一场梦》。小说的主要内容是对约瑟夫·K一个梦境的记录。在梦境当中，约瑟夫·K散步来到公墓，看到了一座新堆起的坟丘，感觉受到了"诱惑"。两个男人在坟丘前竖起了一块墓碑。一位艺术家在墓碑上写下了约瑟夫（Joseph）这个名字的第一个字母J，并用双手刨开坟丘。这时，约瑟夫·K感到被一股轻微的气流从背后推动了一下，随即落入墓穴。与此同时，他的名字也很快在墓碑上被写完了。据汉译本《卡夫卡全集》编者考证，《诉讼》的整体轮廓即脱胎于《一场梦》。如果真是这样，那么《诉讼》的主题就不言而喻了。

再次，卡夫卡的小说还表现了人类个体或某一群体在异己环境中的焦虑、恐惧。卡夫卡曾言："我总是力图传达……解释……那如此频繁地谈及的但已

---

① 叶廷芳．论卡夫卡．北京：中国社会科学出版社，1988：137.

② 叶廷芳．论卡夫卡．北京：中国社会科学出版社，1988：148.

蔓延到一切方面的恐惧，对最大事物也是最小事物的恐惧，由于说出一句话而令人痉挛的恐惧。”[①]《地洞》与《邻居》就是集中表现焦虑、恐惧的名作。《地洞》写的是一只躲在地洞中的不知名的小动物对周围环境的“恐惧”。这只小动物为自己建造了一个又大又坚固的地洞，里面有城郭，有广场，有若干个出入口、迷津等，还储藏了大量的食物，但是这只小动物却一直处在焦虑、恐惧之中。它担心洞口是否安全，觉得如果追求出入方便就容易被人发现，如果追求隐蔽性又会导致逃跑不方便。但无论怎么做，它都觉得不安全。它为自己存放的食物担忧。它一会儿决定把食物集中存放，一会儿又决定把食物分散存放。但无论怎么存放，它都觉得存在危险隐患。它一度热衷于建造“一套完整的、小型的通道迷津”，但工程的艰巨让它无法承受。最后，当它觉得已经把所有的安全隐患都消除了之后，却又突然听到了一种“曲曲曲”的微弱响声，为了弄清原委，它又陷入了无尽的焦虑之中。它经常从酣睡中惊醒，有时在梦境中呻吟喘息。总之，这只小动物时时刻刻都沉浸在莫名灾难的预感中。它身心交瘁，惶惶不可终日。有评论家认为这只小动物是卡夫卡的化身，另有评论家认为这只小动物是犹太民族的代表，也有评论家认为这只小动物是西方现代社会小人物的代表。不管小动物代表何人，小说描写的重点是明确的，那就是恐惧。恐惧已构成了小说主人公生活的全部，也构成了小说内容的全部。

《邻居》写的是一个商人因自己办公室隔壁新搬进一位新房客引起的焦虑、恐惧。新房客名叫哈拉斯，他经营着与这位商人类似的生意。由于担心哈拉斯会窃听自己的商业机密，这位商人由此陷入了对哈拉斯的各种想象、各种猜忌当中。“他到底在那儿干什么，我不得而知。”“这些极薄的墙壁，既能出卖诚实肯干的人，也能掩护善于欺诈的人。”在这位商人看来，哈拉斯可以时不时地通过他在电话中的谈话来窃听他的商业秘密。他觉得哪怕自己把电话挂在对面的墙壁上，哈拉斯也会在隔壁的房间里照样把一切听得一清二楚。这位商人戒掉了在电话中提及顾客姓名的习惯，即便如此，他还是免不了心中的疑虑。他常常把听筒贴在耳朵上，诚惶诚恐地踮着脚尖围着电话机转悠，担心机密会泄露出去。这样一来，他在做商业上的决策时，自然缺乏把握，他的声音开始颤抖。小说最后以这位商人对哈拉斯阴谋的想象结束。卡夫卡通过对这位商人焦虑、恐惧心理的描述、剖析，揭示了现代人安全感的崩塌状况。

美国剧作家威斯坦·H. 奥登说：“就作家与其所处的时代关系而论，当代能与但丁、莎士比亚和歌德相提并论的第一人是卡夫卡……卡夫卡对我们至关重要，因为他的困境就是现代人的困境。”[②] 实事求是地讲，卡夫卡对于时代的反映、对于现代人困境的反映，并非出于自觉。卡夫卡作为犹太民族的一员，作为人类的一个个体，在生活当中，在社会当中，一直找不到属于

① 叶廷芳. 卡夫卡书信日记选. 天津：百花文艺出版社，1991：321.

② 袁可嘉. 欧美现代派文学概论. 上海：上海译文出版社，1993：259.

自己的位置。他就像一个异乡客一样踟蹰在这个陌生的世界上。正因为如此，所以其笔触往往聚焦于人类个体或某一群体与世界之间的关系，注重揭示人与环境之间的不协调状况。“他的写作是一种高度忠实于自己内心的写作，也就是说这种写作主要是为了完成自我的救赎，而不是别的宏伟的社会责任或更宏远辽阔的人类主题。”[①] 但是，20世纪以来，由于人与社会、人与世界的不协调乃至冲突对立，越来越成为人类普遍面临的严重问题，越来越引起人们广泛的关注与焦虑，卡夫卡的小说才逐渐拥有了广泛的代表性。所以，卡夫卡的小说创作，是无意中为世人发出的紧急报告。

三、卡夫卡的小说艺术探险

卡夫卡走上创作道路之前，没有系统地学习过什么“写作理论”或“文学史”等文学课程。他是一个从文学外走来的人，是一个文学的“野蛮人”。卡夫卡对于传统小说规范的颠覆程度，对于新的小说艺术的开拓程度，为许多同时代“科班出身”的作家所难以企及。卡夫卡在很大的程度上改变了西方文学的固有观念，改变了现代人的书写艺术。

概括而言，卡夫卡在现代小说艺术上的创新，主要表现在以下几个方面。

首先是寓言体的创新运用。所谓寓言体，是一种运用比喻性的故事来表达某种道理或某种认知，给人以启示的文体。在这种文体当中，作者所讲述的故事、所描述的生活现象，并不是作者所真正要表达的，作者真正要表达的意思大都隐藏在故事及生活现象的背后。也就是说，作者所叙述的故事、所描写的生活现象本身并不是自足的，它总是指向另一个世界。比如狐狸吃不到葡萄说葡萄是酸的，这是作者所叙述的故事，但是作者实际想表达的却与狐狸和葡萄毫不相关，作者想要揭示的是人类普遍存在的一种心理现象。卡夫卡在小说创作当中就普遍地采用了这种文体。我们在阅读卡夫卡小说的过程中会发现，他的小说普遍地存在着一个二元性的结构：小说所直接叙述的故事、所描绘的生活现象以及这些故事与生活现象所蕴含的弦外之音。“在卡夫卡描写的一切场面后面都展示了这无穷无尽的一面。……从每一个细节中都放出一道光芒来，照耀着永恒，照耀着超越感官直觉的境界，照耀着理念的世界。”[②] 比如《一次日常的混乱》就是这样。小说叙述的是这样一个故事：A要到H地找B做一笔买卖，为此，A提前一天到H地进行了一些预备性的商谈，来回各用了十分钟时间。第二天，A又到H地去，准备最后定下这笔买卖。这一次尽管各种附带的情况都与第一天一样，但是，A却用了十多个小时。当A最终到达的时候，B由于等得不耐烦已于半个小时前动身赶往A所在的村子了。A立刻返回，在B离开前赶回了家中，但是，最终又

---

① 黄世权．人类寓言还是自我挽歌？．广西师范学院学报（哲学社会科学版），2014（4）：88.

② 勃罗德．卡夫卡传．叶廷芳，黎奇，译．石家庄：河北教育出版社，1997：197.

因摔倒扭伤了筋骨而没能与B相见。很明显，卡夫卡写作这篇小说，并不只是为了叙述这么一个奇异的故事，而是另有寄托。那么，卡夫卡到底想说什么呢？有研究者认为，这篇小说是犹太民族寻找上帝的寓言。犹太人自从被罗马人驱逐出巴勒斯坦地区后，尽管在世界各地苦苦追寻上帝，但总是与其擦肩而过。还有学者认为，这篇小说写于卡夫卡与菲莉斯·鲍威尔结束交往的几日后，小说讲述的实际是卡夫卡多年来对待婚姻问题的痛苦心路历程。A暗指的是卡夫卡本人，B指的是菲莉斯·鲍威尔，那笔要谈的买卖则指的是婚姻。他们擦肩而过，遇而不见，指的是他们五年来两度订婚而又最终分离的事实。总之，不管有多少种解释，都在说明卡夫卡这篇小说结构的二元性质。再如《一道圣旨》。小说讲述的故事是这样的：皇帝在临终之前给远方的臣仆下了一道圣旨。使者立即出发。但是由于层层内宫的殿堂、无穷无尽的台阶、许许多多的庭院以及在这之外帝都中堆积如山的垃圾等的阻碍，这圣旨几千年也未送出去。这是一个非常荒诞的故事，现实中绝不会有这样的事。所以，很明显卡夫卡的本意并不在于编织这种传奇，而是另有所指。有研究者认为，这是一则有关上帝的恩宠永远无法送达他的选民的寓言。也有研究者认为，这是一则有关人与人之间交流的寓言，写出了人与人之间交流的困难与不可能性。又如《荆棘丛》一篇，描述的是这样一种生活情境：主人公在公园里漫步，一边想着心事，不小心走进了一片无法通过的荆棘丛。他不能前进，也不能退出，荆棘丛好像是突然长出来的，围住了他的去路。很明显，卡夫卡在这里也是另有所指，而不是为了仅仅描述这样一个场景。

卡夫卡对于寓言体的创新主要表现在意义的呈现模式方面。传统的寓言文体，讲述的故事、描绘的生活现象与所表达的寓意之间的关系，一般来说都是较为明确的，作者在大多数情况下都会利用明喻的方式，对于自己所要表达的寓意予以说明。比如我们大家都比较熟悉的寓言作品《农夫与蛇》《狼和小羊》等就是这样。《农夫与蛇》的结尾附有的说明文字是："这个故事是说，对恶人即使仁至义尽，他们的本性也是不会改变的。"① 《狼和小羊》结尾附有的说明文字是："这个故事是说，对于那些存心作恶的人，任何正当的辩解都不起作用。"② 卡夫卡的小说，在讲述的故事、描绘的生活现象与所表达的寓意之间，基本上没有提示性的语言加以点明或暗示，有的只是一系列不可理解的事件或生活场景。也就是说，在卡夫卡的小说当中，故事或生活现象与寓意之间的联系是隐喻性的，是不直接的、不稳定的。这在一定的程度上造成了卡夫卡小说文本阐释的开放性特征。

其次是着力营造荒诞、梦幻的艺术氛围。可以说，卡夫卡几乎所有的小说都浸染着荒诞、梦幻的色彩。有些作品甚至整篇都如同梦境的记录。比如《乡村医生》就是一篇这样的作品。小说写的是，在一个风雪之夜，一位乡村医生接到了出诊的请求。医生必须立即出发，他让侍女备马，但是他的马一天前已经病死了。去借，没有借到。医生在院子里无意间踢了一下猪圈，猪

---

①② 伊索寓言．罗念生，等，译．北京：人民文学出版社，1981：30，76．

圈里突然冒出了两匹骏马，还有一个类似流氓的马夫。医生匆忙间上了马车，只一瞬间的工夫，就风驰电掣般来到了目的地。病人是一位 16 岁的少年。医生认为孩子是健康的，而孩子却只求一死。医生正要返回，却又突然发现孩子的腰部有一手掌大的伤口，布满了蛆虫。医生正准备治疗，病人的亲友却一拥而上剥光了他的衣服，硬让他与病人躺在一起。就在这时，两匹骏马把头探进了窗口。医生急忙跳出窗口，纵身上马。但是，两匹马却不像来时那样奔驰，而是磨磨蹭蹭起来。医生光着身子，徘徊在茫茫的雪原上，回不了自己的家。医生惊呼："受骗了！受骗了！只要有一次听信深夜急诊的骗人的铃声——这就无法挽回。"整篇小说许多地方荒诞不经、不合逻辑，读者只有将其想象为梦境才易于理解。卡夫卡还以《一场梦》为标题，写过一篇小说，直接宣告了他的创作的梦幻性质。另外，卡夫卡的《村子里的诱惑》《叩门》《棺材》《荆棘丛》《一次日常的混乱》《回家》等小说也都属于这类作品。当然，卡夫卡的绝大多数作品，还是带有极强的写实成分的。比如《变形记》中对格里高尔变形后心理活动的描写以及对其家庭成员间关系的描写，《城堡》中对于村庄中村民生活状况的描写，《诉讼》中对于法院腐败行为以及相关处理的叙述描写，《判决》中对于主人公写信过程及相关心理活动的叙述描写等，都是非常符合现实生活逻辑常规的。但是，在这类作品当中，卡夫卡在展开现实叙事的同时，也置放进了许许多多荒诞的成分。如格里高尔一觉醒来变成了一只大甲虫，城堡可望而不可即，约瑟夫·K 遭到逮捕却又可以自由活动，格奥尔格的父亲判他投河淹死，而格奥尔格居然听从父命跳河而死等。总之，在现实的叙事当中，不断地有反常的、不合逻辑的事件、事物、场景掺杂其中，如同散落的梦的碎片一般，不断地打断人们惯常的生活逻辑，从而给人一种似真似幻、扑朔迷离的感觉。

乡村医生（日本动画电影剧照）

卡夫卡之所以着力于按照梦的方式进行创作，除个人性格方面的原因外，主要的还是由于艺术方面的原因。卡夫卡创作的小说文体是一种寓言体，这种文体实写出来的部分仅仅是一个引子，而它所引出来的东西才是作者要表达的内容。如何建立起一种二元性的结构，如何将作品实写的事件、场景、人物等，引向一个虚的意义的表达空间，是该类文体写作的一个关键。卡夫卡在写作中，之所以着力营造荒诞、梦幻的艺术氛围，其主要的目的之一，就是要给小说建立起这种二元性的结构，要将小说由实写的空间引向虚的意义的表达空间。因为作品中荒诞性、梦幻性的氛围，会逼迫人们作出解释，进而将读者的审美理解引向作品的“言外之意”或“象外之象”，即作品的寓意。

再次，在叙事与语言方面刻意追求冷峻、客观的风格。在这一点上，卡夫卡显然受到了福楼拜的影响。福楼拜主张作家退出小说，反对作家在写作中放任主观感情、耳提面命地诱导读者，提倡零度风格。卡夫卡在创作当中，也是极力地保持超然、客观的态度，尽量避免对故事说三道四。他常用的是一种纪实性的报道体笔法，平铺直叙，很少解释，更不做评判。他只是忠实地记录下现代人的生存惨状。他蕴情于内而不溢于外。无论故事多么紧张，场景多么惨烈，他总是用一种平静的笔调、不动声色不容置辩的口吻来叙述、描写。以下两段分别取自《变形记》与《在流放地》，较为典型地体现了卡夫卡的这一叙事、语言风格：

一天早晨，格里高尔·萨姆沙从不安的睡梦中醒来，发现自己躺在床上变成了一只巨大的甲虫。他仰卧着，那坚硬得像铁甲一般的背贴着床，他稍稍一抬头，便看见自己那穹顶似的棕色肚子分成了好多块弧形的硬片，被子在肚子尖上几乎待不住了，眼看就要完全滑落下来。比起偌大的身躯来，他那许多只脚真是细得可怜，都在他眼前无可奈何地舞动着。①

耙子并没有在写字，而是乱戳乱刺，床也没有翻动军官的身体，而是颤巍巍地把他的身体举起来送进针里。旅行者想进行干预，可能的话，使整个机器停下来，因为现在已经不是军官所希望实现的刑讯了，这简直是谋杀。旅行者伸出双手想去救军官，可此时耙子已将叉起的身体举到一旁，这一点在平时要到第十二个小时才会发生。血流成了上百条小河。②

人变成了甲虫，这是多么让人感到奇特的事情；人被酷刑处死，这是多么令人恐怖的场景。但是，卡夫卡写来，却是那么的若无其事、那么的漫不经心，就如同平常起草保险公司的报告一样，语调平稳、冷静客观。差不多稍带情感色彩的语句，卡夫卡都小心地避免了。形容词只是用来充当定语，动词只是单纯地用来说明行动，名词也只是用来指称事物的名称。小说写得冷峻、客观、简约、精确。卡夫卡这种叙而不议、观而不语的写作态度，无疑增加了作品的晦涩性、神秘性，同时也为读者的多向阐释留下了巨大的空间。

最后，卡夫卡的小说具有可多向阐释的特征。“卡夫卡的文本……对每一

---

① 叶廷芳．卡夫卡全集：第一卷．2版．石家庄：河北教育出版社，2000：107.

② 叶廷芳．卡夫卡全集：第一卷．2版．石家庄：河北教育出版社，2000：104.

个读者、每一个批评流派和每一个时代而言都具有无限的可读性和阐释性。”[①] “卡夫卡的全部艺术在于使读者不得不一读再读。它的结局，甚或没有结局，都容许有种种解释，这些解释都是含而不露的，为了显得确有其事，便要求按照新观点再读一遍。”[②] 比如《在流放地》这篇小说，当前学术界就有四种较为流行的阐释。其一是把《在流放地》视为有关战争的寓言。我国学者林学锦指出：“在《在流放地》中关于发明杀人机器的军官最后被机器所杀的构想，是对人类发动了战争最后又在战争中大量死亡的一种象征的表现和认识。战争机器是人制造出来的，但最后人又被战争机器所杀。”[③] 德国学者瓦根巴赫也指出：“《在流放地》中那个旅行者的目光，就是卡夫卡看待战争的目光。”[④] 依据是这篇小说的写作，始于第一次世界大战爆发的两天后。其二是把《在流放地》视为大机器时代人与机器关系的寓言。卡夫卡生活的时代是一个机器开始大规模运用的时代。他在劳工工伤保险公司工作，对机器的大规模使用情况非常熟悉。所以，当许多人还在为机器带来的效率与便利欢呼雀跃的时候，卡夫卡就已经敏锐地意识到机器的大规模使用所可能带来的危险、弊端：机器与人的关系可能会颠倒过来，机器有可能会成为束缚、奴役人的重要力量。“随后这种被颠倒的关系渗透到社会的各个领域，最终人更多地成为机器时代的受害者，而不是受益者。通过对机器的描写，卡夫卡敏锐地触摸到现代社会的弊端与疾病。”[⑤] 其三是把《在流放地》视为资本主义时代世人宗教信仰的寓言。流放地象征着我们生活的地球，行刑机器则象征着宗教神学及与之相关的机构、观念体系。流放地的老指挥官暗指基督或上帝，新指挥官则暗指资本主义世俗时代的思想家、人道主义思想文化观念的代表。流放地那位旧军官，则是宗教神学的信奉者、追随者。他操作机器杀死自己，象征着他对于宗教神学的忠诚与对资本主义世俗时代的拒斥。其四是把《在流放地》视为有关犹太人宗教信仰的寓言。“流放地”是相对于犹太人而言的，行刑机器喻指犹太教的律法，“军官”暗指恪守犹太教律法的犹太人。老司令官与新司令官分别喻指犹太教和基督教。流放地人们对于行刑机器的态度，反映的实际上是犹太人对于犹太教的信仰状况。

又如《一份为某科学院写的报告》这篇小说，当前学术界也有两种较为流行的阐释。其一是把小说视为探讨犹太民族出路问题的寓言。猴子红彼得代表的是犹太人。关他的笼子暗示的是欧洲犹太人的居住区隔都。他为了摆脱笼子里令人无法忍受的生活，选择了变成人的道路，实际上描述的是犹太人为了逃避迫害而选择皈依基督教、接受同化的状况。而在卡夫卡的时代，接受同化，确实也是每一个犹太人所必须面对的严肃问题。小说隐喻了卡夫卡对犹太人被同化的痛苦与不安。其二是把小说视为人类个体接受教育、走

---

① 吉尔曼．卡夫卡．陈永国，译．北京：北京大学出版社，2010：6.

② 叶廷芳．论卡夫卡．北京：中国社会科学出版社，1988：103.

③ 林学锦．“卡夫卡式”略论．汕头大学学报，1989（2）：48.

④ 瓦根巴赫．卡夫卡传．周建明，译．北京：北京十月文艺出版社，1988：104.

⑤ 曾艳兵．卡夫卡与机器时代．国外文学，2012（3）：76.

入社会的寓言。任何一个人，想成为有社会能力、为社会所接纳的人，都必须接受教育，都必须文明化，但是，这一过程又不得不以放弃自身的自然本性为代价。小说描写动物为寻找出路放弃本性获取人性的畸变过程，实际上是对人类个体异化的一种反向印证。

再如《乡村医生》这篇小说，至少也可作两种解读。其一是作“写作论”传记式的解读，把小说视为卡夫卡为解决写作与生活的矛盾而展开的文学想象。医生的出诊象征卡夫卡的写作。医生牺牲罗莎选择出诊，暗喻的是卡夫卡为了写作而牺牲以婚姻为代表的正常生活。那一个生病的小男孩，是卡夫卡对自己作为常人存在的想象。医生对男孩治疗的失败，体现了卡夫卡对自己创作能力的怀疑。听信出诊的门铃声，其实是写自己误判了自己的文学能力，听从了文学使命的召唤，而结果可能是生活与写作的双重失败，落得个在世间无立足之地的下场。其二是作神学性的理解，认为小说是借用《圣经》中有关先知的故事写成的一部讽喻性作品。《圣经》中富有拯救才能广受民众尊敬的先知，在小说中则变成了软弱无能、受尽嘲弄、到处漂泊的乡村医生。小说借此揭示了当时西方化犹太人宗教精神的普遍失落状况。

卡夫卡的小说之所以具有可多向阐释的特征，这首先与卡夫卡对于寓言体的采用、隐喻手法的运用有关，其次也与卡夫卡对于冷峻、客观叙事语言风格的追求有关，另外还与卡夫卡在创作中所表达内容的复杂性、表达过程的复杂性有关。其中前两个方面的原因，上文已有所述，此处也就不再赘述。这里单就第三个方面的原因稍作分析。卡夫卡曾言：“我总是力图传达一些不可传达的东西，解释一些不可解释的事情，叙述一些藏在我骨子里的东西和仅仅在这些骨子里所经历的一切。”“我写的和我说的不同，我说的和我想的不同，我想的和我应该想的不同，如此下去，则是无底的黑洞。”也就是说，卡夫卡在小说中所表达的内容大都是一些朦胧的见解与非理性的直觉感受，往往融进了多种人生体验，以致卡夫卡自己都常常难以把握、难以表达。因此，从作品内容方面来讲，其本身也具有可多向阐释的因素。

四、《城堡》：个人的哀歌与民族的哀歌

《城堡》写于1922年1—9月间，是卡夫卡最后一部也是最重要的一部长篇小说。1926年，由马克斯·勃罗德代为整理出版。小说的故事情节比较简单。讲的是主人公K在一个风雪之夜来到了城堡附近的一个村庄，在一家小酒店里住下。深夜被叫醒告知，在村里居住需要获得城堡当局的允许，需要居住证。K只好自称自己是城堡当局聘请来的土地测量员。为了获得在村子里的居住权，第二天天刚亮，K便离开酒店向山上的城堡走去。但是让人感到惊异的是，尽管K走了整整一天，清晰可见的城堡却始终可望而不可即。此后，K想方设法，通过各种努力企图与城堡当局取得联系，以便取得进入城堡、获得身份认可的机会，但最终一切都是徒劳。小说没有写完。据马克

斯·勃罗德在《城堡》第一版后记中交代，卡夫卡生前曾向他谈起过小说的结尾构思："那个名义上的土地测量员至少将得到部分的满足。他不放松斗争，却终因心力衰竭而死去。在他弥留之际，村民们聚集在他周围，这时总算下达了城堡的决定，这决定虽然没有给予K在村中居住的合法权利，但是考虑到某些其他情况，准许他在村里居住和工作。"①

弗里德城堡，《城堡》的背景，卡夫卡曾到弗里德出差

《城堡》中K的故事到底蕴含了怎样的深意呢？自《城堡》问世以来，对于这一问题的阐释就一直层出不穷。其中比较有代表性的观点有以下几种：其一，《城堡》是卡夫卡与父亲沟通失败的譬喻，"《城堡》中的K不能到达城堡，不能同城堡官员克拉姆取得联系，这反映了卡夫卡本人无法同父亲对话这个事实"②；其二，《城堡》是人类寻找上帝的寓言，"是一部关于寻求得救之途的灵魂与上帝之间的关系的图画"③；其三，《城堡》是一部表现艺术理想与艺术实践之间矛盾的作品，是《饥饿艺术家》的姊妹篇；其四，《城堡》是一则关于现代人生存状况的寓言，是一部类似于《等待戈多》的作品；其五，《城堡》是一部揭示权力社会中小人物悲剧命运的作品，"城堡在这里是一种权力的象征，是整个国家机器的缩影。这个高高在上的衙门，看起来就在眼前，但对于广大的在它的统治下的人民来说，它是可望而不可即的"④；其六，《城堡》是人类追求真理的寓言，K想进入城堡而不得的故事，揭示了人类追求真理的不可能性。如此等等。甚至有学者认为，"《城堡》是一则包罗万象的寓言""失去寓意的寓言"⑤，"任何解读都是可以的"，"它没

① 叶廷芳．论卡夫卡．北京：中国社会科学出版社，1988：18.
② 瓦根巴赫．卡夫卡传．周建明，译．北京：北京十月文艺出版社，1988：276.
③ 叶廷芳．论卡夫卡．北京：中国社会科学出版社，1988：66.
④ 叶廷芳．现代艺术的探险者．广州：花城出版社，1986：81.
⑤ 曾艳兵．卡夫卡研究．北京：商务印书馆，2009：55-56.

有中心思想，没有主题”①。《城堡》这篇小说，采用的是寓言体，没有写完，作品中留有许多空白点，由此产生不同的理解在所难免。但是，如果单从作者的角度来看的话，我们认为《城堡》并不可能是包罗万象的，也不可能不存在阐释的尽头，尽管卡夫卡在写作《城堡》的过程中，可能融进了自己多种人生体验甚或某些朦胧的、非理性的感受，因而《城堡》具有一定的多义性特征。正是基于这样的一种认识、这样的一种考虑，我们认为，马克斯·勃罗德的观点应该引起我们的注意。因为，马克斯·勃罗德是卡夫卡的挚友，他们之间有过二十多年的交往历史。他不仅熟悉卡夫卡的生平情况，也熟悉卡夫卡的精神状况，更熟悉卡夫卡的每一篇作品；他不仅于卡夫卡离世后整理出版了《卡夫卡全集》，还在1937年出版了世界上第一本卡夫卡传记。所以，马克斯·勃罗德关于《城堡》的观点，可能更符合卡夫卡的原意。

马克斯·勃罗德对于《城堡》的阐释，主要集中在《城堡·第一版后记》和《卡夫卡传》《无家可归的异乡人》等文献当中。在这些文献中，马克斯·勃罗德提出了两种并行不悖的观点：其一，《城堡》是卡夫卡寻找家庭及正常公共生活的寓言；其二，《城堡》是犹太人寻找家园的寓言。

我们先来看马克斯·勃罗德的第一种观点。勃罗德的原话是这样的：

这部作品与歌德的“谁不停地努力奋斗，我们便可以解救他”的格言是相似的，——所以也许可以称之为弗兰茨·卡夫卡的浮士德诗剧的这部作品本来正是想以此告终的。这当然是一个故意衣着朴素，乃至衣衫简陋的浮士德，这个浮士德有一个本质的不同，推动这个新浮士德前进的不是对人类的最终目标以及终极认识的渴望，而是对最起码的生存条件、对安居乐业、对加入公众生活的需要。乍看起来，这个区别似乎很大，但是如果人们感觉到，对于卡夫卡来说这简陋的目标具有宗教意义，并且完全是正当的生活、正当的道路，那么这个区别便会明显缩小。……K设法在城堡脚下的村里扎下根，以寻求与神的恩惠的联系——他为在一定的生活圈子里谋得一个职位而奋斗，他想通过选定职业和结婚来巩固自己内心的信念，想作为“陌生人”，即从孤立的地位出发，作为一个与众不同的人去夺取那普通人简直不费吹灰之力唾手可得的东西。②

卡夫卡的主人公仅被称为“K”，因而具有自传性质，这个“K”寂寞地在生活中穿行。……K全然是个有着良好愿望的人，他不希望寂寞，对寂寞无自豪感；相反，寂寞是无可奈何地逼上来的，因为从内心出发，他很愿意成为人类社会中活跃的一员，愿意通过正当的方式方法同人们一起工作，与人们生活在一起。他寻找着一种有用的职业，想要结婚，建立家庭。但这一切皆告失败。③

我们如果用卡夫卡的生平情况加以参照的话，就会明白马克斯·勃罗德

---

① 高玉.《城堡》无主题论.浙江师范大学学报（社会科学版），2015（4）：6.

② 叶廷芳.卡夫卡全集：第4卷.石家庄：河北教育出版社，1996：409-411.

③ 勃罗德.卡夫卡传.叶廷芳，黎奇，译.石家庄：河北教育出版社，1997：188-189.

缘何会产生以上这样一些看法。卡夫卡一生都在追求一个合理的、有法度的世界，而他也是其中的构成部分：有温暖的家庭、幸福的婚姻，参与社会生活，摆脱不称心的职业，创作上达到理想的境界。但是，这些愿望直至去世他也没能实现。在家庭当中，除了自己的小妹外，他与其他人都如同陌生人；他想结婚生子，为此先后与五位女子交往，订婚三次，但最终还是以单身汉的身份离世；他醉心于文学创作，但又不得不到保险公司任职；他想参与公共生活，“生活在集体中和有意义的工作中曾是他最高的目标和理想”①，但是，他的犹太人身份，又使他除了一个很小的朋友圈子外，很难步入更大的社会。卡夫卡的一生可以说就是无所归依的一生，他始终没有在这个世界上找到自己的存身位置。德国批评家巩特尔·安德尔斯曾这样评价卡夫卡：“作为犹太人，他在基督徒当中不是自己人。作为不入教会的犹太人（他最初确实是这样），他在犹太人当中不是自己人。作为操德语的人，他在捷克人当中不是自己人。作为波西米亚人，他不完全属于奥地利人。作为劳工工伤保险公司的职员，他不完全属于资产者。作为资产者的儿子，他又不完全属于劳动者。但他也不是公务员，因为他觉得自己是作家。而就作家来说，他也不是，因为他把精力耗费在家庭方面。而在‘自己的家庭里，我比陌生人还要陌生’。”② 这一评价可以说很好地概括了卡夫卡找不到人生归宿、身份得不到认可、没有生活空间、沦为“局外人”的生存际遇。卡夫卡曾言：“目标确有一个，道路却无一条；我们谓之路者，乃踌躇也。”③ 这也可看作他对自己生存状况的一种概括性的描述。结合卡夫卡以上这些生平情况，我们可以清楚地发现，卡夫卡笔下的K其实是一个自传性的形象，K在村子里的经历其实也就是卡夫卡在人世间的悲剧性经历。《城堡》实际上是卡夫卡用寓言的形式写就的一部生平自传。据说，在卡夫卡的手稿中，最初是以第一人称“我”作为主人公的，后来才改成了“K”。而小说中的那座城堡，原型也来自卡夫卡曾到过的一个地方，据说是波西米亚地区的弗里德曼。

我们再来看马克斯·勃罗德有关《城堡》的第二种观点。以下是马克斯·勃罗德的原话：

> 这就是犹太人特有的感情，他们想在异乡土壤上扎根，他们使出全副心力使自己变得同那些当地人完全一样以便与之接近，然而他们却从未完成那种融合。……卡夫卡在《城堡》中已经展示出一幅伟大的和悲剧性的图景，描写进行融合不过是徒劳；在这个简单的故事里，他从犹太人的灵魂深处讲出来的犹太人的普遍遭遇比一百篇科学论文所提供的知识还要多。④

我们要想理解马克斯·勃罗德以上观点，必须要对犹太民族近两千年来在世界各地的流散史，尤其是卡夫卡时代犹太人在欧洲各地的整体生存状况

① 勃罗德．卡夫卡传．叶廷芳，黎奇，译．石家庄：河北教育出版社，1997：90－91．

② 叶廷芳．卡夫卡及其他．上海：同济大学出版社，2009：27．

③ 叶廷芳．卡夫卡全集：第5卷．石家庄：河北教育出版社，1996：5．

④ 叶廷芳．论卡夫卡．北京：中国社会科学出版社，1988：81．

有所了解。

犹太民族原本是一个生活在亚洲巴勒斯坦地区的古老民族。公元135年因反抗罗马人的统治失败而被逐出巴勒斯坦地区，从此开始了长达近两千年的流浪漂泊。由于宗教、生活习俗、经济等方面的原因，犹太人在世界各地几乎都不受欢迎。公元1179年，天主教会召开拉特兰会议（第三次拉特兰会议），第一次用法律的形式禁止犹太人与基督徒居住在一起。1312年，第一个强制性隔都在西西里岛建立。1460年，法兰克福隔都建立。1555年，教皇发布命令，在其统治的范围内限制犹太人的居住范围，强令犹太人佩戴犹太标志，禁止犹太人与天主教徒交往。到16世纪末，在欧洲已基本上没有犹太人居住在隔都区以外了。

1182年至1394年间，法国曾六次驱逐犹太人。1492年，有20万犹太人被逐出西班牙。“十字军东征”时期，犹太人因是异教徒而受到普遍的攻击。在“十字军”穿过欧洲的道路上，洒满了犹太人的鲜血。1347年，欧洲爆发黑死病瘟疫，谣言传说是犹太人与撒旦一起下毒所致，目的是摧毁基督教世界。于是在法、德、奥等国，许多犹太社区被夷为平地。1648年起，在乌克兰哥萨克反抗波兰统治的民族起义中，18个月间，有300多个犹太城镇遭到破坏，10多万犹太人被杀害。

18世纪，启蒙运动开始后，犹太人与欧洲主流社会的割裂状态开始慢慢解除。1791年，法国宣布解放犹太人，成为首个赋予犹太人公民权的国家。1848年欧洲大革命后，西欧、中欧的犹太人先后取得了公民权，成为自由人。犹太人自此也开始大规模地走出与世隔绝的犹太区并开始从事多种社会工作。在这一过程中，许多犹太人为了取得“走进欧洲文化大门的入场券”，开始皈依基督教，并从衣着、行为、语言等各方面全面融入当地社会。但是，随着犹太人在商业领域的成功，在西欧、中欧等各国又先后出现了持续不断的反犹浪潮。“他们越是表现得比捷克人更加捷克化，比德意志人更加德意志化，以期进行自我保护，到头来他们面临的最终审判则越是残酷。”①

在德国，1873年，记者威廉·马尔出版《犹太人对日耳曼人的胜利》一书，首次提出“反犹主义”一词；1882年，第一届欧洲反犹政党国际大会在德国召开；1885年，马堡议员奥托·伯克尔发表反犹小册子《犹太人——我时代的帝王》，狂销150万册。在俄国，1881—1884年间，发生大规模的集体迫害犹太人事件，1903—1906年、1917—1921年，又先后掀起反犹浪潮。在卡夫卡生活的奥匈帝国，1883年，发生了蒂萨埃斯拉尔血诬案，在全国引发虐犹浪潮；1897年12月，在布拉格爆发了“十二月风暴”，许多犹太人的商店遭到抢劫，住房及教堂遭到破坏；1899年4月，发生了波尔纳血诬案，再一次引发全国性的反犹浪潮。在法国，1886年，政客爱德华·德吕蒙出版反犹经典《犹太法国》，并于1889年成立反犹联合会，1892年出版反犹期刊《自由言论》；1894年，爆发了“德雷福斯事件”，引发了巨大反犹风波。在

---

① 帕维尔．理性的梦魇：弗兰茨·卡夫卡传．陈琳，译．北京：法律出版社，2013：33.

英国，1917年6月，利兹爆发反犹事件；1917年9月，伦敦东区爆发反犹暴乱。

纵览犹太民族近两千年来的流浪漂泊史，我们发现，犹太人自逃离故土巴勒斯坦地区之后，为了寻找安居之所，取得“居住证”，不断地迁徙，有的甚至不惜以改宗、接受“同化”为代价。但是，他们始终没能改变自己“客民”的身份，他们始终被视为外来人、陌生人，不被人们接纳。联系犹太民族以上这些状况，我们不难发现，在卡夫卡的笔下，主人公K其实就是犹太民族的代表，K在村子里的经历、遭遇其实也就是犹太人近两千年来在世界各地的经历。《城堡》实际上是卡夫卡用寓言的形式写下的犹太民族的流浪史诗。卡夫卡用浓缩的故事情节、富有包蕴性的人物形象回溯了犹太民族近两千年来的悲惨遭遇。有学者认为卡夫卡在《城堡》中还预言了其身后犹太民族的又一次大劫难及随后出现的一抹曙光。卡夫卡去世之后，1933年1月，希特勒登上德国总理宝座，开始全面推行反犹政策。1938年7月6日至14日，30多个国家的代表会聚在法国的埃维昂，讨论德、奥等国犹太难民的安置问题。与会代表虽对犹太难民均表示同情，但是绝大多数国家，比如美国、英国、澳大利亚等，都表示不再接纳犹太难民。全世界似乎一时间都对犹太难民关上了大门。二战爆发后，先后有600多万犹太人死于纳粹之手，其中就包括卡夫卡的以下亲人、挚友：三个妹妹、“乡村医生”舅舅、曾经的恋人密伦娜、女友格蕾特、中学时代的文学知己保尔·基施等。但二战后不久，1948年5月14日，以色列即建国。有学者认为这与《城堡》中主人公K弥留之际收到城堡当局的决定似乎暗合，犹太人建国似乎是奄奄一息中的犹太民族收到的上帝给予的一份恩典。有学者据此认为卡夫卡是天才的预言家，是犹太民族的先知。世间当然不存在什么天才与先知，但是，卡夫卡对于犹太民族命运的敏锐直觉是任何人都无法否认的。

总之，《城堡》是一曲个人的哀歌，也是一曲犹太民族的哀歌。作者以寓言的形式描绘了自己在世间无处安身的尴尬，呐喊出了犹太民族在世界上无家可归的痛苦。

推荐书目

1. 叶廷芳．卡夫卡全集．2版．石家庄：河北教育出版社，2000.

2. 勃罗德．卡夫卡传．叶廷芳，黎奇，译．石家庄：河北教育出版社，1997.

3. 叶廷芳．论卡夫卡．北京：中国社会科学出版社，1988.

4. 张莉．卡夫卡与20世纪后期中国小说．北京：中国社会科学出版社，2012.

第 2 讲

T.S. 艾略特与《荒原》

一、艾略特的“非个人化”理论与《荒原》研究

我们要解读《荒原》，必须首先要了解艾略特的“非个人化”理论。原因主要有以下两点：其一，艾略特写作《荒原》与提出“非个性化”理论基本处于同一时期，《荒原》正是其“非个性化”理论在诗歌写作中贯彻、实践的成果；其二，学术界对于《荒原》的研究，曾长期受制于艾略特的“非个性化”理论以及以艾略特为代表的新批评派理论。

T. S. 艾略特

艾略特提出“非个人化”理论主要的辩驳对象是浪漫主义。浪漫主义理论强调作家的情感、才华、个性等作家的自身性因素。与之不同，艾略特更

加强调的是传统这一作家的外部性因素。他说："艺术家必须忠实、听命于身外的某种东西，为之放弃自己，牺牲自己，以便为自己获得独一无二的地位。"[①]"一个诗人作品中不仅最好的部分，就是最具个性的部分，也许正是已故诗人，他的前辈们最有力地表明的他们的不朽的地方。"[②] 所以，在艾略特看来，一个诗人应该不断地放弃当前的自己，而归附于更有价值的东西（传统）。一个艺术家的进步，是以不断地牺牲自我、不断地消灭个性为代价的。那么，牺牲了自我，消灭了个性，诗人还有什么作用呢？对此，艾略特提出了"储藏器与催化剂说"。在《传统与个人的才能》一文中，艾略特写道："诗人的头脑实际上就是一个捕捉、储藏无数感觉、词句、意象的容器，这些感觉、词句、意象等储藏在大脑中直到能够形成新化合物的所有元素到齐为止。"[③] 这里讲的应该是材料的收集与储备阶段的情况。具体到创作阶段，艾略特认为，在诗歌的写作过程中，诗人的心灵并不会加入到文学作品当中去，它仅仅起到一个媒介的作用。艾略特用了一个化学的比喻来说明这一情况。把氧气与二氧化硫混合在一起，放入一条白金丝，就会产生化合作用形成硫酸。只有加入白金丝才能产生化合作用，但是新形成的化合物中并不含白金，而白金丝本身也没有受到任何影响，它保持着惰性、中性，毫无变化。艾略特认为，诗歌创作就与之类似，诗人的心灵就如同那根白金丝，可以把取自现实中的各种素材，以及艺术家所经历或未经历的各种感觉、经验、情感等元素冶炼、化合成诗歌作品，但是诗人的心灵却并未掺入到诗歌作品当中。总之，"诗人没有个性需要表现，诗人仅仅是一种特殊的媒介，通过这个媒介，种种印象、经验以种种特别的、意想不到的方式结合起来。许多对于诗人很重要的印象和经验，在他的诗歌中可能并不占重要的地位，而那些占有重要地位的，却又可能与诗人本身、与诗人的个性没什么关系。"[④]"诗歌不是感情的宣泄，而是对感情的摆脱，诗歌不是个性的表现，而是对个性的摆脱。"[⑤] 这样一来，艾略特实际上就把诗人的个人经历、情感等因素与诗歌作品切割了开来。

循着以上的逻辑，艾略特进而提出了自己的诗歌批评理论。既然诗歌作品是各种寻常经验、感觉和情感冶炼、化合后的产物，是一种全新的东西——它既不同于现实中存在的东西，也不同于诗人个人的东西，既然诗人的心灵仅仅是那起催化剂作用的"白金丝"，不会掺入诗歌作品中，那么，诗歌批评也就没有了把诗人的生平遭际、心理过程纳入进来的必要。所以，艾略特声言："一首诗在某种意义上有它自己的生命；它的各部分所形成的事物，完全不同于秩序井然的传记资料的主体；从诗里所产生的感觉、情感或想象，是不同于诗人头脑里的感觉、情感或想象的某种东西的。""诚实的批

① Eliot. Selected Essays (1917－1932). London：Faber & Faber Limited，1934：24.
② Eliot. Selected Essays (1917－1932). London：Faber & Faber Limited，1934：14.
③ Eliot. Selected Essays (1917－1932). London：Faber & Faber Limited，1934：19.
④ Eliot. Selected Essays (1917－1932). London：Faber & Faber Limited，1934：19－20.
⑤ Eliot. Selected Essays (1917－1932). London：Faber & Faber Limited，1934：21.

评和敏锐的鉴赏并不是针对诗人的，而是针对诗歌的。”① “把兴趣从诗人身上转移到诗上，这是一个值得称道的目标，因为这样做，对于真正的诗，不论好的还是坏的，都能做出更为公允的评价。”② 也就是说，诗歌具有自己的独立性和完整性，它所包含的感情和见解不同于作者的感情和见解。诗歌批评必须是“诗歌”的批评，它不能超出诗歌的范围，而沦为心理学、诗人传记等等。也正是基于这一逻辑，艾略特不喜欢别人用他的生平材料去解读他的诗歌，也反对传记作家给他写作个人传记，拒绝为传记作家提供任何配合，还要求妻子瓦莱里不要与任何传记作家合作。这样，实际上艾略特就给诗歌批评画了一个框框。评论家评论诗歌作品，只能就文本谈文本，有什么疑难问题，不能到诗人的生平当中寻找答案。评论家们的手脚被束缚住了。

艾略特是“20世纪英语世界最为重要的批评家”，是英美新批评派的创始人之一。他的批评理论在20世纪上半期影响很大，以至于被新批评派及许多批评家视为《圣经》。所以，在整个20世纪上半期，学术界对于《荒原》的研究普遍受制于艾略特的批评理论，大都集中于诗篇本身的分析、阐释，集中于对诗篇疑难点的解释以及对引文的探讨上，也就是集中在对作品文本的“细读”上，而一般很少联系作者的生平经历、创作过程、创作心态来进行。比如格罗佛·史密斯（Grover Smith）的《T. S. 艾略特的诗歌和戏剧：来源和意义的研究》、伊丽莎白·德鲁（Elizabeth Drew）的《T. S. 艾略特：诗歌的设计》等都是如此。时间进入20世纪60年代，艾略特的批评理论开始受到理论界的质疑，艾略特所开创的英美新批评也开始走向衰落。批评界对于《荒原》等艾略特作品的研究也随之开始逐渐摆脱艾略特批评理论的束缚。60年代末，艾略特的资料有了重大发现，遗失多年的《荒原》手稿被找到。1971年，艾略特夫人瓦莱里女士将《荒原》原稿连同有关的书信影印发表，学术界越来越多的人开始认识到《荒原》并不是“非个人”的，而恰恰是“个人”的。至此，艾略特的生平遭遇连同他创作时的精神状态才开始引起研究者们的广泛关注。随后，一大批艾略特的传记及相关研究成果比如斯蒂芬·斯班德（Stephen Spender）的《T. S. 艾略特》、林德尔·高顿（Lyndall Gordon）的《艾略特的早年生涯》《艾略特的新生》与《艾略特的非完美生活》、彼得·阿克罗伊德（Peter Ackroyd）的《艾略特传》、詹姆斯·埃德文·米勒（James E. Miller）的《T. S. 艾略特的私人荒原》、伊丽莎白·施耐德（Elizabeth Schneider）的《T. S. 艾略特：地毯里的图案》等陆续出版，这些著作都一反艾略特的“非个人化”理论，注意把艾略特的诗作与其生活遭际联系起来进行研究，进而呈现出一种全新的研究图景。

现代心理学证明，创作者的心理状态、思想观念与文学作品的主旨倾向乃至文本的结构状况不可能不发生关系。作者在创作中虽然企图摆脱自己的情绪控制及精神状态的遮蔽，以便能够以一种局外人超然的状态来处理材料，

---

① Eliot. Selected Essays (1917 - 1932). London: Faber & Faber Limited, 1934: 17.

② Eliot. Selected Essays (1917 - 1932). London: Faber & Faber Limited, 1934: 22.

控制创作流程，但事实上，该种企图只是一种不科学的想法，并不符合创作实际。文学作品源自作者的心灵，它也只能是作者心灵的反映。《荒原》的实际情况也是这样。其实，在这一点上，就连艾略特本人也有供认，在一次谈及《荒原》时，他本人就曾明确表示，《荒原》“是个人对生活所发的一通毫无意义的牢骚话”，是“一阵有节奏的怨声”[①]。有人据此认为，艾略特在理论建构与创作实践上存在脱节、错位的现象，有学者甚至怀疑艾略特的人格问题，并常常联系该诗的第76行“你！虚伪的读者！——我的同类！我的兄弟！”来加以讨论。

艾略特的文学观念与创作实践存在差距，这是事实，但是据此怀疑艾略特对自己理论信仰的忠诚，这也有失妥当。作家进行创作，意识与无意识都起着至关重要的作用，这已为现代创作心理学所证明，艾略特创作《荒原》的情况也应该是这样。“个人化”是无意识的，而“非个人化”则是有意识的。“个人化”决定了诗歌的选材取向、基本思想及情感走向，而“非个人化”则决定了诗歌的材料处理方式以及语言的运用、结构的创造等。那么，无意识性的“个人化”决定了诗歌文本怎样的选材取向及思想情感走向？而这种选材取向及思想情感走向在诗歌文本中又有着怎样的具体体现？有意识的“非个人化”又包括哪一些具体内容？这种“非个人化”又在何种程度上决定了诗歌文本的形式及诗歌文本的思想、情感呈现及性质？我们这一讲就对以上这样一些问题一一展开分析、论述。当然，为了获得对《荒原》文本的一个较为完整的认识，我们还是从“细读”《荒原》文本开始。

二、《荒原》的叙事线索、表意结构及主题

《荒原》的题意及表意结构，据艾略特的题注所言，取自杰西·韦斯顿《从祭仪到传奇》中寻找圣杯的传说与詹姆斯·弗雷泽《金枝》中有关丰年神祭习俗的描述。从《荒原》的文本情况来看，艾略特实际上还套用了《圣经》中有关上帝对悖逆之人惩罚的誓言。据韦斯顿女士的《从祭仪到传奇》一书描述，古时曾有一片土地，被渔王统治着。这片土地的命运与渔王的身体状况存在着密切的关系。所以，当渔王因伤残失去了生殖能力的时候，这片土地便遭到了诅咒，大地龟裂，草木枯萎，牲畜也不繁衍，这里成了一片荒原。唯一的解救之法便是由一位年轻的骑士佩带利剑到凶险的教堂去寻找圣杯。只有找到了圣杯，获得了关于圣杯仪式问题的答案，渔王的身体才能康复，荒原才能重获生机。据弗雷泽《金枝》一书考证，古代埃及及东地中海地区的人民存有丰年神祭祀的习俗。这些地区的居民相信，丰年神的死与复活和一年中的冬季与春季、草木的枯与荣的循环存在着因果对应关系。所以，人

① Valerie Eliot. The Waste Land: A Facsimile and Transcript of the Original Drafts. London: Faber & Faber Limited, 1971: 1.

们每年夏季将丰年神像埋入地下或吊在树上，又或者浸入水中，为其复活做准备，希望它能在来年为世间带来无限生机。据《圣经·旧约》描述，上帝曾多次对悖逆之人发出惩罚的誓言。比如《以西结书》第六章："耶和华的话临到我说：'人子啊，你要面向以色列的众山说预言。说：以色列的众山哪，要听主耶和华的话。主耶和华对大山、小冈、水沟、山谷如此说：我必使刀剑临到你们，也必毁灭你们的邱坛。你们的祭坛必然荒凉，你们的日像必被打碎，我要使你们被杀的人倒在你们的偶像前，我也要将以色列人的尸首放在他们的偶像面前，将你们的骸骨抛散在你们祭坛的四围。在你们一切的住处、城邑要变为荒场，邱坛必然凄凉，使你们的祭坛荒废，将你们的偶像打碎。你们的日像被砍倒，你们的工作被毁灭。'……'我必伸手攻击他们，使他们的地从旷野到第伯拉他一切住处极其荒凉。'"① 艾略特正是通过对以上三者的套用，为《荒原》编织出了一个整体性的表意结构。

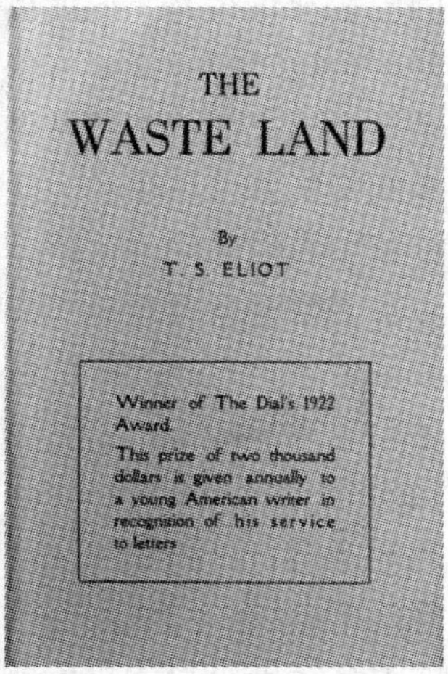

《荒原》1922 年版封面

《荒原》的题词写的是女先知西比尔与孩子们的对话。在希腊神话中，阿波罗曾答应西比尔，可以给她一件她想要的东西，西比尔要了一把尘土数量岁月的生命。但是西比尔犯了一个错误，她忘了附带着索要另一样东西——青春。结果时间过去了几百年，西比尔衰老萎缩成了一个小绒球，随风飘动，痛苦异常，但她求死不得，只得躲在一只瓶子里。所以，当孩子们问她"你想要什么"的时候，她的回答是"我想死"。而"我想死"这句话也正概括了整个荒原人的精神状态。据《艾略特传》作者阿克罗伊德考证，艾略特原本是打算用康拉德《黑暗的心》中科兹临死前大彻大悟喊出的"恐怖！恐怖！"那句话作为题词的。"艾略特认为这段话有助于说明这首诗的主题，因为小说中科兹大彻大悟到的正是虚无，既是他自身的虚无，也是整个世界的虚无。无论在什么地方，都找不到意义的存在。"② 应该说，用康拉德《黑暗的心》中的这句话作为题词是很恰切的，也能够很好地概括荒原人的精神状态。但是，庞德觉得康拉德的分量欠足，建议调整，艾略特听从了其建议，这才出现了现在的这个样子。

《荒原》是一部类似于但丁《神曲》的叙事性作品，采用的是一种梦幻文学形式。但是，《荒原》没有像《神曲》那样，详细地叙述交代叙事者的游历过程，而是仅仅写了叙事者游历中的所见、所闻、所想。正因为省略掉了对游历过程这一线索的叙述、交代，所以这首诗才那么令人难以理解，甚至长期让人误解。比如，有的学者就认为《荒原》一诗缺乏中心人物，而另有一

① 圣经·旧约．南京：中国基督教协会，1998：815－816.
② 阿克罗伊德．艾略特传．刘长缨，张筱强，译．北京：国际文化出版公司，1989：109.

些学者则认为《荒原》缺乏连贯性、整体性，仅仅是用蒙太奇手法剪辑拼贴出来的碎片式图画。

《荒原》全诗共434行，分为5章。第1章“死者的葬仪”，题名取自英国国教葬仪祷文，但就诗歌本身来看，具体所指应该是丰年神祭。按照弗雷泽《金枝》的考证，古代埃及和东地中海地区的丰年神祭，每年都是在夏末举行，居民们将丰年神像或埋在地下或挂在树上或浸入水中，以求来年能为世间带来繁荣新生的力量。《荒原》一诗描写的是4月的春天景色，按照丰年神祭中人们的期许来讲，此时本应该是一派草木萌发生机勃勃的景象，但是叙事者目光所及看到的却只是一片凄凉的荒原。所以，在第1章的结尾处，叙事者才会有“去年你种在你花园里的尸首，它发芽了吗？今年会开花吗？还是忽来严霜捣坏了它的花床？”的追问。第1章共76行，可以分为4个小的部分。第1小部分，首先描写了荒原景色，然后在此背景上重点写了女贵族玛丽对自己孩提时代生活尤其是对自己往昔浪漫史的追忆。这一小部分应该是对题词的回应，与西比尔一样，玛丽也是一大把年纪，除了对往昔岁月的追忆之外，有的可能就是“我想死”的渴望了，她所面对的现实是空虚的、无意义的。第2小部分，首先是引用《旧约》中的典故描写荒原景象。按照《以西结书》《传道书》的描述，耶和华曾对悖逆上帝之人发出惩罚的誓言。那么，这里对于荒原景象的描写运用的就是《旧约》中的这两处典故。说话者以耶和华的口吻向叙事者提问、陈述，并借用西比尔的典故向叙事者坦言：“我要给你看恐惧在一把尘土里。”那么，到底有哪些恐惧呢？诗歌紧接着就描述了一个失败的两性生活场景。据柏拉图《会饮篇》记述，人最初是球形的，有四条胳膊和四条腿，有两张面孔，还有四个耳朵，总之身体各组成部分的数目都是加倍的。后来因造诸神的反，被宙斯劈成两半。所以，人从出生开始就有一项神圣的使命——想念、寻找自己的另一半，与自己的另一半结合，以便使自我走向完整。这就是我们常说的爱情。但是艾略特在这里描绘的则是一幅伤心的两性生活图景（尽管是以特里斯坦与伊瑟之名）：男女之间不仅不能心心相印，甚至连最起码的语言沟通也已断绝。而男子在这一过程中的体验更是令人沮丧：“我一句话都说不出来，眼睛也看不清了，我既不是活的也不是死的，我什么都不知道。”他感受到的是一种大海般的荒凉与空虚。第3小部分，描述的是女相士索梭斯特里斯运用塔罗纸牌占卜的场景。这一部分在《荒原》中所起的作用，类似于《红楼梦》第五回“游幻境指迷十二钗　饮仙醪曲演红楼梦”在《红楼梦》中所起的作用。《荒原》中的人物、事件，在索梭斯特里斯的纸牌占卜中基本上都一一出现。比如被淹死的腓尼基水手，以及独眼商人、簇拥的人群等，而三根权杖的男人代表的是渔王，被吊死的人代表的则是丰年神。在这一部分，艾略特还写了索梭斯特里斯的困惑——她参不破那张空纸牌的内涵，也“找不到那被绞死的人”。实际上，这也是在写艾略特自己的困惑，因为艾略特自己也难以预见人类的未来，也难以确定荒原拯救的路径。第4小部分，写的是“虚幻的”可怖的伦敦城。在这里，艾略特借用波德莱尔《七个老人》与但丁《神曲》中的诗句来描写伦敦早晨的上班族："虚幻的城市，在冬天早晨的棕色浓雾下，人群流过伦敦桥，那么多人，我没想到死神竟报销了那么多人。偶尔发出短促的叹息，每个人眼睛都盯着自己的脚尖。"他把熙来攘往的芸芸众生写成了地狱中的鬼魂，展示了当今西方世界的荒芜全貌：人们鼠目寸光，虽生犹死，他们的生存并无实际意义。正是在这样的背景下，叙事者直接出现了，他遇见一个熟人，急着追问去年丰年神祭的情况，并发出了"你！虚伪的读者！——我的同类——我的兄弟！"的断言，进而把读者也纳入了"荒原"的范围之内。

第2章"对弈"，题名出自英国剧作家托马斯·密德尔顿的剧作《对弈》，内容主要写的是夫妻间的隔阂。这一章主要描述了两个生活场景：一套豪华住宅中一对上流社会夫妇间的"对话"，一个下等酒吧里一对下层社会闺蜜间的对话。诗歌在描述第一个生活场景的时候，首先详细地描述了那一对上流社会夫妇住宅装修、陈设的豪华，并通过这种描述，引出了克莉奥佩特拉、狄多、夏娃、翡绿眉拉四位传说或神话中的人物。克莉奥佩特拉是莎士比亚悲剧《安东尼与克莉奥佩特拉》中的人物，是埃及艳后。她为了保住自己的国家，施展美色诱惑安东尼，虽短时间内保住了国家，但最终还是落了个国破人死的下场。克莉奥佩特拉对安东尼的感情是不纯粹的，是掺杂着其他目的的，从一开始就注定了毁灭的命运。狄多是维吉尔史诗《埃涅阿斯纪》中的人物，是迦太基的女王。据《埃涅阿斯纪》叙述，狄多爱上了特洛伊英雄埃涅阿斯，并与之结婚，但是她并不真正了解埃涅阿斯。后来，埃涅阿斯听从神的召唤准备离开迦太基去往外地建国，狄多恳留无效，愤而自焚身亡。夏娃是《旧约·创世记》中的人物，是上帝取亚当身上的一条肋骨造出来的，是亚当"骨中的骨""肉中的肉"。但是她在亚当不在的情况下经不住魔鬼的诱惑，吃了禁果，造成了人类的原罪。诗歌重点描绘的是壁炉架上带框的关于翡绿眉拉的画。据古罗马诗人奥维德《变形记》第6卷所载，翡绿眉拉是色雷斯王后泊劳克奈的妹妹。泊劳克奈思念妹妹，恳请丈夫接她来小住。色雷斯王铁卢欧斯见翡绿眉拉貌美，顿生歹意，在归途中将其强奸，并将其割舌囚禁。多年后，翡绿眉拉将自己的遭遇织在锦上托人带给姐姐。泊劳克奈知道内情后，十分愤怒。她找回妹妹，并杀死儿子煮熟了送给丈夫吃。铁卢欧斯发觉后，持刀将姐妹二人杀死。姐姐变成了燕子，妹妹变成了夜莺，日夜啼鸣不已，叙说着自己的不幸。诗歌在做了以上这些铺陈、准备之后，才开始叙述、描绘那对上流社会夫妇的"对话"场景。妻子絮絮叨叨、歇斯底里、大吼大叫，而丈夫在整个过程中唯以内心话语予以回应。实际上，这对夫妻语言上的交流已经断绝，已经无法沟通。诗歌中有一段描写女主人公形象的语句："楼梯上步履蹀躞。火光下，发刷下，她的长发散成点点火星化为语言，接着又将是一片死寂。"诗句用的是《神曲·地狱篇》中的典。《神曲》中的原句是这样的："罪人的悲惨的话，由于起初没有通路或出口从火焰中发出，就转变成火焰自身的语言。"[①] 写的是地狱第八圈第八断层里的鬼魂圭多

① 但丁．神曲．田德望，译．北京：人民文学出版社，1990：211.

为火焰所包围，难以言语，只能借火舌来表达自己的情状。诗歌借用来描写女主人公，可以说是写尽了她难以与丈夫沟通的那种焦急与痛苦。诗歌所描述的第二个生活场景，据说来自艾略特夫妇所雇女佣的讲述。写的是伦敦的一个下等酒吧里一对女子的对话。对话的主要内容是丽儿如何去应付即将退伍回来的丈夫。这段对话发生在酒吧即将打烊的时间，谈话不断地被侍者的催促话语打断，最后以侍者的催促话语及《哈姆雷特》中奥菲莉亚发疯落水死亡前的一段台词结尾。这里隐隐暗示出对话的人物精神也已临近死亡状态，已经到了死亡前的最后时刻。

第3章“火诫”，题名取自佛教的《火诫》及奥古斯丁的《忏悔录》，写的主要是炙烤人性的情欲之火。全章分为四个小的部分。在第1小部分，叙事者分别以斯宾塞、巴比伦的囚徒、莎士比亚《暴风雨》中的斐迪南王子等人的口吻，描绘了泰晤士河边的景色，抒写了自己的哀伤。叙事者目光所及、听觉所至，是一派令人作呕的“景象”。仙女们与城里富人的子弟们结伴在泰晤士河边游玩，留下了一地的空瓶子、面包纸、绸手帕、硬纸盒、香烟头……而城里富人的子弟们没有给仙女们留下地址，因为他们不是正当的异性朋友。斯威尼坐着汽车来到博尔特太太家里，博尔特太太与她的女儿则洗漱干净盛情接待。许多学者都认为斯威尼是嫖客，博尔特太太与她的女儿是妓女；而诗歌对于夜莺叫声的描写，则暗示了铁卢欧斯对翡绿眉拉的强暴，也暗示了斯威尼对博尔特太太与她女儿的行为。看到如此场景，叙事者想到的是这样一种“情景”：“骨头咯咯作响，并咧着嘴大笑。”“白白的躯体裸露在低低的湿地上，白骨扔弃在一间低而干的阁楼里，只是被老鼠脚嘎嘎踢响，年复一年。”① 这应该是《旧约·以西结书》中耶和华对崇拜偶像者那一段惩罚誓言的改写，呈现的是世人遭受诅咒后的一种景象。在这样的背景下，叙事者设想自己是传说中的渔王，在某个冬夜，在一家煤气厂后面污浊的运河中垂钓，表达了自己拯救荒原的强烈愿望。第2小部分，写的是在虚幻的城市里，士麦那商人尤金尼特先生邀请叙事者“我”到凯能街饭店吃午餐，到大都会过周末。据学者们考证，凯能街饭店是伦敦市区的一家低廉旅馆，大都会是英国东南部滨海城市布莱顿的一家豪华旅馆，两处都是同性恋者聚会、活动的场所。所以，此处的邀请含有同性猥亵行为的意思。第3小部分，写的是希腊神话人物帖瑞西斯的言说。帖瑞西斯是一个双性人，是一个盲人预言者。据传说，帖瑞西斯年轻的时候原本是一个男子，有一天他到树林里去，遇到了两条交媾的大蟒蛇，他便用手杖击打，而他竟因此变身为女子。七年之后，他在树林中又一次遇见了两条交媾的大蟒蛇，心想：用手杖击打蟒蛇，可以使人变性，我今天如果再击打蟒蛇，便可以变回男儿身。于是举杖击蛇，果然变回了男儿身。话说有这么一天，朱匹特与妻子朱诺谈及男女两性在交合过程中所生的快感，究竟是女性所得的较大，还是男性所得的较大。朱匹特主张前者，而朱诺则主张后者。两人争执不下，于是请帖瑞西斯前来评判。

---

① 艾略特．四个四重奏．裘小龙，译．桂林：漓江出版社，1985：79.

因为帖瑞西斯兼有男女两性的经验，理解男女两性的心理。帖瑞西斯赞同朱匹特的观点，因之受到朱诺的诅咒，双目失明成为盲人。朱匹特则赐予了帖瑞西斯预言的能力，以作为补偿。本部分所写的内容主要是帖瑞西斯在目睹了一个女打字员黄昏时分家中生活场景后的预言。在帖瑞西斯的叙述中，一个女打字员在黄昏时分回到了家中，开始收拾早餐的杯碟，准备晚餐，而室内、室外一片狼藉。之后不久，她的情人——一个满脸粉刺疙瘩的年轻人来了，接着发生了如下的一幕："时机现在倒是合适，他猜对了，饭已经吃完，她厌倦又疲乏，试着抚摸抚摸她虽说不受欢迎，但也没有受到责骂。脸也红了，决心也下了，他立刻进攻；探险的双手没有遇到障碍；他的虚荣心并不需要报答，还欢迎这种漠然的神情。……最后又送上形同施舍似的一吻，他摸着去路，发现楼梯上没有灯……"事情过后，女打字员的想法竟然是"总算完了事：完了就好"。此处描写的应该是一种机械式的彻头彻尾的淫乱。男女之间毫无情感交流，有的只是欲望与木然的承受。第4小部分叙述、记录的是泰晤士河三女儿之歌。第一节歌词是对泰晤士河景色的描绘，第二节歌词是对泰晤士河历史故事的讲述。从292行开始，是女儿们的轮流讲话。在女儿们的陈述当中，她们都曾有过失身沉沦的经历，但是她们麻木不仁，她们既不怨恨什么，也不指望什么。写到这里，叙事者又一次走了出来，借用奥古斯丁的《忏悔录》及佛教《火诫》中的语句，来表达自己的看法。在叙事者看来，自己所看到、听到的，就如奥古斯丁在迦太基所看到、听到的一样，到处充塞着淫欲，充塞着秽行；人类就如《火诫》中佛所描绘的那样，都生活在种种欲望的烈火之中。最后，叙事者借用《忏悔录》与《火诫》中的语句，向基督、向佛祖大声疾呼，请求把世人从欲望的深渊中拯救出来，进而点明了本章的意旨：人类只有克制情欲、摆脱情欲的奴役，才可望获得心灵的自由，才能过一种有意义的圣洁生活。

第4章"水里的死亡"，仅10行，写的是腓尼基水手弗莱巴斯葬身大海的情景。在第1章中，女相士索梭斯特里斯曾用纸牌预言腓尼基人淹死在水里，在这里，她的话应验了。这一章所写到的水、所写到的海，并不是基督教施洗礼仪式中所用到的，也不是丰年神祭仪式中所用到的，它应该是情欲之水、物欲之海。腓尼基人弗莱巴斯的死指的并不是肉体的死，而是精神的死。死因是他深陷情欲的大海、物欲的旋涡无力自拔。如果说第3章是对世人泛滥情欲的集中描写的话，那么这一章便是对世人情欲泛滥结果的揭示。在这一章的结尾处，叙述者以悲哀的语调告诫深陷于情欲之水、物欲之海的世人："想一想弗莱巴斯，他当年曾和你一样漂亮高大"，含蓄地对世人进行了规劝。

第5章"雷霆的话"，写的主要是荒原的拯救途径。全章分为三个小的部分。第1小部分运用了三个题材：在去以马忤斯的路上，目前东欧的衰落，向"凶险教堂"的行进。"在去以马忤斯的路上"原本是《圣经》中的故事。据《新约·路加福音》记述，在基督耶稣被害复活后，"正当那日，门徒中有两个人往一个村子去，这村子名叫以马忤斯，离耶路撒冷约有二十五里。他们彼此谈论所遇见的这一切事。正谈论相问的时候，耶稣亲自就近他们，和他们同行，只是他们的眼睛迷糊了，不认识他”[①]。可在《荒原》当中，真正叙述、描写门徒对面不识主这一情节、场景的文字却并不多，诗歌重点描述的是基督耶稣被捕受难后叙事者“我们”“在去以马忤斯的路上”所看到的荒原景色以及“我们”“快要死了”的痛苦感受：“这里没有水只有岩石/岩石而没有水而有一条沙路/那路在上面山里绕行/是岩石堆成的山没有水/若还有水我们就会停下来喝了/在岩石中间人不能停止或思想/汗是干的脚埋在沙土里/只要岩石中间有水/死了的山满口都是龋齿吐不出一滴水/这里的人既不能站也不能躺也不能坐/山上甚至连静默也不存在/只有枯干的雷没有雨/山上甚至连寂寞也不存在/只有绛红阴沉的脸在冷笑咆哮/在泥干缝裂的房屋的门里出现”[②]。但是，基督耶稣既然已经复活，既然已经与“我们”同在，那么，我们世人就有得救的希望（关键是要识主）。“目前东欧的衰落”部分，叙事者借用了德国小说家赫尔曼·黑塞《混乱中一瞥》中描述混乱东欧的口吻，描述了想象中的俄国革命的景象——“这些戴头罩的人群是谁/在无边的平原上蜂拥而前，在裂开的土地上蹒跚而行”，并将这一描写置放于耶路撒冷、雅典、亚历山大、维也纳、伦敦这样一些毁灭又重建的虚幻城市的背景中。这不仅写出了俄国革命后人们如波德莱尔《七个老人》、但丁《神曲·地狱篇》中所描述的整体精神状态，也写出了整个欧洲乃至整个人类精神文明毁灭的图景。“向‘凶险教堂’的行进”部分，主要描述的是教堂内外的种种恐怖景象，而没有交代年轻骑士是否找到圣杯。但是下文“雷霆的话”似乎给出了答案。第2小部分，具体写雷霆的话，用的是印度《奥义书》中的典。据传，佛有三个学生——神、人与魔鬼，学习行将期满，神问佛说：先生还有什么需要教我的吗？佛只说了一个字Da，并问道：你理解了吗？神回答说：已经理解了，就是Damyata，即克制。佛说：你确实已经理解了。人又问佛说：先生还有什么需要教我的吗？佛还是只说了一个字Da，并问道：你理解了吗？人回答说：已经理解了，就是Datta，即给予。佛说：你确实已经理解了。魔鬼也问佛说：先生还有什么需要教我的吗？佛也是只说了一个字Da，并问道：你理解了吗？魔鬼回答说：已经理解了，就是Dayadhvam，即同情。佛说：你确实已经理解了。所以，克制、给予与同情是佛也是上苍对于世间的训诲。至今，佛与上苍仍以雷霆“Da！Da！Da！”轰鸣的形式重复着这三条训诲。艾略特认为，这三条训诲就是人生的意义之源，就是能够给人的精神世界带来丰饶图景的“圣杯”“丰年神”与“基督”。所谓“给予”，也就是人们常说的“奉献”“爱”。所谓“同情”，指的是心灵的相通，也就是人们常说的“心心相印”“知己”“打开心锁”。诗歌的叙事者并没有正面地解释“给予”“同情”的内涵，也没有深入地探讨践行“给予”“同情”的价值与意义，而是重点反思了世人“给予”“同情”的缺乏状况。叙事者追问：“我们

---

① 圣经·新约．南京：中国基督教协会，1998：102.

② 袁可嘉，等．外国现代派作品选：第一册：上．上海：上海文艺出版社，1980：114.

给予了什么？”回答是仅仅存在于“一刹那”，“靠着这一点，仅仅这一点，我们生存着”。叙事者以但丁《神曲·地狱篇》中乌格里诺的口吻，并借用了英国哲学家布拉德雷《外形和实在》中的观点，描述了世人人际关系状况——“每个人都守着一座监狱”，人与人之间心扉关闭、心锁锁紧，存在着“坚不可摧的障碍”；每个人却又渴望着与别人心灵的沟通，“我们想着这钥匙”，但是“我听到那把钥匙在门锁里转了一下，仅仅转了一下”。而人类之所以感到精神空虚，之所以感到人生没有意义，其原因可能也就在于缺乏“给予”“同情”的精神。所谓“克制”，指的是世人对自我欲望及各种性情的克制。叙事者以驾船为喻，以欢快的口吻，描述了克制状态给人们所能带来的心灵的自由。实际上，世人之所以心灵蒙尘，之所以精神枯竭，原因之一可能也就在于不知克制，一味放纵。第 3 小部分篇幅较短，仅 11 行，但是它是全诗的点题部分，非常重要。在这里，叙事者结束了自己漫长的“游历旅程”，寻到了拯救荒原的途径。叙事者自比传说中的渔王，打算收拾好自己的田园。那么，怎样收拾呢？诗歌通过借用《奥义书》中的语句，给出了答案：“克制、给予、同情”“平安平安平安”。叙事者指出“这些就是我用来支撑自己以免毁灭的零星断片”，并借用文艺复兴时期剧作家托马斯·基德《西班牙悲剧》中希罗尼摩的典故，表达了拯救荒原的信心。

英文版《荒原》插图

艾略特在《尤利西斯：秩序与神话》一文中曾言：“在使用神话，构造当代与古代之间一种连续性并行结构的过程中，乔伊斯先生是在尝试一种新的方法，而其他人必定也会随后进行这种尝试。他们不是模仿者，就像一个科学家利用爱因斯坦的发现，从事自己独立、更为深入的研究一样。它只是一种控制的方式，一种构造秩序的方式，一种赋予庞大、无效、混乱的景象即当代历史以形状和意义的方式。”[①] 据说，艾略特是在 1921 年上半年读到

① 王恩衷．艾略特诗学文集．北京：国际文化出版公司，1989：285.

《尤利西斯》的，读后大为赞叹，便决心要在诗歌领域创作出类似的作品。而《荒原》正是艾略特这一努力的一个结果。所以，评论界常常将《荒原》与《尤利西斯》并举，甚至把《荒原》视为诗歌版的《尤利西斯》。与乔伊斯的《尤利西斯》一样，艾略特在《荒原》中也是极力地想在当代题材与古代的神话传说之间建立起某种类比象征性的关系，以便为当代题材提供秩序与意义。艾略特通过叙事者游历的方式（如同布鲁姆游历都柏林、但丁游历地狱），一方面广泛地描绘了伦敦与其他城市以及东欧各地人们的生活状况，另一方面又大量地用典，反复地描写荒原景象，并两次刻画渔王垂钓的肖像、一次描写凶险教堂的景象，时而现实时而神话，在交替往复的叙述、描写中，达到了一种比拟、象征的艺术效果，进而为诗歌编织出了一个整体性的表意结构。

《荒原》一诗虽名为"荒原"，但描述的真正对象却是人的精神状态。在艾略特的笔下，人们彼此疏远、不知奉献、不知克制、耽于情欲物欲，生命毫无意义，犹如行尸走肉。人们的精神世界就如传说中渔王治下的国土、《以西结书》中崇拜偶像者遭受惩罚后的图景一样，陷入了一种干涸、贫瘠、毫无生机的荒芜状态。《荒原》写的主要是当代题材，但是，"艾略特并不把'荒原'视作历史上某一个特定的时刻，或看成仅仅是二十世纪西方的境遇。整首诗是想表现一种带有普遍性、永恒性的景象，也是一种对历史的透视"①。也就是说，艾略特笔下的荒原景象既是对现代社会的写照，也是对人类整个历史的概括。《荒原》一诗描述的重点是"荒原"，但是诗人的目的却是荒原的拯救。如何拯救？雷霆的"Da! Da! Da!"轰鸣声给予了回答。这是印度经典《奥义书》中的箴言，也是艾略特这个愁容骑士所取到的救世真经。

三、《荒原》中的艾略特生平档案

《荒原》一诗共5章434行，有学者认为，"艾略特在434行的长诗中，几乎都在抒写令人厌恶的男女之爱"②，其主题"最后一切都归结到性上"③。这种论断有些夸张，但也确实道出了一个事实，即诗歌的主题与两性关系密切相关。《荒原》5章，集中描写、谈论两性关系问题的就占了两章（对弈、火诫）。而第1章"死者的葬仪"、第5章"雷霆的话"也局部地出现了对于两性关系问题的谈论、描写。实际上，就连第4章"水里的死亡"也在某种程度上与两性问题有着内在的关联。所以，将《荒原》视为"两性诗"大致还算准确。

青年艾略特

① 艾略特．四个四重奏．裘小龙，译．桂林：漓江出版社，1985：前言2.
② 郭春英．从先知预言的角度释《荒原》．外国文学评论，2004（1）：78.
③ 洛奇．小世界．王家湘，译．上海：上海译文出版社，2007：16.

两性问题是人类的一个基本问题。两性生活是人类生活中一项最为基本的内容。“性”可以使人感觉到生命的美好、灵魂的升华，从而促人奋进；也可以使人感觉到情欲的丑恶、灵性的堕落，以致失望、沮丧。艾略特的《荒原》对于两性关系的描写、处理，更多立足、着眼的是后一点。在艾略特笔下，“诗人所写的当代的两性关系几乎没有例外都是肮脏的、不正常的、兽性的，几乎完全没有感情基础”①。男女之间，除了仅存的一点肉欲之外，所谓心灵上的沟通、道义上的忠诚已荡然无存。诗歌第2章名为“对弈”，实则是男女两性之间的博弈。诗歌第3章名为“火诫”，描写的则是炙烤人性的情欲之火。两性关系在这里已沦为情欲关系，而欲望似乎已成为两性之间仅存的一点东西。在诗歌的这两部分，荒原上的人们已个个深陷性湖欲海，放荡堕落而不知悔改，整个荒原似乎成了一个丑恶的淫欲沸腾的世界。这里有背叛：丽儿置婚姻家庭于不顾，背着入伍的丈夫与人私通；这里有丑恶的色情交易：城市富人们的后代与“仙女”们结伴游玩后不给她们留下地址，而博尔特太太与她的女儿们则欢天喜地、梳洗打扮以迎接她们的客人斯威尼；这里有肮脏机械的性行为：小伙子直接进攻，女打字员尽管对他没有爱情，却也能机械地接受，而事后竟没有一丝的羞耻之感；这里有强暴：女子被迫躺在狭窄的船底，而事后居然不怨恨什么；这里有厚颜无耻的同性恋追求：尤金尼特先生邀请“我”一同用午餐、度周末；这里有失败的婚姻、失败的爱情：妻子歇斯底里、大吼大叫，丈夫却沉默不语、无动于衷。

那么，艾略特为什么会对两性关系、两性问题有着如此浓厚的兴趣？为什么令大多数人向往、促人奋进的婚姻爱情在艾略特的笔下却显现得那么可怖、可憎？这与艾略特的个人婚姻经历有没有关系？而在这些描述中，有没有渗透进作者自己的思想感情？回答当然是肯定的。理查德·艾尔曼就曾指出，“在《荒原》套用的圣杯传说中，渔王的病症在于其性功能的丧失。而在艾略特的情况里，其病症就是他的婚姻”②。我国许多学者也曾著文揭示过这一秘密，比如西南大学的刘立辉教授与东华大学的赵晶博士就曾指出：“艾略特与维维安的婚姻成了《荒原》的催化剂。”③“《荒原》是基于个人生活的不幸而引起的对整个社会两性关系的关注而产生的诗作。”④甚至艾略特本人也有供认，在去世前不久，艾略特曾这样总结自己的第一次婚姻：“对她（维芬）来说，这次婚姻没有带来任何幸福。……对我来说，它带来了一种心态，结果写成了《荒原》。”⑤我们相信，艾略特也和我们大多数人一样，对美好的爱情、幸福的婚姻充满着向往，但糟糕的经历可能从根本上改变了他的这种心境。据各种资料显示，艾略特的第一次婚姻属于一次彻底失败的婚姻。

---

① 赵萝蕤.《荒原》浅说.国外文学，1986（4）：57.

② Ellmann. The First Waste Land//Walton Litz，ed. Eliot in His Times：Essays on the Occasion of the Fiftieth Anniversary of The Waste Land. Princeton：Princeton University Press，1973：61.

③ 刘立辉.变形的鱼王：艾略特《荒原》的身体叙述.外国文学研究，2009（1）：57.

④ 赵晶.艾略特：诗歌中的两性关系的异化与重构.上海：上海人民出版社，2015：98.

⑤ Eliot. The Letters of T. S. Eliot：Vol. 1. San Diego：Harcourt Brace Jovanovich，1988：xvii.

艾略特自幼身体羸弱，患有严重的疝气，终生大多数时间都要系着一条疝气袋。在性格方面，艾略特生性腼腆、内向、少言寡语、举止拘谨，有些刻板乏味。但他举止得体、风度翩翩、修养极高。维芬也有自己的病史。她童年时期曾患过肺结核。十二岁起月经不调，周期过短。为了治疗，曾长期服用吗啡类镇静药。这类药物副作用很大，极大地伤害了她的精神与身体。在性格方面，维芬有高度神经过敏的毛病，容易焦虑、情绪不稳，常常歇斯底里。但她时尚、活泼热情、才华出众，对艺术有一种天生的敏感。他们的结合应该是仓促的、草率的。因为他们婚前并没能真正了解对方的性格及身体情况，他们各自给对方留下的都是虚假的印象。结果双方都大失所望。他们不仅性格相左，而且性生活也不和谐。据罗素描述，维芬是一个有心灵的激情而无肉体激情的人。而艾略特的情况与维芬也差不多。艾略特的《赞歌》一诗发表于1920年，诗中写一位丈夫看到床上的血迹，感到自己是站在一个吸取人元气的狐狸精面前。在之前写于1915年的《歇斯底里》一诗中，"我"则感到自己正被一个女人一口口地吞噬。应该说，艾略特一生都经受着体力不支的痛苦折磨。一位医生曾对艾略特说："我从来没有化验过像您这样稀薄的血液。"所以，他们的婚姻很快就成了一场灾难。在《荒原》第2章"对弈"的前半部分，诗歌描写了一对上流社会夫妇的日常生活。妻子心神不宁，焦躁不安。她先是恳求，继而追问，最后大吼大叫。面对妻子的无理和喋喋不休，丈夫除了内心独白外，便以沉默处之。很显然，这一对夫妻已失去了共同语言，在他们之间存在着一种难以沟通的隔膜。这是一种没有语言、情感、思想交流的死缠硬磨式的婚姻生活，对于这种生活状况，艾略特给了一个"对弈"的雅称。在这段描述中，我们可以看出，妻子和丈夫对于没有思想、情感沟通的这种婚姻生活都有着痛切的感触和不满。妻子发出了"我现在该做些什么?""我们明天该做些什么?"的呼声。而与之相对，丈夫的内心回答却是，除了这种程式化的夫妻对弈——死缠硬磨之外，便只有"等着那一下敲门的声音"了。至于敲门的是死神还是希望之神，这是我们无法确切判断的一个问题，也许两者都有。在这一部分，对于不相沟通的夫妻生活，艾略特可以说是写尽了它的可恐、可憎和给人带来的无奈。庞德认为此处所写正是艾略特夫妇日常生活的写照。① 而据说，维芬读罢此段居然拍手叫绝。② 由此可见，此处所写极有可能就是艾略特夫妇之间一段日常对话的实录。或者，至少可以说是部分的实录。

艾略特与维芬结婚是在1915年，《荒原》的发表是在1922年初。在此期间，维芬的偏头痛、失眠症、胃痉挛等病症开始加重并反复发作，基本上是一个长期病号，其性格的神经质趋向也日益明显。这无疑给艾略特带来了巨大的心理压力与经济压力。据《艾略特传》作者阿克罗伊德考证，在此期间，

---

① Valerie Eliot. The Waste Land: A Facsimile and Transcript of the Original Drafts. London: Faber & Faber Limited, 1971: 126.

② Valerie Eliot. The Waste Land: A Facsimile and Transcript of the Original Drafts. London: Faber & Faber Limited, 1971: 11.

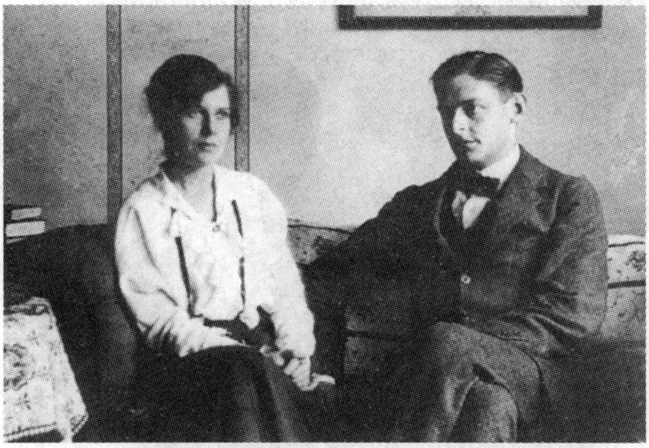

艾略特与第一任妻子维芬

维芬与大哲学家罗素还曾有过一段较为暧昧的经历。罗素是艾略特哈佛求学时期的老师。艾略特与维芬结婚后曾短时期借住在罗素的家里（1915 年 9 月至 1915 年 12 月）。因为艾略特需要到伦敦郊区工作，所以，罗素家里常常只有维芬与罗素两个人住。据说，就是在这一时期，维芬与罗素调过情（后来她也曾与其他男人调过情），而罗素则常常送给维芬一些贵重的礼物。不过大致说来，此一时期他们的关系基本还保持在精神的层面。但是到了 1917 年秋天，罗素违背了自己所立下的做一位父亲的誓言，与维芬发生了关系。[①] 对于此事，艾略特不可能不有所耳闻，不可能不产生反感的情绪。但是大量的史料却没有有关艾略特对于此事大喊大叫的记载，他采取的是一种缄默和洁身自好的态度。艾略特的嫂子曾经指出："维芬毁了一个作为男人的艾略特，但是却造就了一个作为诗人的艾略特。"[②] 艾略特在给自己一个朋友的信中也曾承认：婚后六个月的体验使他获得了足以写二十首长诗的素材。在艾略特经历了这些事情以后，不可能不会因此而改变对于婚姻、对于爱情、对于女人的看法，不可能不会因此而形成自己内心的郁结。作家是一个独立的主体，他可以抒写自我，也可以反映外部世界。艾略特主张创作的非个人化，反对在作品中直接表现自我，在创作中，他总是试图以局外人自居，只想表现别人、描写外部世界。但是世界之大、方式之多，作家不可能穷尽。他只能加以选择，而作家的内心郁结、情感潜流在某种程度上正决定了这种选择，决定了选择后其对于素材的处理。所以，艾略特的理论在实践当中是很难实现的。可以说，他对于两性关系题材的选择、他对于两性生活材料的处理，正流露了自己对于婚姻的厌恶、对于生活的惧怕，展示出了他深深的性恐惧、性压抑的心理情绪。一个因婚姻失败而几乎患有厌女症的作家、一个牢骚满腹的失意男人，他对于写作题材的选择、他对于写作题材的处理，与一个有

---

① 阿克罗伊德．艾略特传．刘长缨，张筱强，译．北京：国际文化出版公司，1989：53－55，72.

② Sharpe. T. S. Eliot：A Literary Life. New York：St. Martin's Press，1991：47.

着幸福婚姻、美满爱情的男性作家的区别是显而易见的。

艾略特第一任妻子维芬

《荒原》名为荒原，描写的地点却是伦敦（当然有些章节也写到了慕尼黑、洛桑、耶路撒冷、亚历山大、雅典、维也纳、东欧以及恒河、喜马望山等地）。整首诗共5章，其中明确指出地点是在伦敦或伦敦附近的就有3章。第2章“对弈”地点不明，第4章“水里的死亡”地点是在大海，但仅有10行。所以，《荒原》基本上是一首描写伦敦风貌的“都市诗”。

和波德莱尔描写巴黎一样，艾略特的笔下也汇聚了都市中的丑与恶。这里既有衰老的两性人、厚颜无耻的同性恋者、嫖客与妓女、患了重感冒的女巫、失身的少女、不忠的妻子、偷情的男女，还有充满鬼影的梦幻街道以及死尸与白骨。但是，与《恶之花》中的城市环境描写不同，在艾略特的笔下，人物所身处的是一片令人恐怖、令人沮丧的荒原之地。在这片荒原之上，骄阳直射、土地干涸、草木枯萎、乱石遍地，“这里没有水只有岩石/岩石而没有水而有一条沙路/……这里的人既不能站也不能躺也不能坐/山上甚至连静默也不存在/只有枯干的雷没有雨。”很明显，诗中所写不是现实中的伦敦景色。艾略特似乎并不刻意“准确”“客观”地描写我们通常所看到的外部世界，而是努力地来描绘一个类比的世界（以此来象征人们所普遍存在的精神状态）①，一个他所能体会到、所能感觉到的内心世界（自己荒原般的精神世界）。

据杰西·韦斯顿的《从祭仪到传奇》、詹姆斯·弗雷泽的《金枝》以及《圣经》中的相关章节描述，原野之所以荒芜，之所以乱石、白骨遍地，是由于渔王受伤，是由于丰年神死亡，是由于背叛上帝受到惩罚。在艾略特描绘的荒原上，也出现了成堆的乱石、破碎的偶像、累累的白骨以及龟裂的大地。那么，艾略特的内心因何而“荒凉”?《圣经·诗篇》第137篇有“我们曾在巴比伦的河边坐下，一追想锡安就哭了”的诗句，说的是作为“巴比伦之囚”的犹太人对于家园的怀想，为失去的家国而感伤。在艾略特所描绘的荒原图

① 关于这一点，我们本讲第二部分已经分析，此处不再赘述。

景中，叙事主人公也“坐在莱芒湖畔哭泣……”。而据史料记载，莱芒乃瑞士洛桑的一处风景，是艾略特休假疗养并最终写就《荒原》的地方。那么，我们不禁要问：作为诗歌叙事主人公的诗人因何而哭泣？他失去而又怀想的是什么？莎士比亚写有《暴风雨》一剧。里面写斐迪南王子误以为父王被淹死在海中，坐在海滩上为此垂泪。在《荒原》的第3章，艾略特借用此典，以斐迪南王子的口吻，描绘了泰晤士河边的景色。那么，艾略特与斐迪南王子有何可比之处？公元4世纪某拉丁无名诗人写有《维纳斯的守夜》一诗。诗中借用翡绿眉拉的典故，来抒写自己诗名寂寞的苦闷。作者感叹自己的诗作不为人知，发问自己的春天何时来临，期盼自己能够像燕子一样，诗作能为世人所听闻。在《荒原》的结尾处，艾略特在刻画完渔王的垂钓形象后，紧接着便引用了《维纳斯的守夜》中的句子“我什么时候才能像燕子——啊，燕子，燕子”。那么，艾略特自身与这名拉丁无名诗人之间有何相似之处？以上所有这些，如若我们仅仅遵循艾略特的批评理论，放弃对于作家生平遭际的考察、分析，那么，我们是很难给以回答的。

据各种有关文献显示，艾略特创作荒原的时期，正是其一生中的荒原时期。1914年，艾略特离开哈佛大学前往牛津大学深造，本来有着很好的前景。但是，艾略特最终放弃了博士学位，也放弃了回哈佛大学工作的计划，并迅速与维芬结了婚。这一切都遭到了家人的反对。艾略特是父母的小儿子，是家中的宠儿。艾略特家族是美国密苏里州圣路易斯城的名门望族，在地方上声名远播，富有财产。艾略特一直为自己的家庭感到骄傲。所以，家人的反对对于艾略特来讲，影响应该还是比较大的。但是，艾略特决定留在欧洲，留在伦敦，决心也很大，并且还有自己的理由、自己的目的，那就是从事文学创作。而这也是当时美国文学界曾普遍存在的一种现象。比如亨利·詹姆斯、格特鲁德·斯泰因、海明威、庞德等都长期旅居欧洲。尤其是庞德更是直接为艾略特提供了一个成功的范例。但是，艾略特留在伦敦从事文学事业，一开始并不顺利。因为刚刚成立的家庭需要维持，太太一病再病也需要医药费用，所以，艾略特不得不四处兼职。生活与事业出现了严重的冲突，艾略特不得不白天工作，晚上写作。由于长期劳累以及疾病等原因，艾略特常常感到自己创作“彻底枯竭”。另外，由于“艾略特一开始似乎只是为一个懂诗的小圈子写诗”[①]，因而其诗歌创作也并没有马上得到社会的广泛认可。其文学批评著作，在出版社也是屡遭拒绝。1919年1月，艾略特的父亲突然病故。而到这时，艾略特也是仅仅出版了一本小小的诗集而已。艾略特深爱着自己的父亲，也一心想博得父亲的赏识。失去父亲给他带来的痛苦与磨难，是可想而知的。写作上的不如意、丧失亲人的痛楚、工作上的劳累、经济上的拮据，再加上红灯闪亮危机四伏的婚姻，所有这些使得艾略特对生活悲观失望，并促成了艾略特在《荒原》创作前后的一次严重的精神崩溃。按照相

① 安德斯·奥斯特林．授奖辞//艾略特．四个四重奏．裘小龙，译．桂林：漓江出版社，1985：279.

关文献的描述来说，当时的艾略特是“只剩最后一口气了”。此时此地的艾略特就如荒原上的渔王一样，因生活中的种种不如意、种种情感打击而深感自己未老先衰和创作上的枯竭。生活的意义何在？自己的精神家园又何在？身处困顿之中的艾略特迷惘了，甚至绝望了！生活成了恐怖的沙地、光秃的山冈、成堆的乱石、无荫的枯树，成了一片遭受惩罚、遭受诅咒的疲乏之地。面对着如此这般的凄惨生活场景，疲惫、沮丧的诗人坐在洛桑的莱芒湖畔，就如《圣经》中的巴比伦之囚、《暴风雨》中的斐迪南王子、写作《维纳斯的守夜》的无名诗人一样，禁不住泪水沾满了衣裳。刘勰云：“文变染乎世情，兴废系乎时序。”伟大的作品与其所处的时代、所处的社会都有一种难以割舍的关系，都会尽可能地去反映广阔的社会生活现实。艾略特与《荒原》也是这样。“一战”之后，西方社会衰败、传统价值观念解体、人们精神颓唐理想幻灭，所有这些共同构成了艾略特写作《荒原》的背景，同时也在作品中得到了广泛的反映。但是，这些反映都是通过诗人特殊眼光过滤后的反映，所以，名为反映，实际上也是作者内心世界的一种展示。学术界往往强调《从祭仪到传奇》《金枝》两书对艾略特构思《荒原》的启发，但毋庸置疑，艾略特内心的荒原体验，则是促使其创作的内在情感动力。而“寻找圣杯”的神话结构、《圣经》荒原的类比等等无疑也成了作者对青春、对生命意义、对创作春天呼唤的客观对应的象征表达，成了其内心“荒原”的一种间接的展示。借用国内一位学者的话来说就是：“他虽然不用自己的话把一切事情简单自然地表达出来，但那些警句和典故却和他自身的心境与感觉相关。”①

四、《荒原》中的“非个人化”手法

《荒原》表达了作者的感情，流露出了作者内心的郁结，《荒原》的创作是“个人化”的。但是，这些并没有阻止艾略特“非个人化”理论在该诗中的运用。那么，这一矛盾是如何解决的呢？我们经过仔细推敲发现，其方法途径大致有以下四种。

其一，大量借用“他语”。《荒原》一诗原拟题名是《他用不同的声音去执勤》。这一题名从诗歌文本的构成上来看，应该是较为恰切的。在《荒原》的434行诗句中，有一半以上的篇幅都与典故或摘引有关，用典多达百处。引用的文献贯于古今、超越民族。前人的名章佳语、今人的俚语小调，诗人都信手拈来，混杂运用。诗人通过这种借用“他语”的方式来传达，来明意，其目的除了为诗歌编织一个整体性的表意结构之外，主要还有以下两点：首先是制造“共同言说”的“普世化”图景，以此遮蔽诗人个人的声音。《荒原》整首诗歌广征博引，典故、引用、戏仿，前人的名言、同代人的佳句，他民族的典籍、本民族的篇章，社会上流人士的典雅诗句、市井陋巷里的俚

① 吴新云．“非我之路”上的苦行者——《荒原》创作心理透视．外国文学评论，1997（1）：84．

语歌谣尽收文本之内，其结果就是形成了一种不同的民族、不同的时代、不同的人类个体的“共同言说”这种状况。这样，诗歌所反映的也就已经不再是诗人自己的个人之见，而具有了广泛的代表性、真理性。诗人的言说成为不同时代、不同民族、不同人类个体言说的代表，而诗人的个人言说也融在不同时代、不同民族、不同人类个体“共同的言说”之中。其次是将诗歌导向一种对于“本源性”荒原的揭示。《圣经·传道书》第 1 章有言云：“已有的事，后必再有；已行的事，后必再行。日光之下，并无新事。”[①]《荒原》第 1 章“死者的葬仪”中，著名的女相士、千里眼索梭斯特里斯的纸牌也显示出了“转轮”的存在，看到了“一群人绕着圈子行走”。艾略特在《荒原》中大量借用他语，一个重要的目的就是力图以此强调、以此表现荒原的“本源性质”，亦即该种荒原并不是一种时代性、地域性的现象，而是广泛地存在于各个时代、各个民族、各个阶层人们的精神生活当中。在这种荒原面前，一切时代都是一个时代，一切地域都是一个地域，一切的人类个体都是一个个体，所有的差别都消失了。荒原成了一种柏拉图“理式世界”性质的所在，成了一种本源性的人类宿命、难以逃脱的永恒厄运。所以，艾略特在《荒原》中大量借用他语，并非像学术界所普遍认为的那样，是为了进行古今对比以表达今不如昔的感慨，而是为了构筑“异口同声”“共同言说”的图景，以摆脱“个人化”的困境。同时，也是为了暗示古今、欧外人们精神状况的相同，暗示古时人们荒原般的精神状态还在延伸并广泛分布。

其二，运用多种语言、多种语体。在《荒原》一诗中，艾略特先后运用了英语、法语、德语、拉丁语、意大利语、希腊语、梵文 7 种语言，流行口语、书面语、古语、土语 4 种语体，营造了一种众语喧哗的文本图景。作者如此写作的用意即在于达到“非个人化”的效果。7 种语言、4 种语体，意在表明该诗中所写到的、所表达的，并不是某一个种族的问题、某一个种族的看法，也不是某一个阶层的问题、某一个阶层的看法，更不是某一个个人的问题、个人的看法，而是一种世界各个民族、各个阶层、各个人类个体所共同存在的问题，所共同持有的观念，从而使诗歌所反映的问题、所表达的认识具有一种超越个人、阶层、种族的全人类性。当然，作者如此写作，还有其他的意图，即意在强调、意在表现人与人之间沟通的缺乏、关系的疏远这种状况，意在揭示“荒原”的形成原因。第 1 章“死者的葬仪”中，面对着风姿绰约的风信子女郎，“我”却不能言语，眼睛也不能表达心意。在第 2 章“对弈”中，无论是上流社会中的男女还是下层社会中的夫妻，也都处于一种绝对的隔绝状态。在第 3 章“火诫”中，无论是泰晤士河的“仙女”与她们的朋友，还是那位公司女职员和她的情人，无论是波特太太和她的客人，还是尤金尼先生对“我”的邀请，好像更多的都只是对欲望的一种满足、索取，而缺乏真正的相互之间的沟通、理解。作品的最后一章“雷霆的话”，作者揭示了“荒原”的得救之途。其中之一即为“同情”，而“同情”的本意即在于人与人之间的相互理解、相互沟通。那么，作者是如何调动艺术手段、运用

---

① 新旧约全书．南京：中国基督教协会，1994：620.

何种艺术方式来充分表现这一主题、描画这一状况的？答案、途径之一即在于多种语言与多种语体的运用。因为语言乃人类最为根本的沟通交流工具，是人类一切思想、精神的“存在之家”，语言的差异必将造成对话的缺乏，以至思想、精神沟通的困难。

其三，隐去叙事线索，设定特殊的叙事视角。在《荒原》一诗中，“我”作为全诗的叙述者和各个章节之间的重要媒介，声音是非常微弱的，有时甚至被荒原上的其他人物的声音淹没。比如第 2 章，我们所听到的都是其他人物（一对上流社会夫妇、丽儿的朋友“我”）的声音，根本寻不到叙事者“我”的踪迹。之所以会这样，主要是由于诗歌隐去了叙事线索。同样是梦幻文学，同样写人物的游历，《神曲》的情况与《荒原》就不一样。《神曲》由于详细地叙述了叙事者“我”的游历过程，所以叙事者“我”的声音在整部作品中就非常清晰、洪亮。艾略特在《荒原》的写作过程中，之所以省略掉对叙事者“我”游历过程的叙述，目的实际上也正是要减弱叙事者“我”的声音，以此回避诗歌中的个人因素。为了实现这一目标，艾略特还为叙事者“我”设计了一个特殊的伴游者（犹如《神曲》中的维吉尔、贝德丽采引导诗人一样），进而为诗歌设定了一个特殊的叙事视角——希腊神话人物帖瑞西斯。在《荒原》的原注中艾略特指出：“尽管帖瑞西斯只是个旁观者，而并不是一个‘真正的人物’，但却是诗中最重要的角色，他联络全篇。”“帖瑞西斯所看到的实在就是该诗的全体。”[①] 那么，艾略特为什么要以帖瑞西斯来作为叙事者“我”游历荒原的引导者呢？原因主要有以下两点：一是在奥维德的《变形记》中，帖瑞西斯是一个有着超常能力的人物，他不仅能够回忆过去，而且能够预知未来。《荒原》一诗，内容涉及世界各地，时代贯于古今，对于这样一种文本图景，只有帖瑞西斯的目光才能实现有效的观照。所以，在《荒原》中，叙事者对于整个荒原游历所见所闻的叙述都是在帖瑞西斯的参与下进行的。二是在希腊神话当中，帖瑞西斯是一个有过两种性别经历的人物，他曾经是个男子，后来因击打蟒蛇变为女子，后来又变回男子。所以，他既能洞察男人的世界又能了解女人的秘密，他所看到、体察到的是一个超凌于男人与女人之上的完整世界。在作品中，表面上看来，他只出现了一次，但实际上他无处不在。帖瑞西斯这个具有“本源性”的视角就成了古今人类的一个缩影，他站在一种全人类的视角之上通古察今。因而《荒原》最根本的叙事角度就成了一种具有全人类性质的视角。因为帖瑞西斯的意识具有全人类意识的性质，所以，作者个人的情感、个人意识便因之而获得了一种超越性别的高度，从而也就获得了非个人化的形式。

其四，扩大诗歌的叙事、描写范围。《荒原》一诗共 5 章，其中前 3 章谈论的基本都是两性问题。如果单看前 3 章，我们完全可以将其视为一首“情诗”。而该诗的第 4 章、第 5 章则改变了这种状况，从而使该诗走出了两性问题的狭小天地，进入了广阔的社会领域。第 4 章描述了现代人物欲横流的危

---

① T. S. Eliot Collected Poems：1909 - 1962. New York：Brace & World，Inc，1963：72.

害，告诫人们在当今的商业社会中克制物欲的必要性、紧迫性。而在第5章，作者进一步将笔墨、目光荡开，诗人的焦虑触及了十月革命后的苏联、东欧乃至整个“一战”后的欧洲，笔锋所至尽显文化衰败的征候。这样，诗歌就从两性问题开始逐渐上升到了人的生存问题、价值问题，最后扩大到了整个人类文化的拯救、复兴问题。“它压抑了个人的声音，弘扬了社会的声音。”[①]至此，一个原本困扰艾略特本人的两性问题、自我精神问题才开始具有了一种全人类的性质。“《荒原》表现了一代人的失望”，“是西方人感情精神的结晶，是我们文明的荒废”，诗歌“表现了一次大战后整个西方世界的社会危机和信仰危机”等这些学术界的评述、阐释才因而得以成立。但是，荒原拯救的最后希望——雷霆的训诫“克制”“给予”“同情”，每一条所涉及的还是个人的生活问题，它所要解决、所要拯救的也仅仅是个人心理上和精神上的荒漠。所以，整首诗的主旨最终还是没有摆脱个人生活的困惑问题。可诗歌最后两章，通过对伦敦以外社会状况等内容的摄入，毕竟在很大的程度上把人们的注意力导向了广阔的社会，使人们开始关注诗歌的社会意义，从而在一定的意义上掩盖了该诗的主题与作者个人生活之间的关系，压抑了作者个人的声音，弘扬了社会的、时代的声音。正因为如此，所以，艾略特本人也特别看重这两章诗，认为就是因为有了这两章，全诗才显得更有意义。[②]

《荒原》一诗所描写的是一种荒原般的人的精神状态。在这种状态中，人们缺乏沟通、彼此疏远，缺乏爱心、耽于情欲，不知克制、沉于物质，生命毫无意义、虽生犹死。总之，人的精神领域成了一片不毛之地。《荒原》并不把人类的这种“精神荒漠”视为人类某一特定历史时刻、某一特定地理区域的境遇，而是想象为一种具有普遍性、永恒性的景象，一种能够超越时空的本源性的所在，是人类所难以摆脱的一种无穷无尽循环往复的宿命。那么，怎样才能走出这种本源性的精神荒漠？怎样才能进入具有流动性、差异性的时间和空间所在，也就自然构成了艾略特这位抑郁的“骑士”寻找“圣杯”的一项最为重要的内容。但是，这样一种人类的精神图景都是通过艾略特的特殊眼光看到的，是诗人置身于特殊的精神状态下的观感。所以，与其说诗歌反映的是外部的客观世界，是写实，还不如说反映的是诗人的内心世界、是主观的心境来得准确。但是，诗人处身于一种“荒原”般的精神状态、心理环境当中，却并不认为自己对于人生、对于社会的一些悲观、沮丧的认识和看法仅仅属于一种个人性行为，而是视之为一种具有普泛性、永恒性的观念。为此，诗人利用精心设计的叙述视角，广泛调动古今、欧外的各种典故、各种作品，运用了7种语言、4种语体，以强调诗中所写的景象是一种跨越历史、跨越时空、跨越阶层的人们所共同看到、所共同认识到的人类的精神状态，是一种普世化的认识，而并非自己的一种个人之见。但是，事实上，

---

① 张剑．T. S. 艾略特：诗歌和戏剧的解读．北京：外语教学与研究出版社，2006：69.

② Valerie Eliot. The Waste Land：A Facsimile and Transcript of the Original Drafts. London：Faber & Faber Limited，1971：xviii.

在很大的程度上，这种看法确实是艾略特的一种个人观点，比如，和他同时期的罗曼·罗兰的《约翰·克利斯朵夫》、伍尔夫的《到灯塔去》、梅特林克的《青鸟》等就表达了一种与《荒原》不一样的对于人生、对于世界的看法，那么还怎么能够奢谈古今、欧外都如此呢？所以，艾略特对于诗歌的非个人化处理，在很大的程度上也就具有了夸大的性质，他是在一种无意识中刻意将自己对于社会人生的悲观看法加以扩大、加以普世化了。虽然艾略特的困惑、艾略特内心的“精神荒漠”在“一战”之后的西方确实具有一定的代表性，《荒原》也确实在某种程度上表现了一代人的失望，但这毕竟都是历史性、区域性的，而并不具有超越时空的普世性质。

推荐书目

1. 艾略特．荒原．汤永宽，裘小龙，等，译．上海：上海译文出版社，2012.

2. 阿克罗伊德．艾略特传．刘长缨，张筱强，译．北京：国际文化出版公司，1989.

3. 艾略特．传统与个人的才能．卞之琳，李赋宁，等，译．上海：上海译文出版社，2012.

4. 董洪川．“荒原”之风：T.S. 艾略特在中国．北京：北京大学出版社，2004.

第 3 讲

纳博科夫与《洛丽塔》

一、纳博科夫的漂泊生涯与文学创作

弗拉基米尔·纳博科夫（1899—1977）是当代俄裔美国作家，1899 年出生于俄国圣彼得堡家世显赫的贵族家庭，从小受过良好的教育，精通法语和英语。1917 年十月革命爆发，纳博科夫随家人逃往克里米亚，1918 年流亡国外，并定居英国，而后进入剑桥大学学习。1922 年，纳博科夫大学毕业，前往德国柏林。1925 年纳博科夫结婚，1938 年迁居巴黎。在西欧期间，纳博科夫用俄文写作，并以弗·西林为笔名发表作品。这一时期，纳博科夫写下的小说有《玛申卡》（1926）、《贵族女人》（1928）、《防守》（1930）、《眼睛》（1930）、《荣誉》（1932）、《黑暗中的笑声》（1932）、《绝望》（1936）、《天赋》（1937）、《斩首之邀》（1938）、《魔法师》（1939）等。另外，纳博科夫还创作了很多诗剧和诗歌，其中剧本《事件》和《华尔兹的发明》曾在巴黎上演。1940 年，纳博科夫举家迁居美国。1942 年，纳博科夫受聘于哈佛大学比较动物学博物馆。1945 年，纳博科夫成为美国公民。1948 年，纳博科夫任康奈尔大学的俄国与比较文学教授。1952 年，纳博科夫任哈佛大学斯拉夫语文客座教授。在美国期间，纳博科夫改用英文写作，并使用本名发表作品。在此期间，纳博科夫先后出版的小说有《塞巴斯提安·奈特的真实生活》（1941）、《庶出的标志》（1947）、《洛丽塔》（1955）、《普宁》（1957）、《微暗

纳博科夫

的火》(1962)、《爱达或爱欲:一部家族纪事》(1969)、《透明》(1972)、《瞧这些小丑》(1974)等。另外,纳博科夫还发表了文学评论《尼古拉·果戈里》(1944)、回忆录《说吧,记忆》(1951)、访谈集《固执己见》(1973)、文学评论集《文学讲稿》(1980)和《俄国文学讲稿》(1981)等。

纳博科夫的深层创作意识渗透着作家对人类生存无常的感受,这与作家的曲折经历有关。纳博科夫曾指出,他的作品都是"失去童年时代俄国所引起的震动的震波"①。纳博科夫童年和少年时代是在家族的庄园里度过的,那时无忧无虑、富裕安适。十月革命的爆发彻底扫除了作家的昔日世界,"一切都成了泡影"②。纳博科夫全家踏上了惶惶不安的逃亡之路。故国和家园的丧失,个人生活的破碎,流落异乡的孤寂,在纳博科夫心中造成无法修复的创痛,促使纳博科夫展开对人类生存本质的思考。纳博科夫发出喟叹:"我们的存在只是一道短暂的裂缝,介于两片黑暗的永恒之间。"③ 对纳博科夫而言,缺乏根基的生存就是一场前途未卜的流亡之旅。俄国社会现实的巨变,使纳博科夫体会到人类个体存在的渺小和微不足道,人只是"寻常自我的渣滓……仅仅是一个升华了的本体的残余"④。纳博科夫在震惊中感到生存的茫然,他曾说:"我自己命运中的断裂在回忆中给了我一种眩晕的快感。"⑤ 人类的生活像飘忽茫然的梦,人们本以为不可能的或从未意料到的事情却突然变成现实。人类无法把握自己的命运,随时都会在莫名的力量的无情辗轧下成为碎裂的渣滓,并不可抗拒地随着时间的陀螺消失在空洞的混沌中。纳博科夫离开俄国后,再也没有回过俄国。在《说吧,记忆》中,纳博科夫抒发了自己对少年时代俄国生活的眷恋和怀念。在他的笔下,俄国是一个由森林、河流、阳光和蝴蝶组成的诗意盎然的世界,犹如光芒四射的天堂一般。而西欧则显得阴暗怪异、寒冷肮脏,是一个到处堆满腐臭发霉垃圾的世界。纳博科夫带着阴郁落寞的心绪看待欧洲,始终与西欧社会有着隔膜。在他的作品中,俄罗斯流亡者们难以融入西欧社会,他们将自己闭锁在狭小的阁楼、破败的旅馆、逼仄的房间里,精神日益萎缩和颓靡。纳博科夫笔下的西欧人反常怪癖、不可理喻,拜金主义和利己主义把他们变成了彻头彻尾的恶棍。总之,流亡者的边缘意识与对天堂的怀念深深地镌刻在纳博科夫的文学创作中。

社会现实的瞬息万变和命运的无常,使纳博科夫对社会现实感到失望。于是,他在创作中就深入挖掘人类内心深处的情感与欲望,表现人类对生活的激情和恣意狂放的幻想。纳博科夫最初发表作品时用的笔名是"西林"。在俄罗斯传说中,西林(Sirin)是在伊甸园和幼发拉底河附近唱歌祝喜、使凡人疯狂的多色神鸟,脸和胸像女人,与希腊神话的塞壬(Siren)很相似。纳博科夫把自己比作歌唱的神鸟,要在写作中抒发自己对现实的愤懑,但作家

① 纳博科夫.固执己见——纳博科夫访谈录.潘小松,译.长春:时代文艺出版社,1998:15.
② 纳博科夫.说吧,记忆.陈东飙,译.长春:时代文艺出版社,1998:10.
③ 纳博科夫.说吧,记忆.陈东飙,译.长春:时代文艺出版社,1998:1.
④ 纳博科夫.说吧,记忆.陈东飙,译.长春:时代文艺出版社,1998:220.
⑤ 纳博科夫.说吧,记忆.陈东飙,译.长春:时代文艺出版社,1998:242.

不愿沉溺在对以往惨淡经历的回忆中，而是要书写人类的梦幻并寻求精神的自由。纳博科夫在《尼古拉·果戈里》中坦言，他要探索更美好的事情："在这超尘绝俗的艺术层面，文学当然不关心同情强者或谴责强者之类的事，它诉诸人类灵魂的隐秘深处，彼岸世界（other worlds）的影子仿佛无名又无声的航船的影子一样从那里驶过。"[①]"彼岸世界"这个词是从俄语 potustoronnost 翻译过来的，意为"死后""来世"。不过纳博科夫对该词的使用别具含义，纳博科夫的遗孀薇拉曾提到，"纳博科夫作品的主题是'另一世界'（the Other world），他的作品全都带有'另一世界'的水印"[②]。纳博科夫提到的"另一世界"的含义，显然并不是俄罗斯文化传统中超乎现实世界之上的神秘天国，而是指"存在的另一种状态"[③]，即人类心灵深处涌动着活跃着的情感和幻想。所以，西欧时期的纳博科夫，创作很少涉及流亡主题，民族色彩也很淡。他的作品一般不进行现实的指涉。他往往有意拉开人物与社会现实的距离，人物不再是被驱逐的、在现实生活中无处安身的流放者，而是从不关心社会政治运动、与社会现实保持离散状态的漂泊者。这些精神无依的人物如漂浮无形的影子，活在自己的幻想世界中。纳博科夫发现，人们在幻想中不断制造自身的影像，并以影像之"我"取代现实之"我"，最终将在幻想世界中无数捉摸不定的影子的追逐下走向毁灭。《防守》中的主人公卢金难以融入学校和社会，他在象棋世界的搏杀和防守中无法自拔，最终不堪其扰，跳楼自杀。纳博科夫笔下的人物往往都受到强烈的欲望或执着的痴念的驱遣，甚至失去理智，成为欲望和幻想的牺牲品。《黑暗中的笑声》中的欧比纳斯在情欲的支配下变得盲目愚昧，虽然深知受尽欺骗和背叛，却无法摆脱情欲。他的迷失与惶惑仿佛是命运在黑暗中发出的嘲弄人类的笑声。纳博科夫作品中的人物大多是杀人犯、窃贼、恋童癖等，他们往往为欲望的疯狂力量所攫取，犯下令人不齿的罪行乃至付出生命代价。《绝望》中生意失败的赫尔曼为骗取高额的保险费，走火入魔般认定流浪汉费利克斯与他体貌相似，于是便把费利克斯当作他的替身，精心策划、实施了对费利克斯的谋杀。作家在《绝望》中让赫尔曼记录自己的犯罪动机和经过，揭示出人在欲望和幻想的驱使之下堕入罪恶深渊的可悲。《贵族女人》中玛萨为了得到丈夫德瑞尔的财产，与情人弗朗兹合谋要杀死德瑞尔。他们计划了多个方案，想象着德瑞尔的多次死亡，但他们在即将得手的最后一刻放弃了。最后，玛萨在精神狂乱中死去。纳博科夫西欧时期的创作主题可以概括为：人与自身欲望和痴念之间展开着一场徒劳无果的斗争，现实之"我"与幻想之"我"的纠缠使人类精神走向混乱和崩溃。

美国时期的纳博科夫在文学创作中转向探寻自我的主题，他超越俄罗斯流亡者的身份，立足于人类普遍生存境遇的层面，表现人类生存的孤独感和

---

① 纳博科夫．尼古拉·果戈里．刘佳林，译．桂林：广西师范大学出版社，2010：159.

② 郑燕．纳博科夫的"火车"：通往"另一世界"之旅．外国文学，2013（5）：74.

③ 纳博科夫．洛丽塔．于晓丹，译．南京：译林出版社，2000：256.

精神无所归依的漂泊感。《塞巴斯提安·奈特的真实生活》的主人公塞巴斯提安·奈特是个流亡欧洲的俄国作家，后来死于心脏病。作品以他的同父异母的弟弟调查他的生前经历为线索展开。弟弟整理哥哥的手稿和信件，探访哥哥生前的情人、朋友和秘书，试图解开塞巴斯提安的生命与创作之谜。在这部作品中，纳博科夫重塑了俄国流亡者的形象。虽然俄国流亡者生活在被故国和定居地排斥的“孤岛”上，体会着身处他乡的窘迫紧张与惶然不安，但他们极力摆脱日益虚幻的故国回忆，也不再为适应周围环境而苦恼，而是转向对生命与死亡的思考。塞巴斯提安的弟弟对哥哥的生命轨迹的探寻，旨在从哥哥那里得到关于人类生存问题的启迪。在这个意义上，他意识到“我就是塞巴斯提安·奈特”。纳博科夫或许要表达的是：每一个人都是追寻自我和思考生存的“塞巴斯提安·奈特”。纳博科夫还把俄罗斯流亡者的怀乡主题与对人类生存境遇的思考融合了起来。《普宁》中的主人公普宁是一位在美国谋生的俄国老教授，他在一家学院里教俄语课程。与妻子离婚后，他孑然一身，居无定所，常常住在旅馆、公寓或别人家中。他努力适应美国生活，但陌生的环境让他吃尽苦头。他常受到同事的嘲弄，随时面临失业的可能。他在困顿孤寂中回忆故国的往事，并钻进俄国古典文学中寻求寄托。纳博科夫通过塑造这一形象，表达自己漂泊异乡的不适应感以及对污浊庸俗的美国商业文化的反感。纳博科夫强调，还乡成为作家在漫长的流亡生涯中永不中止的梦。[1] 但还乡并不是要回到俄罗斯，而是趋向于作家内心的精神天堂。《爱达或爱欲：一部家族纪事》的故事主要发生在一个“反地界”的地方，它与“地界”的年代历法、地点布局相似。“反地界”有着与“地界”完全相同的美国、俄国和欧洲等地区，时间也是从19世纪后期到20世纪后期，跨度将近一个世纪。“地界”充斥着专制独裁和战争杀戮，但“反地界”中却有着弥漫着浪漫气息和充满着童话色彩的阿尔迪斯庄园。纳博科夫在批判社会现实戕害人类生命和摧残人类精神的同时，尽情描绘“反地界”诗情画意的景象，叙写主人公凡和同胞妹妹爱达的纠葛一生的炽热爱情。《爱达或爱欲：一部家族纪事》是一部具有乌托邦色彩的作品，作家虚构了一个超然尘世的天堂，生活在其中的人们能够实现如双性同体般的灵魂契合。然而纳博科夫将“反地界”设定为与“地界”相对立的世界，而不是让“反地界”取代“地界”，显然这传达出作家的另一重思考。如果说现实和梦幻之间存在着鸿沟，这并非指天堂之美是现实无法企及的，而是指天堂之美只能被保持在人类的梦幻中。在《洛丽塔》中，纳博科夫似乎就现实与梦幻的关系提出了更为独特的看法，即一旦人们要把梦幻中的天堂在现实中复制出来，天堂就有可能转化为罪恶的深渊。

历史的巨轮把纳博科夫抛在异国他乡，他被迫远离故土，辗转于西欧和美国，这使他始终被“如迷乱的蝴蝶被释放于异域，在错误的维度上，在陌

---

① 纳博科夫．说吧，记忆．陈东飙，译．长春：时代文艺出版社，1998：81.

生的植物之间”的心境所困扰。[①] 纳博科夫总是置身于周围的世界之外，观察周围世界中的人和事物。纳博科夫拥有独特的穿透性的眼光，能从看似神圣崇高的事物中洞见隐匿着的丑陋和罪恶，能在冠冕堂皇的表象下辨识出错乱的秩序和诡异的骗局，能在所谓高雅和真实的事物中参透庸俗和虚伪。由此，纳博科夫深入个体的人的生活体验，反观人类存在的本质。作家发现，人们由于自身的有限性，被围困在形形色色的“栅栏”中，无法把握自己的命运。虽然人们力图突破限制自身生存的“栅栏”，但在“栅栏”的阻隔下，人们的努力却与他们的期待恰恰相反。

二、《洛丽塔》：一部揭示围困人类的“栅栏”的作品

《洛丽塔》是纳博科夫的代表作，讲述的是一个惊世骇俗的乱伦故事。中年男子亨伯特为继承叔父的遗产，从法国来到美国。他在寻找住所时，遇见房东夏洛特·黑兹的 12 岁女儿多洛雷斯。他爱上了这个早熟的“性感少女”，并把她深情地唤作洛丽塔。亨伯特为达到接近洛丽塔的目的，与夏洛特·黑兹结婚。他在日记中尽情抒发对洛丽塔的爱恋和对夏洛特的厌恶。夏洛特发现日记后，怒气冲冲地写下三封信，却在寄信的路上遭遇车祸身亡。亨伯特销毁了三封信。夏洛特的丧事结束后，亨伯特利用继父的身份，带着洛丽塔四处流浪，把洛丽塔变成自己的地下情人。在洛丽塔设法逃走后，亨伯特一边思念着洛丽塔，一边四处猎寻 9 岁至 14 岁的“性感少女”。洛丽塔投奔了奎尔蒂，被逼迫拍摄色情电影。洛丽塔拒绝出演色情电影，被奎尔蒂抛弃。洛丽塔后来与一个年轻工人结婚，怀孕时写信向亨伯特求助。亨伯特见到已经怀孕的洛丽塔，依然劝说洛丽塔与他一起远走高飞。遭到洛丽塔的拒绝后，亨伯特来到奎尔蒂的家中，将奎尔蒂开枪打死。被羁押在狱中的亨伯特写下忏悔书，不久后死去。

《洛丽塔》1955 年第一版封面

这部作品最初没能在美国出版，1955 年在法国出版时，曾被列入色情作品的行列。1958 年，该作在美国出版，引起广泛的争议。纳博科夫曾说：这部小说“没什么社会宗旨，没什么道德说教，也没什么可利用的一般思想；我只是喜欢制作带有典雅谜底的谜语”[②]。《洛丽塔》并不涉及社会现实的内容和深刻的主题思想，作家也不考虑其社会后果和道德影响，似乎在玩一场制作谜语

① 纳博科夫．说吧，记忆．陈东飙，译．长春：时代文艺出版社，1998：243.
② 纳博科夫．固执己见——纳博科夫访谈录．潘小松，译．长春：时代文艺出版社，1998：18.

的游戏。美国作家厄普代克指出："尽管他（指纳博科夫）为我们提供了许多以前语词从未提供的感觉，尽管他玩弄一些噱头让他从书中跳出来，但我们……不能读懂他魔法背后的意义。"[①] 也就是说，《洛丽塔》虽然涉及乱伦、恋童等题材，但作品的意义却晦涩难懂。确实如此，《洛丽塔》像令人费解的谜语，多少年来一直吸引着人们前来破解。

纳博科夫曾谈起创作《洛丽塔》的灵感。1939 年末或 1940 年初，他在报纸上读到了一则猿猴的故事。这只猿猴在科学家的引导下，创作出了第一幅动物木炭画，画的是关押这只猿猴的笼子的栅栏格条。[②] 纳博科夫受此启发，经过多年的酝酿写出了《洛丽塔》。纳博科夫认为，人类就如被困在笼中的猿猴一般，总是受到种种"栅栏格条"的制约。纳博科夫创作《洛丽塔》，在很大程度上就是为了揭示束缚着人类的"栅栏格条"。纳博科夫通过一个与世俗道德格格不入的乱伦故事，展现了人类的梦幻、欲望和无知将人类自身推向绝境的命运。亨伯特在破碎不堪的生活中，幻想出属于自己的天堂，并努力将之建构起来，最终却沉湎于罪恶中。夏洛特则在欲望的诱惑下难以抵御外界的侵害，最后堕入万劫不复的深渊。夏洛特的女儿洛丽塔年幼弱小，无法挣脱险恶用心者布设的罗网。洛丽塔努力抗争，逃离亨伯特的魔爪，但无知使她从一个陷阱坠入另一个陷阱。在纳博科夫看来，人类内心的梦幻、欲望和无知构成了人类生存的"栅栏格条"，将人类囚禁在命运的牢笼中。

首先，作品通过亨伯特的故事，揭示了人类在梦幻"栅栏"中无力自拔的状况。

纳博科夫认为，人类生命总是遭到莫名的侵袭，变得残缺不全。人们为了拯救自身的生命，幻想着美妙的天堂世界，以致将现实拒之于外。人们渴望实现梦幻，或者以梦幻为原型塑造自己的生活，却发现人生在错位中误入迷途。梦幻中的天堂遥不可及，而残酷的现实又令人无所适从。人们感到别无出路，在绝望中走向毁灭。

作品通过亨伯特错乱的人生轨迹，表现出人类怪异反常的边缘性生存体验。亨伯特出身于法国巴黎富裕家庭，生活无忧无虑，受到人们如众星捧月般的关注。但是富足的生活与人们的宠爱，并没有弥补他幼年丧母的失落，亨伯特痛彻地感到"我记忆中童年的太阳已经从记忆的洞穴和幽谷上沉落"[③]。父亲的漠不关心加深了亨伯特的内心创痛，少年时代的亨伯特在人们的簇拥中感到孤寂和凄凉，在繁华景象中看到了生活的空幻。亨伯特爱上同龄的阿娜贝尔，在爱情中体会到了生命的存在和爱的快乐。阿娜贝尔的突然病故，再次在亨伯特的生命中划开一道裂隙。死亡的狰狞残酷与爱而不得的痛苦，迫使亨伯特面对存在的虚无。死亡如巨大的黑暗深渊，毫不留情地吞噬生命，夺走人们的爱情。亨伯特认识到，人类只是生命的匆匆过客，人类

---

① 刘佳林．纳博科夫研究及翻译述评．外国文学评论，2004（2）：74.

② 纳博科夫．洛丽塔．于晓丹，译．南京：译林出版社，2000：253.

③ 纳博科夫．洛丽塔．于晓丹，译．南京：译林出版社，2000：4.

生存始终处在悬而未决的漂泊状态。亨伯特决心战胜死亡，拯救生命和爱。阿娜贝尔的少女形象以及被阿娜贝尔唤起的爱欲，驻留在亨伯特的灵魂深处，编织着亨伯特的生命经纬。亨伯特怀着柔情蜜意，以如痴如醉的梦幻笔调、温柔纤巧的富有质感的词语，描绘阿娜贝尔的美："蜂蜜样柔腻的肌肤"，"纤软的胳膊"，"褐色短发"，"长睫毛"，"大而漂亮的嘴"，如此等等。[①] 这段早早夭折的情感，激发了亨伯特对早熟的"性感少女"的欲望。但对阿娜贝尔的记忆又伴随着死亡带来的惊骇与震撼，亨伯特越是充满激情地回忆阿娜贝尔美丽的身体与涌动的情欲，死亡就越令人恐惧和厌恶。梦魇般的死亡带来的绝望，将亨伯特的生命撕成"反复出现的苍白残片"[②]。亨伯特拒绝"性感少女"在时间中的成长，抵御死亡的无情打击。亨伯特把"性感少女"定格为快进入青春发育期而又有着魅惑力的少女，期待着"让她们永远在我身边戏耍吧，永远不要长大"[③]。亨伯特眼中的世界已是幻想的变形，他执意要以幻想的世界取代现实的世界。比如亨伯特描述小女孩在公园里戏耍玩乐的情景："跳绳。跳房子。那位穿黑衣的老妇人，坐在长凳上我的身边，坐在我快乐的拷问台上（一个小仙女正在我脚下摸找一块丢失的大理石子），问我是不是肚子疼。这个傲慢无礼的女巫。啊，走开吧，让我独自呆在我春情勃勃的公园里，呆在我生满青藓的花圃中。"[④] 亨伯特拒斥稍纵即逝的现实世界，反感成年女性并厌恶婚姻生活。亨伯特对两任妻子瓦莱里亚和夏洛特·黑兹都无法萌生爱意，两位女性散发出来的丰满成熟、温柔妩媚的女性气息，在亨伯特看来，却是笼罩着她们的死亡的阴影。亨伯特认为，成年女性的身体毫无美感，不过是一副日趋衰败的躯壳。他在瓦莱里亚的身上，看到的是"和她那死去的貌似蟾蜍的母亲在一帧肖像里的对应部分的相似"[⑤]。他以"近似方形的脸""铜褐色的鬈发""特别大的海绿色眼睛"等夸张的诋毁性词语，把夏洛特·黑兹的形象勾画得如同粗鄙迟滞的女巫。他在与夏洛特·黑兹举行婚礼之后，内心中生发了"橘色的花苞会在墓地恐怖地枯萎"的感想。婚后的家居生活带给亨伯特的是巨大的压抑和莫名的恐惧。所以，他常常以法国大革命时在家中被暗杀的马拉自喻，感到家庭中处处布满了死亡的陷阱。对死亡的恐惧与憎恨，使亨伯特偏离了爱情和婚姻生活的正常轨道，注定了他的一生都在漂泊之中。

亨伯特决心不屈从死亡的力量，他要以梦幻建构自己的世界，使自身生命的神采焕发出来。阿娜贝尔已经死去，亨伯特和阿娜贝尔曾经共享的爱情天堂不复存在。亨伯特痛感天堂的消逝，幻想出有着"如镜的沙滩和玫瑰色的岩石"的爱情天堂，其中活跃着永远美丽的"小仙女"。对亨伯特来说，幻想中的天堂具有摄人心魄的永恒魅力。寻找生气勃勃的"性感少女"，复活光

---

① 纳博科夫．洛丽塔．于晓丹，译．南京：译林出版社，2000：5.
② 纳博科夫．洛丽塔．于晓丹，译．南京：译林出版社，2000：8.
③ 纳博科夫．洛丽塔．于晓丹，译．南京：译林出版社，2000：13.
④ 纳博科夫．洛丽塔．于晓丹，译．南京：译林出版社，2000：13.
⑤ 纳博科夫．洛丽塔．于晓丹，译．南京：译林出版社，2000：17.

亨伯特（电影剧照）

彩夺目的爱情天堂，修复完整的生命，成为亨伯特隐秘的欲望。亨伯特近乎癫狂地将未成年的早熟少女当作“小仙女”，将穿透时间的不朽性赋予她们。亨伯特把她们放置在亘古长存的沙滩和岩石中间，以便使虚无缥缈的爱情天堂具有空间的实体性。在亨伯特的眼中，早熟的性感少女具有空灵纯净的气质与柔和明丽的光泽，是“一个浑身披着自然光泽的小精灵”①。对生命的热爱和对天堂的追求，使亨伯特在幻想中不可自拔。在纳博科夫笔下，亨伯特并不是道德败坏的好色之徒或精神变态的无耻恶棍。作品中既没有猥亵淫秽的肉欲成分，也没有香艳秾丽、淫荡污秽之气。作品虽然涉及性爱场景，却并未露骨地描写性行为，而是以寥寥数笔的色情描写为底色，着重描写亨伯特对洛丽塔身体之美的迷狂。在现实世界中见到活力充沛的洛丽塔后，亨伯特仿佛在死亡的黑暗中窥见了生命之光。“就某种魔法和命运而言，洛丽塔是阿娜贝尔的继续。”② 阿娜贝尔指向的是困扰他的死亡世界，而洛丽塔则联结着亨伯特的生命世界。洛丽塔点燃了亨伯特的超肉欲的生命之火，正如亨伯特在生命弥留之际发出的呼唤：“洛丽塔，我生命之光，我欲念之火。我的罪恶，我的灵魂。”③ 亨伯特迫切地渴望得到洛丽塔，对他而言，洛丽塔是将其生命从冰冷无极的混沌中解救出来的“宁芙女神”。阿娜贝尔使得他的生命世界变成断壁颓垣，他要通过洛丽塔来重建熠熠闪光的天堂，用他自己的话来说就是，“我对她的发现乃是在扭曲的过去里建筑的那座‘海边王国’的致命后果”④。亨伯特与掠夺一切的死亡展开抗争，期待获得对自我世界的主宰权力。亨伯特意气洋洋地想象着自己犹如土耳其皇宫的皇帝，“绝对自由，无所顾忌”，对洛丽塔享有绝对权威。⑤ 他不择手段地要把疯狂梦想变为现实，决定与夏洛特·黑兹结婚，以便接近洛丽塔。在夏洛特意外身亡后，他无所顾忌地占有了洛丽塔。为了保卫苦心孤诣构造的天堂，亨伯特专制而蛮横。他利用洛丽塔对孤儿院的恐惧心理，逼迫洛丽塔与他一起流浪，并千方百计躲避人们的追查和谴责。亨伯特寸步不离地守候着洛丽塔，既担心与洛丽塔的关系被他人察觉，也唯恐逐渐长大的洛丽塔会弃他而去。他干预洛丽塔的生活，把洛丽塔囚禁在他的王国里。亨伯特保持着高度的警戒心理，防范任何可能的侵入者，像斗志十足的中世纪的骑士一样，不惜一切代价，处心积虑地要把整

---

① 纳博科夫．洛丽塔．于晓丹，译．南京：译林出版社，2000：5.
② 纳博科夫．洛丽塔．于晓丹，译．南京：译林出版社，2000：7.
③ 纳博科夫．洛丽塔．于晓丹，译．南京：译林出版社，2000：3.
④ 纳博科夫．洛丽塔．于晓丹，译．南京：译林出版社，2000：28.
⑤ 纳博科夫．洛丽塔．于晓丹，译．南京：译林出版社，2000：45.

个社会阻挡在他和洛丽塔之外。

《洛丽塔》中亨伯特杀人后写下忏悔书，如同亨伯特是在为自己错位的人生举行哀悼仪式。亨伯特为拯救生命、实现梦幻中的天堂，踏上了一条与世俗伦理相悖的歧路，毕生都徘徊在社会现实的边缘。亨伯特曾把世界划分为两个对立的部分：人类社会的世界与切己的生命世界。亨伯特游离在人类社会之外，毫不关注世俗事务。他孤身一人，漂洋过海，从法国来到美国继承叔父的遗产，却对遗产的经营不闻不问。对于亨伯特来说，无论是人间的亲情，还是物质的拥有，都不过是一片浮云。亨伯特对人们的日常生活嗤之以鼻，认为人们都在徒然地消耗生命。在他看来，夏洛特装饰家庭，参加朋友聚会与定期的信仰活动，都是琐屑无趣的；规范人类社会的伦理关系与道德行为的法则，更是无足轻重。亨伯特认为，在索然寡味的日常世界上，还有更为真实的生命世界，生命高于一切，生命原则超越了人类社会的道德准则。亨伯特一生都在猎寻不谙世事的性感少女，企图守护爱情天堂。亨伯特认为，生命是短促的[①]，只有他对天堂的追寻、对性感少女的爱恋能让自己的生命获得永恒，这正是世俗道德无法企及的。对幻想的痴迷和复活爱情天堂的执着，给亨伯特的世界蒙上了并不真实的色彩。远离社会现实，使他变得更加孤独。亨伯特越发醉心于童话般的幻想，欲望则在其中发酵为迷幻的心灵光影。在洛丽塔逃走后，亨伯特感到，他的爱情天堂变成了一片废墟。亨伯特生无可恋，认定他有权对摧毁其爱情天堂的罪人进行惩罚，决定枪杀奎尔蒂。但是亨伯特也逐渐感到，他的幻想越来越百无聊赖，单调乏味。亨伯特开始回到现实，反省自己的人生，意识到幻想的“栅栏”对其生活的限制。亨伯特无法与人们正常相处、交流，他在学者、鳏夫、继父、恋童者、杀人犯等多重身份中变换角色，在辗转流离的漫漫旅途中萍飘蓬转。他玩味着自己的孤独，幻想着自己的强大，以此来掩饰现实生活中的怯弱。他在现实世界中处处受挫，缺乏真正应对现实生活的能力，屡次被逼回到幻想的死胡同里，这使他与周围人物的关系发生颠倒错乱。亨伯特为了达到自己的目的，与洛丽塔的母亲结婚，这桩动机不纯的婚姻造成父非父、母非母、女非女的畸形家庭关系。夫妻同床异梦，父女关系暧昧，母女形同情敌。亨伯特满脑子都是对洛丽塔的非分之想和迫不及待地要杀死夏洛特的念头，却又不得不假装成一个温柔的丈夫、通情达理的慈父。亨伯特在一系列女孩的名字中，幻化出一个围绕着洛丽塔的玫瑰色后宫，但是女孩们的粉刺、跛腿、手淫等却反讽性地呈现出浪漫想象的矫情和空洞。亨伯特听洛丽塔讲述在营地与同伴们的性经历时，发现自己与他鄙视的人们一样丑陋，他的爱情天堂也不过是为自己的寻欢作乐寻找借口而已。当亨伯特找到已经结婚的洛丽塔时，洛丽塔的境遇令人触目惊心地暴露在亨伯特面前。亨伯特突然明白，洛丽塔经受过更甚于他的绝望与痛苦。亨伯特不得不从幻想中回到现实，承认自己是造成洛丽塔人生灾难的罪人，他对洛丽塔的所作所为竟然如此残忍卑劣，“在我们

---

① 纳博科夫．洛丽塔．于晓丹，译．南京：译林出版社，2000：225.

奇特的、充满兽性的同居生活中，我智力平平的洛丽塔渐渐清楚地意识到，即使最悲惨的家庭生活也比乱伦的同居要好得多；而乱伦，在那漫长的日子里，是我能给这个流浪儿最好的东西”①。亨伯特从幻想中醒悟过来，明白自己所做的一切不过是卑鄙的肉欲在作祟而已：“我会埋在她温暖的头发里悲叹，我要随意地抚弄她，默默地祈求她的恩惠；当这充满人情味、苦闷却毫无自私的温情到了顶峰（我的灵魂这时正悬在她裸露的身旁，正要悔悟），刹那间，很可怕、很滑稽又很可怕，那肉欲又猛地袭来。”② 爱情与肉欲的奇异混合，天堂与地狱近在咫尺，是命运对人类的最无情的嘲弄。亨伯特在愤怒中杀死奎尔蒂，他认识到他和奎尔蒂都是把洛丽塔推向苦难的罪魁祸首，他们都必须为此清偿罪孽。亨伯特使用的手枪原本是属于洛丽塔亡父的，亨伯特使用这把手枪杀死了奎尔蒂，也把自己送进监狱。亨伯特在奎尔蒂的身上看到了自己荒淫无耻的一面，他和奎尔蒂并没有本质的不同，“他和我是两个用脏棉花和碎布填补的假人”③。可以说，亨伯特杀死奎尔蒂实质上也是他实施的自我惩罚。

纳博科夫在作品中，通过对亨伯特人生轨迹错乱偏离的描写，表达了人类始终在生活道路“分岔再分岔没有穷尽”中踽踽独行的飘零感。亨伯特诅咒死亡，试图从死亡的牢笼中解脱出来。他狂热地幻想着永恒的爱情天堂，以便获得生命的存在与自由。他在幻想中与现实生活渐行渐远，但最终亨伯特痛切地发现，人们以幻想对抗死亡的暴力，却往往会引发人们自身的兽性与暴力。对于亨伯特来说，幻想与生命已经连为一体，他在幻想的“栅栏”中憧憬未来，也在幻想的“栅栏”中走向自我毁灭。纳博科夫通过亨伯特荒唐的一生，展现了人类在幻想的“栅栏”中没有出路的悲哀。

其次，作品通过夏洛特的毁灭，揭示了人类在欲望“栅栏”中的迷失。

纳博科夫认为，人类有追求幸福的欲望，但这种欲望往往使人们无法抵制诱惑。在欲望的诱惑下，人们往往丧失理智，任由自己掉进凶险异常的泥淖，被命运碾为齑粉。

洛丽塔的母亲夏洛特在欲望的“栅栏”中，失去明辨是非的判断能力，并为此付出了生命代价。夏洛特在第一次婚姻中，嫁给了一个比她年长 20 多岁的男人。婚姻的无趣和丈夫的早早去世，让夏洛特非常失望。夏洛特带着年幼的女儿，过着漫长孤寂的寡居生活。英俊潇洒而又温文尔雅的中年男子亨伯特的出现，无疑对夏洛特有着不同寻常的吸引力。在前来租房的亨伯特查看房子时，夏洛特看出亨伯特兴味索然。为了挽留住亨伯特，夏洛特有意无意地把正值豆蔻年华的女儿多洛雷斯（洛丽塔的真名）当作招揽房客的幌子。夏洛特把亨伯特引入花园，把半裸着身体、沐浴在阳光下的多洛雷斯介绍给素不相识的陌生男子。亨伯特凭着敏锐的直觉，感到夏洛特张开了即将扑来的肮脏的交易大网。夏洛特察觉到亨伯特对洛丽塔的好感，非但没有把

① 纳博科夫．洛丽塔．于晓丹，译．南京：译林出版社，2000：233.
② 纳博科夫．洛丽塔．于晓丹，译．南京：译林出版社，2000：231.
③ 纳博科夫．洛丽塔．于晓丹，译．南京：译林出版社，2000：243.

亨伯特赶出去，反而屡次借机单独外出，似乎在故意制造让亨伯特与女儿相处的机会。夏洛特与亨伯特、洛丽塔在游廊上闲坐时，看到亨伯特趁着夜色在抚摸洛丽塔。她拼命抽烟以掩饰内心的不安，却对亨伯特没有只言片语的指责。夏洛特在外来房客亨伯特面前抱怨和诋毁女儿，试图让亨伯特反感洛丽塔。但为了让亨伯特死心塌地地留下成为长久房客，夏洛特又请求亨伯特为洛丽塔补习功课。对于亨伯特与洛丽塔的嬉笑打闹，夏洛特要么装作没有看见，要么表现得平静宽容。夏洛特百般讨好亨伯特，转而对洛丽塔吹毛求疵，以至亨伯特都注意到“黑兹母亲恨她的女儿，却对我甜腻腻”[①]。夏洛特并没有尽到教育和保护年幼女儿的责任，而是纵容亨伯特对洛丽塔的暧昧举动。亨伯特感到，“她更怕洛从我这儿得到什么快乐，而不怕我从洛那儿得到享受”[②]。亨伯特捕捉到夏洛特的心理，即夏洛特真正担心的并不是亨伯特对洛丽塔的喜爱，而是洛丽塔会爱上亨伯特。夏洛特匆忙把洛丽塔送去参加夏令营活动，对洛丽塔在营地的生活不闻不问，却急切地向亨伯特表白爱意。夏洛特与亨伯特结婚后，她决定让女儿远离自己的新婚生活。夏洛特迅速给洛丽塔安排寄宿学校，在家中清除洛丽塔的物品，打算雇用女仆并将女仆安置在洛丽塔的房间里。为了开始梦寐以求的新生活，夏洛特甚至打算抛弃女儿。夏洛特向亨伯特提出建议，他们一起迁居英格兰，但把洛丽塔独自留在美国。夏洛特利用女儿得到亨伯特，也把女儿视为潜在的情敌，亨伯特对此不无感慨：“夏洛特对日常行为、食物、书籍以及她溺爱的人们的所有条律规章的谬误，根本熟视无睹；但我怀着想亲近洛的念头而说出的任何话，她立刻就能辨出我的语调不对头。”[③] 夏洛特对洛丽塔的排斥，或许是将洛丽塔视为她获得幸福的障碍。婚后的夏洛特对尚未成年的女儿毫不顾念，而是满心欢喜地投入婚姻生活，极力营造浪漫与温馨的家庭气氛。

夏洛特亲眼看见亨伯特与女儿关系亲密，却仍决心成为亨伯特的妻子（电影剧照）

---

① 纳博科夫．洛丽塔．于晓丹，译．南京：译林出版社，2000：40.

② 纳博科夫．洛丽塔．于晓丹，译．南京：译林出版社，2000：42.

③ 纳博科夫．洛丽塔．于晓丹，译．南京：译林出版社，2000：64.

夏洛特被亨伯特的魅力折服，她不顾一切地要抓住亨伯特。被爱情冲昏了头脑的夏洛特千方百计地将洛丽塔与亨伯特隔离开来，却对亨伯特毫不设防。她没有料想到，她与亨伯特结婚，恰恰为亨伯特提供了觊觎女儿的机会。亨伯特还是房客时，并未对夏洛特表现出任何爱慕之情。亨伯特在接到夏洛特的求爱信后，突然答应与夏洛特结婚，夏洛特对亨伯特的反常态度却没有丝毫的怀疑。婚后的夏洛特出于女性的敏感，察觉出亨伯特的心不在焉。但夏洛特陶醉在“作家兼探险家”亨伯特的夫人身份带来的名声中，并积极参与公众生活。夏洛特对未来充满希望，沉浸在建立幸福家庭的美梦中。然而亨伯特每次面对夏洛特，几乎都在想象着杀妻场景，并不经意地流露出几丝紧张。亨伯特甚至卑鄙地将安眠药放在夏洛特的饮食里，试验安眠药的威力，试图控制夏洛特。夏洛特却没有注意到这一切，而是悠然自得地享受着新婚生活带来的愉悦。但是夏洛特越来越无法忍受亨伯特的冷淡，亨伯特的讳莫如深尤其让她感到忧心忡忡。夏洛特发现，亨伯特表面上与她相敬如宾，顺从她对家庭的装饰和安排，实际却像个置身其外的陌生人。亨伯特全然没有新婚丈夫的柔情蜜意，而是终日闷坐书房，沉默不语，好像在极力躲避夏洛特。亨伯特书房里上锁的抽屉，似乎藏着不为人知的秘密。夏洛特设法找到钥匙，偷看抽屉里的日记，了解到亨伯特的真实情感。夏洛特明白自己已经铸成大错，亨伯特与她结婚的目的是接近并占有洛丽塔。夏洛特难以接受的是，亨伯特在被戳穿之后虽然矢口否认，却显得平静泰然。夏洛特在愤怒和悔恨中遇车祸身亡，让亨伯特的阴谋得逞。洛丽塔在母亲死后沦为亨伯特的情人，对此夏洛特难辞其咎。

夏洛特在欲望的驱使下丧失了识人之明，轻率地引狼入室，造成了自身的惨死和女儿的不幸，导致母女两人都沦为亨伯特不良用心的受害者。如果说亨伯特在梦幻“栅栏”中不可自拔，夏洛特则迷失在欲望“栅栏”中，正是这种执迷不悟，最终导致他们生命的陨落。

再次，作品通过洛丽塔的不幸，展现人类在无知“栅栏”中的可悲。

纳博科夫体会到，人类在历史和世事的变幻无常中显得渺小无知。人类无法预见并把握自己命运的轨迹，只能茫然地颠沛流转，遭受命运的倾轧。纳博科夫将这种苦涩的人生况味，铭刻在洛丽塔的命运中。

纳博科夫在谈到对洛丽塔形象的构思时说：“洛丽塔没有任何原型。她诞生于我的头脑。此人从未存在过……洛丽塔是想象力的产物。”[①] 由于跌宕不定的个人经历，纳博科夫体验着生活的破碎和空虚，“一辆崭新的婴儿车停在门洞那里，带有一具棺材自满的、侵犯的气氛；甚至那也是空的，好像，在相反的事件过程里，正是他已经粉身碎骨”[②]。对纳博科夫而言，人类来到这个世界，就已经注定了劫数难逃。人类就像洛丽塔那样，在强大的世界面前显得孤弱无助，不知道等待自己的命运是什么。虽然人类努力与之展开抗争，

---

① 纳博科夫．固执己见——纳博科夫访谈录．潘小松，译．长春：时代文艺出版社，1998：18.

② 纳博科夫．说吧，记忆．陈东飙，译．长春：时代文艺出版社．1998：2.

但人类无法看透世界的险恶不测，只能盲目地左右奔突，从而陷入更为悲苦惨烈的境地。在纳博科夫的笔下，洛丽塔的一生都在承受命运之痛。纳博科夫塑造洛丽塔形象时，注入了自己的人生感受以及对苦难深重的人类的怜惜。纳博科夫曾提到为洛丽塔取名的想法："为我的小宁芙，我得找一个有点抒情意味的爱称。'L'是最软绵最艳丽的字母之一。词后缀'-ita'富于拉丁文的温柔。这也是我需要的。于是选了：洛丽塔。……另外要考虑的因素是这个名字的来源——那源泉的名字——'多洛雷斯'里的玫瑰和眼泪。我那小姑娘令人揪心的命运应该与靓丽两字一起来关注。"① 洛丽塔的真正名字"多洛雷斯"的词根是Doras，其义为"苦痛"。可以说，洛丽塔代表的是在无知"栅栏"中受到命运无情践踏的人类。

洛丽塔（电影剧照）

洛丽塔幼年失去父亲，与母亲相依为命，这种不幸的身世决定了洛丽塔的坎坷命运。洛丽塔缺少父亲的关怀和教导，对成年男性有着别样的依恋。但幼小的洛丽塔毫无人生经验，对男性心理中隐秘的卑劣龌龊一无所知。此外，夏洛特常常把失意和怨气发泄在女儿身上，对待女儿非常冷漠和苛刻。洛丽塔从母亲那里得不到爱和温暖，她的内心里潜藏着被遗弃的恐惧。成长环境的恶劣，让洛丽塔的心里极度渴望关心和爱护，这给了那些别有用心者可乘之机。洛丽塔尚在垂髫之年，母亲夏洛特把变态色情狂奎尔蒂当作谦谦君子，热心地与之结交。洛丽塔听到人们议论奎尔蒂在剧作方面的才华，对奎尔蒂倾慕不已。奎尔蒂经常把洛丽塔抱在怀里摩挲，做出种种猥亵狎玩的轻薄之举。不谙世事的洛丽塔并不懂得这是恋童癖的变态行为，而是误认为奎尔蒂在向她表达爱和欣赏。此时的洛丽塔还是个孩子，出于青春期少女的好奇心，她对男性世界仅仅有着朦胧懵懂的向往。洛丽塔毫不知晓自己已经是亨伯特的猎物，她对亨伯特表现出的亲近，既有孩子气的率真，也有故意与母亲作对的逆反心理在作祟。但在亨伯特猥琐的意淫中，活泼烂漫的洛丽塔却变成了轻佻的荡妇。母亲夏洛特的再婚和猝死让洛丽塔落入亨伯特的魔掌，失去母亲的洛丽塔无家可归，只能依靠亨伯特，无奈地跟随亨伯特出走。

洛丽塔不愿屈从于亨伯特的淫威，想方设法逃离亨伯特的控制，追求自由的生活，但是单纯无知再次让她遭到命运的捉弄。虽然洛丽塔在亨伯特的自白书中丧失了表达自我和控诉罪恶的权利，但在亨伯特疯狂错乱的呓语中，不肯受到亨伯特任意摆布的洛丽塔的形象仍然显现出来。亨伯特限制洛丽塔的社会交往，蛮横地隔绝洛丽塔与外界的一切联系。洛丽塔却向往外部世界，

---

① 纳博科夫．固执己见——纳博科夫访谈录．潘小松，译．长春：时代文艺出版社，1998：28.

她热衷于表演和户外活动，积极争取生活的权利，并在表演、游泳和网球等方面显露出才华。洛丽塔憎恨污秽的乱伦生活，在痛苦中成长起来。她痛恨亨伯特残酷地把她的童年生活连根拔起，她在住院时收到亨伯特的鲜花，极其憎恶地称之为“多么死气沉沉的花，像送葬的”[①]。她借助录音机和杂志了解外部世界，寻找逃离的机会。洛丽塔在奎尔蒂的策划下成功逃走。此时的奎尔蒂正在为拍摄色情电影诱拐年轻女子，洛丽塔却误以为奎尔蒂的出手相助是出于爱情。洛丽塔为虚幻的爱情所蒙蔽，热情如火地投奔奎尔蒂。洛丽塔满心希望能成为奎尔蒂剧中的演员，相信奎尔蒂能帮助她成就表演事业。不料奎尔蒂逼迫她在乱性的色情电影中扮演女主角。洛丽塔出于对爱情的忠诚和对滥交的厌恶，拒绝参与疯狂的色情演出，遭到奎尔蒂的抛弃。

污浊的乱伦生活和淫秽的色情电影，并没有使洛丽塔走向沉沦堕落。受尽凌辱的洛丽塔决定告别过去，重新开始生活，但爱情的盲目却有可能再度让洛丽塔的人生变得黯淡无光。洛丽塔被抛弃后，没有选择回到亨伯特身边。她从此远离曾经的生活圈，与出身社会底层、身体略有残疾的矿工狄克相遇并结婚。多舛的命运并没有摧折扭曲洛丽塔的精神，她在丑陋的世界中依然执守心中的“一个花园，一道曙光，一道宫殿的大门”。[②] 经历重重劫难的洛丽塔，从虚荣轻浮、任性乖张的小女孩成长为坚强刚毅的年轻女子。虽然结婚后的洛丽塔生活在贫困艰辛中，但当亨伯特向她提出两人一起出走时，她不为所动。洛丽塔冷静理智地拒绝了亨伯特，表现出与过去断然决裂的态度。然而纳博科夫在对洛丽塔形象的塑造中，进一步表现出人类无法真正穿透自身生存之黑暗的悲哀，流露出作家对人类生命之柔弱的悲叹。夏洛特与洛丽塔的姓氏“黑兹”在爱尔兰语中意为“雾霭”[③]，这意味着，洛丽塔并没有从母亲的悲剧中吸取任何教训，将重蹈母亲的覆辙。关于洛丽塔的结局，作品给出的信息模棱两可。在亨伯特的手稿中，洛丽塔还活在人间。但小约翰·雷博士在前言中提到，理查德·F. 希勒（洛丽塔结婚后的姓名）因难产而死。不过洛丽塔的生死并不重要。即使洛丽塔还活着，也难逃冥冥中的厄运。亨伯特撕碎了她的生活，奎尔蒂撕碎了她的心，难以抚平的精神重创使她不可能得到幸福。洛丽塔看透了上流社会的龌龊和肮脏，宁愿沦落在社会底层。她隐瞒了不堪的过去，和狄克结婚。洛丽塔与狄克的生活充满艰苦辛劳，洛丽塔深知，狄克的单纯和爱才能给她带来安宁和平静。但洛丽塔并不爱狄克，却对奎尔蒂痴心不改。她幻想着终有一日回到奎尔蒂身边，这决定了洛丽塔的生活危机重重，她的未来必然迷蒙苍白。

在《洛丽塔》中，亨伯特的梦幻与过去纠缠不清，他却执着地在其中追寻真实的事物，洛丽塔虽然斩断了与过去的所有联系，却在走向新生的道路上彷徨犹豫。生命的美感过于沉重，亨伯特与洛丽塔的生存努力都化为泡影，

---

① 纳博科夫．洛丽塔．于晓丹，译．南京：译林出版社，2000：193.

② 纳博科夫．洛丽塔．于晓丹，译．南京：译林出版社，2000：230.

③ 纳博科夫．固执己见——纳博科夫访谈录．潘小松，译．长春：时代文艺出版社，1998：29.

他们的生命也在残缺凌乱中消散而去。纳博科夫在带有回忆录性质的作品《说吧，记忆》中表达生命的沧桑感：“古书错了。世界是在一个星期天创造的。”① 在《圣经》中，星期天是安息日，是上帝完成了创造世界与人类的工作的日子。然而纳博科夫认为上帝其实什么也没有创造，“一切都没有发生”。人类在无法探测的命运棋盘上蹒跚而行，却找不到通往幸福与自由的路径。

纳博科夫深切地体会到命运的无常、生命的易逝，虽然人们试图突破“栅栏格条”的努力可能终归失败，但人类建构属于自己的天堂和追求幸福的渴望却是不可遏止的。也就是说，梦幻、欲望和无知“栅栏”无所不在，而人们在“栅栏”的制约下，执迷于所追求的对象，却对之丧失理智判断，这将导致人们通往天堂和幸福的道路必定曲折多艰。有评论者指出，纳博科夫的创作中有着试图“保留住那些可能被带走的东西，铭记那些可能被遗忘的事物”的欲望。② 或许纳博科夫要求人们铭记的是，种种“栅栏”会扭曲人类对理想的追求。纳博科夫通过《洛丽塔》设置的“高雅谜底”，实际上是这样一种事实：一旦人类无视各种横亘在自身生命中的“栅栏”，盲目冲动地建构并追求理想中的天堂，天堂就有可能变成埋葬人类理想的地狱。纳博科夫认为，真正的道德家并不以某种道德律条进行说教，而是要将洞察“栅栏”的慧眼赋予人类。在这个意义上，纳博科夫宣称：“我是一个严酷坚定的道德家，鞭挞罪恶、痛击愚蠢、嘲讽粗俗和残忍——一个将无上的权力分配给温厚、才智和自尊的人。”③ 纳博科夫认定，完成这一道德使命的方式是艺术，因为艺术能带给人们“一个精美的幻影——不可企及的财产、不真实的领地之美”④。纳博科夫在《洛丽塔》中创造出凌空蹈虚、鲜活灵动的艺术世界，作家在其中展开艺术的自由游戏，暴露出“栅栏”所造成的人类生存的荒谬绝伦，促使人们揭示事物表象所掩盖的罪恶与丑陋。

三、《洛丽塔》中艺术的自由游戏

对纳博科夫来说，“栅栏”不仅存在于人类精神中，形成束缚人类精神的枷锁，而且渗入人类社会的肌理，导致社会规范的僵化。人类在“栅栏”中的生存，决定了真实与虚假、崇高与丑陋、高雅与庸俗的界限并不分明，它们相互混杂纠缠，似是而非。在这个意义上，纳博科夫瓦解了人们坚信不疑的价值内涵和道德观念，并将人们执着探求的意义归于虚无。纳博科夫似乎让作品表现出无功利性的特征，实际上这正是作家在《洛丽塔》中展开艺术的自由游戏的方式。

---

① 纳博科夫．说吧，记忆．陈东飙，译．长春：时代文艺出版社，1998：290.

② 王安．空间叙事理论视阈中的纳博科夫小说研究．成都：四川大学出版社，2013：69.

③ 王青松．纳博科夫小说：追逐人生的主题．上海：东方出版中心，2010：37.

④ 纳博科夫．说吧，记忆．陈东飙，译．长春：时代文艺出版社，1998：23.

首先，作品展开艺术的自由游戏在于，作品将社会道德与人类激情并置对峙起来，但不是让一者覆盖另一者，而是为两者设置独立的叙述空间，允许两者互不干预地述说各自的价值标准与行为原则，鲜明地显现出社会道德的僵化与隐藏在人类激情之下的人性罪恶。

作品把小约翰·雷博士迂腐沉闷的道德说教置放在亨伯特激情四溢的忏悔书之前，雷博士则以社会道德保卫者的身份，正气凛然地批判亨伯特的罪行。小约翰·雷博士在前言中交代，全书是亨伯特杀死奎尔蒂后在监狱中写下的忏悔书。雷博士用模棱两可的态度陈述了亨伯特所涉事件的真实性以及书中其他人物的结局，言不及义地谴责亨伯特的道德堕落，随之呼吁整个社会重视青少年的教育和成长。雷博士义正词严地指出，《洛丽塔》是"一出悲剧故事发展过程中必不可少的有机部分，这出悲剧坚定不移的倾向不是别的，正是道德的升华"[①]。言下之意，道德堕落者的忏悔就意味着道德的胜利，因而亨伯特的忏悔书能对世人发挥警示作用。小约翰·雷博士时而充当客观中立的文学批评家，时而变成通晓世事的道德训诫者，时而是活跃的社会教育家，时而换出一副老练达观的精神分析学家的面孔。雷博士的前言满篇都是虚浮不实的批判与浮夸空洞的呼吁，显得单调寡淡。雷博士的简短前言看上去是纳博科夫为了让《洛丽塔》顺利出版的权宜之策，因为《洛丽塔》选择了离经叛道的乱伦题材，有可能会让人们把《洛丽塔》当作诲淫诲盗的色情读物。也就是说，雷博士的前言与亨伯特的忏悔书之间并没有多大的联系，好像是作者不得已而为之的画蛇添足之举。但是，这正是纳博科夫在作品中实践艺术的自由游戏的方式。纳博科夫并不以人类社会的道德观念凌驾于亨伯特热情、焦虑、绝望的心灵世界，而是让两者在作品中都充分言说自身的立场。结合整部作品来看，雷博士前言的内容与亨伯特对美国教育机构和家庭生活的状况的描述，形成相互呼应的关系。美国教育机构和美国社会都在谴责和抵制罪恶，却无法真正洞察人性罪恶的深度。美国社会僵化的道德规范和空泛的道德原则不仅对人性的罪恶无计可施，而且在纵容罪恶。亨伯特反感美国社会的道德观念，讽刺美国人循规蹈矩地生活，却利用美国教育机构的管理体制以及美国社会的道德观念，达到不可告人的目的。亨伯特在人们面前扮演着慈父形象，但他的行为却破绽百出。亨伯特是中年单身男子，在洛丽塔的母亲死后，他没有办理任何法律手续就私自带走年幼的洛丽塔，与洛丽塔同居一室，禁止洛丽塔参加社交活动等，这一切都有不合情理之处。然而夏洛特的朋友、美国的学校、美国的汽车旅馆，都没有人质疑亨伯特的不当之举。看似健全的社会制度和严正的社会道德，却将一个孤女置于饱受欺凌的境地。

另一方面，《洛丽塔》采用一个近乎癫狂的性变态者和杀人犯——亨伯特向陪审团递交的忏悔书的形式，讲述他占有继女的乱伦畸恋的故事，展现出一个迷乱狂放、动人心魄的情感世界。纳博科夫曾指出：艺术创作的使命就

① 纳博科夫．洛丽塔．于晓丹，译．南京：译林出版社，2000：2.

是作家“处于一场明彻的疯狂里，自己建立了某些独特的规则来遵守，某些噩梦般的障碍来攀越，怀着一种神以最不可能的成分——石头、炭、盲目的悸动——建造一个活生生的世界的热忱”[①]。纳博科夫并未对主人公亨伯特进行肤浅的道德评判，而是力图真实地还原一个在痛苦和罪恶中备受煎熬的人的心史。在亨伯特的忏悔书中，满含激情的倾诉与无耻的自我辩护、对命运捉弄人的愤怒与对令人不齿的行为的悔恨错综地交织在一起。亨伯特仿佛要穿透现实世界的重重帘幕，将幻想中天堂的魅惑之光映射在人类的生活中。在这点上，他认为自己对“性感少女”的迷恋和对洛丽塔做出的所有行为都是无可厚非的。然而，亨伯特逐渐意识到梦幻的不可能性以及他的卑劣无耻对洛丽塔造成的莫大伤害，这使他的内心产生深深的罪孽感。亨伯特无法摆脱罪孽感的折磨，他将之转移到奎尔蒂身上。亨伯特把奎尔蒂视为比自己更为肮脏龌龊的人，把杀死奎尔蒂看作为洛丽塔报仇的正义之举，而根本不认为自己在犯罪。但是亨伯特也深知，他和奎尔蒂都是造成洛丽塔不幸的罪魁祸首。杀死奎尔蒂并不能解除亨伯特内心的罪孽感，亨伯特不得不屡屡回到人生的起点，讲述他对爱情天堂的幻想，期待为自己辩护。亨伯特理直气壮地指出，任何地方法院或具体的法庭都无法理解其内心的澎湃激情，都不足以成为他的审判者。亨伯特继而强调，他的手记是“要为洛丽塔立传”，而非为不伦之恋和杀人罪行而写忏悔书。亨伯特虽然在极力辩称自己的行为是合理正当的，却无法面对自己的良知。他不得不承认，“事实上，可能根本就没有什么洛丽塔”[②]，洛丽塔只是他的欲望客体“我疯狂占有的不是她，而是我自己的创造物——另一个，幻想中的洛丽塔，或者比洛丽塔更真实；那幻象重叠又包容了她，在我和她之间浮游，没有欲望，没有感觉，她自己的生命并不存在。”[③] 亨伯特感到，他狂热追求的爱情天堂只是在激情中想象出来的虚幻之物，甚至他正在撰写的忏悔书也不过是自己“狂乱的意念”的产物。纳博科夫让主人公亨伯特在忏悔书中诉说、反思、忏悔，展现出一颗在欲念主宰下的心灵的躁动不安。

纳博科夫突出亨伯特叙述中的悖论和冲突，强调亨伯特叙述的不可靠性，呈现出话语的暴力。如果人们把雷博士四平八稳的前言与亨伯特迂回百转的忏悔书进行比较，就会感到社会道德在人类激情面前相形见绌，就连雷博士也承认，忏悔书中表现的狂乱情感和讲述的乱伦经历贯穿着“绝望的诚实”。人们甚至会得出如是结论，即亨伯特的忏悔书反映出人类心灵对乏味现实的嘲弄，透射出人类心灵无法得到理解的悲哀。但是纳博科夫在《洛丽塔》中向人们昭示的是，亨伯特嘲弄僵化的社会道德，只是为了让人们相信他的叙述是真实可靠的。亨伯特以相互矛盾的自我评价，把自己塑造为一个在欲望和痛苦中苦苦挣扎的人的形象。亨伯特深知其行为违反社会道德，却得意地

① 纳博科夫．说吧，记忆．陈东飙，译．长春：时代文艺出版社，1998：282.

② 纳博科夫．洛丽塔．于晓丹，译．南京：译林出版社，2000：3.

③ 纳博科夫．洛丽塔．于晓丹，译．南京：译林出版社，2000：46.

《洛丽塔》1997 年电影海报

宣称："你总永远指望一名杀人犯写出一手妙文。"[①] 在忏悔书中，亨伯特用可憎的词来称呼自己，如"四肢粗重、气味恶臭的中年人"[②] 等，又以华美文辞和抒情笔调描述他对洛丽塔的温柔与怜爱之情。亨伯特强调"我只是一架十分坦白的录音机"[③]，并且他对自身的贬抑与对情感的抒发，都会给读者带来一种印象，即这是一个真诚的人述说着自己的痛苦心史。但是纳博科夫让亨伯特的情感跳脱于事实本身，颠覆亨伯特叙述的可靠性。无论亨伯特的叙述如何令人唏嘘，都无法抹除他摧残洛丽塔的事实。残酷的事实凸显了亨伯特叙述的欺骗性，暴露了亨伯特的隐秘意图，即亨伯特企图通过叙述赢得人们的同情和宽恕。有研究者指出，如果人们阅读《洛丽塔》产生了怜悯之情，即"我们发现令自己更加震惊的是，就在读小说的过程中，我们实质上已经宽恕了小说所描绘的强奸行为……我们被引诱而落入了默许强奸的圈套，我们的想象已经接纳了我们明知道令人厌恶的一切"[④]，那么人们就掉进了亨伯特的叙述所预设的话语圈套。纳博科夫通过亨伯特的忏悔书对读者的诱导，揭示出话语的迷惑性和暴力，即某种话语在迫使人们认同其情感态度和价值观念。

其次，作品展开艺术的自由游戏在于，作品以戏拟的手法，撕开覆盖在人类生活之上的美和崇高的面纱，暴露出充斥在人类生活中的矫情和虚伪。

作品的戏拟手法首先表现在，作品描绘亨伯特将自己的畸恋戏拟为西方文化的爱情传奇，将人们通常推崇的爱和美的观念与人们生活中低劣恶俗的趣味奇特地组合在一起，不仅嘲弄西方文化经典中潜在的庸俗，而且讽刺了

---

① 纳博科夫．洛丽塔．于晓丹，译．南京：译林出版社，2000：3.
② 纳博科夫．洛丽塔．于晓丹，译．南京：译林出版社，2000：110.
③ 纳博科夫．洛丽塔．于晓丹，译．南京：译林出版社，2000：55.
④ 王青松．纳博科夫小说：追逐人生的主题．上海：东方出版中心，2010：210.

亨伯特的荒谬可笑。亨伯特在忏悔书中引经据典，煞有其事地化身为追求爱与美的艺术家。亨伯特列举了但丁对贝雅特丽奇的爱情、彼特拉克对劳拉的迷恋、爱伦·坡与年幼表妹弗吉尼亚的婚姻，并引用这些历来被传颂的爱情传奇故事，作为侵犯洛丽塔的正当理由，并为自己占有洛丽塔的丑陋行径染上诗情画意的色彩。但是亨伯特对文学典故的滥用，说明他的所谓情深意切不过是一种拙劣蹩脚的模仿。

作品的戏拟手法还表现在，作品通过将亨伯特的卑鄙情欲戏拟为对爱情天堂的美好追求，表明人类往往以虚假的幻想来掩盖自己的无耻。亨伯特期待重新创造已经失落的天堂，要在不可逆的时间中拯救生命并战胜死亡。对于人类存在而言，对死亡的抗争是永恒崇高的。亨伯特借此赋予他对天堂的迷恋和追求以崇高感。但是亨伯特的自白却产生了自我拆解的效应，使这种崇高感荡然无存。亨伯特无法忘却与阿娜贝尔在沙滩上亲密嬉戏的场景，并将之作为爱情天堂的原型。亨伯特据此设定洛丽塔在爱情天堂中的角色，并不择手段地得到洛丽塔。亨伯特将自己的少年情事提升到纯净凄美的境界，并极力渲染他对阿娜贝尔的炽热情感，却又对进入青春期的少年男女的性行为嗤之以鼻，对洛丽塔与其他同龄男孩的交往深恶痛绝。这构成了绝妙的反讽，显现出亨伯特不愿启齿的卑鄙的占有欲。亨伯特宣称他的爱情天堂超越了蝇营狗苟的尘俗社会，并强调他维系爱情天堂的良苦用心。但实际上，亨伯特的做法却形同市井无赖，他不断地购买各种零食和廉价的小玩意儿，笼络勾引洛丽塔。由此，亨伯特反复咏叹的梦幻便不再有超凡脱俗的意味，而是具有一种华而不实的意味。纳博科夫指出，亨伯特把自己的畸恋崇高化，有着很大的随意性。或许纳博科夫以戏拟的手法，为人们阅读亨伯特的忏悔书提供反转的方式。亨伯特告诉人们，正是对爱情天堂的幻想和守护，促使他对洛丽塔做出不轨之事和犯下杀人罪行。这显现出亨伯特忏悔书有欲盖弥彰的嫌疑，即亨伯特对洛丽塔产生强烈的占有欲念时，却幻想出一个爱情天堂的故事，让自己更加心安理得并达到欺哄世人的目的。《洛丽塔》正是在“偶然形成的图像这样被突出和重新结合”[①] 中，暴露出人类生活中的鄙俗。这种独到的艺术形式好似牌局的游戏，作品让主人公打出自己的底牌，但是把牌翻过来时，原本至关重要的底牌却变成了毫无用处的废牌。纸牌的正面看似五彩斑斓，让人不顾一切地想洞悉其中的秘密，但纸牌的反面却与其他的纸牌一样，都在阴郁消沉的底色上显得无足轻重、索然寡味。

作品的戏拟手法还体现在，作品将高速公路和汽车旅馆戏拟为亨伯特幻想中爱情天堂中的山丘和洞穴，使“现实的虚构”与“虚构的现实”相互混淆，揭示出社会现实和人类心灵同样地阴沉迷蒙。亨伯特带着洛丽塔到处流浪，驱车经过美国各州的高速公路，在不计其数的汽车旅馆中过夜，亨伯特的恶俗趣味与他所见到的美国社会的怪异景象便重合在一起。汽车旅馆构成美国社会光怪陆离的表象之下的阴暗角落，高速公路则像蛛网一样将这些阴

---

① 纳博科夫．魔法师．金绍禹，译．上海：上海译文出版社，2008：84.

暗角落勾连起来。在高速公路上，杂乱无章的事物倾泻在人们眼前，“加利福尼亚的一家酿酒厂，连那儿的教堂也建成酒桶的样子。死亡之谷。司各特的城堡。某罗杰夫妇在几年里收藏的艺术品。漂亮的女演员丑陋的别墅。R.L.史蒂文森在一座死火山上的脚印”等。[①] 高速公路的两侧遍布着的汽车旅馆，喧闹嘈杂、污浊凌乱，是人们“睡觉、吵架、和好、贪婪而违法私通的理想之所”[②]，也是亨伯特发泄肮脏情欲的“魔岛”。但亨伯特却把高速公路想象为阳光照耀下的海滩，在两旁充斥着的乱七八糟的东西中捕捉迷人的韵味，并随时把汽车、路边的草地和树丛当作偷情之地，可见亨伯特幻想的爱情天堂不过是其心灵的“地下室”的产物。亨伯特鄙斥藏污纳垢的汽车旅馆，却仍然偏执地追求已经变味的天堂，即便“天堂的穹空布满地狱之火的颜色——但仍然是天堂”[③]。亨伯特行进在没有尽头的高速公路上，他的人生地图是由一个一个的汽车旅馆勾连出来的。这使他意识到，幻想中的天堂在现实中并不存在，幻想与现实同样令人厌恶。亨伯特幻想的破灭，意味着他的世界走向塌陷崩坍，他的生活中只留下破败不堪的废墟。亨伯特杀死奎尔蒂，最终在监狱中结束人生。纳博科夫通过亨伯特在绝望中的自我毁灭表明，生活在当下的人类经受着灵魂与肉体的分裂、现实与梦想的疏离。迷离错乱的世界带来的茫然、爱情逝去的痛楚、人生短暂无常带来的悲怆以及人性自身罪恶的涌动，造就了亨伯特人生的荒唐与凄惶。

再次，作品作为艺术的自由游戏在于，作品制造出文本的断裂，表现人类痛苦具有难以探测的深度。

文本的断裂首先表现为人物的沉默，传达出人类难以言说自身痛苦的无奈。夏洛特看到亨伯特的日记后，在精神濒临崩溃时写下了三封信。夏洛特在寄信的途中出了车祸，这三封信落到了亨伯特手中。从亨伯特撕碎的信件留下的碎片来看，这三封信分别是写给洛丽塔、寄宿学校和亨伯特的。夏洛特在写给女儿洛丽塔的信中提到准备带走女儿的事宜；夏洛特打算为洛丽塔更换学校，让亨伯特无法染指女儿；夏洛特向亨伯特表达了爱恨交织的情感。夏洛特明白了亨伯特利用与母亲的婚姻接近年轻女儿的企图，她的愤怒和悔恨在这三封信的字里行间流露出来。夏洛特在车祸后身亡，亨伯特把夏洛特生前写的三封信撕成碎片后丢弃。这三封信代表着夏洛特对亨伯特的控诉，却被亨伯特冷酷无情地毁灭。这三封没有被寄出的信与夏洛特一起无影无踪地消失，洛丽塔永远无法得知母亲死亡的真正原因，这显现出人类的生存事实，即人类总是被某种邪恶的力量剥夺说出真相的权利，这恰恰是人类罪恶的渊薮。夏洛特的沉默，是人类无可挽回地失去言说机会的沉默。洛丽塔的沉默，则是人类处在赤裸裸的暴力下被剥夺了言说权利的沉默。亨伯特把夏洛特的死讯告诉洛丽塔后，洛丽塔却没有询问过母亲的死因。或是亨伯特避

---

① 纳博科夫．洛丽塔．于晓丹，译．南京：译林出版社，2000：125.

② 纳博科夫．洛丽塔．于晓丹，译．南京：译林出版社，2000：115.

③ 纳博科夫．洛丽塔．于晓丹，译．南京：译林出版社，2000：132.

而不谈，或是洛丽塔清楚地知道，母亲和自己的命运都受到亨伯特的摆布，她是不可能了解真相的。洛丽塔在亨伯特的淫威下的无助，使她的情绪开始变得歇斯底里。在作品中，洛丽塔的形色音容都是在亨伯特的叙述中出现的。亨伯特按照自己的欲望和意志控制洛丽塔的生活，并恬不知耻地扭曲洛丽塔的形象。还是房客的亨伯特在猥亵洛丽塔时，把洛丽塔的抗拒视为对他半推半就的挑逗。亨伯特在旅馆开房时心怀鬼胎，安排二人共居一室，却将他的卑鄙行为归咎于洛丽塔的主动勾引，把洛丽塔塑造为淫荡轻浮的妖女，从而推卸他侵犯洛丽塔的罪责。洛丽塔对乱伦生活表现出的不耐烦，在亨伯特眼中，却是古怪任性的行为。更有意思的是，亨伯特曾经对夏洛特痛斥女儿不服管教的行为非常反感，后来却对洛丽塔做出同样的评断。亨伯特对洛丽塔的贬抑，不过在赋予自己对洛丽塔独断专行的权力。在亨伯特的描述中，洛丽塔常常在亨伯特的苟且行为之后怒骂亨伯特，却从来没有向高速公路上巡视的警察求救过。从表面上看，洛丽塔似乎贪图亨伯特的小恩小惠，轻易地便顺从了亨伯特。实际上，亨伯特利用洛丽塔的年幼无知，恐吓逼迫洛丽塔对他的罪恶勾当守口如瓶。由此，洛丽塔的沉默不仅表现出被压抑的愤怒，而且瓦解了亨伯特叙述的洛丽塔形象。洛丽塔的逃离，阻断了亨伯特叙述的连续性和自足性，迫使亨伯特回忆起洛丽塔逃走前的种种迹象。洛丽塔的沉默开始发出无声胜似有声的指责，而亨伯特越是极力渲染对洛丽塔的炽热情感，便越是难以平复心中的罪孽感。

文本的断裂还表现在叙述的中断上，传达出人类无法认识自我的悲哀。亨伯特在监狱中回顾自己的一生，亨伯特的忏悔书也是他的回忆录。亨伯特的叙述从其少年时期开始，按照个人经历和事件的时间顺序有条不紊地进行。但亨伯特不仅记录自己的心曲，而且审视自己的情感、心理和行为，这使他的叙述常常发生中断。在第1部第8章中，亨伯特交代了第一次婚姻失败后，突然提到他在监狱里读到的一部书《文艺名流辞典》，并抄写了其中介绍奎尔蒂和洛丽塔的相关文字。但是亨伯特好像把这件事丢在脑后，他接着叙述离婚后来到美国的生活。亨伯特沉浸在繁忙的学术工作中，试图克服对“性感少女”的迷恋。但是亨伯特见到洛丽塔后，重新坠入病态情感的旋涡，并且这次的情感振荡比以往更强烈疯狂、更不可理喻，显示出人类猥琐的欲望对自身情感、思想和行为的支配。在第2部第17章中，亨伯特怀疑洛丽塔与其他男孩偷偷约会，他发疯般地检查洛丽塔的身体。而后亨伯特滔滔不绝的叙述却停顿了，他开始查看洛丽塔的父亲哈罗德·黑兹留下的手枪，似乎只是为了看看手枪而已，但接下来的文本提到的是亨伯特对洛丽塔出逃的回忆。显然，亨伯特摆弄手枪的动作表明，他内心开始萌生杀机。亨伯特虽然迫切地要杀死奎尔蒂，但是在婚后的洛丽塔拒绝与他一起出走时，亨伯特的脑海里却闪过拔出手枪的念头。亨伯特在反思中突然领悟到，他做出这一切只是出于“偏狭而自私的恶习”[①]，由此他发现自身之中有个难以捉摸的自我，

---

① 纳博科夫．洛丽塔．于晓丹，译．南京：译林出版社，2000：225.

“我觉得我难以捉摸的自我总是在逃避我，滑进了深沉沉、黑暗沉沉的汪洋里，我是探不到的”①。亨伯特感到，“自我”如此微暗幽昧，以致幻想中熠熠闪光的天堂变成荒诞不经的噩梦。人类的自我并没有将人类引向天堂，而是驱使人类进入黑暗深渊的窄门。

有学者曾指出，纳博科夫“骄傲地拒绝现实，很大程度上把文学艺术看作是展现机智和想象力的壮丽但‘无用’的游戏，并毫不隐瞒这一切”②。但是从《洛丽塔》的创作来看，纳博科夫追求艺术创作的无目的性，旨在表现人类生存的本质。人们渴望实现自身的存在，却在梦幻、欲望和无知“栅栏”中苦苦挣扎。从这个意义上说，艺术能开启人类“挣脱与超过重力，克服或重新制定地球的引力之可能性”③。对于人类而言，生命会随着时间的流逝、时代的更迭而销蚀，美将在人类无法抵抗的各种形式的“栅栏”的束缚中隐遁。纳博科夫则致力于通过艺术创作的自由“辨认我的生命两端非个人的黑暗中最微弱的个人的闪光”④，但作家更注重在艺术的自由游戏中，映照并消融人生的晦暗画面，帮助人们探查束缚生命的“栅栏”并重新认识世界与自身，为人们实现自身存在而开辟可能性。

推荐书目

1. 纳博科夫．洛丽塔．于晓丹，译．南京：译林出版社，2000.

2. 纳博科夫．固执己见——纳博科夫访谈录．潘小松，译．长春：时代文艺出版社，1998.

3. 纳博科夫．说吧，记忆．陈东飙，译．长春：时代文艺出版社，1998.

4. 刘佳林．纳博科夫的诗性世界．上海：上海人民出版社，2012.

① 纳博科夫．洛丽塔．于晓丹，译．南京：译林出版社，2000：251.

② 王青松．纳博科夫小说：追逐人生的主题．上海：东方出版中心，2010：8.

③ 纳博科夫．说吧，记忆．陈东飙，译．长春：时代文艺出版社，1998：292.

④ 纳博科夫．说吧，记忆．陈东飙，译．长春：时代文艺出版社，1998：2.

第4讲 博尔赫斯与《南方》

豪尔赫·路易斯·博尔赫斯（1899—1986）是阿根廷著名的小说家、散文家、诗人，20世纪无可争议的现代文学大师。博尔赫斯是一个思想深刻、学识渊博的作家，他的作品涉及的题材十分广泛，有东方古国的传统和神话、西欧的近代史、玛雅人的文化等。他最重要的作品是幻想小说，它们或采用侦探小说形式，或采用文学评论的方式，在杜撰虚构的情节中杂糅真实的文献资料，使读者难辨真伪。这些拥有奇特形式的故事探讨了时间、空间、永恒、存在、自我等形而上学的主题，反映了博尔赫斯对人生和宇宙的探索，对绝对真理的追求。

一、博尔赫斯的生平与创作

博尔赫斯1899年8月24日出生于布宜诺斯艾利斯一个古老的家族。父母双方的家族都有从戎的历史，英勇祖先的光辉业绩令博尔赫斯无比崇敬和向往。相比之下，博尔赫斯的一生显得平淡许多，他生命中的大部分时间是在书斋中度过的。

青年博尔赫斯

博尔赫斯的祖母范妮·哈斯拉姆是英国人，受过良好的维多利亚式教育，掌握着通向英语世界和文化天地大门的钥匙。博尔赫斯在读懂西班牙文以前首先学会的是英文，并通过英语接触了大量欧美文学名著。

父亲吉列尔莫·博尔赫斯是律师、心理学教授、不太成功的作家，以及一个庞大的私人藏书室的主人。父亲的阅读兴趣有两个，一是形而上学和心理学，二是文学及东方的书籍，两个方面都直接影响了博尔赫斯。父亲通过富有启发性的方式传授博尔赫斯哲学知识，其中最重要的一部分是唯心主义。这些知识对博尔赫斯的一生产生了深远影响，影响了博尔赫斯看待世界的方式，是博尔赫斯文学的深刻思想根源。

吉列尔莫·博尔赫斯与豪·路·博尔赫斯下棋时总会用棋盘向他解释芝诺的矛盾论，以及阿喀琉斯与乌龟、飞矢不动等悖论，还以十分巧妙的方式给他传授哲学知识。博尔赫斯曾回忆说：

> 记得还在我儿时，我父亲就向我提问哲学的根本之谜、基本问题，而不用任何专门术语，也不提时间年代。比如，他会利用棋盘作为工具，把阿皮亚，前苏格拉底哲学家的诡辩论讲给我听，却又对它们不予置评。我记得有一天晚上他没出门。吃饭的时候他拿起一只橘子问我："这只橘子是什么颜色?"我就说："哦，我想它是橘黄色。"但我发现这还不够，就补充说："我们可以说它介乎红色和黄色之间。"他说："对，但如果我把灯关上或者你闭上眼睛……"于是我便盯着他。另一个晚上他会问我："这橘子什么味?"我说："嗯，橘子味。"他又会问："你真相信橘子会整天整夜地品尝它自己的味道?"我说："哦，我不想钻这个牛角尖。"然后他又会问："这橘子有多重?"一边问他还会在手里将橘子掂来掂去。所以我是在不知不觉中滑入唯心主义的。我被引导着，不是去理解而是去感受，去感觉芝诺的诡辩术，而我父亲却从未提及这类东西。而后来，他给了我一本书，一本刘易斯写的《哲学史人物传》。他是个犹太人，是乔治·艾略特的朋友。我家里至今还保存着这本书。在这本书中，我发现了那所有的笑话，我父亲所讲的所有的难题。唯心主义、前苏格拉底哲学等等一切都可在这本书中找到。是我父亲引导着我读这本书，他知道怎样教别人。他是位心理学教授，他根本不相信心理学。但他开导我的方式很合适：问我简单的问题。他用橘子和棋盘来教我哲学，然后我便自己去感受那些问题。有时我睁眼躺着问我自己，我是谁？或者甚至问，我是什么？在做什么？我觉得时间在流动。①

博尔赫斯就是这样，在父亲的循循善诱之下习得了唯心主义。他所说的哲学的根本之谜、基本问题，就是指形而上学。在其父亲极其高明的教导下，他完全不必刻意去理解什么叫"存在即被感知"或是"心外无物"此类抽象的概念，而只需要感受和体会那些直观和生动的形象，正如他所言，他是在"不知不觉中滑入唯心主义的"。唯心主义对博尔赫斯而言不仅仅是作为一种学说存在，而是融入了其生命中，成为他看待世界、思考世界的基本方式，它是一套完整、系统的世界观和人生观。而且，博尔赫斯是通过生动、形象的方式感受和思考这些问题的，为日后用文学这种形式来表达和思考哲学问题做好了准备。

博尔赫斯的父亲有一个私人藏书室，藏有大量英文书。博尔赫斯说："如果有人问我一生中对我影响最大的是什么，我会说是我父亲的图书室。实际

---

① 巴恩斯通．博尔赫斯八十忆旧．西川，译．北京：作家出版社，2004：194-195.

上我有时认为我从未离开过那间书房。”（《随笔》，1970）“我是个作家，但我更是个好读者。”他从不厌倦回忆书海探险及书籍给他带来的无穷无尽的快乐与恐惧。不出家门一步，他就可游历寓言与传奇的世界。童年的大部分时间，他泡在书海之中，而成年后的他对书房的记忆有如史诗一般宏伟。他记得，比起妹妹在花园里游戏或在街区猎奇来，他更多的时间是花在阅读父亲的藏书上。书房成了他的成长地，他的文学生涯开始于这里，这间小型图书馆占据了博尔赫斯早年生活的绝大部分时间。“多年来，我一直坚信我是在布宜诺斯艾利斯近郊富有传奇色彩、夕阳灿烂的街区长大的。事实上，我的摇篮是铁矛栅栏之后的花园和一间拥有无数英文书的藏书室。”这间图书室为博尔赫斯的童年展开了无穷的想象空间，这个空间比他生活的环境要辽阔得多，博尔赫斯不用出门就能游历于寓言与传奇的世界。

博尔赫斯在这间藏书颇丰的私人图书室里选择阅读的书颇值得关注。根据博尔赫斯 1970 年在《自传随笔》中开列的书单，他说他“读完的第一本小说是《哈克贝里·费恩历险记》，接下来是《艰苦岁月》和《镀金时代》。还读过马里亚特上尉的书、威尔斯的《月球上的第一批人》、爱伦·坡、朗费罗诗集、《金银岛》、狄更斯、《堂吉诃德》、《汤姆·布朗的学校生活》、《格林童话》、刘易斯·卡罗尔、《弗登特·格林先生历险记》（该书现已为世人所淡忘）、伯顿的《一千零一夜》”[①]。

博尔赫斯还喜欢童话，《格林童话》自不必说，那里面充满了想象的人物和情节，《匹诺曹》对他的影响更大，他说：“我阅读《匹诺曹》时还非常小，也许我应该把我对幻想文学——想象的文学——的兴趣归因于那个变成男孩的木偶。”刘易斯·卡罗尔的《爱丽丝漫游奇境》和《镜中奇遇》在博尔赫斯看来是“濒临梦境”的小说。

博尔赫斯在这个小型图书室里也读到了神话。博尔赫斯从小就对希腊神话非常着迷，古希腊神话为他提供了想象的材料，埃米尔·莫内加尔认为：“在整个希腊神话中，尤其是在有关人牛怪物的神话中，真正吸引博尔赫斯（也许是乔琪）的，显然是根深蒂固的无意识——产生梦魇的温床。”博尔赫斯非常喜欢神话，他六岁时第一次文学创作的尝试，写的就是关于希腊神话的故事。博尔赫斯认为在古希腊时期人们的思维方式中糅合着抽象的思维和神话，两种思维方式是混合在一起的，古代人不会觉察出二者之间的差别，而现代人却丧失了这种能力，这应该是因为现代人更自信于理性的力量；但是博尔赫斯认为“我们生活在充满神话的世界”，今天的情况与古代并没有什么不同，“我们不是生活在理性而是在神话的世界。在睡梦中，心灵会回到神话的世界。但这只是猜想而已，我希望思维的传递和偶然性能帮我们弄清楚”[②]，于是，博尔赫斯借助神话的力量来弥合现代人两种思维方式之间的鸿沟，而获取这种神话的途径就是回到睡梦中，通过梦幻和幻想。

---

① 莫内加尔．生活在迷宫——博尔赫斯传．陈舒，李点，译．北京：知识出版社，1994：86.

② 博尔赫斯．作家豪尔赫·路易斯·博尔赫斯谈博尔赫斯//巴比伦彩票．王永年，译．昆明：云南人民出版社，1993：3.

博尔赫斯的家位于布宜诺斯艾利斯郊外的巴勒莫区，他童年的大部分时间在家中度过，伙伴只有比他年幼两岁的妹妹诺拉。他们尽情地游戏、做梦、娱乐，与想象出的角色玩耍，这些形象在博尔赫斯未来的创作中反复出现，例如螺旋式楼梯、面具、镜子、迷宫等。此外，博尔赫斯小时候生活的街区——巴勒莫独特的地域文化也经常成为博尔赫斯小说中的背景。

第一次世界大战期间，博尔赫斯求学日内瓦，并开始写诗。战后，随全家遍游西欧各国，加深了对英、法、德等国语言和文学的了解，同时亦受到欧洲表现主义文学运动的影响。1921 年返回布宜诺斯艾利斯之后一度成为“极端主义”文学运动领袖，反对传统诗歌格律的束缚，强调通过隐喻创造复杂美妙的意境。1921—1930 年间，他发表了不少散文，出版了三本诗集：《布宜诺斯艾利斯的热情》(1923)、《面前的月亮》(1925) 和《圣马丁的手册》(1929)。

如果说博尔赫斯所受到的教育为他今后创作幻想小说提供了思想基础，早期的文学活动为他创作幻想小说做了漫长而充分的准备，那么一个偶然际遇则使博尔赫斯坚定地走向了创作幻想小说之路。

1938 年圣诞前夕博尔赫斯遭遇了一次严重的事故，这次事故在博尔赫斯的文学生涯中具有重要意义，是他走向文学巅峰的开端。博尔赫斯在上楼时撞到了刚刚漆过的敞开的竖铰链窗，虽然积极治疗，但是伤口仍然发生了感染，得了败血症，博尔赫斯受到高烧和幻觉的折磨，甚至丧失了语言能力，高烧和幻觉大约持续了一周，在做完手术之后，他又毫无知觉地在生死之间徘徊了一个月。博尔赫斯后来在不同场合不止一次提到这个事故。

博尔赫斯病愈之后开始尝试一种他未曾写过的文体——幻想小说，他想用写作的方式去证明自己的记忆力、创造力。1964 年博尔赫斯的母亲说：“此后，他开始创作幻想小说，以前他从未写过这种东西。……他一回到家里便开始创作一篇幻想小说，那是他的第一篇。……以后，他只写幻想小说了。”① 这第一篇幻想小说是《〈吉诃德〉的作者皮埃尔·梅纳尔》，发表于期刊《南方》，此文的发表标志着一个新的博尔赫斯的诞生。多年之后，博尔赫斯写成的著名短篇小说《南方》具有自传的性质，它是对 1938 年这个事故的影射，他在病中所产生的幻觉与《南方》有着密不可分的联系。

在 20 世纪 30—50 年代间，他发表了近 30 个短篇故事，分别收入《小径分岔的花园》(1941)、《杜撰集》(1944)、《阿莱夫》(1949)、《死亡的罗盘》(1951) 等集子中。这些小说以新奇的构思和深奥的哲理，创造了一个崭新的境界，确立了博尔赫斯在世界文坛上的地位。1961 年，他被授予“福门托奖”，声名大震。此外，他还获得了多种文学奖，其中包括阿根廷国家文学奖(1956)、西班牙塞万提斯奖 (1979) 等。他还被哈佛、剑桥等大学授予名誉教授。在阿根廷国内，他从一个鲜为人知的作家、图书馆的一名小公务员上升为家喻户晓的名人。

1955 年，庇隆政府下台后，他被新政府任命为阿根廷国家图书馆馆长。

---

① 莫内加尔．生活在迷宫——博尔赫斯传．陈舒，李点，译．北京：知识出版社，1994：310.

不幸的是，他当时因严重的眼疾双目近乎失明。他自嘲说："命运赐予我八十万册图书，由我掌管，同时却又给了我黑暗。"对博尔赫斯来说，失明并非那么悲惨和难以接受，因为对此他早已有了心理准备。博尔赫斯在二十岁左右视力就开始衰退。1927 年，博尔赫斯因患白内障而进行第一次手术，自此之后到 1955 年完全失明（据博尔赫斯说他还能看到蓝色和黄色的光），他一共做过八次手术。他的大半生在几乎双目失明的状况下度过；在博氏家族中患此疾的，算来他已是第六代了。他对此没有抗拒，而是以一种顺天命的态度安然接受。失明之于博尔赫斯是富有诗意的，他说："失明是封闭的状态，但也是解放，是有利于创作的孤寂，是钥匙和代数学。"① 一方面，博尔赫斯并不是完全看不见，他的世界里还有些许的光亮，他也许可以看到事物的影子或者基本轮廓，而这种模糊的形象恰恰刺激了他的想象力，正如他自己所言："让我怀有某种自由的幻想"②。另一方面，博尔赫斯失明以后，依赖于旁人的朗读和记录来完成读写任务，这样，他不能像以前一样去查阅某种词条的精确解释，而只能通过记忆来完成。由于记忆不是那么精确，再加上视力的偏差，因而喜欢引经据典的博尔赫斯常常有意外的收获，在文学上有一些新的创造。他说："假如我能核实我的每一点记忆，我就不像现在这么沉湎于空想，不这么有创造力了。"③

失明没有结束博尔赫斯的艺术生命，在母亲和友人的帮助下，他继续创作，并修订和整理了早期作品。与此同时，他多次应邀前往欧美大学讲学。这个时期的主要作品有《迷宫》（1964）、《布罗迪埃报告》（1970）、《沙之书》（1975）、《老虎的金子》（1977）、《莎士比亚的记忆》（1983）。

暮年博尔赫斯

1935 年出版的《恶棍列传》是博尔赫斯的第一个小说集，写于 1933 年至 1934 年，博尔赫斯说自己在写这些故事的时候还不敢写小说，只敢"篡改和歪曲"别人的故事，七篇小说分别讲述了七个"恶人"的故事，大多数故事都有资料来源，例如，故事集中包括一个中国女海盗的故事——《女海盗金寡妇》，文集末尾标明故事来源于 1911 年出版于伦敦的《海盗史》；《无礼的掌礼官上野介》则取材于 1912 年伦敦出版的《日本古代故事》。只有一篇《玫瑰角的汉子》是他创作的小说。这个文集中的大多数小说具有巴洛克风格，叙述策略丰富多变：列举的事实不一致、连贯性突然中断、一个人的生平压缩到两三个场景。《恶棍列传》是博尔赫斯创作初期的练笔之作，对形式的追求要大于对思想的表达。

---

① 博尔赫斯．博尔赫斯全集：诗歌卷：上．王永年，陈泉，译．杭州：浙江文艺出版社，2005：90.

② 博尔赫斯，伯金．博尔赫斯谈话录．王永年，译．上海：上海译文出版社，2008：55.

③ 博尔赫斯，伯金．博尔赫斯谈话录．王永年，译．上海：上海译文出版社，2008：113.

博尔赫斯之墓

为博尔赫斯赢得世界声誉的是他的短篇小说，尤其是其中被称为幻想小说的那一部分作品。它们集中于小说集《小径分岔的花园》《杜撰集》《阿莱夫》中，代表着博尔赫斯的文学的最高水平。当博尔赫斯被问及他对阿根廷文学的贡献时，他这样回答："我为推动我国的幻想文学走向高潮尽了力；现在，别人从事这种文学当然比我幸运得多。西尔维娜·奥坎波、阿道弗·比奥伊·卡萨雷斯和我合编出版的《幻想文学精选》一书是阿根廷文学历史上不应该被忘却的一部作品。"[①] 从这一自我评价中，我们能够清晰地感受到他对自己在幻想文学上的造诣十分自信。

1941年，小说集《小径分岔的花园》出版。文集中的同名小说是一篇侦探小说，其余六篇是幻想小说。《环形废墟》是其中的名篇：魔法师来到环形废墟，想抟梦造人，历经数月，一个少年终于从梦中走进了现实。魔法师像对待儿子一样呵护他教育他，但努力不让少年接近火，因为只有火才能让少年知道自己只是梦中幻象。一天，废墟遭到雷击燃起大火，倦怠的魔法师想到了自杀，走向了火场。结局令人惊奇——他没有感到疼痛。小说到此戛然而止，可是读者此时应该明白魔法师也只不过是一个幻影，是他人梦中的造物。故事的叙述注重技巧，直到文章的最后，魔法师作为"梦中人"的身份才得以揭示，在魔法师的身份被揭示之前，他给读者的印象始终是"现实层面"的人。小说探讨了"自我"的真实性的问题。

在小说《特隆、乌克巴尔、奥比斯·特蒂乌斯》中，一个秘密组织构建了一个星球，这个星球上的一切都是建立在唯心主义哲学的基础之上的，唯物主义思想只会引起轩然大波。由于在那儿没有物质，因此也没有（给物质命名的）名词。事实在这个星球上只是偶然，文学是纯粹想象的产物。在特隆的古典文化中，心理学占主导地位，其他的学科都是次要的，科学毫无用武之地。特隆是一个由想象建构的世界，这个世界表面上看起来荒诞离奇，但也并非不可理解，它有一套完整而系统的社会结构和知识体系，它是根据18世纪英国哲学家乔治·贝克莱有关现实的理论建立起来的。虽然博尔赫斯总是有意回避自己的文学的政治倾向性，但是这篇小说还是传达了某种政治寓意，博尔赫斯笔下的特隆是地球的理性变体，是对极权主义世界的反讽。

《小径分岔的花园》讲述了中国间谍俞琛博士为德国方面工作，正打算向上司汇报英国炮兵准备轰炸法国小镇阿尔波特这一机密。由于他正在被一位名叫理查德·马登的英国侦探追捕，因而他必须在被发现之前想办法把信息传递出去。他决定杀死一个正好名叫斯蒂芬·阿尔波特的人来把那个法国小镇的名字传递出去。整个情节设计目的非常强，因为无论是侦探还是间谍，

① 博尔赫斯，索伦蒂诺．博尔赫斯七席谈．林一安，译．北京：光明日报出版社，2000：171.

他们都有着一个非常具体的目标，但是当他们齐集阿尔波特家中的时候，剧情发展达到了令人眼花缭乱的高潮。那是一座有着分岔小径的花园别墅，机敏的读者可能会从一些线索中发现其实这三个表面上敌对的人物——俞琛、马登和阿尔波特——原则上在不同的时间维度上是可以互换的角色。侦探小说中的目的性在这里只是一种错觉，因为时间分岔的小径让时间成了一个多维度的迷宫，从而虚化了每一个角色各自特殊的身份。

1944 年出版的《杜撰集》也是一个幻想小说集。《博闻强记的富内斯》虚构了一个具有超凡记忆力的人的故事，他的记忆力可以使他具备精确的时间感，记下读过的每段文字。他记得某一天的黎明时南面朝霞的形状，并且能够同他只见过一次的一本皮面精装书的纹理进行比较。他睡觉的时候和常人清醒时的状态一样，记得每一个梦境……这一切缘于他从马背上摔下来的事故。“从马背上摔下来之后，他失去了知觉；苏醒过来时，眼前的一切是那么纷繁、那么清晰，以前再遥远、再细小的事都记得那么清晰，简直难以忍受。”然而，这篇小说的主题并不在于创造一个奇人异事，而是探讨一旦人拥有如此惊人的记忆力，他的生活会发生怎样的变化。富内斯只有十九岁，但是他的记忆充满了无数精确的细节，“抵得上开天辟地以来所有人的回忆的总和”。这个故事是对博尔赫斯长期所受失眠症困扰的隐喻。一个人的生命过程是一系列感性经验的集合，如果这种经验达到了无限丰富的程度，那么他的生命就相当于所有人的生命。

《秘密的奇迹》是一篇有趣的幻想小说。主人公赫拉迪克在 1939 年 3 月 14 日在公寓里做了一个关于下棋的梦。3 月 19 日赫拉迪克被捕，他无法否认盖世太保对他的指控而被判处死刑，执行日期为 3 月 29 日。时间不可挽回地向生命的终点流逝，28 日傍晚，他想到自己仍未完成的剧本《仇敌》，他希望《仇敌》可以改变自己的文学声誉。还有两幕没有写完，但他很快就要死了，他在黑暗中祈求上帝赐给他一年时间以完成剧本。他做了一个梦，梦中上帝批准了他要求的工作时间。就在这时赫拉迪克惊醒，两个士兵带他去行刑。一滴雨水落到他的太阳穴。行刑的命令下达时，物质世界凝固了。他在上帝恩准的一年时间里完成了他的杰作，当他找到最后一个词语时，雨滴从他面颊上流了下来，四倍子弹将他打死。赫拉迪克死于 3 月 29 日上午九时零二分。可是小说最后标明的日期 3 月 29 日并没有说明年份，如果这个 3 月 29 日是 1940 年 3 月 29 日，那么上帝恩准他一年的时间变成了现实，从“物质世界凝固了”这一句开始到他完成剧本的最后一个词语，是在他被恩准的一年时间内发生的事情。如果按这种方法解释，那么这篇小说就是一则神话，因为小说中出现了超自然现象，在我们生活的现实世界这几乎是不可能的。对小说还可作另一种解释：如果小说末尾标明的 3 月 29 日是他被裁定执行死刑的 1939 年，那么他被裁定执行死刑的时间上午九时与上午九时零二分之间就只相差两分钟，这在现实世界中是有可能发生的。如果这一切都是真的，那么为什么赫拉迪克可以在短短两分钟之内完成两幕剧的写作呢？这实在是很可疑的事，唯一可能发生的事情是赫拉迪克产生了幻觉或做了个梦。幻觉或梦境发生的时间有可能是从他在行刑前一晚做完祈祷之后开始的。“那是最后一晚，最难熬的一晚，但是十分钟以后，梦像黑水一样把他淹没了。”他在祷告完成之后睡着了，在睡梦中他梦到了上帝恩准了他的请求，在梦中他度过了一年时间，第二天早晨死刑仍然是按时执行。还有一种可能是他从监狱被带走时是八时四十分，要等到九时整才能行刑，这中间有二十分钟的时间。在这二十分钟里“他试图想象那个象征尤利亚·德魏登纳夫的女人是什么模样，可是想不起来……”尤利亚是他剧本中的人物，也就是说在这二十分钟里赫拉迪克由于情绪极度紧张而产生了幻觉，幻觉让他完成了此后的一系列创作活动。这是一个有关时间主题的幻想故事，它表现了客观时间、正常时序与主观时间之间的相互作用。这篇小说虽不是博尔赫斯最好的小说，但深受读者的喜爱。在《秘密的奇迹》中有若干个模糊现实与非现实界限的“机关”，把这个机关任意地扳到另一个方向，故事都会被引向另一种理解方式。然而无论是在迷宫的分岔口选择哪一条路，倾向于寻找真实的读者都不会对自己的选择有十足的把握。博尔赫斯常常有意在小说中设置机关、陷阱，令读者无法找到一条清晰的线索，这也是他的小说通常被称为迷宫的根本原因。

《阿莱夫》这个文集发表于1949年，除了《埃玛·宗兹》和《武士和女俘的故事》以外，其他都属于幻想小说类型。《永生》探讨的是永生给人类带来的后果。《神学家》写的是一个有关个人特征的凄楚的梦。《另一次死亡》是有关时间的幻想。《扎伊尔》和《阿莱夫》则受了科幻小说家威尔斯的小说的影响。《等待》是文集中的一篇很有趣的小说。主人公“维拉里”（也是他仇人的名字）被马车送到了旅馆。“维拉里”幽居于旅馆，行事小心翼翼，只在夜间出行，目的是逃避仇人维拉里的追杀。一夜他出门去拔了一颗大牙，无事，另一夜他去电影院，骂了推撞他的人，是夜他再三思索，确定自己不认识那两个人，在家里蹲了两三天才敢出门。“维拉里”经常梦到仇人维拉里和另外两个人握着手枪闯进他的房间，或者在他从电影院出来时袭击他，或者三个人都成了那个推搡他的陌生人，或者三个人阴沉地在天井里等他，见了面却又好像不认识他。梦快结束时，他从床头的抽屉里掏出手枪，朝那些人发射，枪声把他吵醒。他无休止地做着这个背景相同但细节各异的梦。七月的一个早晨，陌生人的在场惊醒了他，仇人维拉里和一个陌生人终于找到了他。他做了个手势，让他们稍候，然后朝墙壁翻过身去，仿佛想重新入睡。然而，这时枪声响起，他被谋杀了。主人公因为长期紧张而经常梦到一种情况，时间一久也就习以为常了，当真凶终于到来，他却失去了分辨梦境与现实的能力，把梦境当作现实，而把现实当作梦境了。小说探讨了“什么是真实”的问题。所谓真实在博尔赫斯看来不过是一种心理状态，即使是梦境，只要它成为一种常态，它就被认为是真实。《阿莱夫》描述了一个名为阿莱夫的小圆球，包罗世界万象。既然网罗一切，自然就包含着阿莱夫本身，“我”还从阿莱夫里面看到了自己。阿莱夫是希伯来语字母表第一个字母，在犹太神秘哲学中，这个字母指无限的、纯真的神明；据说它的形状是一个指天指地的人，说明下面的世界是一面镜子，是上面世界的地图。阿莱夫就是一个无穷无尽的宇宙本身，它与世界互相反映，又互相包含，这一形象表达了作者对宇宙本体的思考，它的属性是“难以理解”。

小说集《布罗迪报告》发表于 1970 年。这个文集中的同名小说是一篇幻想小说，受到格列佛的最后一次游历的影响。除该篇外，其他的小说是现实主义风格的。

二、博尔赫斯的创作观念与创作特点

博尔赫斯的创作观念中，对现实的看法十分重要。他的现实观打破了现实/非现实的二元对立，把现实与非现实置于同一层面。这种观念与博尔赫斯深刻的唯心主义观念是分不开的。

唯物论认为：“现实通常指的是一切实际存在的东西，是自然现象和社会现象的总和，实际存在的实物系统，即周围世界。这样理解的现实，是同无法实现的梦想、幻想，无法实现的行动，不现实的意图，不能实现的可能性，亦即不现实的东西、不存在的东西相对立的。”① 可见，现实与非现实具有本质的不同，二者截然对立。这种把世界分为现实和非现实的观念被普遍接受，并占据着主导地位，然而这种观念并未被所有人和所有时代接受。长期以来与此并存着另一种观念——现实世界与非现实世界其实处于同一个层面，它们的本质是相同的。也就是说，自然、社会、周围的实物世界是现实，而梦、幻觉、幻想、无法实现的行动、不现实的意图等同样也可以被认为是“现实”；也可以说一切实际存在的事物不一定是“现实”，它们也可能是非现实的事物，而梦、幻想等通常被认为不现实的东西实际上就是“现实”。但是这种一元论的观念与二元论的观念相比，一直都不占有优势。

博尔赫斯对现实的看法即“除了思维过程外没有别的现实”。现实是被感知到的事物，世界是一系列感知的集合，“凡直接感知的东西全是表象”，任何表象都是“属于心的”。清醒时的感知与梦中感知，对客观事物的感知和对想象事物的感知没有区别，它们都属于心理过程。凡是可以被感知到的事物，无论是文学人物还是真实人物，都一样真实；无论是梦魇、鬼神、幽灵还是桌椅、板凳，也都同样真实。反之，即使是那些看似更真切的事物也不一定真实。物质世界在博尔赫斯这里是虚幻的，并不那么真实。这样博尔赫斯一方面否认了像“梦”“幽灵”这类非真实事物的非现实性，另一方面又否认了类似于“桌椅”“板凳”“床”等物质世界的真实性，从而使现实性和非现实性处于同一个层面。博尔赫斯看待现实的方式是唯心主义的。

梦是博尔赫斯创作观念中的另一个关键词，它既是小说中的重要意象，也是博尔赫斯进行形而上学思考的载体。梦是理解博尔赫斯的一个重要入口，

---

① 帕尔纽克．作为哲学问题的主体和客体．刘继岳，译．北京：中国人民大学出版社，1988：75.

他的小说中那无数绮靡的梦是诗与思的高度融合。博尔赫斯说："我知道我命中注定要阅读，做梦，哦，也许还有写作。……我总是把乐园想象为一座图书馆，而不是一座花园，这意味着我始终在做梦。"① 博尔赫斯的梦为文学提供了一种新的想象途径，因此有必要深入了解他对梦境的看法。

梦作为文学作品的表现对象是非常普遍的，它在不同作家的笔下呈现出不同的色彩，但博尔赫斯所说的梦与我们通常所说的梦不尽相同。博尔赫斯认为梦是一种存在状态，这种状态在人们醒着的时候也可能存在，并不一定在睡眠之中。他说："（梦）不一定非得在睡觉的时候。在你构思出一首诗时，睡与醒没有多大的区别，不对吗？因此它们的意思是一样的。如果你在思考，如果你在创造，或者如果你在做梦，那么梦大概就与幻想或睡眠相一致了，没什么不同。"② 博尔赫斯的梦与想象、幻想时的状态是相同的，这似乎与弗洛伊德"白日梦"的学说并没有什么不同。那么博尔赫斯的"梦"有何独特之处呢？其独特之处就在于他把梦的内容看作真实的。博尔赫斯主张的幻想小说的四种手法之一就是"现实与梦幻"的混淆。把梦的意象引入现实，从而篡改现实，是文学幻想的最古老手法之一。博尔赫斯的幻想小说是由一个个的梦构成的，许多小说中都出现"梦"这个令他着迷的字眼。

博尔赫斯的现实具有柏拉图所偏爱的精神的实在性、不变性和永恒性。他认为现实是一种永恒的存在，是人类的困惑、幻想和情感，这些东西长期存在于人类生活之中，不会随着时间的推移而发生改变，它们脱离了时间而存在于永恒之中。在虚构小说中如果能表现这些永恒的事物，那么这类小说就是真实的，甚至比现实主义小说更加真实可信。博尔赫斯的小说哲理意味浓厚，具有抽象色彩，也是缘于他对现实的这种性质的把握。

博尔赫斯说："从某种意义上说，虚构小说和源于环境的小说同样真实，也许更真实。因为说到头，环境瞬息改变，而象征始终存在。假如我写布宜诺斯艾利斯的一个街角，那个街角说不定会消失。但是，假如我写迷宫，或者镜子，或者夜晚，或者邪恶和恐惧，那些东西是持久的——我是指它们永远和我们在一起。因此，从某种意义上说，我认为虚构作品的作者所写的东西比报纸上刊登的更真实。因为，当然，报上写的永远只是意外事件或情况。当然，我们都生活在时间之中。我认为我们写虚构作品时，我们想脱离时间，写持久的东西。我指的是我们尽力要待在永恒之中，虽然我们的企图不太可能成功。"③ 博尔赫斯强调的是一种永恒不变的真实，它不因时间和环境而改变。他认为真实的事物是那些永远伴随着人类的困惑、情感、观念，它们存在于永恒之中。物质具有可变性、不稳定性，环境、事物（如街角、新闻事件）的真实性随着时间的变化而变化，此时被认定为真实的事物在下一刻也许会变得虚无缥缈，原来的真实性将不复存在，因此源于环境的真实在博尔

① 巴恩斯通．博尔赫斯八十忆旧．西川，译．北京：作家出版社，2003：144.
② 巴恩斯通．博尔赫斯八十忆旧．西川，译．北京：作家出版社，2003：39.
③ 博尔赫斯，伯金．博尔赫斯谈话录．王永年，译．上海：上海译文出版社，2008：99.

赫斯看来并不可靠。

基于这种对现实的抽象看法，博尔赫斯认为文学在反映现实生活时显得无能为力。“不是艺术的无能，而是艺术在表现现实或者生活方面的无能。”[①]因为现实是不可知的，神秘的现象、偶然、命运都是现实生活的一部分，文学可以十分接近我们通常理解的现实，却忽视了那些原本更真实的现实，它们往往不具备具体的可感知性，而是以一种更深刻的形式存在于人类生活之中。“认为我们能够并且需要虚构任何事物的想法，对于世界上的神秘现象几乎是个侮辱。创作虚构小说的作家感觉不到世界的复杂性也是如此。”博尔赫斯只写短篇小说也与他对现实的认识有关。他认为长篇小说始终与人类的经验——思想和本能、个人和社会、生活和梦想——掺合在一起，长篇小说总是无法在纯粹思辨和艺术的天地里就范，这是长篇小说先天性的缺陷——依附人类污浊的本性，这是为博尔赫斯所不容的。因此博尔赫斯不写长篇小说，而是从短篇小说这种文体中去寻找纯粹的、永恒的理念世界之美。

接下来我要谈到的是他对现实主义文学的看法。如果与他对现实的看法保持一致，那么博尔赫斯既反对现实主义文学，也不太喜欢现实主义作家就不难理解了。他一直对再现美学颇有微词，经常对俄国现实主义、法国现实主义和自然主义文学持有消极观点。他主张的幻想文学，可以完全独立于现实，不受现实世界的干扰，“幻想小说提供了假设的世界，它基于无拘无束的想象的力量，不受再现美学的约束”。幻想是仅仅依赖文学的内在需要的一种形式。

基于以上观念，博尔赫斯的小说主要呈现出以下特征。(1) 幻想性。这里所说的幻想不同于通常所说的虚构，而是虚构与真实、想象与现实、假与真处于一种游移不定的状态，真真假假、虚虚实实、亦真亦幻的美学形态。有时候虚构的故事中会出现一个有名有姓的真实生活中的人物；有时候虚构的故事被设置在一个逼真的环境中，而故事的虚构性一直不能被确定。(2) 迷宫般的叙述。博尔赫斯在叙述的过程中，经常设置许多岔道、陷阱，使故事朝着一个意想不到的方向或同时朝着两个以上的方向发展，从而使一个故事同时呈现出多种形态和多种解读方式，其复杂性有如步入迷宫，令人疑惑又迫人求索。(3) 形而上学主题。博尔赫斯的小说具有浓厚的哲学色彩，他的小说表达了他对真实、时间、宇宙、自我等根本性哲学问题的思考，这些主题远离现实世界，而更接近于理念世界，具有复杂的思辨性。

三、《南方》的幻想

《南方》是博尔赫斯最著名的小说之一，也是博尔赫斯最引以为豪的作品之一，被收入第二版的《杜撰集》。在《杜撰集》1956年补记中博尔赫斯写

① 博尔赫斯，伯金．博尔赫斯谈话录．王永年，译．上海：上海译文出版社，2008：27.

道："《南方》也许是我最得意的故事。"《南方》集中体现了博尔赫斯的创作理念，对于理解博尔赫斯的诗艺来说，具有举足轻重的作用。

《南方》讲述的是一个生性怯懦的人，在病愈出院后前往南方疗养，途中受到挑衅而决斗的故事。达尔曼买到一本《一千零一夜》，迫不及待地想看，匆匆上楼，结果被忘记关的窗户划破了头，伤口发炎了，高烧折磨着他，于是他被送进了医院。肉体的痛苦和夜里的失眠、梦魇不容他想到死亡那样抽象的事。"过了不久，大夫对他说，他开始好转，很快就可以去庄园休养了。令人难以置信的是，那天居然来到。"①

接下来小说讲述了达尔曼出院后去南方路上的见闻和经历，先是乘马车去火车站，在火车站无聊地喝咖啡，上了火车以后看书、看风景、吃午饭、打瞌睡，最后火车停在惯常停靠车站的前一站。达尔曼来到一间杂货铺吃饭，受到当地高乔人的挑衅，本想息事宁人的达尔曼最终忍无可忍，选择了祖先的英勇的生存方式，与挑衅者决一死战。

表面上看这是一个传奇故事，但是主人公的经历被叙述得十分真实，读者可以把它当作一篇现实主义小说来读，但这只是对这篇小说的一种解读方式。

对小说的第二种解读方式是，达尔曼在手术台上已经处于濒死状态，大脑产生了幻觉，在幻觉之中经历了去往南方的一切。这种解读方式把"病愈后的经历"看作一个幻梦（第一层梦境）。

在叙述的关节点上，故事同时朝着两个不同方向发展了。阅读博尔赫斯的小说，需要我们对这些关节点保持敏感。最重要的一处是："肉体的痛苦和夜里的不是失眠便是梦魇不容他想到死亡那样抽象的事。过了不久，大夫对他说，他开始好转，很快就可以去庄园休养了。令人难以置信的是，那天居然来到。"前文中作者用大量笔墨描述达尔曼被病痛折磨得死去活来的情境，突然说他病愈了，这件事本身就是令人生疑的。因此，读到这里时读者应保持警惕，以防落入作者设置的陷阱。

如果循着这条思路读下去，那么下文中达尔曼所经历的一切就是一场梦。更有趣的是，这个梦还不止一层，而是包含着第二层梦，第二层梦还包含着第三层梦。

第二个梦有可能是从他在火车站等车抚摸着猫的时候开始的。火车还有三十分钟才开，于是他来到咖啡馆一边喝咖啡，一边抚摸猫咪，"觉得这种接触有点虚幻，仿佛他和猫之间隔着一块玻璃，因为人生活在时间和时间的衍续中，而那个神秘的动物却生活在当前，在瞬间的永恒之中"。"虚幻"这个词值得注意，而且这段描述会给人带来某种置身于幻境中的感觉，甚至可以据此推测达尔曼在车站睡着了。阅读博尔赫斯的小说，对这一点要警惕，因为故事中的人一旦睡觉便会做梦，接下来发生的事就分不清真假了。

第三个梦则是他在火车上被午后暖和的阳光晒得昏昏欲睡时发生的。那

---

① 博尔赫斯全集：小说卷．王永年，陈泉，译．杭州：浙江文艺出版社，2005：186.

么，在火车上做的梦就属于火车站所做的梦的梦中之梦。火车站所做的梦又包含在濒临死亡的幻觉之中。在这午后昏昏沉沉的状态下，达尔曼开始做梦了。“梦中见到的是隆隆向前的列车”，坐在火车上的达尔曼梦到自己正在火车上。“孤寂达到了十足的程度，甚至含有敌意，达尔曼几乎怀疑自己不是向南方，而是向过去的时间行进。”这是达尔曼在昏沉的状态中所梦到的，但是检票员打断了他这些不真实的遐想，检票员告诉达尔曼列车会违例停在下一个车站。此处博尔赫斯再次制造了悬念，因为在现实生活中火车不按指定车站停车的概率微乎其微。

在白天清醒的状态中，通过病痛、瞌睡、紧张、昏沉等手段，不知不觉把故事引向梦境、幻觉，使真实的事件变得恍惚、虚幻、迷离，这是博尔赫斯创作幻想小说的常见手法，也是博尔赫斯模糊现实与虚幻的界限的第一步。当机敏的经验读者已然产生警惕，正要把读到的情节看成梦境的时候，博尔赫斯又会用逼真的描写来打消这种念头，对梦境、幻觉进行逼真的描写，把梦（幻觉）中的所见所闻描写得比清醒时更加细致入微，从而达到更加真实的效果，这是博尔赫斯模糊现实与虚幻的界限的第二步。

在《南方》后半部分的幻觉中博尔赫斯描绘了人物和环境，不少描写有着如临其境的真实，让读者对主人公的经历信以为真。比如，达尔曼在杂货铺休息时对周围景物的描写方式和努力追求逼真的现实主义的描写手法毫无二致：

达尔曼在靠窗的一张桌子旁坐下。外面的田野越来越暗，但是田野的芬芳和声息通过铁横条传过来。店主给他先后端来了沙丁鱼和烤牛肉。达尔曼就着菜喝了几杯红葡萄酒。他无聊地咂着酒味，懒洋洋地打量着周围。煤油灯挂在一根梁下。另一张桌子有三个主顾：两个像是小庄园的雇工；第三个一副粗俗的样子，帽子也没脱在喝酒。①

这段描写从方位、光线、气味、声音、视觉等多方面展现了细节的真实。类似这种逼真的描述在小说中存在不少，对幻觉中所见、所闻、所感的描写都十分逼真。我们来看看下面这段文字，达尔曼正在火车上眺望窗外的风景：

他看到粉刷剥落的砖房，宽大而棱角分明，在铁路边无休无止地瞅着列车经过；他看到泥路上的骑手；看到沟渠、水塘和农场；看到大理石般的明亮的云层。这一切都是偶遇，仿佛平原上的梦境。……

他瞌睡了一会，梦中见到的是隆隆向前的列车。中午十二点的令人难以忍受的白炽太阳已成了傍晚前的黄色，不久又将变成红色。车厢也不一样：平原和时间贯穿并改变了它的形状……在粗犷的田野上，有时候除了一头牛外空无一物。②

这段引文描述了主人公一醒一梦的转换，第一段是他从车窗看到的沿途

① 博尔赫斯全集：小说卷．王永年，陈泉，译．杭州：浙江文艺出版社，2005：189.

② 博尔赫斯全集：小说卷．王永年，陈泉，译．杭州：浙江文艺出版社，2005：189.

风景，第二段是他在梦中所看到的事物。它突出体现了博尔赫斯模糊现实与虚构（梦境）的策略。在真实的情境中悄悄地描绘一场梦境，或是在稀松平常的日常氛围中制造令人生疑的事件。

与真实的环境描写并存着大量的暗示性语言，总在读者产生强烈的真实感后告诉你这一切有可能只是幻觉。比如喝着咖啡摸着猫本是再平凡不过的小事，但作者会暗示说："这种接触有点虚幻，仿佛他和猫之间隔着一块玻璃……"再比如，"达尔曼进门后觉得店主面熟；后来才想起疗养院有个职员长得像他"。这个杂货店虽被描绘得非常详细，却是个陌生环境，在陌生环境中遇到面熟的人，虽说不是完全不可能的，但至少也会让人感到惊讶。令人不快的一幕发生了，达尔曼受到另一桌人的挑衅，他想要离开，但被店主劝住："达尔曼先生，那些小伙子醉了，别理他们。"店主叫出了他的名字令他感到更吃惊，这件事显然出乎意料、违背常理，进一步强化了达尔曼认为店主面熟的疑惑感。

博尔赫斯模糊现实与梦境的手法多种多样。我们来看看以下这些句子："现实生活喜欢对称和轻微的时间错移；达尔曼是坐着出租马车到疗养院的，现在也坐出租马车到孔斯蒂图西昂。经过夏季的闷热之后，初秋的凉爽仿佛是他从死亡和热病的掌握中获得解救的自然界的象征。""明天早晨我就在庄园里醒来了，他想到，他有一身而为二的感觉。""看到大理石般的明亮的云层。这一切都是偶遇，仿佛平原上的梦境。""达尔曼有些纳闷，当它什么也没有发生，打开《一千零一夜》，似乎要掩盖现实。""午饭（汤是盛在精光锃亮的金属碗里端来的，像遥远的儿时外出避暑时那样）又是宁静惬意的享受。""孤寂达到了十足的程度，甚至含有敌意，达尔曼几乎怀疑自己不是向南方，而是向过去的时间行进。"这类句子在小说中比比皆是，常常出现在对人物、环境的描写过程中，它们使真实的事件、情境显得模棱两可，时刻引起读者警觉。这类句子有以下几个共同特征：第一，这些句子是充满诗意的，诗的一个重要特征是含混和模糊。第二，明喻、暗喻、象征的大量使用。比喻这种修辞手法的本体与喻体之间的模糊对应的关系也使一切变得似是而非。第三，似乎、几乎等表示不确定性的副词的大量使用，也增加了意义的模糊性。

博尔赫斯是一位技艺高超的叙述大师，在他的笔下梦与现实的界限被打破了，整个故事虚实相生，亦真亦幻，这是他的幻想小说所独具的美学特征。然而，这篇小说不只有奇巧的形式，还有深刻的哲思，它要探讨的是"自我"的同一性问题。

一个人可以对许多东西，甚至是一些很复杂的东西，提出它们是什么这个问题，比如可以问一棵树或一滴水或一台机器是什么。他的答案是给它们一个定义，这个定义有可能并不完整，但不会全错。但是当一个人问他自己是什么，从他最内在的本性来看他是什么，他密切关注的那个"我"是什么时，他就会茫然无解。在《南方》中博尔赫斯探讨了自我的同一性问题，这一哲学主题在"明天早晨我就在庄园里醒来了，他想到，他有一身而为二的感觉”这句话中得到暗示。

每个人都有一个身体，他可能是从经验中知道这一点的，也可能不是从经验中得知的；但是不管怎样，这是他确实知道的事情。对于自我和身体之间的关系，则可能只有一个模糊的概念；不过每个人对自己和身体的实在性，都不会有怀疑。

那么一个人和他的身体这两者之间有什么联系呢？关于自我与身体的关系在西方哲学中一共有三种理论。第一种是唯物论，第二种是二元论，第三种是唯心论。其中唯物论和唯心论都是一元论。

（一）唯物论对同一性的思考

唯物论认为“我”有一个身体，虽然它是某种高度复杂的东西，但它是一个有机生物体，是物质的东西。事实上，要是不承认它完全是物质的，那就没有理由把它叫作“我”的身体，因为没有什么非物质的东西可能成为身体的一部分。假如“我”有一个身体仅仅是指“我”自己和“我”的身体的同一，那么就可以说“我”是身体，并且仅此而已。确认“我”自己同“我”的身体的同一，与说“我”有一个身体毫不矛盾，因为我们在表示同一关系时经常是这样说的。

唯物论者说“同一”，必定意味着自我与身体的严格的完全的同一，分毫不差。可以同样用于“我”和“我”的身体而不发生谬误的命题非常多。例如，可以说“我”出生于某个时间某个地方，这里的“我”就是指“我”的身体。

如果我们把自我与身体的关系看作是同一的，那么达尔曼此时此刻正躺在医院做垂死挣扎，这种解读充分体现了唯物主义的优势，它处理自我与身体的关系时简单明了，然而它也存在着一些理论上难以克服的困难。

这种把“我”等同于身体的观点受到其他一些形而上学观点的强烈质疑。因为有些命题对“我”为真而对“我”的身体非真。譬如，说达尔曼平庸、怯懦，这样说在某一时刻可能是正确的，但我们却不能在完全相同的意义上，说达尔曼的身体或身体的某一部分是平庸、怯懦的。道德评价用于物质对象的“身体”，是相称的吗？或者，说达尔曼怀有一种深切的想回到南方的希望、愿望或想法，但如果断言他的身体或某个部分希望置身别处，那至少听起来令人感到奇怪。一种纯物质对象的纯物质状态怎能存有如此的愿望和思想呢？特别是在这个意义上，纯粹生理状态又如何可能向往或想到某种并不真实的东西呢？又如，达尔曼是个崇拜祖先、向往英勇生涯的人，但是说他的身体或某些部分如脚或脖子崇尚荣誉，岂不荒谬？能不能说，他对荣誉的热望，仅仅是指他的身体处于某种状态或以某种方式在行动？假如我们声言“我”与“我”的身体同一，我们就必须发表所有这些奇谈怪论。也就是说，我们谈到的达尔曼的一切事情，我们都必须准备用来谈论达尔曼的身体或其某些部分。

如果按照唯物论的看法，我们就完全无法解释达尔曼去南方的经历以及他的感受、思考、信念、希望，因为它们是那么生动、强烈，而且它们不是身体这一物质所具有的特性。心理学家也只能把它简单地解释为幻觉，而并不能从达尔曼的角度来思考幻觉与自我的关系。

（二）柏拉图式的二元论对同一性的思考

从唯物论的角度来思考“自我”问题，很难自圆其说。因此，形而上学家和神学家总是把自我与身体根本分开，把完全不同于身体特性的那些特性归之于心灵；身体不可能拥有那些特性，因为它生来是一种物质的东西。这形成了对自我同一性问题的二元论观点。二元论的某些形式之所以成为必要，是因为唯物论在形而上学、伦理学和认识论方面存在着困难，这些困难的确是难以克服的。

最简单、最激进的二元论，把心灵与身体区分开来，并宣称它与身体的关系，只是一种偶然的占有、拥有或使用的关系。柏拉图及其前后的许多神秘主义哲学家认为，身体对于灵魂是个十足的牢笼，灵魂有朝一日将欣然逃离粗俗的肉体，从而独立地、自由自在地生存，就像鸟儿逃出笼子。被这样设想的人，乃是一种非物质的实体，也就是从最严格的意义上说的精神，他与肉体的关系就如拥有者与被拥有物、居住者与住所、使用者与被使用物之间的关系一样。人有一个身体，但他始终是与身体完全不同的某种东西，或许，他的命运与迟早要毁灭的肉体的悲惨命运也全然不同。

这种身心二元论一向为许多人所坚信，部分原因在于每个人无疑都希望自己生于世上不仅仅是多了一种物质。

从这个观点来思考达尔曼，我们会认为达尔曼由两部分组成，一部分是身体，一部分是心灵。身体在病床上受到病魔的折磨，而心灵逃离了身体去往南方。

但是无论这种简单的二元论可能解决什么困难，它都会引起其他一些严重的困难。第一，它绝不是表面看来那么简单。无论持这种观点的人怎样强调心灵或灵魂的单纯性，一个人毕竟都是由两个根本不同的东西组成的，即一个心灵和一个身体，彼此几乎毫无共同之处，只有微乎其微的联系。一旦人们确实感觉到了这一困难，通常总是用以下解释来消除：设想一个人真正的自我仅仅是心灵，并且把人的身体说成是附属于这个真正自我的某种东西，它实际上根本不是这个人的一部分，而只是这个人所偶然拥有、使用的肉体的东西之一，几乎跟他的生活中所拥有和使用的其他各种东西一样。诚然，在这些东西中，身体确实占有优越的地位，因为没有身体的话，他就完全无依无靠了；但是身体与世界上任何物质的东西一样，都不能成为真正自我或人的一部分，也不能成为其整体。

根据这种观点，我们可以说达尔曼真正的“自我”是心灵，是那个即使身体失去了知觉和行动力仍然可以去南方疗养，观看路上风景，与高乔人决斗的人。而躺在医院里的那个身体也确实存在，但他仅仅是附属于这个真正的心灵的“自我”的某种东西。

这种看法显然也是有疑问的。达尔曼毕竟是由两个根本不同的东西组成的，即一个心灵和一个身体，彼此几乎毫无共同之处，只有微乎其微的联系。

心灵与身体究竟有着怎样的关系，我们迄今尚未得到任何线索。把身体和心灵当作两种不同的东西区分开来，会产生巨大的难题，以至于任何荒诞不经的理论，只要提供某些可能消除这类难题的希望，就会显得有理。纵观哲学史，确实就身心二元论提出过大量的理论，如相互作用论、副现象论、双重形态论、平行论，等等。

（三）唯心论对同一性的思考

唯物主义认定达尔曼的"自我"自始至终都是身体；二元论者认为达尔曼是心灵，身体是附属于心灵的某种东西。那么，博尔赫斯的观点倾向于哪一种呢？以上两种解释都不是，他更倾向于纯粹的唯心主义的观点。

唯心主义认定事物自始至终都是心灵直觉到的观念，身体也属于观念。与唯物论者为排除心灵和身体的必然联系而干脆否认心灵的存在一样，唯心论者干脆否认物质的存在，他们坚持说，包括自己身体在内的一切身体，只不过是存在于心灵之中的"观念"。身体是否存在完全取决于它是否能被知觉到。

我们可以从博尔赫斯对"庄周梦蝶"的哲学讨论中找到答案。

> 大约在二十四个世纪以前，庄子梦见自己是一只蝴蝶，醒来后他不知道自己是一个曾经做梦变成一只蝴蝶的人，还是一只此刻梦想变成一个人的蝴蝶。（《时间的新反驳》）[①]

他利用贝克莱和休谟的观点展开讨论："根据贝克莱的观点，在那个时刻不存在庄子的身体，也不存在他做梦的黑暗的卧房，除非作为神圣思维中的感知。休谟把上述事件更加简化。照他所说，在那个时刻不存在庄子的精神，只存在梦的色彩和成为一只蝴蝶的确切信念。"[②]

博尔赫斯想说明的是，在做梦的那段时间，现实就是庄子所感知到的一切。做梦的卧房是不存在的，甚至连他的精神也是不存在的，而只存在蝴蝶的形状、颜色。具体到庄子，他就是蝴蝶，他的身体是不存在的。

显然博尔赫斯并不赞成笛卡尔的观点，用经验的活跃程度的不同来区分现实与梦幻在博尔赫斯看来是行不通的。他在小说中描述的达尔曼的梦境非常生动、鲜明、强烈，令我们在读到它的时候，怀疑这到底是不是梦境，是否真的发生过。《南方》中的达尔曼之梦与庄子之梦在结构上具有相似性。达尔曼在病床上的一系列幻觉，在幻觉中经验到的一切，就是实在。

> 唯心论判定有一次做梦，一次感知，却没有一个做梦者，甚至没有一个梦；还断言谈论客体和主体就会陷入一种混杂的神话。现在，如果每种心理

① 博尔赫斯全集：散文卷：上．王永年，陈泉，译．杭州：浙江文艺出版社，2005：504.

② 博尔赫斯全集：散文卷：上．王永年，陈泉，译．杭州：浙江文艺出版社，2005：505.

状态都充足有效，如果把它同一种境况或一个"我"联系起来，是一种不合情理的、多余的补充，那么我们有何权利在其后把一个地点强加到时间中呢？庄子梦见自己是一只蝴蝶，在那个梦中他不是庄子，而是一只蝴蝶。[①]

引文中博尔赫斯所指的"混杂的神话"，即指二元论，它们为身心关系提供了多种解释，显然博尔赫斯并不认同。博尔赫斯的观点和贝克莱的唯心论是一致的。"自我"只是被知觉到的观念，观念是指可感知的性质。身体只有在被感知到的时候，才能进入观念。达尔曼在幻觉之中感知到的那个梦中人，就是真正的"自我"。

那个睡在手术台上的达尔曼的身体此时并没有被知觉到，因而它与此时的"自我"毫不相干。博尔赫斯又给"自我"加上了一个时间上的限定。达尔曼在产生幻觉的那段时间，他就是指他所知觉到的人——去南方漫游的人。

从形而上学的角度来思考达尔曼的"自我"可以发现，在同一个故事形态中，博尔赫斯把对"自我"的几种理解方式同时展现出来：第一种是唯物主义的观点，达尔曼出院去往南方，他的身体与他的心灵是同一的，可是我们很难说那些鲜明的感受、意愿、梦想属于那个快要死去的身体。第二种是身心二元论的观点，此时的达尔曼既是心灵也是身体，心灵经历了南方的一切，身体却躺在手术台上。我们很难说拥有切身感受的那个去往南方的达尔曼（自我）是躺在医院的病床上奄奄一息的身体；同样，我们也很难否认达尔曼确实有这样一个身体。第三种是唯心主义的观点，达尔曼彼时就是幻觉中所感知的去往南方的"达尔曼"观念的集合，病床上的身体不在观念之中。

博尔赫斯创作《南方》的目的也许不是给这一古老的哲学问题一个明确的答案，他的成就在于用形象的方式来探讨哲学问题，正如波萨特所言："使博尔赫斯独一无二的是他用隐喻和象征这种想象的方式表达最抽象的思想的能力。"[②] 博尔赫斯站在怀疑论的立场上，同时展现几种哲学观念，并让它们彼此之间平等对话。

《南方》通过模糊现实与幻觉，形成了一种独特的幻想风格，使多种解释方式成为可能。《南方》作为博尔赫斯的杰作充分体现了博尔赫斯的创作理念，这篇幻想小说对于理解博尔赫斯及他的其他作品具有很好的启示意义。

四、博尔赫斯与中国文学的关系

博尔赫斯与中国文学的关系，在中外比较文学史上是一个特殊的范例。一方面，博尔赫斯从中国传统文学和哲学中汲取了养料；另一方面，博尔赫斯的文学又反过来对中国当代文学产生了巨大的影响。

---

① 博尔赫斯全集：散文卷：上．王永年，陈泉，译．杭州：浙江文艺出版社，2005：505.

② Bossart. Borges and Philosophy：Self，Time，and Metaphysics. New York：Peter Lang Publishing House，2003：1.

博尔赫斯读过并熟知许多中国典籍，如《易经》《庄子》《红楼梦》《水浒传》《西游记》《聊斋志异》，以及《中国民间故事》（德国地理学家、探险家威廉·菲尔希纳编写），在《中国神话故事与民间故事》（沃尔弗拉姆·埃伯哈特译）中读到过许多中国民间故事，如《参商》《西王母》《定伯卖鬼》等，还有《古代中国的三种思想方式》（阿瑟·韦利）、《中国文学史》（1901，翟思理编），等等。博尔赫斯还从中寻找那些可以佐证和支撑自己的幻想文学理论和哲学思想的因素。他的小说中出现中国形象的作品有《女海盗金寡妇》《小径分岔的花园》。另外还有许多中国哲学、典故、逸事散见于他的散文中，如："庄周梦蝶"、"中国古代动物分类"（《天朝仁学广览》的中国百科全书）、"中国梁代君王权杖"等等。

博尔赫斯对中国当代文学产生了巨大影响。1979年至1985年间，中国开始翻译博尔赫斯的重要作品。1979年《外国文艺》第1期刊登博尔赫斯小说四篇：《交叉小径的花园》（现译为《小径分岔的花园》）、《南方》、《马可福音》、《一个无可奈何的奇迹》（现译为《难以置信的冒名者汤姆·卡斯特罗》）。随后，1981年第6期的《世界文学》、1983年第1期的《当代外国文学》、1985年第5期的《外国文学》刊发了博尔赫斯的一些小说及诗歌。1983年，上海译文出版社出版了《博尔赫斯短篇小说集》，该小说集是中国最早的博尔赫斯文集。它的出版引起了当时作家的关注："1983年上海译文出版社出版的《博尔赫斯短篇小说集》（开印27,000册）是80年代影响最大的三个选本之一，亦是很多稍后叱咤文坛的先锋小说家的'写作《圣经》'。"[①] 1986年6月，博尔赫斯去世，《世界文学》《外国文学报道》《外国文学动态》都刊登了这一消息以及拉美文坛和国际文学界对此做出的反应。1986年之后，博尔赫斯的诗歌、文学评论、对话录陆续被翻译成中文。进入90年代以后，先后出版的博尔赫斯文集还有《巴比伦的抽签游戏》（1992）、《巴比伦彩票》（1993）、《作家们的作家》（1995）。1996年，海南国际新闻出版中心出版的《博尔赫斯文集》是这一时期最全面的博尔赫斯作品集，以小说卷、诗歌卷、文论卷三卷的形式出版。

中国先锋作家创作活跃的80年代，正值对博尔赫斯的译介活动最为频繁的时期。博尔赫斯的作品成为很多叱咤文坛的先锋小说家的"写作圣经"，马原、格非、残雪、余华、孙甘露、潘军、吕新、鲁羊、韩东、朱文等作家都从不同方面对博尔赫斯进行借鉴，突破了传统现实主义的束缚，为文学创作插上了想象的翅膀。

对叙述方式的灵活运用被认为是先锋作家最突出的特征，但是技法的改变是由更深层次的观念的转变而促成的，"从本质上说，新潮小说最大的颠覆性还是表现在观念层面上，正是有了观念上的'反动'才有了新潮小说那惊世骇俗的极端化文本实验"[②]。文学的不断改变主要在于真实性概念在不断改

① 唐蓉．博尔赫斯研究概览．外国文学动态，2010（4）：50.

② 吴义勤．中国当代新潮小说论．南京：江苏文艺出版社，1997：21.

变，博尔赫斯式的幻想给中国先锋作家的强大的冲击力就来源于他小说中的“现实”与“非现实”之间的奇特关系，它引起了先锋作家群对“现实”问题的共同思考，对博尔赫斯的这种艺术特质的思考的集中性和深刻程度都是类似现象中少有的。

马原是受博尔赫斯影响最大的作家之一，他在随笔、对话、讲稿中经常提到博尔赫斯。然而他有时候说喜欢博尔赫斯，有时候说不喜欢博尔赫斯；有时候坦然承认受到了博尔赫斯的影响，把自己的方法与博尔赫斯的方法相提并论，有时候却又显得不那么心甘情愿。马原对博尔赫斯的矛盾心理更能说明他与博尔赫斯之间的复杂的关系，马原的虚构与博尔赫斯式的幻想之间的关系尤其值得关注。

博尔赫斯的“虚幻”也深深吸引了余华。余华写过《博尔赫斯的现实》一文，着重分析了博尔赫斯小说中现实与非现实的关系，他认为博尔赫斯在小说中表现的“现实”是一种完全不同的现实，他还认为“虚幻”是博尔赫斯小说最迷人、最独特的地方，而读者面对这种“虚幻”时会产生强烈的“怀疑”也受到了余华的关注。余华看到的正是博尔赫斯的“幻想”，而这一点必然会对余华的“虚构”产生深远的影响。

博尔赫斯在残雪心目中占据十分重要的地位，残雪的《解读博尔赫斯》是中国作家较为全面的对博尔赫斯作品的解读，它由残雪发表的一系列阐释博尔赫斯的文章结集而成。《解读博尔赫斯》一共74篇，每一篇对博尔赫斯的一篇小说进行解读，涉及博尔赫斯的大部分小说。然而《解读博尔赫斯》中存在残雪对博尔赫斯的创造性误读，这种误读具有许多深层原因，包括文化差异、阐释者的期待视野、主观上的创造性等复杂因素。

对博尔赫斯十分推崇的作家还有格非。格非在《博尔赫斯的面孔》一文中写道：“在八十年代中后期的文学圈子里，博尔赫斯这几个字仿佛吸附了某种魔力，闪耀着神奇的光辉。”① 格非的部分小说会让人产生如真似幻的感觉，这与博尔赫斯的联系是不可否认的。在《博尔赫斯的面孔》中格非充分认识到博尔赫斯最重要的文学特质——幻想。格非也许是最准确地认识到博尔赫斯式幻想的先锋作家，他对博尔赫斯小说与形而上学的关系的把握十分准确，他说：“博尔赫斯属于一个时断时续却相对稳定的文学和哲学传统。在哲学上有叔本华、休谟、卢克莱修和帕斯卡尔，而文学上则有威尔斯、霍桑和卡夫卡。我说博尔赫斯易遭误解，首先一个理由是，他试图表达的内容，在常人看来本来就是虚幻的。其次，他用的手法是隐喻性的，他是一个无可争议的比喻收藏家。”② 格非的部分短篇小说具有明显的博尔赫斯的风格。

博尔赫斯阅读面广博，对文学传统熟稔，其创作引经据典，各种典故信手拈来，与过去的文学形成了丰富的互文性；并且博尔赫斯高超的叙事技巧，智性的写作，在世界范围内形成了强大的影响力，大批作家对他推崇备至，

---

① 格非．卡夫卡的钟摆．上海：华东师范大学出版社，2006：181.

② 格非．卡夫卡的钟摆．上海：华东师范大学出版社，2006：184.

对他的创作进行研究、模仿。因此，博尔赫斯被称为“作家们的作家”。

20 世纪 60 年代始，博尔赫斯的作品在英国、德国、美国等国发行，影响了卡尔维诺、安贝托·艾柯、约翰·巴思、厄普代克、冯古内特等一大批当代作家，他的作品经常被这些作家提及、引用、戏仿。譬如在安贝托·艾柯的小说《玫瑰之名》中，作者塑造了一个拥有中世纪最大图书馆的馆长，他也是一个盲人，与博尔赫斯的首名字相同，都叫豪尔赫。60 年代以后，博尔赫斯在西方文坛声名鹊起，文学大奖接踵而至，其影响之广泛、对他的探讨之热烈，可谓史无前例。博尔赫斯被公认为 20 世纪最伟大的作家、现当代西班牙语最具影响力的作家。他的创作极大地拓展了严肃小说的空间，并鼓励作家摆脱以人物为中心的心理小说和社会现实主义小说的形态，把小说当作一件自觉的、夸张的文字艺术品，进行大胆的想象和智性的思考。他的作品在 20 世纪的世界文坛产生了极其深远的影响。

推荐书目

1. 博尔赫斯全集．王永年，陈泉，译．杭州：浙江文艺出版社，2005.

2. 威廉森．博尔赫斯大传．邓中良，华菁，译．上海：华东师范大学出版社，2014.

3. 肖徐彧．博尔赫斯与中国．北京：中国社会科学出版社，2017.

4. 巴恩斯通．博尔赫斯八十忆旧．北京：作家出版社，2004.

第5讲

贝克特与《等待戈多》

萨缪尔·贝克特（1906—1989）是20世纪60年代欧美“荒诞派”戏剧的代表作家，是一位用法语、英语两种文字写作的剧作家、诗人、小说家。他出生在爱尔兰都柏林区，1920年开始写作，1937年定居于法国巴黎。贝克特的早期创作主要是小说，除了用英语写作的《莫菲》（1938）外，还有用法语完成的三部长篇小说《莫洛伊》（1951）、《马龙之死》（1951）和《无法称呼的人》（1953）。20世纪50年代初，贝克特转向戏剧创作。1952年，贝克特发表法语版剧作《等待戈多》，该戏剧演出后，引起轰动，被认为是“荒诞派”戏剧的代表作。1955年，贝克特把《等待戈多》翻译为英语，该戏剧在伦敦上演。之后《终局》（1957）、《哑剧Ⅰ》（1957）、《克拉普的最后一盘录音带》（1958）、《哑剧Ⅱ》（1959）、《灰烬》（1959）、《快乐的日子》（1961）等剧作问世。1969年，贝克特因“他那具有奇特形式的小说和戏剧作品，使现代人从精神困乏中得到振奋”获得诺贝尔文学奖。20世纪七八十年代，贝克特还先后创作了《伙伴》（1979）、《看不清道不明》（1981）、《更坏》（1984）等作品。贝克特一生出版的作品有100多部。

贝克特

《等待戈多》的创作，标志着贝克特突破了在小说创作方面遭遇的瓶颈。贝克特早期致力于小说创作，但一度陷入困境。《等待戈多》是作家在苦恼之余聊以解忧而诞生的，这部不经意写作的戏剧，却成为贝克特从小说创作转向戏剧创作的契机。贝克特小说中的人物形象大多是失去积极的行动能力之人，与世隔绝，如《莫洛伊》中的主人公莫洛伊双腿残疾，借助脚踏车才能行动；《马龙之死》中的马龙却是将死之人。但贝克特在表现他们的生活时，更倾向于他们“使他的唯我论的最后方面活跃起来”（贝克特《徒劳无益》）。贝克特笔下的人物形象极力通过对过去的回忆，发掘往昔生活中的美，获得精神的自由。然而当他们体会到“如果人们是从往昔的光亮中去思考影像那就没什么遗憾了，但是人们想不到，将用什么想呢”[1]，他们便意识到，生活的枯燥单调造成了人类精神的平庸空虚。记忆变成“一个毫无意义没有出路的荒谬”[2]，人们记忆中的一切只是微不足道的琐屑之事的堆砌。贝克特决定还原生活本身的乏味与人类生存的无奈。贝克特在《莫洛伊》中，让身患残疾的主人公莫洛伊独自去看望住在附近的母亲。莫洛伊制订计划并付诸行动，却被一系列出乎意料的事件耽搁下来。无论他如何努力，他都无法达到目标。莫洛伊深切地感受到，人类的一切努力最终归于徒劳。贝克特由此奠定他对世界人类生存的看法，世界并不像人们想象得那样和谐有序，人类只是在世界中漫无目的地流浪。

《等待戈多》1954 年英文第一版封面

贝克特把《等待戈多》界定为“这是一个游戏，一切都是游戏……这是为了生存而进行的一场游戏”[3]。贝克特对游戏的看法，类似于尼采。尼采曾指出，艺术家的游戏是“不带任何价值色彩”“只是出于永恒的天真无邪”而进行的建造和毁灭的活动。[4] 贝克特在《等待戈多》中，赋予戏剧以破坏性与建构性的双重特性。贝克特在《等待戈多》中呈现世界的荒诞图景与人类惨淡荒凉、孤独绝望的生存境遇，但不是让人们在无意义的生活中沉沦下去，而是引导人们质疑已有的思想观念和价值体系。贝克特将戏剧与人类生存关联起来，却不为人类提供任何改造世界的方案，而是促使人们审视自身生存的真实。贝克特将等待作为人们实现自身存在的本体行动，然而等待是具有积极意义的延迟方式，而非消极的无所作为。人们在等待中，能够洞察自身意识中各种支配性的幻象，重新审视自身的生存。由此贝克特采取了极简的戏剧艺术手法，不再表现世界的完整或贯注深层的意义，而是将现实缩减为零度，促使人们割刈思想观念中的各种杂草。在贝克特看来，人们只有摆脱思想的惰性和习惯的程式，才能为自身赢得思想和存在的可能。可以说，贝克特的《等待戈多》是一部作为游戏的戏剧、表达存在的戏剧、作为减法的戏剧。

一、作为游戏的戏剧

贝克特的《等待戈多》放弃了传统戏剧典雅精巧的形式，气氛阴沉单调，

① 贝克特．马龙之死．余中先，译．长沙：湖南文艺出版社，2006：5.

② 贝克特．马龙之死．余中先，译．长沙：湖南文艺出版社，2006：13－14.

③ 王雅华．不断延伸的思想图像：塞缪尔·贝克特的美学思想与创作实践．北京：北京大学出版社，2013：292.

④ 贝勒尔．尼采、海德格尔与德里达．李朝晖，译．北京：社会科学文献出版社，2001：104.

语言简短破碎，节奏缓慢拖沓，情节毫无进展，人物不多，一共有5个人物。贝克特抽空了具体的时代背景和特定的社会环境，剧作并不涉及政治、经济、民族、宗教、伦理、爱情等现实问题，也不致力于再现浩瀚纷繁的现代生活与塑造具有深邃理性和丰富情感的人物形象。整部戏剧没有具体的戏剧事件和明确的发展脉络，显得散乱无序、怪异突兀。这取消了人们建构戏剧意义的一切可能性，就像在玩一场没有任何目的的游戏。贝克特将《等待戈多》作为“游戏”在于，作品切断事物对意义的指涉，让事物漂浮在无意义的世界中，构造出令人绝望的荒诞场景。

《等待戈多》作为“游戏”的戏剧首先体现为，戏剧本身无头无尾，没有中心，没有冲突，戏剧场景显得萧瑟寂寥。《等待戈多》共有两幕。第一幕，两个流浪汉爱斯特拉冈与弗拉季米尔出现在一条乡间的小路上，旁边是一棵光秃秃的小树。他们无所事事，一直在斗嘴中打发时光。从他们不合逻辑、东拉西扯的对话中，观众了解到他们是在等待戈多。波卓手持鞭子，用绳子牵着幸运儿上场。两个流浪汉误以为波卓是戈多，一番饶舌后，波卓与幸运儿下场。这时来了一个孩子，自称是戈多的送信人。这个孩子告诉两个流浪汉，戈多说他今天不来了。第二幕，爱斯特拉冈与弗拉季米尔仍然在等待戈多的到来。两人有一句没一句，前言不搭后语地说着废话。波卓和幸运儿再次上场，与前一幕不同的是，波卓变成了瞎子，幸运儿变成了哑巴，他们在舞台上停留一会儿后，再次离场。孩子又上场，带来了戈多的口信：戈多说他今天不来了，明天准来。但戈多第二天是否会来，孩子也不能确定。爱斯特拉冈与弗拉季米尔决定上吊自杀，爱斯特拉冈解下系裤子的绳子，他们把绳子绑在旁边的小树上，结果绳子断了，自杀没有成功。在作品的结尾，爱斯特拉冈和弗拉季米尔始终停留在原地，他们说着“该走了”，却在舞台上纹丝不动地“等待戈多”。作品好像没有结束，爱斯特拉冈与弗拉季米尔无路可走，只能继续等待下去。在这两幕剧中，“什么事情也没有发生”，第二幕的开端就是对第一幕开端的重复，而第二幕的结尾再度回到了第一幕的开端。戏剧就如同是从无限循环的链条上截取下来的一段。剧中的时间凝滞了，变得平滑无痕。戏剧中的人物也似乎失去了关于过去、现在和未来的明确概念。爱斯特拉冈就是如此，他说：“可是哪一个星期六？还有，今天是不是星期六？今天难道不可能是星期天？或者星期一？或者星期五？”[①] 今天与昨天已没有区别，今天在重复昨天，每天都在毫无变化地重复。对人类而言，光活着没有什么意义，死也没有什么意义。《等待戈多》中人物行动的目的、动机和过程毫无线索可循，戏剧冲突消失了，最终也就没有冲突的解决。琐屑无聊的各种事件可以在任何时候开始，也可以在任何时候结束。戏剧给人的印象是，戏剧本身仿佛一直在进行之中，永远没有终结。从戏剧场景来看，《等待戈多》的舞台上的那条空荡荡的乡间小路，隐喻着人类的处境，即人类被遗弃在一个既无始源也无归处的荒原上，孤独无依。荒原把人们牢牢地锁在

---

① 贝克特，等．荒诞派戏剧选．施咸荣，等，译．北京：外国文学出版社，1983：14.

其中，销蚀着人类的所有情感和行动，但贝克特并不止于舞台的平面呈现，而是在舞台上制造出一种效果，即仿佛在舞台之外还有一种存在。主人公爱斯特拉冈与弗拉季米尔在舞台上走动和停留，还不时地朝舞台的深处凝望，似乎在期盼着荒原之外的世界。如果说舞台本身代表某种实在性的话，那么舞台之外的、人们难以企及的世界则将这种实在性悬置起来。但是这个看似超越荒原的世界本身的似有似无，却消解了舞台所代表的实在性，并进一步将舞台上显示的荒原景象变成一个超越时空的、抽象的先验空间，传达出人类无所作为、无家可归的意味。贝克特拆分并消解了乔伊斯《尤利西斯》中的“流浪一归家”的主题，批判了现代精英文化的自以为是。现代精英文化企图为人类构造出精神归宿，并召唤人类向之回归，或许这能给人们带来慰藉，却遮蔽了人类生存漂泊无依的真相。

两个流浪汉在树旁对话（《等待戈多》剧照）

其次，《等待戈多》作为游戏还体现在人物形象的游戏化上，戏剧中的人物失去人的主体性，对世界产生了陌生感与不适应感，因而他们的行为与语言都显得荒谬可笑。在传统戏剧中，人物形象具有鲜明的性格特征，他们对自身生活有着热情和幻想。在现实与理想之间产生尖锐冲突时，他们为了捍卫理想，投身到与现实的斗争中。无论人物的结局最终是获得胜利还是遭到毁灭，人都以自身的主体性超越了有限的现实世界的束缚，使主体与客观世界的分裂得以弥合。但是贝克特认定，在战后的西方世界中，人类的主体性消失殆尽，人类与自然、宇宙的关系无法达到和谐融合。《等待戈多》中的主人公不再是认识世界并把握生活的主体，而是在冷漠无情的命运的践踏下脚跟无线、生如蓬转的游荡者。作家抽空了两个流浪汉爱斯特拉冈和弗拉季米尔的社会身份和社会关系，没有交代他们是谁、他们从哪里来、他们的人生经历与个体经验等相关信息，也没有将丰富生动的个性和深刻的形象意义赋予他们。人们只看到两个流浪汉在舞台上无所事事，他们只是走来走去，喋喋不休地说着语无伦次的废话。《等待戈多》中两个流浪汉姓名的意思与他们的所作所为或相称或截然相反，这使他们的姓名透着一股戏谑滑稽的意味，也流露出作家对人类命运的同情与怜悯。其中一个流浪汉的名字是爱斯特拉冈（Estragon），这个名字来自法语，意为龙蒿，是一种生命力非常顽强的植物。贝克特以生长在田间地头的龙蒿作为人物的名字，并非强调人物的坚定意志，而是指出人物像随处散落的卑微低贱的野草一样，只能无所作为、得过且过地度日。在《等待戈多》的开场之处，爱斯特拉冈一直在使劲脱靴子却没能脱下来，他喘气，休息，接着继续脱靴子。极其简单的日常行为却变得如此困难重重，而除了不厌其烦、反反复复地做同样一个动作之外，爱斯特拉冈没有其他的事可做。他好不容易把一只靴子脱下来，查看靴子，却发现靴子里什么也没有。在第一幕中，爱斯特拉冈把靴子遗失在舞台的某个角落。第二天，爱斯特拉冈却不认识自己的靴子，他无法确定自己靴子的颜色。事物似乎有所变化，小树上长出四五片叶子，平添了一线生机，但对于人类而言，世界更加难以辨认。爱斯特拉冈的生活中充斥着莫名其妙的困扰和打击。他无处可去，晚上在路边、沟里等地方过夜，常常遭到殴打，但他不认识打他的人，也不知道打他的是不是同一群人。对于这一切，爱斯特拉冈却安之若素，似乎这种遭遇对他而言已经是家常便饭。显然爱斯特拉冈就是受尽屈辱和折磨的芸芸众生的化身，但贝克特并不对人类痛苦的生存状况进行任何粉饰。在贝克特看来，人类遭受的苦难并无来由，而且毫无意义可言。另一个流浪汉弗拉季米尔（Vladimir）的名字，则是俄国沿用至今的古老姓氏，意为“掌控世界”。显然贝克特使用这个名字带有嘲弄的意味，戏剧中的弗拉季米尔并没有显赫的地位和杰出的才能，而是孑然一身四处游荡，连自己的生活都无法主宰。弗拉季米尔自称是思想者，耽于玄想，说话絮叨啰唆，毫无条理。他在舞台上的动作呆板僵硬，滑稽搞笑。他把帽子摘下来，看看帽子，拍打帽子，好像要把里面的东西抖搂出来，接着再把帽子戴上，过后又把帽子摘下……这一系列神经质的举动，表明人类无法把握自己的思想和支配自己的行为，这和其姓名的“掌控世界”之义形成巨大的反差。《等待戈多》中人物姓名的游戏化，反映了人被剥夺了生存本质后的焦虑、失望和痛苦。此外，两个流浪汉有着共同特征，即：他们的行为同样地无聊透顶，语言同样地索然寡味。不过，贝克特用代表最平凡的植物和最显赫的地位的词语给他们命名，或许别有用意。在贝克特看来，无论是精英阶层还是普通大众，整个人类都面临着失去主体性的普遍境遇，人们在难以言表的挫败与痛苦中不知所措。

再次，《等待戈多》以“误认”手法，在人类理性与非理性之间形成相互转化的游戏，凸显两者之间的含混性，表现人类无法看清自身生存本质的悲哀。传统戏剧运用“误认”手法，安排各种意想不到、令人惊喜的巧合，让人们最终得偿所愿。人们在品尝生活的妙趣和享受幸福的甜蜜时，对自身的清明理性充满信心。但贝克特在《等待戈多》中制造出主人公的误认，揭示人类理性的非理性质素。主人公苦苦等待那个始终未曾露面、神秘无比的戈多，甚至把波卓误认为戈多。在貌似戏谑的闹剧气氛中，戏剧揭示了生活本身恐怖狰狞的面目。爱斯特拉冈与弗拉季米尔对波卓的误认，意味着他们将自己的希冀、梦想都投射在波卓身上。人们翘首以待的救世主，原来竟然是一位专制暴君。作品由此暗示的是否是这样一种状况：人类渴望的并非解放和自由，而是奴役和专制？在第一幕中，波卓（Pozzo）与幸运儿(Lucky)上场，首先出现在舞台上的是脖子上系着一条绳子的幸运儿，他拿着一大堆沉重的行李，被鞭子抽打着，缓慢地、吃力地走上舞台。随后出场的是拉着绳子的波卓，他专横跋扈，粗鲁残暴。爱斯特拉冈与弗拉季米尔开始见到背着重物的幸运儿倒在地上，急切地想上前帮助他。可见，爱斯特拉冈与弗拉季米尔对波卓的暴虐非常反感，这表明爱斯特拉冈与弗拉季米尔还有着明辨是非的能力。但是对戈多的企盼，却使他们丧失了清醒的头脑。他们为波卓的气势所震慑，竟然转向了对波卓的盲目崇拜。爱斯特拉冈与弗拉季米尔毫不犹豫地将之认定为戈多，并把自己维系在他身上。他们急不可耐地向他祈祷，博取他的眷顾，接受他的统治。贝克特通过两个流浪汉的“误认”，指出人类的理性与非理性之间并无清晰的界限。人们从理性转向非理性，只是一念之差。但波卓根本不在乎戈多是谁，他傲慢地宣称自己是波卓，盛气凌人地斥责两个流浪汉的怠慢无知。波卓毫不怜悯地对幸运儿呼来斥去，幸运儿疲劳不堪，脖子上被勒出深深的印痕，却对波卓俯首帖耳，毫无反抗之意。波卓吃饭和休憩时，幸运儿总是打盹的样子，“完全是那种站着睡觉的人的节奏”。波卓发号施令时，幸运儿便会立刻清醒过来，回到自己的位子，保持他原先的姿势。波卓对自尊尽失的幸运儿嗤之以鼻，声称要把他卖掉，幸运儿却像摇尾乞怜的狗那样跟随着波卓。波卓与幸运儿的所作所为，令爱斯特拉冈与弗拉季米尔瞠目结舌。爱斯特拉冈与弗拉季米尔突然意识到，人类渴望得到拯救，却有可能依附、屈从于野蛮专制的强权，从而付出自由与生命的代价，沉沦在万劫不复的深渊中。由此他们慨叹道，世界犹如戏耍动物的血腥残酷的马戏团，到处都在上演强者欺凌弱者与弱者听任摆布的戏码：

弗拉季米尔 今天这个黄昏我们过得可真是不错。
爱斯特拉冈 永远忘不了。
弗拉季米尔 而且还没完。
爱斯特拉冈 看样子还没完。
弗拉季米尔 还只是刚开始哩。
爱斯特拉冈 真是可怕。
弗拉季米尔 比在戏院里还要糟。
爱斯特拉冈 马戏团。
弗拉季米尔 音乐厅。
爱斯特拉冈 马戏团。[①]

《等待戈多》作为游戏，还体现在人物组合间的戏拟关系上。《等待戈多》中有波卓与幸运儿的主仆组合和两个流浪汉的组合，这两个组合看似毫无关联，但是贝克特却让它们相互形成戏拟关系，让两个组合中的人物进行交叉

---

① 贝克特，等．荒诞派戏剧选．施咸荣，等，译．北京：外国文学出版社，1983：41.

式的角色互换，用以揭示人类思想的软弱愚昧，表现世界秩序的错乱颠倒与荒唐无稽。在作品当中，爱斯特拉冈与弗拉季米尔分别在物质层面与精神层面上成为幸运儿角色的戏拟。爱斯特拉冈请求波卓将吃剩的、本应留给幸运儿的鸡骨头赏赐给自己。爱斯特拉冈啃咬鸡骨头的动作，意味着他想替代幸运儿的位置。波卓毫不掩饰他对整个人类世界的鄙视："世界上的眼泪有固定的量。有一个人哭，就有一个人不哭。笑也一样。因此，我们不必说我们这一代的坏话，它并不比它的前几代更不快乐。我们也不必说它的好话。我们根本不必说起它。的确，人口是增加了。"① 幸运儿对爱斯特拉冈的攻击，表明幸运儿把爱斯特拉冈看成了自己的竞争者、同类。弗拉季米尔请求波卓让幸运儿思考，波卓提出"没有了帽子，他无法思考"。帽子这个普通的物件，仿佛具有魔法般的力量，幸运儿戴上帽子后，便突然冒出了一大堆不知所云、令人厌烦的独白。弗拉季米尔不堪忍受幸运儿的所谓演说，冲上前去抢了幸运儿的帽子，想看看帽子里究竟有什么。这与弗拉季米尔在戏剧开场时查看自己帽子的动作形成呼应，弗拉季米尔要为思想而奋斗的雄心由此被涂上了一层可笑的色彩。弗拉季米尔的不知何物的沉思冥想与幸运儿貌似雄浑其实空洞的长篇大论实则一样愚蠢可笑。正如爱斯特拉冈吃着他人剩下的食物残渣那样，人们的思想不过在重复那些被灌输的陈腐观念而已。弗拉季米尔愤怒地抢过帽子，扔在地上使劲地踩踏。被摘掉帽子的幸运儿结束滔滔不绝的演讲，倒在地上昏睡起来。在《等待戈多》中，帽子似乎变成思想的编程和存储装置。人们戴上帽子时，他们的头脑便被接入这个装置的终端。于是这个装置开始对人们的思想进行格式化，并将所谓的知识源源不断地下载到他们的头脑中。在第二幕开始，爱斯特拉冈在地上找到幸运儿的帽子，与弗拉季米尔玩起了两人轮换三顶帽子的游戏。贝克特通过帽子下的演讲和人们抢夺、交换帽子等荒诞不经的噱头，指出人类思想被各种思想装置侵占的事实，并呼唤人类去争取思想的独立和自由。

波卓与幸运儿出场（《等待戈多》话剧剧照）

① 贝克特，等．荒诞派戏剧选．施咸荣，等，译．北京：外国文学出版社，1983：38.

《等待戈多》作为游戏，还体现在对“戏中戏”手法的创造性运用上。贝克特设计“戏中戏”，以戏中之戏的荒诞展现出生活本身的反常。“戏中戏”是西方戏剧的一种艺术技巧，即在一部戏剧（主剧）内部安排另一出戏剧（从剧），促使戏剧情节发生突转，将戏剧冲突推向高潮。戏剧采取“戏中戏”手法，能够深化戏剧的内涵，并使戏剧表现形式更加丰富多姿。“戏中戏”一般有三种形式：一是戏剧中的人物作为观众，观看正在演出的戏剧（从剧），如莎士比亚的《哈姆雷特》等；二是戏剧中的人物自己当演员，表演自编自导的戏剧（从剧），如皮兰德娄的《六个寻找剧作家的角色》等；三是介于前两者之间的一种“戏中戏”形式，人物既生活在戏剧（主剧）中，又表演着戏中之戏（从剧），如让·日奈的《女仆》等。在第一种“戏中戏”中，戏剧中的人物在他们观看的戏剧（从剧）中得到启迪，对他们生活在其中的现实（主剧反映的现实）有更透彻的把握。在第二种“戏中戏”中，戏剧中的人物推翻戏剧本身（主剧）为他们设定的生活，用他们自己表演的戏剧（从剧）来宣告他们自身的现实。前两种“戏中戏”都设置戏剧与生活的距离，区别在于：第一种“戏中戏”注重的是戏剧对生活的反映，但强调戏剧与生活的统一；第二种“戏中戏”则强调戏剧创造生活，以戏剧的真实塑造生活的真实。然而第三种“戏中戏”则抹除戏剧与生活的界限，人们在生活中主动或被迫扮演各种角色，但是他们扮演的各种角色却反过来控制他们的生活。《等待戈多》的“戏中戏”属于第三种形式，贝克特以此展现生活对人类的挤压。弗拉季米尔向爱斯特拉冈提出玩演戏的游戏，弗拉季米尔自己来扮演幸运儿，爱斯特拉冈扮演波卓。弗拉季米尔模仿幸运儿在行李的重压下踉跄行走的样子，要求爱斯特拉冈像波卓那样辱骂他。或许他看不到生活的希望，宁愿像幸运儿那样，放弃人类自身的一切权利，依靠奴颜婢膝，换取某个主人的垂怜与施舍。但爱斯特拉冈拒绝玩这场荒谬游戏，他看到波卓—幸运儿的主奴关系的罪恶，厌恶波卓那样的暴君，更不愿将自己遭受的苦难强加于他人。此外，他明白自身处境的悲惨：“我他妈的这一辈子到处在泥地里爬！……瞧这个垃圾堆！我这辈子从来没离开过它！”[①] 爱斯特拉冈意识到，人类境遇的不堪很可能造成人类精神的颓丧。在这个层面上，爱斯特拉冈或许捕捉到弗拉季米尔的内心痛楚。如果说，弗拉季米尔提出玩演戏游戏是“为了抵御一个他们不能理解和接受的世界”[②]，那么爱斯特拉冈却明白，如果他参与这场人类相互倾轧的权力游戏，他在生活中将有可能受到更大的戏弄。爱斯特拉冈似乎比弗拉季米尔更清楚地认识到，人类在世界中孤立无援，四面受敌。爱斯特拉冈不但渴望从卑躬屈膝的奴隶思维中摆脱出来，而且抗议波卓提出的强者凌驾于弱者的“世界平衡论”。爱斯特拉冈抵制权力欲望的诱惑，向弗拉季米尔提出“现在咱们再和好吧”。两个流浪汉最后放弃了演戏的打算，他们认识到，彼此孤立和相互敌对的人类如果分化为波卓与幸运儿两种人，那么世界就

---

① 贝克特，等．荒诞派戏剧选．施咸荣，等，译．北京：外国文学出版社，1983：75.

② 何成洲．贝克特的“元戏剧”研究．当代外国文学，2004（3）：82.

会变成尸体遍地的“藏骸所”。他们逐渐消除了隔阂，形成了相互爱护的友情。两个流浪汉尽释前嫌，如兄弟般地拥抱起来。这与波卓—幸运儿的主仆关系形成鲜明的对比，寄寓着作家对人类精神平等的期望。

二、表达存在的戏剧

在贝克特看来，艺术家的伟大使命在于表达“存在”。但贝克特反对人类把自身存在的基础归于某个超验的存在者，认为并没有超验的存在者为人类做出幸福的应许或提供终极目标。贝克特指出，人类就是存在者，人类就是自身存在的基础，并据此确认自身的存在。但是贝克特认定，“存在”指向的是人类生存的无根基性。由于人类自身的不完善性，“存在”必定是无形式的、混乱的、神秘莫测的“无意义的运动的集合”①。在《等待戈多》中，贝克特从人们信仰的盲目、人类精神的贫弱、自我意识的丧失三个方面，探寻“构成‘存在’的那片黑暗而又混乱的区域”②。但是贝克特并不只是展现人类生活的阴暗，而是还极力寻求人类生活的希望。

首先，《等待戈多》作为表达存在的戏剧，强调人们的信仰有着很大的盲目性。贝克特认为，西方文化把上帝作为超验的存在者，并以此演绎出人类存在的理论。故而西方社会的人们坚信，人类从上帝那里获得存在的基础，将自身的起源与终结都交付于上帝。但在贝克特看来，西方文化的诸多思想权威正是利用人们的宗教观念，将上帝打造为偶像。他们一方面利用神秘化的方式，给上帝戴上神圣崇高的面具，以此对人类精神形成威慑性力量；另一方面则编造出上帝的救世神话，向深陷苦难中的人们宣扬美好的彼岸世界。这导致的结果是，人们放弃对自身存在的思考和探索，却沉迷在被虚构出来的幻景中，从而心甘情愿地臣服于思想权威。贝克特在《等待戈多》中，极力颠覆关于上帝的思想体系。贝克特造出“戈多”（Godot）这一词语，其拼写类似于上帝（God），却造成似是而非的含义，将人们顶礼膜拜的信仰对象本身还原为空无。剧中的两个流浪汉在等待“戈多”，但是“戈多”到底是谁，人们却众说纷纭。不少研究者倾向于认为，戈多指的是“上帝”。《等待戈多》最初以法文写作、出版，标题为 *En attendant Godot*。后来，贝克特把它由法文翻译为英文，标题译为 *Waiting for Godot*。有研究者认为，贝克特惯于在作品中玩弄语词游戏，如《瓦特》（*Watt*）是作家对 what 的变形，那么 Godot 就有可能是作家分别拆分并组合英语中的 God 与法语中的阳性后缀而制造的新词，却肢解了两个词语原有的内涵。贝克特在被问及“戈多”的含义时，回答道“要是我知道，我就会在剧中说出来了”，从而否定人们将某种假定的意义赋予“戈多”的做法。贝克特通过戈多的屡次失信爽约，破

① Haynes and Knowlson. Images of Beckett. Cambridge: Cambridge University Press, 2003: 16.

② Haynes and Knowlson. Images of Beckett. Cambridge: Cambridge University Press, 2003: 16.

除了立约-应许的神话。戈多不再是更高的、超验的存在，他既不能为人类提供庇护，也不能干预和控制人类。在两个流浪汉的对话中，观众可以了解到，虽然他们在等待一个叫戈多的人，但是他们都没有见过戈多，也不了解戈多，甚至不能明确他们等待戈多的目的。

爱斯特拉冈 咱们到底要求他给咱们做些什么？
弗拉季米尔 你当时难道没在场？
爱斯特拉冈 我大概没好好听。
弗拉季米尔 哦……没提出什么明确的要求。
爱斯特拉冈 可以说是一种祈祷。
弗拉季米尔 一点儿不错。
爱斯特拉冈 一种泛泛的乞求。
弗拉季米尔 完全正确。
爱斯特拉冈 他怎么回答的呢？
弗拉季米尔 说他瞧着办。
爱斯特拉冈 说他不能事先答应。
弗拉季米尔 说他得考虑一下。
爱斯特拉冈 在他家中安静的环境里。
弗拉季米尔 跟他家里的人商量一下。
爱斯特拉冈 他的朋友们。
弗拉季米尔 他的代理人们。
爱斯特拉冈 他的通讯员们。
弗拉季米尔 他的书。
爱斯特拉冈 他的银行存折。
弗拉季米尔 然后才能打定主意。
爱斯特拉冈 这是很自然的事。
弗拉季米尔 是吗？
爱斯特拉冈 我想是的。
弗拉季米尔 我也这么想。①

他们以转述的口吻，想象与戈多的对话，他们勾画出来的戈多形象，并不是无所不能的上帝或拯救他们命运的人神，却仿佛是与他们一样的普通人。弗拉季米尔询问报信的小男孩，戈多是否有金色的或黑色的胡子，小男孩却模棱两可地说“我想是白色的”，并且告诉他们，戈多什么也不干。爱斯特拉冈无法想象把自己交托给这样一个不知其然的戈多，他迫切地想弄明白却怎么也弄不明白“咱们的立场”。这表明人类对自我生存以及行动都是茫然无知的，即便戈多永远不会来临，等待也将成为他们唯一能做的事情。

其次，《等待戈多》作为表达存在的戏剧展现出，由于存在没有形式上的确定性，因而人类缺乏存在的坚实基础，这不仅注定人类精神的贫乏，而且

---

① 贝克特，等．荒诞派戏剧选．施咸荣，等，译．北京：外国文学出版社，1983：18-19.

导致人类生活的混乱。贝克特在表现一种戏剧情态时，总是将这种戏剧情态的反面凸显出来，解读出人类存在的复杂性。詹姆斯·阿史森在谈到贝克特的艺术理论与实践时就指出，贝克特的创作是“由不同的对立面组成相反相成的整体：每一个大笑都带有泪水，每一个立场都有对立面，每一个论点都有反论，每一个肯定都带有否定”①。在《等待戈多》中，波卓随心所欲地驱遣幸运儿，却毫不在意幸运儿的忠心耿耿。波卓指出，自己并非幸运儿的主人，对幸运儿的虐待并不是天经地义的，背负重物和遭受奴役也不是幸运儿该做的工作。波卓不仅是唯我独尊的专制者，更是洞悉并顺应社会运作规则的“智者”。波卓揭示了主人一奴隶关系模式的辩证法。波卓断定，主人之所以成为主人，并非主人天然地拥有高高在上的地位，而是人们的奴性意识将他们推上了主人的位置。但是波卓声称，这并不代表奴隶就是软弱无能的，他们的奴性行为是反过来控制主人的手段。幸运儿的全然顺从，不过是幸运儿玩弄的阴谋而已。当波卓要把幸运儿卖掉时，幸运儿痛哭流涕，迫使波卓不得不带着幸运儿行走四方。幸运儿成为波卓无法摆脱的羁绊，从这个角度来看，波卓是幸运儿阴谋的受害者。波卓并没有强行对幸运儿施予残暴无情的奴役，但幸运儿对波卓在物质层面和精神层面的依赖，使波卓不得不充当他的主人。波卓为此感叹道：“我本来很可能处在他的地位，他也很可能处在我的地位。要不是命运愿意我们像现在这个样子的话。人各有命。”② 波卓指出，在两人主仆关系的建构中，幸运儿发挥了决定性的作用，波卓只能被动地接受这种关系。波卓的言论听上去非常无耻，激起了弗拉季米尔的抗议。弗拉季米尔如同坚定的人道主义者，同情幸运儿的悲惨遭遇，谴责波卓的冷酷无情。显然弗拉季米尔代表的是一种习以为常的立场，即认定主人总是在凭借自己的威势压榨并迫害奴仆，并千方百计地为自己开脱。事实上，在贝克特的笔下，幸运儿并不全然是软弱无能的弱者，而是集顺从与狡黠、怯弱与凶狠于一身的怪物。爱斯特拉冈走近幸运儿，准备给他擦拭眼泪，却毫无防备地遭到幸运儿的踢打。幸运儿在同为弱者的爱斯特拉冈面前，表现出暴戾蛮横的一面。或许爱斯特拉冈的出现让幸运儿感受到威胁，幸运儿担心爱斯特拉冈会抢夺自己的位置（即使是奴隶的位置），故而采取暴力的方式恐吓爱斯特拉冈。贝克特通过幸运儿的乖谬促狭，触及人类社会中底层相残的可怕现实。但贝克特更以此凸显出波卓的恐惧和隐忧。他如果强行解除与幸运儿之间的主奴关系，则很可能会遭到幸运儿的激烈报复，甚至会死无葬身之地。波卓指出，主奴关系的实质在于，奴隶能造就主人，也能推翻主人。这暴露出波卓内心的怯懦，他只是被迫安于主人的角色，像主人那样强悍傲慢地发号施令。贝克特揭示了人类社会关系的悖论，即强者与弱者并不是绝对的，两者在以不同的形式发生换位。

---

① 刘莹．二元对立世界的构建——萨缪尔·贝克特小说《墨菲》哲学之维．黑龙江社会科学，2009（4）：107.

② 贝克特，等．荒诞派戏剧选．施咸荣，等，译．北京：外国文学出版社，1983：37.

贝克特进一步指出西方文化的二元对立模式的内在混杂性。西方文化划分真与假、善与恶、美与丑，并在驳斥假、恶与丑的基础上建立关于真、善、美的理论。贝克特则通过波卓和幸运儿的畸形关系，拆解二元模式的构成机制。二元模式中的二元并非截然对立，而是互为依托的，甚至两者之间可以相互转化。波卓把身边的奴仆称为“我的幸运儿”，对波卓而言，“要不是他，我的一切思想，我的一切感情，都将平淡无奇。只知为挣钱糊口操心！至于什么是至真、至善、至美，我知道自己在这方面一窍不通”①。幸运儿的卑贱、奴性与丑陋，让波卓认定自己的伟大、崇高与美，并产生了统治他人的强烈欲望。在弗拉季米尔的指责之下，波卓带着莫大的痛楚加以反驳：“我受不了……我再也受不了……他目前的所作所为……你们怎么也想象不到……真可怕……他非走不可……我都要疯啦……我受不了……我再也受不了啦……”② 波卓指出，幸运儿越是顺从和可怜，波卓就越是感到自己可憎可鄙，从而背负巨大的、无法卸除的罪恶感。这样他们的处境就发生了逆转，他与幸运儿的相处，就转换成了向幸运儿赎罪的过程。幸运儿放弃自由的权利，自甘为奴，同时也就把施虐的波卓钉上了耻辱的十字架。至此，贝克特的立场仿佛变得含糊暧昧。贝克特似乎在为波卓辩护，使波卓由人人唾弃的压迫者摇身一变为受到同情的受难者。但贝克特在波卓激愤而委屈的控诉中，看到人类社会中压迫者的狡诈面目。波卓自始至终都没有扔掉手中的那根系在幸运儿脖子上的绳子。波卓正是借助手中的绳子和鞭子，对幸运儿有生杀予夺的大权，才能随意摆布和操纵幸运儿。但是系着幸运儿的绳子，也成为扼住波卓命门的枷锁。波卓获得主人的特权地位后，便难以舍弃那种似乎高人一等的强者快感：“我已记不清刚才到底是怎么回事了，不过你们可以断定我说的没一句是真话。瞧我的样子像个能受别人委屈的人吗？说良心话？”③ 贝克特进而指出波卓宣扬的强者思维的虚妄：波卓自诩为强者，无非是为自己编织一张网，他的强者思维则是他落入这张无形的网中而生发出来的幻想。对于波卓得意扬扬的自我夸耀——“除了天空！可是我比你们看得清楚”，爱斯特拉冈却嘲讽道：“今天什么东西在他眼里都是漆黑一团。”在《等待戈多》的第二幕中，波卓变成了瞎子，贝克特似乎在暗示这样一个事实：人类的自以为是遮蔽了人们对自我与世界之真相的洞察。幸运儿还是拿着重物，步履蹒跚地走在舞台上。他脖子上的那根绳子，反过来让他变成引领波卓前行的向导。幸运儿不堪重负，倒在地上，波卓跟着倒在地上，手中的绳子和鞭子都滑落在地上。但是站起来的幸运儿放下重物，拾起绳子和鞭子，搁在波卓手中，然后重新拿起重物。可见，幸运儿对自己的处境麻木不仁，已经完全习惯自己的奴隶身份。但是贝克特犀利地看到，无论是身为强者还是身为弱者，人们相互欺辱的现象无处不在。爱斯特拉冈对前一日幸运儿的袭击耿耿

---

① 贝克特，等．荒诞派戏剧选．施咸荣，等，译．北京：外国文学出版社，1983：39.

② 贝克特，等．荒诞派戏剧选．施咸荣，等，译．北京：外国文学出版社，1983：40.

③ 贝克特，等．荒诞派戏剧选．施咸荣，等，译．北京：外国文学出版社，1983：41.

于怀，在幸运儿倒地之后，爱斯特拉冈产生了报复的冲动。爱斯特拉冈乘人之危，走上去狠狠踢他。人与人之间的相互排挤打压，随时在人类社会中发生着。强者与弱者、正义与不义都失去了固有的内涵与意义，人类社会则被卷入罪恶的旋涡。

在《等待戈多》中，贝克特还将人性的反复无常展现得淋漓尽致。弗拉季米尔制止爱斯特拉冈的报复，但他的理由却是“最好的办法还是利用波卓求救的机会”。弗拉季米尔决定救助波卓，却意在取代波卓之流而统治世界，充当他们所等待的戈多的代言人：“这些尚在我们耳边震响的求救的呼声，它们原是向全人类发出的！可是在这地方，在现在这一刻时间，全人类就是咱们，不管咱们喜欢不喜欢。趁现在时间还不太晚，让咱们尽量利用这个机会吧！残酷的命运既然注定了咱们成为这罪恶的一窝，咱们就至少在这一次好好当一下他们的代表吧！”① 但是当弗拉季米尔和爱斯特拉冈上前打算扶起跌倒在地的波卓时，他们却与波卓一起倒地不起。虽然爱斯特拉冈与弗拉季米尔的名字都与大地、世界相关，但大地却不再是希腊神话中的地母，不能赋予人类无限的力量，反而挫败了人类的一切努力，使人类无所适从。贝克特通过这一点意在警醒人们，对他人施予援手，既不能成为人类证明自身存在的手段，更不能变成某些人将自己打造为全人类的救世主的策略。

再次，《等待戈多》作为表达存在的戏剧显现出，人类在生活毫无变化的重复中，陷入自我意识失落的困境。迈克尔·沃顿曾这样描述贝克特的剧作特征：“在20世纪的戏剧语境下，他［贝克特］早期的戏剧标志着从痴迷于自我观照的现代主义向坚持拼贴、反讽和碎片化的后现代主义的转变。贝克特并未采用开始、高潮、结局的传统戏剧模式，相反，他的戏剧具有一种循环结构，或更准确地说是一种逐渐衰减的螺旋结构，它们呈现了熵的意象。在这些意象中，世界和其中的人们在缓慢却无情地滑落。”② 也就是说，贝克特剧作中的人物都迫切地想知道“我”是谁，但他们在不断追问与探究的过程中发现，他们对“我”的意识失去了参照的标准，“我”逐渐变得模糊不清。在《等待戈多》中，时间在流逝，“我”不再是昨天的“我”，但生活却在重复，“我”还是昨天的“我”。人们对自我的认知与判断发生了错乱，并企图从他人那里实现对自我的确认。

弗拉季米尔 我过去见过你，是不是？

孩子 我不知道，先生。

弗拉季米尔 你不认识我？

孩子 不认识，先生。

弗拉季米尔 昨天来的不是你？

孩子 不是，先生。

---

① 贝克特，等．荒诞派戏剧选．施咸荣，等，译．北京：外国文学出版社，1983：103.

② 王雅华．不断延伸的思想图像：塞缪尔·贝克特的美学思想与创作实践．北京：北京大学出版社，2013：286－287.

弗拉季米尔 这是你第一次来？

孩子 是的，先生。[①]

弗拉季米尔质问前来报信的男孩，希望从男孩那里得到答案，以便澄清内心的疑惑，但结果却使他的自我感知变得更加扑朔迷离。这个男孩并不是昨天的那个男孩，也不认识弗拉季米尔。失去了昨天和男孩坐标的参照，弗拉季米尔对“我”之存在甚感茫然。弗拉季米尔向男孩询问关于戈多的情况，想以此确定男孩是否是戈多派来报信的人以及戈多是否是他们要等待的那个人。但男孩不知所以的闪烁其词，使一切都成了无解的问题。弗拉季米尔开始怀疑男孩是否确实看见了自己，或许男孩看见的是并非自己的某个他人。在第二幕中，当爱斯特拉冈发现幸运儿遗失在地上的帽子时，弗拉季米尔欣喜若狂：“我早就知道咱们没找错地方。现在咱们的烦恼都可以勾销啦。”对弗拉季米尔来说，幸运儿帽子的存在，表明了昨天的存在，验证了他对自我和世界的感知。但是在第二幕中，又来了一个自称是送信者的男孩，这击垮了弗拉季米尔的信心。

孩子 劳驾啦，先生。……亚尔伯特先生？……

弗拉季米尔 又来啦。（略停）你不认识我？

孩子 不认识，先生。

弗拉季米尔 昨天来的不是你？

孩子 不是，先生。

弗拉季米尔 这是你头一次来？

孩子 是的，先生。[②]

弗拉季米尔终于明白过来，戈多的存在本身对人类生存来说，并无多大意义。即使戈多实际存在，戈多也并不关心等待他的人类，对戈多的等待只是人类的主观愿望而已。如果戈多并不存在，人类的等待便失去了目标，人类也无法以等待的方式确认自身的存在。如此，人们便不再能确信“我”是谁，只能体验着异己的非-我。弗拉季米尔意识到，他只是一个姓亚尔伯特的人，或者说，他碰巧是无数姓亚尔伯特的人中的一个而已。弗拉季米尔没有再向孩子询问戈多的口信，而是自言自语地重复了前一次来的孩子的口信。与第一幕中弗拉季米尔对戈多是否到来的急迫热切的态度不同，他在第二幕中表现得冷静、克制。

弗拉季米尔 说话，说话。（略停）快说。

孩子 （冲口而出）戈多先生要我告诉你们，他今天晚上不来啦，可是明天晚上准来。

弗拉季米尔 就这么些话？

孩子 是的，先生。

——第一幕[③]

① 贝克特，等．荒诞派戏剧选．施咸荣，等，译．北京：外国文学出版社，1983：63.

② 贝克特，等．荒诞派戏剧选．施咸荣，等，译．北京：外国文学出版社，1983：120.

③ 贝克特，等．荒诞派戏剧选．施咸荣，等，译．北京：外国文学出版社，1983：63－64.

弗拉季米尔 你给戈多先生捎了个信来。

孩子 是的，先生。

弗拉季米尔 他今天晚上不来啦。

孩子 不错，先生。

弗拉季米尔 可是他明天会来。

孩子 是的，先生。

弗拉季米尔 决不失约。

孩子 是的，先生。

——第二幕[①]

弗拉季米尔回答自己的质问，这意味着，他明白了戈多永远不会到来。人类徒劳地等待戈多，是人类为自己选择的命运。爱斯特拉冈提议他们离开此地，弗拉季米尔却指出，他们还是会回来继续等待戈多的。弗拉季米尔发出悲叹："希望迟迟不来，苦死了等的人。"弗拉季米尔清醒地意识到，等待是人们唯一能做的事情，如果人们放弃等待，他们的生活就变得更加令人窒息。《等待戈多》凸显出人类理想信念的盲目、伦理价值的混乱、自我认知的迷茫。贝克特以此传达对存在的理解，即存在就是虚无。

贝克特并不流于悲观绝望的情绪，而是在《等待戈多》中将等待的主题进行转化。贝克特强调，等待可以使人类走出孤独，并将人类维系起来形成共同体。人类携手共进，才能对抗存在的无意义。马丁·艾斯林指出："剧作的主题不是戈多而是等待，是作为人的状况的基本和特有方面的等待行动。"[②] 关于并不在场的戈多，他是否真的存在，他的到来能否改变人们的命运，在剧作中并不重要。作品突出描写了人们的等待状态，在贝克特看来，等待并不是人类浑浑噩噩的生活的一部分，也不是人类走向死亡的无望之旅，而是人类由冷眼相对、相互倾轧转变为和睦共处、彼此平等的关系的历程。贝克特在《等待戈多》中把等待转化成了人类生存的事件，极力"在一个乐观主义变得不可能的世界里绝望地探究一种积极的介入的人生"的方式。[③]虽然《等待戈多》中的等待并无结果，但两个流浪汉在等待的过程中重建人与人之间的关系，思考他们的命运，却是富有积极意义的。《等待戈多》中两个流浪汉的原型来自贝克特的小说《莫洛伊》。《莫洛伊》分为两部分，第一部分是莫洛伊的记忆，第二部分是莫朗的记忆。在第二部分中，探员莫朗出外调查莫洛伊的案件，但莫朗在中途突发疾病，调查工作戛然而止。虽然莫洛伊与莫朗都是被生活抛弃的人，但他们的生活如同两条没有交集的平行线。贝克特在一部作品中通过铺展毫无联系的两个部分，意在指出人类的相互隔绝与孤独。莫洛伊深切地感受到人类沟通与交流的不可能。他眺望窗外，看

---

① 贝克特，等．荒诞派戏剧选．施咸荣，等，译．北京：外国文学出版社，1983：120.

② 艾斯林．荒诞派戏剧．华明，译．石家庄：河北教育出版社，2003：27.

③ Tom Bishop. From the Left Bank：Reflections on the Modern French Theater and Novel. New York and London：New York University Press，1997：167.

到人们在生活中匆匆而来，匆匆而去，擦肩而过，相互戒备、敌视，“我就是这样看到A和B缓慢地朝对方走去，并没有意识到自己在做些什么。那是在一条赤裸得惊人的路上，我是说没有任何种类的藩篱边墙石沿，是在乡村……但那一刻来临了，他们一起快步走下同一处凹谷而就是在这一凹谷里他们最终相遇了。说他们认识，不，什么也不能证明这点。但可能是由于他们的脚步声，或者是被某种幽暗的本能警醒，他们抬起头互相打量，在充裕的十五步之内，在面对面停下来之前……他们交换了几句话。然后各自重新上路。”[①] 贝克特在《等待戈多》中，把《莫洛伊》里的A和B、莫洛伊和莫朗化为两个流浪汉形象，改变了人们幽闭在自己内心世界中的孤独状态。贝克特构想两个流浪汉关系的创作灵感，还来自德国浪漫派画家卡斯帕·戴维·费德里克的画作《男女共赏月》。这幅画与贝克特1937年在德国德累斯顿看到的一幅画《两个男人共赏月》非常相似。[②] 在费德里克的《男女共赏月》的画面上，月亮高悬，两个人物站在大树下，背对着观众，其中一个人物的胳膊搭在另一个人物的肩膀上，一起仰头观赏月亮。费德里克的画作属于浪漫主义风格，参天大树的密密树荫，与月亮的光辉，形成了一幅宁静祥和的家园般的景象，人类在其中怡然自得，与自然融为一体。《等待戈多》的舞台形象与《男女共赏月》画作中的图景大相径庭。在《等待戈多》中，灰白色的月光照耀着荒芜寂寥的乡间小路，显得萧索苍凉。最初光秃秃的、干枯的小树上没有一片树叶，第二天长出了嫩叶，标示出时间的流逝。但是小树并不能为人类提供诗意栖居之地，它能提供的只是一个绞刑架。在《等待戈多》中，人类感到与世界的疏离，世界对于人类而言，是陌生的异乡。但贝克特借爱斯特拉冈之口说出“背对着背，就像在过去的黄金时代一样！”的话，表达了他对人类未来的理想。世界如此了无生趣，但人类应当像《男女共赏月》画中的人物那样并肩而行，相互激励，为自身的生存营造出和谐的世界。《等待戈多》中爱斯特拉冈与弗拉季米尔的友谊显得别具温情。爱斯特拉冈与弗拉季米尔性情迥异：爱斯特拉冈单纯善良，虽对自己的遭际逆来顺受，却也向往幸福；弗拉季米尔喜欢玄想，对一切都充满怀疑。在第一幕开端，弗拉季米尔对爱斯特拉冈有着优越感，他在饱受打击的爱斯特拉冈面前显得高傲冷漠，充当着爱斯特拉冈的保护者：“……这么些年来……要不是有我照顾……你会在什么地方……？在这会儿，你早就成一堆枯骨啦，毫无疑问。”[③] 虽然两人争吵斗嘴，一言不合便要分离，但弗拉季米尔学会了关心爱斯特拉冈，爱斯特拉冈则对弗拉季米尔不离不弃。弗拉季米尔意识到，不是爱斯特拉冈无法离开他，而是他无法离开爱斯特拉冈：“光一个人，是怎么也受不了的。”他们在等待中讨论戈多，思考自己的生活。他们逐渐体会到，人们相互扶持和相互理解，才能在冰冷的世界中感受到生活的暖意。由此，人

---

① 贝克特. 马龙之死. 余中先，等，译. 长沙：湖南文艺出版社，2006：5-7.

② Haynes and Knowlson. Images of Beckett. Cambridge：Cambridge University Press，2003：53.

③ 贝克特，等. 荒诞派戏剧选. 施咸荣，等，译. 北京：外国文学出版社，1983：6.

们等待的行动并不在于等待的对象，而且等待不是目的。等待是促使某个事件发生的过程，或许这个过程永远在进行之中，没有尽头，但它却使人们对生活有更深切的感悟并产生新的期待，为人类生存带来新的开端。从这个意义上说，人类是“等待的主体”。爱斯特拉冈和弗拉季米尔在等待的磨砺中深化了对戈多的理解。弗拉季米尔坚称，戈多来了，人类才能得救。但弗拉季米尔所指的戈多，已不再是人们幻想中的虚无缥缈的救世主，也不是现实世界中受人推崇的、拥有权力的君主，而是真正意义上的人。在贝克特看来，人们在彼此尊重中结成人类共同体，思考人类自身的命运并创造人类自身的生活，如此人才能成其为人，这便是人的得救之道。

卡斯帕·戴维·费德里克的画作《男女共赏月》

两个流浪汉相偎相依一起等待戈多（《等待戈多》话剧海报）

三、作为减法的戏剧

贝克特曾谈起过自己与乔伊斯在艺术创作上的区别，指出自己致力于做减法，而乔伊斯则是在做加法。[①] 所谓艺术的加法，首先指的是艺术对尽可能多的知识的把握。艺术所涉及的知识，指的是艺术对社会生活和人类内心世界的精深细微的奥秘的认识。作家要融汇古今人类共同的生活体验，在人类的生活体验中展现外在现实和内在现实。其次，艺术的加法指的是作家要不断添加并驾驭素材，建构宏伟繁复的艺术世界，传达作家心怀天下、经世济国的理想。以乔伊斯为例，作家在《尤利西斯》中引经据典，对典故和传奇信手拈来，将报章、街头广告等引入作品中，在行文中穿插不同文字的诗

① Haynes and Knowlson. Images of Beckett. Cambridge：Cambridge University Press，2003：37.

句、俚语。作品在表现人物内心意识时，使人物对过去的回忆和对当下的体验交织在一起，各种情感、想法、念头涌现出来。《尤利西斯》不仅包罗万象，成为现代生活的百科全书，而且传达出作家的价值态度。作品戏仿古希腊史诗《奥德赛》的结构，批判现代人的猥琐无能、卑微懦弱、颓丧消沉。另一方面，乔伊斯还以反讽的态度对待古代神话的形式，走向对爱的诉求。如果说《奥德赛》中勇武过人、能力非凡的英雄在历经磨难后征服了世界，那么在《尤利西斯》中，那些在生活的重压下喘不过气来的、孤独的、普通的小人物，则由于慷慨地给予他人爱而获得了独特的崇高气质，并且借着爱的力量，实现了灵与肉的和谐。乔伊斯的加法，体现了作家世事洞明与拯救世界的精英意识。所谓艺术的减法，则反其道而行之。贝克特说："我觉得我自己的写作方式却要表现出贫乏、知识的短缺，并不断地掏空，做减法而不是做加法。"[①] 他在《等待戈多》中实践了减法的艺术。贝克特以重复的形式不断地回到"无"的原点，弱化作品的内涵。贝克特在戏剧语言上追求"虚弱的句法"[②]，阻断语言的意义外延。贝克特运用减法的艺术，要求人们重新审视自身的思想意识和价值观念，为自身存在拓展出无限的可能性，并开创新的生存空间。

《等待戈多》作为减法的艺术首先表现在，作品以重复的形式，凸显出人们的思想观念是模仿某种程式而形成的拟像，取消了人们通常对事物做出的判定。在第一幕中，弗拉季米尔绞尽脑汁地想弄清楚，只有一部《圣经》，为什么四部《福音书》关于人的拯救的说法并不一致，人们究竟应该相信哪一种说法。两个流浪汉的闲聊却朝向另一个问题，即上帝的拯救，到底指的是救人的命，还是将人类从地狱中解救出来。对此，爱斯特拉冈不以为然："人们都是没知识的混蛋，像猴儿一样见什么学什么。"贝克特将信奉《圣经》的人类比喻为猴子，人类的知识只是人类如猴子般的模仿活动的结果。人类模仿的对象，或者是他人思想的残渣，或者是自身内心的欲望。贝克特的讽刺幽默并非出于对人类的鄙夷，而是强调人类生活在令人眼花缭乱的拟像世界中。在《等待戈多》中，贝克特致力于像剥洋葱那样剥下拟像世界的虚幻表层，打破人类对世界的同一性之观念的执守。正如《圣经》的四部《福音书》都在讲述耶稣的出生、传教、受难与复活，都是重复同一个事件，但是在重复中却有诸多细微的差异。在贝克特看来，四部《福音书》的差异并不是指向同一个事件的不同方面，它们之间并不存在相互补充、相互阐释的关系，而是造成了《圣经》的内在断裂，《等待戈多》则同样以重复的形式化解人们所追求的确定性。

爱斯特拉冈 照我看来，咱们昨天来过这儿。

---

① Haynes and Knowlson. Images of Beckett. Cambridge：Cambridge University Press，2003：37.

② Haynes and Knowlson. Images of Beckett. Cambridge：Cambridge University Press，2003：16.

弗拉季米尔 （举目四望）你认得出这地方？

爱斯特拉冈 我并没这么说。

弗拉季米尔 嗯？

爱斯特拉冈 认不认得出没什么关系。[①]

爱斯特拉冈似乎认出他们等待戈多的地方就是他们前一天来过的地方，但在弗拉季米尔的盘问下，爱斯特拉冈并不是坚持或推翻自己的看法，而是直接勾销自己说过的话，相当于什么也没有说。不仅语言的真值被消解，辨认事物的“是”与“非”已经变得无关紧要，事物的“有”与“无”的本体性差异也被还原为“无”，一切都无意义可言。不过贝克特在《等待戈多》中似乎强调，重复包含存在的重复与艺术的重复两种。贝克特以艺术的重复来戏拟存在的重复，也以艺术的重复来颠覆存在的重复，并使“不可重复的东西”呈现出来。《等待戈多》以艺术的重复颠覆无意义的世界，但是作家要展示的“不可重复的东西”，指的是人类与世界有待形成的新的关系。

其次，《等待戈多》作为减法的艺术表现在，作品以圆圈式的循环结构，让人物行动无休无止地回旋往复并最终归于虚无。戏剧中第一幕中发生的事情在第二幕中重现了一遍，脱靴与穿靴，脱帽与戴帽，啃着萝卜，在舞台上走来走去，波卓与幸运儿来了又走了，男孩带来戈多不会来的口信。一如既往的生活令人厌烦，如圆圈一样不断重复着，人类的生命则在圆圈的循环之舞中消耗殆尽。爱斯特拉冈走上舞台，与弗拉季米尔重逢。他们回忆前一天发生的事情，想起他们的使命是等待戈多。他们期待这天会有新的变化。但是随着这天一点点地流逝，他们的希望落空了。弗拉季米尔唱着的一群狗埋葬一只被打死的狗的歌曲，一方面是为给整个人类送葬而唱的挽歌，另一方面则为整部戏剧提供了内在结构。

弗拉季米尔 一只狗来到——

[他起的音太高，所以停住不唱，清了清喉咙，又重新唱起来。]

一只狗来到厨房
偷走一小块面包。
厨子举起杓子
把那只狗打死了。
于是所有的狗都跑来了
给那只狗掘了一个坟墓——

[他停住不唱，沉思着，又重新唱起来。]

于是所有的狗都跑来了
给那只狗掘了一个坟墓——
还在墓碑上刻了墓志铭

---

① 贝克特，等．荒诞派戏剧选．施咸荣，等，译．北京：外国文学出版社，1983：13.

让未来的狗可以看到：

一只狗来到厨房
偷走一小块面包。
厨子举起杓子
把那只狗打死了。

于是所有的狗都跑来了
给那只狗掘了一个坟墓——
[他停住不唱。如前。]
于是所有的狗都跑来了
给那只狗掘了一个坟墓——
[他停住不唱。如前。轻轻地。]
给那只狗掘了一个坟墓——①

这首歌曲分为四个部分：第一部分是故事本身的事件；第二部分增加了墓志铭的部分，以记录第一部分的故事的形式，将第一部分的故事嵌套在其中；第三部分简化为被嵌套的内容，只是表现为句子的形式；第四部分则略写为短语的形式。四个部分循环中缩减，既意味着人类生存处境的促逼与无聊，也传达出贝克特对人类的期待。在贝克特看来，人们摆脱习以为常的思想范畴，卸除思想的重负，才能真正地开始体验生活和展开思考。

再次，《等待戈多》中艺术的减法还表现在，作品力图制造语言的垃圾化效果，减除语言承载的宏大叙事功能。在幸运儿洋洋洒洒的演说中，通篇没有一个标点符号，没有断句，听起来滔滔不绝、一气呵成。幸运儿的演说开篇就断言上帝的存在和上帝对人类的爱："如彭奇和瓦特曼的公共事业所证实的那样有一个胡子雪白的上帝超越时间超越空间确确实实存在他在神圣的冷漠神圣的疯狂神圣的喑哑的高处深深地爱着我们"②。但是接下来的内容却与此风马牛不相及了，或者自相矛盾。上帝爱人类，但是人类却在烈焰的炙烤中；世界是美丽的，但大地却寒冷漆黑；现代科学的进步与人类精神的衰竭并置。幸运儿的演说看似旁征博引，涉及现代文化各领域中的重要人物，如第一部英国词典的编纂者塞缪尔·约翰逊等，却以"不知什么原因""我接下去讲"等含糊不清的过渡语，将这些伟大人物的名字堆砌起来，并对他们取得的成就做出"未完成的劳动"等论断。在幸运儿演说的结尾，头颅、网球、石头等词语的出现，似乎在表示人类思想看似活跃生动，实则缺乏根基和疲软无力。词语的累积性排列和词语本身的相互纠缠，暴露出人类理智的自满和人类语言的浮夸。贝克特拆卸语言的各种组件，将之变成零散的碎片，造成了戏剧的断裂与空白，断绝了场景和语言的外延，阻断了戏剧中意义生成的可能。幸运儿的演说中多用叠加的短语，如"天是那么蓝那么澄澈那么平

---

① 贝克特，等．荒诞派戏剧选．施咸荣，等，译．北京：外国文学出版社，1983：69－70.

② 贝克特，等．荒诞派戏剧选．施咸荣，等，译．北京：外国文学出版社，1983：52－53.

静”“神圣的冷漠神圣的疯狂神圣的喑哑”等，而这也是爱斯特拉冈和弗拉季米尔如梦呓一般的闲聊所具有的语言特征。

弗拉季米尔 咱们有咱们的理智。
爱斯特拉冈 所有死掉了的声音。
弗拉季米尔 它们发出翅膀一样的声音。
爱斯特拉冈 树叶一样。
弗拉季米尔 沙一样。
爱斯特拉冈 树叶一样。
…………
弗拉季米尔 不如说它们窃窃私语。
爱斯特拉冈 它们沙沙地响。
弗拉季米尔 它们轻声细语。
爱斯特拉冈 它们沙沙地响。①

幸运儿滔滔不绝地发表演说（《等待戈多》话剧剧照）

在人们思维混乱、颠三倒四的语言中，现代文化的辉煌大厦顷刻崩塌，留下的是语言的废墟和荒漠般的世界。幸运儿变成哑巴，似在暗示，现代文化的宏大叙事已经与人类生活脱节，难以表达人们失望沮丧、痛切无语的生存感受。或许贝克特在《等待戈多》中要表达的是，人类对世界的重建，需要清除人们曾经深信不疑的价值观念。对贝克特来说，人类在关于世界的平等协调、人类的自由正义等理论的建构中，有着过多的含混不清的东西。人们的思想和价值观念中隐藏着各种似是而非的谬误，对此人们却不愿正视和面对。在这种情况下，人们关于形而上的思考，将如幸运儿长篇大论的废话一样，看似情感澎湃、语言精美、逻辑平顺，却不过在玩弄那些僵化生硬的陈词滥调。由此人物无论如何行动，最终都将一无所成。人们所谓的行动与无所行动，在本质上没有区别。那么人们的思想和行动导向的结果，都将是无意义的。贝克特在《等待戈多》中，对各种思想观念展开肯定与否定的游

① 贝克特，等．荒诞派戏剧选．施咸荣，等，译．北京：外国文学出版社，1983：77.

戏，使之变得不可信任。贝克特消除语言的过剩效应，结束语言本身的述行力。但贝克特并不把语言归入不可言说、不可显现的超验性领域，而是断定，根本就没有什么不可言说的东西。或许在贝克特看来，人类只有变得一无所有，才能为言说自己的生活打开空间，并真正建构属于人类自身的世界。

贝克特在《等待戈多》中极力呈现一个虚无的世界，似乎人类生存在一个没有任何保证的异己世界里。但是诺尔森对贝克特的作品评价道："甚至是那些最黑暗的、最阴郁的句子，也有着一种形态、能量和活力，可以抵消虚无主义。"① 贝克特通过《等待戈多》向人们传达出的启迪是，世界被留给人类自身，世界在等待人类的重建。如果说戈多是人们苦苦等待却始终缺席的对象，那么戈多应当指向的是人们需要创造的世界与生活本身。正如2005年的诺贝尔文学奖获得者、英国剧作家哈罗德·品特所评价的，贝克特是"有史以来最勇敢也最冷酷的作者……他不引领我走上任何一条花园小径，他不偷偷给我使眼色，他不向我灌输疗救的办法、前进的道路、上天的启示，也不端给我一盆面包屑；他不会卖给我任何我不想买的东西——不论我买不买，他都不会跟我胡扯——他的手从不高过他的心。不过，我乐意买他的货：不论是钩子、线，还是锤子。因为他把所有的石头都翻了个底朝天，一只蛆也没剩。他催生了美的事物。他的工作如此美好。"②

推荐书目

1. 贝克特，等．荒诞派戏剧选．施咸荣，等，译．北京：外国文学出版社，1983.

2. 贝克特，等．普鲁斯特论．沈睿，黄伟，等，译．北京：社会科学文献出版社，1999.

3. 诺文森．贝克特肖像．王绍祥，译．上海：上海人民出版社，2006.

4. 王雅华．不断延伸的思想图像——塞缪尔·贝克特的美学思想与创作实践．北京：北京大学出版社，2013.

---

① Haynes and Knowlson. Images of Beckett. Cambridge：Cambridge University Press，2003：20.

② 海恩斯，诺尔森．贝克特肖像．王绍祥，译．上海：上海人民出版社，2006：封底．

第6讲

克洛德·西蒙与《弗兰德公路》

克洛德·西蒙（1913—2005）1913年出生于非洲法属殖民地马达加斯加的塔那那利佛，父母都是法国血统，父亲死于第一次世界大战。西蒙在法国南部的东比利牛斯省的萨尔斯长大，中学时期在巴黎接受教育，后赴英国读书，曾随法国立体派画家安德烈·洛特学习绘画。第二次世界大战爆发后，西蒙应征入伍。西蒙在一次战役中被德军俘虏，后来成功越狱并回到法国。西蒙将这段经历写入了《弗兰德公路》。1946年，西蒙隐居葡萄园，一边种植葡萄，一边从事写作。西蒙陆续发表的小说有《作弊者》（1946）、《钢丝绳》（1947）、《居利维尔》（1952）、《春之祭》（1954）、《风》（1957）、《草》（1958）、《弗兰德公路》（1960）、《大酒店》（1962）、《历史》（1967）、《法萨尔战役》（1969）、《盲人奥利翁》（1970）、《导体》（1971）、《三联画》（1973）、《农事诗》（1981）、《贝雷尼斯的头发》（1984）、《邀请》（1987）、《相思树》（1989）、《植物园》（1997）、《有轨电车》（2001）等。1985年，西蒙获得诺贝尔文学奖。

西蒙被称为“新小说派”的代表，在小说艺术的创新上取得了杰出成就。西蒙并不关注对外界事物的描绘，而是将作品聚焦于人物的回忆与联想。西蒙力图展现人物丰富多姿的内在体验世界，将人物不可见的内心感受以可见的形式描绘出来。西蒙认为人物对现实的观感与对生活的感受并不遵循历时性的因果形式，因而在小说创作中摈弃了那种前后相继、因果相陈的线性叙述手法。他将绘画手法融入小说创作，将人物的回忆与联想共时性地予以铺展。西蒙有不少作品都涉及死亡的黑暗世界，但作家更注重表现人物内心世界的活跃生动。人物内心世界的活动不仅与死亡的黑暗世界形成鲜明的对比，而且逐渐生发出将死亡的黑暗世界从人类生活中清除出去的力量。由此西蒙的作品色彩斑斓，结构繁复，富有立体感。1985年诺贝尔文学奖授奖词给西蒙的评价是：“在西蒙的小说中我们首先是通过语言和记忆看到生命的成长、创造的活力和坚韧力，通过我们似乎不是其主人而是其工具的语言文字和叙述使现在和过去复苏起来并具有灵魂和生命。西蒙的小说艺术可以视为活在我们身上的某种东西的表现，不管是否愿意接受，是否理解，是否相信——这就是某种怀着希望的东西，尽管生存的环境充满各种残酷和荒谬的事实，这一切是如此清晰、深刻、丰富地表现在西蒙的小说中。”①

一、西蒙的文学观念

（一）世界与人类存在的关系

西蒙参加第二次世界大战的经历，对他的创作有着很大影响。西蒙曾经亲眼目睹法军在德军的进攻下溃败，在德军集中营里遭受过非人待遇，并有着侥幸逃脱的九死一生的经历，对战争的残酷有着深刻的体会。在《弗兰德公路》中，西蒙指出：“在一切土崩瓦解中的，似乎不是一支军队而是全世界，不仅是物质的实况而且是精神的表现在剥蚀分化，在崩裂瓦解，在变为粉末、流水，在归于虚无。”② 战争是不可理喻的，导致世界分崩离析，并将人的生活撕成碎片。西蒙看到世界的无意义，转而关注人类内在的情感与体验，并致力于展现人类生命世界的活跃勃发。

首先，西蒙颠覆了从目的论的角度看待世界的传统文学观念，认为世界是毫无意义的。古希腊时期，人们认为，在人类之外存在着一个独立于人类的客观存在，它有着和谐严整的宇宙理性。这决定了事物将会按照因果逻辑、从低级到高级发生演化。人类是世界的一部分，或许人类的世俗生活有着诸多不完善之处，但是贯穿着宇宙理性的世界却是隐藏在人类世俗生活之后、超越人类世俗生活的最终存在。人类的文学活动是参透均衡有序的宇宙理性，揭示世界的意义，让人类认识真实并与宇宙理性保持协调。这意味着，文学在再现不尽如人意的现实的同时，会对世界进行理想化的描述。19世纪的现实主义文学以反映人类与世界的对立与矛盾为己任，主张通过人类精神的自我完善来克服这种对立与矛盾，使人类与世界重新臻于一致。狄更斯、陀思妥耶夫斯基等作家为了缓和人类社会中的矛盾，都在小说中宣扬“仁爱”“宽恕”等思想。然而第二次世界大战把人类生存于其中的世界变得千疮百孔，人们开始质疑文学中的“谎言的世界”。在“新小说派”代表作家罗布-格里耶看来，传统现实主义文学设想世界与人的关系是默契和谐的，将人在与世界的冲突中经受的痛苦视为人类精神达到自我超越之崇高境界的必需，并描绘人类放弃抗争、在相互感化中最终和解的救赎画面，从而对人类进行精神的抚慰，掩盖了人与世界之间的距离、疏远、两重性和分裂。罗布-格里耶提出，小说应当拒绝道德或意识形态方面的目的，也不应当以文明或人类境况

---

① 刘硕良．诺贝尔文学奖授奖词和获奖演说：下．桂林：漓江出版社，2013：478.

② 西蒙．弗兰德公路．林秀清，译．桂林：漓江出版社，1987：9.

的荒谬性来唤醒读者的良知，不是试图去表现“真理”和“意义”，而是要把事物从人们基于各种需要、情感和欲望而强加于事物的所谓“深度”中剥离出来。因此，罗布-格里耶主张世界本身的不确定性：“世界既不是有意义的，也不是荒谬的，它存在着，如此而已。”[①] 罗布-格里耶力图还原事物的本真形态，客观地描写事物本身，展现“只是一个光滑的平面，毫无意义，毫无灵魂，毫无价值，不可捉摸”[②] 的世界。罗布-格里耶的文学观点，得到了西蒙的认同。在西蒙看来，如果人们以预先设定的目的论为前提来理解世界中发生的各种事件，那么人们将会建构某种必然性，对故事中的事件、人物形象的演变等要素进行安排和组织。西蒙认定，世界只是存在着，根本没有什么关于所谓客观实在的真理、美和完善的启示，也不会表现出诸如天意安排之类的方式来干预人类生活。对人类而言，无目的、真实的世界呈现出混乱不堪、杂乱无章的形态，各种事件的发生是偶然的、不可预知的。

西蒙认为，由于世界是毫无意义的，因而一直注重道德说教功能的西方文学，就必然带来文学的终结。作家或者根据具有特定内容的道德训诫来构思故事情节，或者将作品变成道德训诫的象征符号。前者如福楼拜笔下的爱玛·包法利服毒自尽，托尔斯泰笔下的安娜·卡列尼娜卧轨自杀等。作者构想出人物所经历的一连串的历险，设置一系列具有因果关系的连锁反应，而后合乎逻辑地将小说引向最终的结局。对于后者，西蒙以福克纳的小说《喧嚣与骚动》为例，指出作品围绕着“凯蒂裤衩上脏污的裤底”而展开，以一种命定的罪孽将所有人物都裹挟其中，人们的苦难与毁灭从一开始就已经被注定。这意味着，无论是关于事物的描绘还是对人物形象的塑造，都不过是作家先行设定的某种社会的、道德的观念的形象化表现。小说创作的单一性话语，使小说展现为“完整的一片平面，没有任何凹凸不平的地方，在光滑的金属薄板反面，除了冷漠地、客观地连续反照出的一幅幅虚像之外，别无所有”[③]。文学企图担负道德说教功能，不过向读者展示虚构的现实图像并灌输某种社会的、道德的观念，从而蜕变为“仅保持纯粹示范性的东西”[④]。这本身就是在营造一个与人类生存无关的、臆想出来的“彼岸世界”，而作者变成作品中一系列事件和人物命运的绝对主人，并且在文学中不断重复自己对人类社会和道德所持有的观念。从这个角度来看，小说的开端意味着小说的结束，并导致文学的终结。

但是西蒙强调，在“毫无意义”的世界之外，存在着人类情感和体验的本真世界。西蒙并不赞同罗布-格里耶的物本主义，在西蒙看来，脱离人类情感和体验的物本主义无关乎人类生存，必定表现为无生命的机械性。如果说毫无意义的世界是光滑的平面，人类情感和体验的世界则是涌动不息的。西蒙并不将人类情感和体验的世界与人类生存在其中的世界隔离开来，而是强

---

① 柳鸣九．新小说派研究．北京：中国社会科学出版社，1986：62.
② 柳鸣九．新小说派研究．北京：中国社会科学出版社，1986：84.
③ 西蒙．弗兰德公路．林秀清，译．桂林：漓江出版社，1987：253.
④ 西蒙．弗兰德公路．林秀清，译．桂林：漓江出版社，1987：255.

调人类生存于其中的世界是人类感觉和体验的对象。但人类的感觉和体验能够从毫无意义的世界中超拔出来，以自身的多元性和丰富性，展现人类生命世界的五彩斑斓和澎湃起伏。由此，西蒙与传统小说的规则决裂，在小说创作中展现人类多姿多彩的感觉和体验。西蒙认为，外在世界是人类获得感受和体验的背景，只有进入人类的感受和体验的外部事物，才是与人类相关涉的世界。感觉是人类与外在世界发生关系的途径，也是人类感受自身生命流动的方式。人们依靠自身的听觉、视觉等感官能力，对身边的事物产生感觉并将之保存在记忆中。借助感觉之间的相通性和记忆的联想性，人们能够把曾经感知的与接触到的各种事物联系起来。在人们的回忆和感觉中，世界不是一成不变的、永恒的客观存在，而是会随着人的主观感受而呈现出不同的面貌，如印象派画家笔下的世界一样闪现着无可穷尽的绚丽多姿。正如摄影师拍摄同一样东西，他们会由于灯光、角度的不同，拍出不同的图片。即便是同一张图片，人们在不同时间、不同场景下看到的东西也是有差异的。[①]这种错杂纷繁的差异，呈现出光彩四射、璀璨夺目的人类生命世界。

（二）西蒙对文学写作的看法

克洛德·西蒙关注人类鲜活的生命体验，并由此来理解写作的本质。西蒙认为，写作“最深刻的动机就是，要面对自我通过一个‘做’（faire）字来证实他自己的存在。这不是笛卡尔的‘我思故我在’，而是‘我做——我生产——故我存在’”[②]。西蒙这里提到的“我”不仅是作家的自我称谓，而且指向有着丰富情感、细微感觉和无尽回忆的人类。或者说，西蒙将写作视为从一己之“我”的生存体验上升为整个人类的生存体验的活动。如果说笛卡尔的“思”关涉的是对人类已有的思想和观念进行理性判断而确证人类的存在，那么西蒙关注的“做”就是指人类的自我创造活动，即人类将“我”作为活生生的生命体生产出来，以此实现自身的存在。

西蒙主张小说创作上的“做”，受到法国思想家柏格森和莫里斯·梅洛-庞蒂的影响。柏格森提出，生命在不断流动和绵延中相互延续，所有的感情、意念与意志都在变化和生成之中，生命处在恒久常新的状态，并拥有自我进化的力量。世界以生命为核心，人的生命的绵延是宇宙的绵延的源头，那么“宇宙的绵延完全沿着我的绵延而展开”[③]。人类生命积蓄着能量，随时会迸发奔涌出来，永不停息地进行自我创造。柏格森提出，人类是在直觉中领会生命之绵延的。直觉穿越人类所处的物质环境，向着内在的纯粹知觉与纯粹记忆延伸，并将人类的过去、现在与未来汇合起来。生命的绵延充满着无穷无尽的变化和运动，因而是不明确的、不清晰的。人们运用分析物理世界的科学方法并不能把握它，只有通过先于思维活动的前反思状态的感觉才能触及它。柏格森将人类生命的绵延置于宇宙的绵延的核心，指出宇宙的绵延与

---

① 蒂埃巴赫．克洛德·西蒙谈创作．廖练迪，译．外国文学，1986（1）：77.

② 西蒙．弗兰德公路．林秀清，译．桂林：漓江出版社，1987：259.

③ 梅洛-庞蒂．哲学赞词．杨大春，译．北京：商务印书馆，2000：9.

事物都在向“我”呈现出来。梅洛-庞蒂赞同柏格森试图以生命的绵延和对绵延的直觉来重建人类感知与事物之统一的态度，主张“我”的体验的本原性。梅洛-庞蒂认定，回忆中浮现的各种联想、印象的同时性，能把各种不可能联系的成分组合起来，形成对事物的知觉。西蒙肯定梅洛-庞蒂提出的人类回忆的组合作用，但强调人类的回忆与人类对世界的感觉是一致的。人类回忆中的各种联想、印象等具有同时性，但也是重叠交叉、混杂不清的：“我们所看到的世界的特征，处于一种混沌不清的状态，它和我们的记忆一样，各种往事、印象、情感不断地重叠、交叉在一起。”①

在西蒙看来，小说写作的“做”在于，小说将人类散乱驳杂的无数印象联结起来，形成具有可感性的艺术形式。其一，小说作为语言艺术，并不是把语言当作传达某种观念的工具，而是要让语言对应于人类生命的律动与节奏。其二，作为生产活动的写作，需要将“把词句安排井然的句法”与存在于人类内心的“感情、回忆、印象杂乱混合物”凝聚在一起。这并不等于以“井然的句法”将“感情、回忆、印象杂乱混合物”转换为合乎理性规范的叙事，而是指作品在表达杂乱的回忆和印象时不能失去精妙的艺术表达形式。其三，写作不是对已经发生的事件加以静态的记录，而是力图发现将语言的句法与人类的印象密切结合的艺术方式。作家运用的文字所涉及的语言的句法，是在写作过程中产生的。作家对脑海中涌流跃动、纷纭万千的感觉和印象进行选择、取舍和突出，意在使沉埋心底的各种模糊的记忆、感情和思想显明出来。人类体验始终有着飘忽不定和变幻莫测的特性，这在小说的写作中则表现为语言的转义、借代和隐喻。语言越出常规和惯例，词语的组合有着无数的可能性，互不相干的意象奇特地连缀起来。西蒙将小说的“做”与人类创造自我生命的活动联系起来。小说要力图以语言展示人类对事物的敏锐感受力和思想的幽微精深，呈现出人类生命体强大的内聚力，敞开人类情感和思想无限发展的可能性。这样，读者才能在艺术语言的运动中看到可见性的世界，从而逐步获得对世界、事物和自我的认识。无论是人类的写作活动还是阅读活动，都是靠语言组成并建立在语言之中。换言之，人类存在于语言之中，并通过语言与世界保持联系。不过西蒙并不是从约定俗成的意义上看待小说创作的艺术语言，而是指出语言的另一维度，即发生意义上的语言，也就是与人类体验共生共长的、浸润着人类生生不息的生命活力的语言。

在西蒙的小说创作中，写作之“做”不但生产出与人类生存体验达到相融境界的语言，而且要书写人类生存体验的历史。这全然不同于由一系列事件和对人类活动进程的解释所组成的历史，而是人类体验本身形成的历史，即“历史在一种具体的形式下，显得如同一种个人经验的不断重获的结果，并达到了一种相当的程度”②。西蒙将事实性历史放置在人类体验的历史中加以透视，让人类成为自己经历的事件的观察者与思考者。如果说事实性历史

---

① 张容．法国新小说派．台北：远流出版事业股份有限公司，1992：220．

② 感觉是第一位的——索莱尔斯与西蒙关于《植物园》的对话．余中先，译．https://www.douban.com/note/523191717/?type=rec.

围绕着事件的开端与结束的不可逆的次序而展开，那么人类经验的历史则是反复的、迂回的、重叠的。西蒙的《植物园》的主要内容是一个人的零碎生活回忆，他到过世界的很多地方，见证了20世纪几乎所有的重大历史事件。西蒙在作品中，并没有花费多少笔墨描绘巴黎植物园，却在人类生命的历史与巴黎的植物园之间建立对比的关系。巴黎的植物园里有陈列矿物、动物和植物展品的不同博物馆，园中的花圃错落有致，人们在小径上散步时可以看到不同景色。在西蒙看来，巴黎的植物园中精心布置的齐整划一的秩序，代表着西方理性主义驯化自然和统治世界的胜利。与巴黎植物园的井然有序相比，作品表现出突兀的不规则性。作品并不涉及具体的历史事件，只有人们处身于事件中的支离破碎的感受和散乱混杂的印象，整部作品显得语无伦次、不知所云。作品时空次序颠倒错乱，人物的回忆可以从吉尔吉斯斯坦的首都举行的国际“论坛”，瞬间转到东柏林的地铁站，接着是硝烟弥漫的战场……虽然如天马行空，瞬间即逝，却倏然闪回。浴缸、咖啡馆、法庭和宴会等场景交迭出现，嫣然巧笑的女子和裙裾飞扬的舞蹈课景象等零散碎片镶嵌在文本之中……人物没有一段完整的回忆，每段回忆都是无头无尾的片断，常常被另一段回忆毫无来由地中断。然而战争的场景和俘虏营里的遭遇始终在人物的回忆中忽隐忽现，仿佛战争的噩梦仍然在撕裂着人类精神。西蒙探究“人类激情自然流露的杂乱方式”[1]，力图建造属于人类激情的种植园，消除战争带给人类的难以磨灭的创痛。作品看似毫无头绪，但在版式排列上却别出心裁。作品中很多部分，大段大段地没有标点符号，在显明人物回忆往事时的窒息之感的同时，突出人类内在体验的完整和连续性。作品的段落以不同形状的文字团块的形式出现，这些文字团块东一块西一块地分布在纸张上，相互之间被划出形状和大小各异的空白，犹如植物园中的花圃与小径，人物的回忆和联想在文字的花圃和小径中自由流转，形成人类激情能在其中徜徉和跳跃的五彩拼图般的生命世界。

西蒙在小说创作中开始独特卓绝的艺术创新，执着地探索新的艺术语言和艺术形式。西蒙并不讲述引人入胜的故事，也无意于展示事件的真实性或宣扬某种道德观念。在西蒙的作品中，事件凌乱散漫，像断线的珠子一样，但被人物一段又一段的回忆和思索串联起来。事件本身显得影影绰绰、若有若无，但人物的回忆和思索处在永不止息的旋进、回流、变化中。或许西蒙力图通过事件的不确定性，允许人们在回忆和思索中重新认识世界、历史与自我，给予人们建构出属己的生命世界的可能性。

二、《弗兰德公路》：呈现战后世界的无意义

《弗兰德公路》以1940年5月法国军队在法国北部弗兰德地区被德军击溃撤退为背景。在作品中，虽然各种事件颠倒错乱，但事件发生的先后顺序

① 西蒙．植物园．余中先，译．长沙：湖南文艺出版社，1999：49.

依然有迹可循。雷谢克带领骑兵团行军，在农庄里借宿，而后在行军中遭到敌人的伏击，卫兵瓦克死去，骑兵团几乎全军覆没，只剩下队长雷谢克、依格莱兹亚、佐治和布吕姆。在逃跑途中，他们又遭遇德军，雷谢克中弹身亡，佐治和依格莱兹亚骑着马仓皇逃跑，与布吕姆失散。后来佐治被德军俘虏，被扔进了堆满尸体的火车。他在火车上听到布吕姆的声音，两人在黑暗中有一搭没一搭地闲谈。后来他们被送进了德军俘虏营，又遇到了依格莱兹亚。他们在一起做着各种苦力，依格莱兹亚讲述他与雷谢克的妻子科里娜偷情的故事。佐治不堪忍受俘虏营的非人待遇而逃跑，失败后被抓回俘虏营，这时依格莱兹亚已经死去。布吕姆患重病离开俘虏营，不久后死去。战后佐治回到法国并经营农庄。一个晚上，他与雷谢克的遗孀科里娜在一家旅馆过夜。作品以佐治与科里娜相拥而眠、如梦似醒时断断续续的回忆和飘飞的思绪为主要线索，展现战争对世界造成的破坏以及给人类精神带来的重创，呈现出战后世界的无意义。

西蒙提到，《弗兰德公路》创作灵感的萌发相当偶然。他坐在行驶的汽车内，看着公路两旁的拐角处和树木，这时"整部小说一下子出现在我脑海中……对，是一下子全部涌现在我脑海中，我可以说，全部一起迅猛地一阵子卷来……德·雷谢克的祖代、战争、所有的一切……一切在内！向我正面扑来，我指的不是在思想上，而是在感情上——感情比思想来得快得多"①。西蒙精心地组织文本，"在开头的十五页里提供全书最初形象的概述或撮要……小说随后的其余部分不过是这头十五页往深处的发展"②。作品开头的大致内容是：佐治对雷谢克中弹身亡与战役过后一片狼藉的情形的回忆；佐治对赛马场上色彩斑斓情景的印象以及对雷谢克的妻子科里娜与骑师依格莱兹亚私情的联想；战后佐治与雷谢克的遗孀科里娜躺在一起相互依偎的感受以及佐治对战争时躺在堆叠着伤员与尸体的火车上的遭遇的回忆。作品各部分的内容由此展开：第一部分的主要内容是，主人公佐治对雷谢克死亡场景的回忆以及对战前在农庄谷仓里借宿情景的回忆；第二部分写的是佐治与依格莱兹亚在法军溃败之后的逃跑情景以及他们与布吕姆在德军集中营里的生活，包括依格莱兹亚讲述三人的畸形关系、佐治与布吕姆就雷谢克祖先之死的对话；第三部分主要写的是佐治对自己与科里娜见面与离别情景的回忆。作品中，队长雷谢克的死亡始终是个不解之谜。人们无法说清雷谢克到底是自杀，还是英勇赴死，抑或雷谢克的英勇赴死只是为了让他的自杀显得体面一些。如果他是自杀，那么他自杀的原因是什么？作品中三个幸存的骑兵——佐治、布吕姆、依格莱兹亚，都在试图解释雷谢克的死亡之谜。但是他们的解释是否符合事实真相，这并不重要。从某种意义上说，人们对雷谢克之死的谈论，是他们对自身生存境遇的认识。战争瓦解和摧毁人们的生活，并将人们置于生不如死的境地。人们发现，自己和已经死去的雷谢克一样，

① 西蒙．弗兰德公路．林秀清，译．桂林：漓江出版社，1987：268.

② 西蒙．弗兰德公路．林秀清，译．桂林：漓江出版社，1987：270.

都是被世界抛弃的人。世界对于人们而言，变得毫无意义。

《弗兰德公路》通过幸存的骑兵对雷谢克之死的解释，反映出他们意识到曾经崇拜信赖的事物在战争中走向解体。作品的开篇写了两个事件：一是骑兵队长雷谢克向佐治提到其母萨宾娜的来信，萨宾娜在信中请求雷谢克关照儿子佐治；二是雷谢克在德军突袭时战死，但他的死亡却引发其他幸存的骑兵的种种猜测。作品通过这两个事件的对比，突出人类社会在战争前后发生的深层转变，并表现战后人们彷徨无依的生存困惑。

第一个事件反映出战前的西方社会的特征是森严的等级制度，西方社会以贵族阶层为主导力量，贵族阶层给予平民阶层庇护，平民阶层依赖贵族阶层得以安身立命，他们之间形成根深蒂固的主奴关系。作品分别从物质层面、社会关系层面和文化层面上，反映出平民阶层对贵族阶层的倚靠。在物质层面上，平民阶层依傍着贵族阶层，才能谋求生计。骑师依格莱兹亚最初是穷困潦倒的驯马师，居无定所，生活无着。雷谢克雇用依格莱兹亚当骑师，教自己的妻子科里娜骑马，并照管马匹。战争爆发后，雷谢克并没有解雇依格莱兹亚，而是将他安排在自己的骑兵团里。在雷谢克的庇护下，依格莱兹亚摆脱了颠沛流离的困苦境遇。依格莱兹亚在战前依靠雷谢克谋求生计，在战争中追随在雷谢克左右，对主人忠心耿耿。在社会关系层面上，平民阶层期待得到贵族阶层的保护。萨宾娜写信给雷谢克，请求雷谢克能在战争中保护自己的儿子。在文化层面上，平民阶层对属于贵族阶层的文化有着深深的迷恋。佐治的母亲萨宾娜的祖先和雷谢克家族有点亲戚关系，她对这种不怎么沾得上边的贵族家世念念不忘，并为此感到骄傲。佐治的父亲只是一个农民，却并不关心田产经营的实际事务，而是对贵族文化非常痴迷，醉心于关于世界与生命的玄学理论。佐治反感母亲的虚荣和父亲的不切实际，却为贵族文化中哲学的漫想和悲剧的写作所吸引。对于母亲萨宾娜描述的雷谢克祖先持枪自杀之情景，佐治在脑海中想象出一幅悲壮的画面，并认定这是野心勃勃和视死如归的英雄气概的体现。由于贵族阶层与平民阶层之间的主奴关系，平民阶层感受到贵族阶层高高在上的优越感，却对贵族阶层依然充满崇拜敬畏之心。雷谢克向佐治提到萨宾娜的来信时，用的是“我想我们多少还是表亲”的字眼。佐治却深切地感到，“我认为在他的心目中，这词儿用在我身上时，大概更确切的含义是指像蚊子、昆虫、苍蝇之间的关系”[①]。佐治从雷谢克的优雅和礼貌中，看到贵族阶层的纡尊降贵：“他那双黑漆的眼睛，既不含敌意也没有蔑视，甚至表示真诚友好，但保持距离。”[②] 佐治虽然有着平民阶层的自尊心，却发现贵族阶层的社交礼节似乎有着不可违背的力量，最后佐治还是勉为其难地“继续表演这场上流社会的社交礼节的小戏”。另一方面，平民阶层把贵族阶层视为坚不可摧的精神偶像。雷谢克出身于声望很高的家族，这个家族有着悠久的历史、盛名累累的世系和神圣的光环，被认为是整

① 西蒙．弗兰德公路．林秀清，译．桂林：漓江出版社，1987：4.

② 西蒙．弗兰德公路．林秀清，译．桂林：漓江出版社，1987：4.

个社会的中流砥柱和社会理想的化身。雷谢克恪守上流社会的生活方式与行为习惯，被认为是上流社会的典范。雷谢克不顾非议，娶出身低微、年轻漂亮的科里娜为妻，对年轻妻子有求必应。雷谢克离经叛道的婚姻和挥金如土的生活方式，表现出贵族阶层的阔绰和任性。贵族阶层的显赫地位、优雅气质和豪奢生活，让平民阶层望尘莫及。平民阶层对贵族阶层的生活艳羡不已，在他们看来，贵族阶层可以轻易得到人们可望而不可即的东西，这似乎可以证明贵族阶层的无所不能。人们逐渐形成一种错觉，即贵族阶层似乎被笼罩在非同寻常的神圣光环中，拥有普通平凡的人们难以企及的崇高精神和伟岸力量。人们把希望和理想都寄托于贵族阶层，期待获得贵族阶层的庇佑和眷顾。贵族阶层为了得到人们的忠诚和尊崇，总是展示出闪亮光鲜的一面。不过，贵族阶层也与普通平凡的人们一样，经历过事业上的失败，在私生活方面丑闻不断。但是贵族阶层对此讳莫如深，极力维护自身的声誉和顾全家族的威望。这增添了贵族阶层在人们的心目中的神秘感，更衬托出贵族阶层的高不可攀。人们甚至为上流社会假想出政敌，将一切关于上流社会的丑闻归于其政敌的恶意诋毁。对平民阶层的人们来说，对上流社会和贵族阶层妄加议论是大逆不道的行为。人们认定，他们在表达对贵族阶层的忠诚时，才有资格涉及贵族阶层的话题。佐治的母亲萨宾娜向儿子佐治提到雷谢克家族的逸事时，总是充满敬意地压低声音。然而她所说的一切，都是在不遗余力地为雷谢克家族辩解。萨宾娜愤怒地斥责上流社会的所谓政敌，虽然她根本不知道上流社会是否真的有政敌，也无法说出究竟谁是上流社会的政敌。

作品开篇涉及的第二个事件是雷谢克的战死，表明战争爆发之后贵族阶层表现出来的无能使人们的信赖和敬畏烟消云散。雷谢克在战役失败后，率领残兵散勇四处逃窜，遇上了德军。雷谢克明知敌人近在咫尺，却从藏身的灌木丛中走出，骑着高头大马冲上前去，将自己暴露在敌人的枪口下，并拔出军刀挥舞起来，最后饮弹身亡。作品并没有明确说明雷谢克是主动寻死的，却给佐治等幸存下来的骑兵留下这样的印象，即雷谢克故意走进敌人的埋伏圈并让自己被杀死。贵族阶层在战场上一败涂地，并不像人们所期待的那样战无不胜、攻无不克，这动摇了人们对贵族阶层的盲目崇拜。战争的失败和人们经受的磨难，使人们开始对以往的社会形态产生怀疑。他们不再像佐治的母亲萨宾娜那样讳言贵族阶层的丑闻，而是对雷谢克之死做出了种种猜测。

对人们来说，雷谢克的死亡意味着曾经坚不可摧的精神偶像正在崩塌。他们的猜测主要集中在三个方面：一是雷谢克之死是贵族式英雄主义的体现；二是雷谢克不过在逃避战争的失败带来的耻辱；三是雷谢克为了摆脱个人生活的失意而决绝地放弃生命。

人们做出第一种猜测，在某种程度上保留了对贵族阶层的推崇。或许雷谢克秉承了临危不惧的贵族气质，有着英武勇敢的精神，故而在面对危险时毫不退缩，挺身而出，在枪林弹雨中战死。这种猜测虽然维护了贵族阶层的尊严和体面，却无法回避贵族阶层外强中干的本质。

人们质疑上流社会神圣不可侵犯的至尊形象，并以第二种猜测推翻第一种猜测。人们认为，贵族式英雄主义不过是贵族阶层掩盖失败的托词。人们将雷谢克的祖先与雷谢克进行类比，审视贵族阶层所捍卫的英雄主义的虚假性。雷谢克的一位祖先曾经在西班牙参加反对君主的军队，但在一次军事行动中失败。雷谢克的祖先畏惧弑君之罪，开枪自杀。但贵族阶层却抹除其中的不光彩成分，宣扬雷谢克祖先的自杀乃是对光荣与勇敢气概的捍卫和持守。雷谢克走上战场，或许有着为祖先洗刷耻辱的想法，或许有着施展抱负、振兴贵族阶层的雄心壮志和伟大梦想。但是雷谢克率领骑兵团参战，却在一场战役中几乎全军覆没。“一星期前原本是炮兵团、骑兵团、装甲兵团、人，这一切现在消失了。还有，甚至连炮兵团、骑兵团、装甲兵团、人的概念也消失了，还有更甚者，所有的思想，概念全消失了。”① 或许雷谢克无法忍受的是，他的部队倏忽之间就不存在了，他却不明白是怎么回事。他内外交困，万念俱灰。既然大势已去，似乎以英雄的姿态去平静从容地结束自己的生命，才能保持他最后的一点尊严。人们做出第二种猜测，表明人们看到了贵族阶层的碌碌无能。

第三种猜测则有着对贵族阶层猥亵和不敬的成分，人们把雷谢克和整个贵族阶层从高贵的圣坛上拉下来，嘲弄贵族阶层在荣耀的表面之下脆弱不堪的本质。依格莱兹亚在集中营里与佐治、布吕姆一起做苦力时，他绘声绘色地讲述雷谢克、科里娜和他之间的畸形关系。骑师依格莱兹亚讲述的他与科里娜的私通故事，有可能只是他无中生有地编造出来的桃色新闻。这或许是他在百无聊赖中打发时光的方式，却折射出一种猥亵的快感，即发泄对他所依恋的上流社会的失望。依格莱兹亚将主人雷谢克与科里娜的日常生活当作谈资，在涉及自己与科里娜的暧昧故事时，他毫不掩饰自己的轻蔑鄙视之情。依格莱兹亚对不少细节添油加醋，在色情方面闪烁其词。对于身为女主人、年轻美貌的科里娜与身份低贱、相貌丑陋的骑师偷情的原因，依格莱兹亚含糊地归之于平民阶层对贵族阶层的报复。依格莱兹亚谈到第一次见到科里娜时，“像看见一种模糊不清、难以明确、令人不安的可怕的东西，像那些化了装的小孩子，穿上模仿大人的衣服，似乎是年轻人做出的讽刺戏谑的模仿和亵渎，不但对童年而且对人的样子有所损伤”②。科里娜像是被贵族阶层包装出来的玩偶，却完全不像是一个真实的女性。在依格莱兹亚看来，雷谢克逾越森严的社会等级，与科里娜结婚，却没有把科里娜当作活生生的妻子，而是把她作为占有的对象和欲望的客体。依格莱兹亚认定，科里娜的古怪样子反映了贵族阶层驯化平民阶层的方式，即贵族阶层连根拔起平民阶层的生命，将贵族阶层的等级观念和文化形态强加于平民阶层，导致平民阶层失去自身的形象而成为一个怪异的存在。由此，依格莱兹亚把想象出来的科里娜背叛丈夫的行为上升为被压抑的平民阶层对贵族阶层的报复，“也许是出于精神上的需要，例如不但对那位娶她的（买她的）、自认为占有了她的男人而且是对

① 西蒙．弗兰德公路．林秀清，译．桂林：漓江出版社，1987：234.

② 西蒙．弗兰德公路．林秀清，译．桂林：漓江出版社，1987：107.

她所憎恨的社会等级、教养、风俗习惯、原则和压制的挑衅，报复，报仇"[①]。依格莱兹亚与科里娜的偷情是真是假无关紧要，但是他丑化自己曾经仰慕依赖的贵族，毫不在乎地污损昔日上司雷谢克的名声，反映出他对贵族阶层的情感变化。战前，精明强干的依格莱兹亚低声下气地跟随并伺候自己的主人，对雷谢克表现出"狗从下而上对主人的依恋，从不想提出问题：这主人是否值得。他一味接受、承认情势就是如此，从不对此有所异议"[②]。但漫漫逃亡路上的恐惧、愤怒和绝望，把他对雷谢克的敬畏和忠诚变成了蔑视和憎恨。依格莱兹亚得意扬扬地讲述女主人对他的迷恋，有意无意地坦露与女主人的艳情欢爱，煞有介事地渲染雷谢克内心的煎熬。依格莱兹亚暗示着，自己和主人雷谢克只是争夺同一个女性的两个男人，虽然他身份低微，但他比主人雷谢克更有男性的风范。依格莱兹亚尽情地羞辱已经死去的雷谢克，以此宣泄对贵族的痛恨与厌恶，这也折射出上流社会和贵族阶层统治时代的终结。

战争以摧枯拉朽之势扫除了人类社会的等级制度，也对世界造成巨大的破坏，并将人类拖入苦难的深渊，人们开始产生对世界的幻灭感。对佐治来说，雷谢克的死不仅标志着贵族阶层的颓败衰落，而且意味着整个人类将蒙受战争和死亡的劫难。在佐治看来，战败后的雷谢克显得不可思议。雷谢克在逃跑途中，遇到德军的奸细。德军的奸细破绽百出，雷谢克却没有识别出来，而是把他带在身边，结果被引入德军的埋伏圈。雷谢克应当能判断出德军的枪口正对着他，却义无反顾地冲上前去。雷谢克在战场上的冒进无知与倒下的高大身躯，让佐治心目中的精神偶像轰然坍塌，佐治感到，雷谢克的死亡是人们重新审视世界与自身生存的切入点。虽然依格莱兹亚放肆地谈论自己与科里娜的私情，他的信口雌黄听起来非常牵强，破绽百出，但佐治不厌其烦地打听细节。佐治想象着雷谢克的愤怒和科里娜的放荡，他对雷谢克及至贵族阶层的认知发生了改变。雷谢克等贵族阶层虽然有高贵优雅的外表，但和普通人们一样有七情六欲，并不像人们看到的那样高深莫测和神圣伟大。佐治看到，残酷的战争暴露出贵族阶层的自命不凡和虚弱疲软，并去除了笼罩着贵族阶层的所谓荣誉的光芒。佐治开始质疑并否定贵族文化，在他看来，贵族文化如同"防护罩似的蚕茧、蛋壳，处于油亮发黄密封的范围中"[③]。贵族文化为世界和人类生活赋予的意义只是不真实的幻象，贵族文化追求的英雄主义已经不合时宜。战场上遍地躺着的死尸散发出来的，只是死亡的恶臭气味，而非带有英雄气息的气味。佐治重新审视自己曾经迷恋过的悲剧写作，看到贵族文化的僵化生硬和矫情做作。佐治发现，悲剧表现的只是"虚幻、毫无意义的生命表现形式"[④]，其中的光荣、崇高、牺牲等字眼都变成扭曲的、死气沉沉的符号。正如佐治所感受到的，悲剧中塑造的伟大人物的覆灭，

---

① 西蒙．弗兰德公路．林秀清，译．桂林：漓江出版社，1987：238.

② 西蒙．弗兰德公路．林秀清，译．桂林：漓江出版社，1987：32.

③ 西蒙．弗兰德公路．林秀清，译．桂林：漓江出版社，1987：189.

④ 西蒙．弗兰德公路．林秀清，译．桂林：漓江出版社，1987：190.

不过像一匹战马中弹后痉挛般腾空而起，随即瘫软倒地的过程。但可悲的是，西方文化却以这种华而不实、虚张声势的贵族文化为主体，导致人们在幻象的驱使下狂热地奔赴战场。但是战争的炮声隆隆却在宣告，西方文化不过是空洞无用的玩意和毫无价值的渣滓。佐治感受到“精神上泄空”[①]的苦涩况味，或许雷谢克早已体会到世界本身的空虚和毫无意义，故而决然地离开世界。但佐治意识到，雷谢克的死亡并无崇高性可言，它只是展现出战争对人类生命的无情吞噬。佐治看到死亡每天都在战场上发生，他的眼前不断浮现着雷谢克的笔直的身影和倒下的身影。在溃败之后的战场上，到处是穿着千篇一律军装的疲惫的人，他们如同戴着同样灰暗惨白的面具，骑着同样的马，在枪林弹雨下和漫无目的中奔逃。他们像雷谢克一样，被枪弹打死，倒在地上，渐渐变成腐烂的尸体，在泥土里消融，消失得不留一丝印迹。战争把世界变成死气沉沉的巨大墓场，世界末日仿佛来临，时间停止了运行。

人们面对满目疮痍的世界，看不到生的希望，他们有着被世界抛弃的生存孤独感。布吕姆最初对雷谢克的死亡非常反感，将雷谢克的死视为不负责任的懦夫之举。布吕姆认为，雷谢克身为军官，即使战败，他也有着率领和保护活着的士兵的责任。但是雷谢克不顾情势而冲上前去，逞一夫之勇，却把士兵们抛弃在凶险的战场上，任他们自生自灭。但是布吕姆也看到，战争摧毁整个世界，没有人能逃离战争。布吕姆和依格莱兹亚、佐治在集中营里铲煤，繁重的体力劳动和敌军的虐待，让布吕姆感到，世界已经抛弃他们，导致他们的生命得不到任何保护。布吕姆对雷谢克、依格莱兹亚和科里娜的艳情逸事产生兴趣，在于该事件成为他了解自身生存处境的视角。布吕姆在战前与雷谢克的生活没有任何交集，战争爆发后他在雷谢克的骑兵团里，他见到的雷谢克始终面无表情和高深莫测。也就是说，他并没有科里娜背叛雷谢克的任何证据，他听到的故事版本不过是来自依格莱兹亚的单方面讲述。他对雷谢克遭到妻子背叛的故事津津乐道，是由于他从雷谢克的死亡联想到自己的命运。因而，布吕姆对待雷谢克的态度与依格莱兹亚和佐治有所不同。他不再仅仅将雷谢克当作貌似威严却丧失生命活力的贵族的代表。在布吕姆眼中，雷谢克是被世界抛弃的整个人类的象征。雷谢克虽然是贵族阶层，有着令人向往的身份、地位和财富，但是他也无法逃脱遭到背叛和抛弃的命运。布吕姆对雷谢克的祖先的自杀做出另一番解释。布吕姆听说过雷谢克祖先的妻子维吉妮娅与男仆私通的往事，他认定雷谢克的祖先并非由于事业的失败而自杀，而是妻子的不忠导致他产生厌世之情。但布吕姆关注的重心不是雷谢克步其祖先之后尘的故事本身，而是构建雷谢克与其祖先遭遇的一致性，意在证明人类遭到背叛和抛弃是人类历史的“必然性”。对于雷谢克与其祖先在自己妻子背叛后不置一词的做法，布吕姆断定，他们的缄默并非为了顾全贵族的体面，而是人们在饱受屈辱，尊严扫地后却无法言说内心痛苦的表现。内心凄怆酸楚的布吕姆讲述着雷谢克的祖先发现自己的妻子与男仆私通的场

① 西蒙．弗兰德公路．林秀清，译．桂林：漓江出版社，1987：156.

景，为雷谢克的祖先与雷谢克而感到愤激，这其实是布吕姆对自己命运发出的不平之鸣。布吕姆以悲凉的口吻向佐治讲述这一切时，出现在佐治面前的布吕姆仿佛是“悲惨、痛苦的化身，一无所有，那消瘦、疲乏、饥饿的脸模，凄惨地否定了声音滑稽诙谐的真实性”①。可见，布吕姆意识到自己是被世界抛弃的可怜虫，像身上一丝不挂地开枪自杀的雷谢克祖先那样，是得不到任何保障的、朝不保夕的赤裸生命。

人们在战争浩劫中，为生存的虚无感所困扰。佐治不无悲怆地想到，活着的人们生活在恐惧和绝望中，徘徊在死与生之间，“被排斥于活人的世界之外，但还没有进入死人的世界之中。……死和生同时把他们忘记或推开或拒绝或吐掉，似乎都不愿要他们，因此他们现在似乎不是在时间中活动，而是在一种灰色的没有体积的甲醛中，在虚无中，在不明确的期限中活动”②。为了抵抗残忍野蛮的战争，人们的意识打造出保护自己的笼子，把自己封闭起来，与外界隔绝，“在这笼中他们可以逃避那狂暴的、冷酷的世界，逃避这钟形碉堡，他们像墨鱼喷出墨汁来保护自己那样分泌出一种具有保险性和粗暴性的光晕来环绕着自己”③。佐治对这种做法不以为然，但他惊愕地发现，战争在人们的意识深处，制造出一座人类无法逃出的无形的、更坚固的牢笼。佐治不甘于就此结束自己的生命，强烈的求生意志支撑着他活下去。佐治最初只是想到“虽然只是通过声音和动作而具有生命，但承认声音和动作还不是违背生命的虚幻，毫无意义的表现形式”④，也就是说，生命就是一息尚存和对自己身体的知觉。佐治被扔进拥挤不堪的火车时，他发现活着的人与死去的人交错堆叠在一起。佐治被压在无数的身体之下难以喘息，感到身体的各个部件并不属于自己，它们只是偶然地被拼凑起来。佐治不甘心像战场上的那些死尸那样走向解体消融，他坚持着活下去。佐治拼命保持呼吸，他想到，即使呼吸的是混合着死尸恶臭气味的空气，那也表明他还活着。战后的佐治努力地遗忘这段经历，但挥之不去的伤痛总是出其不意地将他拉回到不堪回首的战争岁月。佐治和科里娜躺在旅馆的房间里，睡意蒙眬时，两人身体的相互搂抱与依偎带来的挤压感再度冲开了佐治记忆的闸门。温馨的旅馆房间和女性温热的身体，瞬间变成了密不透气的车厢和沉重腐臭的尸体。佐治悲哀地意识到，虽然他在战争结束后开始了自己的生活，但死亡像幽灵一样如影随形，佐治总是“无可奈何地看着造成自己身体的物质慢慢地在转化嬗变，正在从他那弯曲的手臂上开始，他感到这物质渐渐死亡，变为毫无感觉，不是为蛆虫所吞食而是由于一种慢慢地发展的麻痹”⑤。佐治突然明白过来，人们气息尚存，可以发出“微微喘息的声音”，但这并不代表生命本身。在战争中幸存的人，如果无法摆脱战争的阴影，则虽生犹死，而不可能真正

---

① 西蒙．弗兰德公路．林秀清，译．桂林：漓江出版社，1987：155.
② 西蒙．弗兰德公路．林秀清，译．桂林：漓江出版社，1987：91.
③ 西蒙．弗兰德公路．林秀清，译．桂林：漓江出版社，1987：167.
④ 西蒙．弗兰德公路．林秀清，译．桂林：漓江出版社，1987：189.
⑤ 西蒙．弗兰德公路．林秀清，译．桂林：漓江出版社，1987：188.

地活着，人类自身的形象也将变得模糊不清，就“像括弧显现在门的浅色背景上，像有点发蓝的雾气，像一幅面纱”[①]。人们可能度过很多时日，但对他们而言，过去、现在和未来不再存在。往事像午夜的梦魇锁住他们的情感和思想，他们只能在没有灵魂的空洞躯壳中苟延残喘。战争碾碎了过去的一切，使人类的生活发生断裂。

战争虽然结束了，但人们难以摆脱战争的阴影。战争留给人们的，只是支离破碎、稍纵即逝的印象碎片。但这些记忆和印象的碎片却始终飘荡在硝烟弥漫、尸横遍野的战场上。人们无法走向未来，这无异于人们精神的死亡。曾经有研究者认定，《弗兰德公路》弥漫着浓郁的伤感气息。西蒙则强调作品中的“伤感状态”并非颓丧，他说：“是的，一种伤感状态。实际上，这是一种生的强烈欲望。世界对我从来没有显得这样美丽过，我从来没有过那样迫切的生的欲望，而我快死了。由此，‘伤感’一词，我并不特别地把它看成如同一种忧愁。我在这本书中也说过。这是某种更具有生命力的东西。这里有一种愤怒的‘我要活’。你觉得呢？这不是罗曼蒂克。我兴许完全反向地运用了这一词。”[②] 西蒙认定，人类内心中不可遏制的“生的强烈欲望”，是人类在险恶的生存环境下求取生存的生命力量。西蒙在《弗兰德公路》中注重表现人类克服战争创伤的生命意志，强调人类能够凭借自身活跃的内在世界对抗战争的毁灭和死亡的困厄。作品聚焦于佐治内心深处不断涌流、纷至沓来的各种回忆、印象和思绪，并使之随意地在事件的片断之间穿梭往来，这既传达出人类在对世界的幻灭感、生存的孤独感、生存的虚无感的困扰下的无助，也展现出人类执着追求生命而做出的努力。回忆、印象和思绪成为人类回顾往事和唤醒自我的进路，也是人类立足当下实现自身生命存在的方式。作品构成了一幅生命与死亡、存在与虚无、光明与黑暗交错斗争的画面。但西蒙坚信，人类以刚健强劲的生命力量，最终能够战胜战争与死亡的纠缠并获得精神的自由与成长。

三、《弗兰德公路》中的图像叙事：人类构建自我生命的历程

《弗兰德公路》中，不堪回首的战争往事，始终盘亘在主人公佐治的回忆中。然而，西蒙认定人类的回忆蕴含着生命的痛楚与抗争、停滞与成长的两重性，并力图探索一种与人类回忆相适应的、富有生命力的图像叙事的方式。西蒙谈道：“小说不是时间概念上的故事，而是从某一点，从一个图像出发，由这个图像引起的插曲所构成的无主题的故事。”[③] 在西蒙看来，图像是人类

① 西蒙．弗兰德公路．林秀清，译．桂林：漓江出版社，1987：50.

② 感觉是第一位的——索莱尔斯与西蒙关于《植物园》的对话．余中先，译．https：//www.douban.com/note/523191717/？type=rec.

③ 帝埃巴赫．克洛德·西蒙谈创作．廖练迪，译．外国文学，1986（1）：77.

超越物理时空并将物理时空中并不相干的事物并置的方式。图像并不追求实在的意义，而是凸显人类体验的构成性。由于人类感知方式的多样性和情感倾向的复杂性，人类体验到的世界也是异彩纷呈的。人们头脑中产生的各种印象和思绪，是人们在不同的物理时空中产生的，因而“彼此间可能相隔无比遥远的距离”①。虽然这些印象和思绪稍纵即逝，彼此没有联系，但西蒙认定，人类的回忆伴随着生命的绵延流动，能够对已经消失却死死纠缠着人类生命的事物进行反省，激活人类与死亡相抗衡的生命力量。小说创作的图像叙事，就是将作品富有特定色彩、形态和情感效果的每一次回忆或每一个印象都凝固在图像中，让人物在纷繁汹涌的回忆、印象和梦幻中反思自我。《弗兰德公路》的图像叙事，并非单纯地叙述人物回忆在过去和当下之间的穿越转回，也非复制人类回忆中涌现的印象，而是致力于展示主人公在战争的梦魇和强烈的生命欲望之间的斗争，彰显人类精神走向自我运动和发展的力量。从这个意义上说，西蒙“通过对人类生存状况的描写，善于把诗人和画家的丰富想象与对时间作用的深刻认识融为一体”②。作家将人们头脑中同时涌现出来的印象和思绪构造为生动鲜明的图像，并对图像予以铺排、转换、叠加，旨在展现出人类构建自我生命的历程。《弗兰德公路》的图像叙事有三个特征：情境性、转换性、共时性。

（一）情境性：以情境为单位的图像叙事

《弗兰德公路》中事件散乱，情节并不复杂，人物不多，场景单调，但是这些人物和场景却构成了某种情境。《弗兰德公路》中的情境指的是，作品中随着主人公情感强度的变化而反复出现同一个画面，主人公则调动各种感官不断强化这个画面，使之鲜明清晰地凸显出来。作品的图像叙事的情境性则在于，作品并不按照时间的线性顺序讲述连贯的故事，而是以诸多情境为单位展开叙述，并使诸多情境形成相互映照和彼此重合的关系，表现出人类在战争的倾轧下对自身命运的思考与探求。

作品中反复出现的情境有雷谢克之死的情境、雷谢克祖先之死的情境、四个骑兵行军的情境、火车上死尸堆的情境等。每个情境都由主人公佐治的不同感知和印象组成，像彩色玻璃的碎片那样，折射出人物思想和情感的万千变化。如雷谢克之死的情境，自始至终贯穿在作品中。作品第一次涉及雷谢克倒下的情境相当富有立体感和运动感，不仅从声光色影方面加以细致描绘，而且将整个过程勾勒得非常详尽：“一瞬间，阳光照射在拔出的刀刃上闪闪发光，接着全部——人、马和剑——一起往一侧倒下，像一个铅铸的骑兵，从脚开始熔化，先是慢慢地往侧面倾倒，接着速度越来越快，军刀一直拿在高举的手里，在烧毁了的大卡车坍塌在地上的残骸后面逐渐消失了。”③ 可

① 克洛德·西蒙讲座《写作》. http：//blog. sina. com. cn/s/blog _ 4ed3dec60101fql7. html.

② 刘硕良. 诺贝尔文学奖授奖词和获奖演说：下. 桂林：漓江出版社，2013：476.

③ 西蒙. 弗兰德公路. 林秀清，译. 桂林：漓江出版社，1987：6.

见，这个情境带给佐治一种震惊的感受，给佐治留下难以磨灭的印象，意味着雷谢克的死亡击碎了佐治对世界与生活的所有信念。作品再次写到雷谢克之死的情境时，只简略地提及“他跌落马下，像一尊倒塌的塑像向右方摇晃倒下”[①]，显示出佐治已经学会了平静地接受精神偶像已经倒塌的事实。而后则是战后从事农业劳动的佐治在空旷的大地上开着拖拉机，他眼前飘过布吕姆的面容、依格莱兹亚烘面饼的样子和雷谢克挥舞着军刀倒下的身影，随即一切都烟消云散了。[②] 雷谢克与其他同伴都成为记忆，佐治决定告别过去。最后佐治有所领悟：“我们两人掌握着他的死亡之谜的全部（杀害者知道队长将会发生什么事，而我知道他已发生的事，这是说，一前一后，这是说像一个对半切开的橘子的两部分，合起来正好），在这全部的谜中央，他保持一无所知或不想知道发生什么事的态度……也许他需要有一个多面的镜子，这样他就能看见自己。”[③] 佐治一直对雷谢克的死亡难以释怀，对佐治来说，雷谢克虽然身上笼罩着虚虚实实的光晕，却是佐治获得自我认知的一面镜子。佐治感到，雷谢克的死使他内心中的某些东西碎裂了。可见，雷谢克的死对佐治造成了巨大的精神冲击。佐治无所适从，但他不甘于沉沦，而是尝试着把凌乱的头脑整理出秩序。他明白，唯其如此，他才能重新开始生活。佐治逐渐意识到，既然雷谢克以及雷谢克所代表的过去世界随着战争逝去了，那么他应当做的就是从过去的“我”中解放出来，并努力创造出一个新的“我”。雷谢克之死的情境的反复出现，实际上是佐治内在世界成长与发展的体现。

作品中，围绕着同一情境形成的图像叙事与围绕着其他情境形成的图像叙事之间，有着平行、交叉、对立和重叠。如以雷谢克之死为情境的图像叙事与以雷谢克祖先之死为情境的图像叙事之间的关系就是比较典型的例子。雷谢克的祖先和雷谢克分别是幼年佐治和青年佐治崇拜的对象，作品中以之为情境的图像叙事最初在作品中是平行的。但雷谢克和他的祖先都在参与的战争中遭到惨败，他们的妻子都与仆人私通，他们在事业和家庭生活上都有诸多相似的经历。佐治对两者的回忆便发生了交叉，雷谢克时而是他自己，时而变成了其祖先。不过雷谢克的音容笑貌依然清晰生动，而雷谢克的祖先的面貌却朦胧含混，表明佐治内心对雷谢克还怀有难以割舍的依恋。最后佐治断定，雷谢克被德军打死，其实是选择了与其祖先同样的自杀方式体面地结束耻辱。这时佐治得出了结论：他们之间没有任何差别，他们的经历不过是毫无变化的重复。由此，雷谢克祖先在 150 年前参加的西班牙战争和雷谢克参加的这场生灵涂炭的大战，都是毫无意义的；以雷谢克祖先和雷谢克为代表的那套信念和理想的价值观念，都应当在人类历史中谢幕。于是雷谢克与他的祖先在佐治的回忆中开始重合为一人，在佐治的心目中逐渐失去了昔日的威势。此外，作品中四个骑兵行军的图像叙事与雷谢克之死的图像叙事

---

① 西蒙．弗兰德公路．林秀清，译．桂林：漓江出版社，1987：57.

② 西蒙．弗兰德公路．林秀清，译．桂林：漓江出版社，1987：181.

③ 西蒙．弗兰德公路．林秀清，译．桂林：漓江出版社，1987：245.

常常交替着出现。在四个骑兵行军的图像叙事中，雷谢克似乎还没有死去，仍然和他的骑兵们在一起。骑兵们也好像自始至终没有和队长分开过，更未曾有过一言半语的不敬之词。作品中，四个骑兵行军的图像叙事在不同背景中不断出现，或者在由房屋、树木和云彩绘制出来的幕布中，或者在漆黑的雨夜中，或者在残垣破壁和堆积的死尸组成的破败景象中，但是他们的脚却始终在原地做出行走的样子。然而佐治眼前浮现出四个骑兵行军的情境时，他在现实和梦幻中游走。他时而感到自己在行军，时而感到自己在远远地观看着这一切。这说明，佐治在难以忘却的过去旋涡中无法自拔。佐治的思绪漫无边际地漂移着，却屡次出现机关枪的扫射下雷谢克之死的图像叙事。而作品在写到机关枪对准雷谢克时，雷谢克驱马冲上前去，这时四个骑兵的形象与雷谢克的形象合二为一。佐治难以分辨，到底是一匹马在奔跑，还是几匹马在快速追赶中合为一匹马的影子。他只听见马蹄奔跑的声音和大炮的沉闷响声，在他眼前，“停顿，冻僵的世界风化、剥落，逐渐成为碎片崩溃了，像一座无用的被废弃的建筑物任凭时间通过缺乏条理、漫不经心、客观自然的作用把它毁灭”①。战争将世界变成一片废墟，毫不留情地埋葬人们的生命。但是佐治想到，即便世界毫无意义，这也不应成为人们放弃生命的理由。这两个图像叙事的交替出现，反映了佐治走出战争带来的创痛并回归生命本身的艰难历程。

（二）转换性：图像叙事的转盘效应

《弗兰德公路》中，人物的记忆在各种事件与印象之间转换。这种转换看似没有任何逻辑和过渡并缺乏连贯性，但不是任意地跳跃，也不是胡乱地穿插，而是表现为一种转盘效应。人物的记忆中的各种事件与印象，实际上是围绕着某个场景，从上下、左右、远近等诸多不同的视角，对之加以勾勒和描画。主人公佐治在回忆中，就像坐在旋转木马式的转盘上，以接近、远去和再转回的方式观察同一个场景，看到这个场景的“轮廓不断地变化，这是说，随着视角的移动而产生的线条和体积同时的变化，破坏了又再制造（凸起的部分逐渐下凹，与此同时，其他突出的部分似乎升起，显出轮廓，接着凹下，最后消失了），同时四周似乎有类似星座的东西在移动，它是由各式各样的物品组成的（根据角度以及这些东西之间距离的不同或缩小或增大）”②。图像叙事转换性的转盘效应有着轮回与翻转的表现形式。

图像叙事转换性的转盘效应首先表现为叙述图像的轮回。《弗兰德公路》中虽然人物的回忆和印象不断变换和转移，但往往是同一个叙述图像以不同视角和不同方式发生轮回。每一次轮回都呈现出不同的景致。这不仅没有导致作品的单调乏味，反而构成一幅各具神采的图像。《弗兰德公路》的叙事图像一开始只是一些模糊的斑点，随着斑点的逐渐变大，斑点周围的一系列事

① 西蒙．弗兰德公路．林秀清，译．桂林：漓江出版社，1987：245－246．

② 西蒙．弗兰德公路．林秀清，译．桂林：漓江出版社，1987：19．

物呈现出来，而后这些斑点似乎被周围的事物覆盖了，不经意间这些斑点再次出现，但是主人公的情感却发生了根本性的变化。比如在作品第二部分的开头，雷谢克被打死，佐治与依格莱兹亚从敌人的埋伏圈中侥幸逃脱。惊魂未定的佐治回想起雷谢克的死，由此想到瓦克在此前的战役中已经死了，随即佐治眼前浮现出瓦克的憨厚蒙昧和瓦克对战争的咒骂。在接下来的文本中，瓦克的死被搁置一旁，表明佐治在极力压抑对瓦克之死的回忆。后来佐治从依格莱兹亚盯着垂死的马的眼神，想起依格莱兹亚在俘虏营里谈论的雷谢克赛马之事。在依格莱兹亚的叙述中，佐治想象着赛马过后在草地上整齐庄严的马队，继而联想到战前隆重肃穆的阅兵典礼，接着陡然一转，切换到大战之后的七零八落的骑兵队。这时瓦克中弹后变形的面孔，中弹后从马背上腾空而起重重摔下的样子，瓦克躺在地上脸上沾满尘土、惨淡灰白的样子，一一在佐治眼前更清晰地呈现出来。佐治最初对瓦克的死亡表现出一丝怜惜之情，但佐治从瓦克的死亡联想到整个骑兵团的覆灭时，他不胜惊恐地意识到，战前的庆典变成人类向死神献祭的仪式，无数条活生生的生命转瞬之间就化为黄土。佐治感受到战争的荒谬和人类文明的滑稽，但瓦克死后的惨状更让他体会到生命的宝贵。战争是残酷的，世界是虚无的，只有人类活着的肉身才是最为真实的。

图像叙事转换性的转盘效应还表现在，作品表面上将主人公各种印象的碎片粘贴起来，合成某个完整的故事，然而转瞬间将之翻转过来，而作品在翻转故事的同时也使人物情感发生翻转。作品中影影绰绰地提到依格莱兹亚与科里娜的风流韵事，在第二部分中，作品分成三个片段将这个故事讲完。第一个片段中，佐治回忆道，依格莱兹亚坐在集中营卧铺的边上，在佐治的有意无意的提问下，讲述他来到雷谢克家中当骑师见到科里娜的经过。但在依格莱兹亚提起雷谢克不顾科里娜的阻止而打算参加赛马之事时，佐治的想象开始了："这一次佐治能看见他们三个人，完全像是他当时在场一般。"其中不乏对三人之间的微妙关系的细节加工。第二个片段是佐治回忆起，他骑马跟在雷谢克和依格莱兹亚后，看到他们的背影，联想起依格莱兹亚所讲述的科里娜在赛马场上的埋怨。第三个片段佐治回忆着，在他与依格莱兹亚、布吕姆在德军集中营里偷偷烤面饼时，依格莱兹亚闲聊雷谢克赛马的情况，并提及科里娜对依格莱兹亚赌马的愤怒。可以说，佐治通过回忆和发挥想象，合成了这个故事的来龙去脉。显然这个故事包含很多的吹嘘和虚构成分，但身份高贵的女主人与地位低贱的骑师暧昧本身的离奇性，以及故事蕴含着的对强者权威的挑战与反叛，都深深地吸引了佐治。但是作品却陡然将这种自欺欺人的论调翻转过来。佐治在旅馆里与科里娜共度夜晚时回忆起这个故事，科里娜突然变成了雷谢克赛马时使用的母马。佐治把自己置换为乘坐这匹马的骑师，似乎在宣告自己与雷谢克有着驾驭同一匹母马的权力，这暴露出佐治内心的隐秘和龌龊的欲望。虽然雷谢克死了，但是佐治无法根除那种与生俱来的对贵族阶层的敬畏。如果说依格莱兹亚只是在口头上羞辱贵族阶层，佐治则要采取彻底砸碎精神偶像的实际行动。对佐治来说，对科里娜的征服是要“在她身上，我寻求、希冀的，一直追寻到她的肉身上、身体内的，是一些字眼词句、一些字音”[①]，以此证明自己比贵族阶层更有力量。佐治将之视为获得生存之信心和勇气的灵符。在旅馆房间里，佐治把自己想象为化为天鹅、征服公主的天神宙斯，而不再是那个惶惶不可终日、疲于逃命的骑兵，也不再是俘虏营里受尽虐待的囚徒。科里娜突然懂得佐治的用心后，她愤激地谴责佐治“无足轻重，我在你心目中无足轻重，比无足轻重更轻，更——”[②]。佐治醒悟过来，人们并不能从对他人的征服和奴役中找到活下去的理由。只有通过建构属于自己的生活，人们才能发现生命之谜。

(三) 共时性：双重图像叙事空间的并存

《弗兰德公路》中构建出了弗兰德公路空间和赛马场空间，这两个图像空间并存在佐治的记忆中。佐治极力将这两个图像空间分别构建为死亡与生命的空间，却发现两个图像空间都是战争的怪异产物。西蒙认定，人们只有完全与过去决裂，才能摆脱战争的阴影。

弗兰德公路是主人公佐治回忆之流中多重印象和想象的汇合之点。弗兰德公路是骑兵团的溃败之地，也是佐治与同伴们的逃亡之路，弗兰德公路上发生的一切构成了佐治回忆的空间。战争把佐治的生命滞留在弗兰德公路上，他的各种纷乱繁杂的回忆、印象和想象都在这个空间里回环往复。弗兰德公路空间象征着战争的创伤对人类精神的禁锢，人们无论如何挣扎逃离都无济于事。

> 现在他们再不是在绿色田野中骑马而行，或更确切地说，田野的绿径突然隐没了，而他们（依格莱兹亚和他自己）仍然停留在路的正中央，居踞在他们瘦长的马上，愕然不动。与此同时，他怀着一种惊愕、绝望、冷静的憎恶的心情在想（像一个苦役犯放开那条使他得以越过最后一堵围墙的绳子，跳落地上，站了起来，准备向前奔跑，这时却发现自己刚落在正等候着他的守卫脚下）：“我在什么地方看见过这些事。我经历过。但什么时候？在什么地方呢？……”[③]

在弗兰德公路的空间里，时间消失了。再也没有白天与黑夜，四季的变化只是可有可无的背景上的幕布。在弗兰德公路的空间中，人们的体验阴郁而绝望，世界显得惨淡冷酷。西蒙曾说：“当我在写《弗兰德公路》的时候，我给了每一个主题和角色一个颜色。这样做我可以使一切都形象化，修改它，改善渐出的布置、场景的切换、彩排和谢幕。”[④] 显然，西蒙把黑色赋予弗兰德公路空间。弗兰德公路空间为阴郁沉闷的黑色所占据，阴暗的身影、黑色的马、黑色的烂泥、黑色的空气等都隐没在寒冷的黑夜里。战争把人类关闭

① 西蒙．弗兰德公路．林秀清，译．桂林：漓江出版社，1987：214.
② 西蒙．弗兰德公路．林秀清，译．桂林：漓江出版社，1987：230.
③ 西蒙．弗兰德公路．林秀清，译．桂林：漓江出版社，1987：75.
④ 克劳德·西蒙：我并没有参加战斗（上）．http：//dzb.gzmzb.com/P/Item/15614.

在深不见底、令人窒息的黑暗中，人类找不到通往未来的道路。

佐治努力地敲开漫无边际的黑暗的坚冰，从阴沉死寂的弗兰德公路的空间中挣脱出来。佐治的记忆建构了与弗兰德公路空间同时存在的另一个光彩夺目、激情四溢的赛马场空间，即一个充满生命冲动、散发着光与温暖的世界。每当佐治被尸横遍地的战争场面或身处火车中奄奄一息的回忆抛向黑暗的深渊时，他便以“我仿佛又看见这情景”“我力图想象出这种情景”之类的表述，转向对赛马场美景的描绘。在赛马场的空间里，世界的美丽绽放出来。作品尽情地涂抹明艳亮丽的色彩，如在明媚的午后，在野栗树形成的墨绿色的墙的映衬下，骑师穿着鲜艳绚烂的衣服轻盈地走过。佐治想象中的赛马场空间色彩斑斓、喧闹活跃、生命热烈奔放。佐治想象着赛马场上科里娜富有诱惑力的风情，使用的语词都富有色情意味，如“她那轻飘飘的不成体统的红色长袍在她腿上摆来摆去”。科里娜的飘动的红色长袍引发佐治的无限遐想，但是佐治只能将欲望的对象转向谷仓里的举灯女子。举灯女子的房间里挂着孔雀窗帘，这时他眼中的孔雀“布满眼形的长尾巴神秘地左右摇来摆去”。科里娜被幻化为那只摇曳的孔雀，放肆淫荡，傲慢不羁，不断唤醒佐治的生之欲望。佐治在无边的黑暗寒冷中毫无希望地逃亡，但正是这种生之欲望，给他带来生命冲动、光与温暖。战后佐治渴望在与科里娜的性爱中恢复生命的活力，但佐治的性爱感受总是会唤起他的死亡感受。佐治睡在旅馆房间的床上，似乎又回到了与其他俘虏头挨着脚地躺着的德军集中营的草场，他在科里娜的身体上吸啜到的竟然是青草苦涩的味道。科里娜的叫声，也让他骤然想起被关在农庄猪圈里疯子的喊声。佐治突然明白，他在幻想中构筑的闪闪发光和绚丽多姿的赛马场空间、科里娜形象和神秘莫测的孔雀尾巴，都不过是他为了抵抗悲惨的现实而制造出来的自我慰藉物。佐治意识到，赛马场空间是从弗兰德公路的空间中延伸出来的怪异产物，它与弗兰德公路空间是一体的。笼罩在赛马场空间之上欲望的妖娆幻影，与弗兰德公路空间所代表的战争的狰狞面目相伴相随。对赛马场空间的妖娆幻影的迷恋，必然使弗兰德公路空间占据他的全部世界，从而导致他的精神陷入孤独和混沌。作品的结尾处四名骑兵在空旷的荒漠上远去的影子，意味着佐治决定让过去与幻影从他的生活中一道消失。

西蒙的《弗兰德公路》写于1960年，此时战争已经结束多年。西蒙意识到，战后的世界将很快恢复面貌，生灵涂炭的惨景不会留下一点痕迹。战争不过像水面上投下的一粒小石子，把水面反照的景物分裂为各种事物的杂乱破碎的残骸，但是水面随之复归平静，一切事物重新结合为齐整的秩序。但西蒙认为，战争无情地毁灭人类生命，人们不应遗忘战争曾经带给人们的精神创伤。但西蒙并不将回忆当作疗救人类精神创伤的方式，在西蒙看来，如果人类迷失在痛苦的回忆中，人类生命将变得残破不全，等待人类的命运就是被死亡吞没。西蒙将回忆作为激发人类强烈的生存欲望和不屈的生存意志的精神动力。西蒙在《弗兰德公路》中，通过叙写人类回忆，展现人类在困厄的环境中喷涌出来的强劲的生命力量。回忆是与战争的噩梦进行的斗争，

"斗争是为了避免睡着"①。对人类而言，回忆不是对往昔生活的重现，而是一种与之告别的方式。人们在记忆中告别，同时在记忆中走向新的未来。

推荐书目

1. 西蒙．弗兰德公路．林秀清，译．桂林：漓江出版社，1987.

2. 张容．法国新小说派．台北：远流出版事业股份有限公司，1992.

3. 刘成富．二十世纪法国"反文学"研究．南京：江苏人民出版社，2002.

4. 杨令飞．法国新小说发生学．北京：人民文学出版社，2012.

① 西蒙．弗兰德公路．林秀清，译．桂林：漓江出版社，1987：234.

第 7 讲

阿尔贝·加缪与《鼠疫》

阿尔贝·加缪（1913—1960）出生于法属阿尔及利亚的欧洲移民家庭。加缪年幼时，父亲在第一次世界大战中阵亡，家境贫困。1933 年加缪进入阿尔及尔大学学习。求学期间，加缪秘密加入了法国共产党，并创建了劳工剧团。大学毕业后，加缪创建了队友剧团。后来，加缪创办了具有左派倾向的《阿尔及尔共和报》和《共和晚报》，后因对共产党在阿尔利亚的政策有不同看法而被法国共产党开除。第二次世界大战爆发后，德军占领了北非，在法国养病的加缪便留在巴黎并定居下来。他开始为多家报社和杂志社工作，逐渐成为法国文化界的领袖人物。加缪的作品有小说《局外人》（1940）、《鼠疫》（1946）、《叛逆者》（1951）、《堕落》（1956）等，随笔《西西弗的神话》（1941），戏剧《误会》（1938）、《卡利古拉》（1941）、《围困》（1948）、《正义者》（1949）等。1957 年，加缪获得诺贝尔文学奖。1960 年，加缪遇车祸去世。人们在他的遗物中发现尚未完成的小说手稿《第一人》。

阿尔贝·加缪

加缪一生经历坎坷，幼年失怙，早年病魔缠身，婚姻不幸，这些让加缪对人类生存的苦难有着深刻的体会。两次世界大战的破坏，使加缪意识到了人类必须对自身的生存担负责任。加缪坚持以积极的态度对待生活："为纠正自然产生的麻木不仁，我把自己置于贫穷与阳光之间。贫穷使我看不到在阳光底下，在历史的长河中一切都是美好的，阳光使我知道历史并非一切。"① 加缪并没有走向对世界与人类自身的否定，更不主张人类远离

① 洛特曼．加缪传．肖云上，陈良明，钱培鑫，译．桂林：漓江出版社，1999：17.

世界或者舍弃生命，而是呼吁人们与生存之荒诞展开斗争。他致力于探索蕴藏在人性自身中的力量，他坚信，有着顽强生命意志的人类联合起来，必定能够反抗荒诞并创造人类生命的价值。1957 年诺贝尔文学奖授奖词给加缪的评价是：“就个人来说，加缪已远远地超越了虚无主义。他那严肃而又严厉的沉思试图重建已被摧毁的东西，使正义在这个没有正义的世界上成为可能，这一切都使他成为人道主义者。……他被一种真正的道德感激励着，全身心地致力于探讨人生最基本的问题。……他不断地确认人类处境之荒诞，然而其背后却非荒芜的否定主义。在他那里，对于事物的这种看法得到一种强有力的命令的补充，即‘但是’，一种将要反叛荒诞的意志，他因此而创造了一种价值。”①

《鼠疫》是加缪的代表作，鲜明地体现了加缪的存在主义文学特征。

第一，《鼠疫》是一部书写人类生存之荒诞的作品，揭示了世界是人们无可逃离的“围城”。在欧洲历史上，曾经多次大规模地爆发过鼠疫和类似鼠疫的瘟疫，导致欧洲人口锐减。加缪在 1946 年创作的这部作品里，虚构了一个名叫奥兰的现代城市突发鼠疫的故事。加缪写作《鼠疫》，似乎在讲述病理学意义上鼠疫的危害，但作品所涉及的鼠疫却具有象征意味。首先，鼠疫象征着 20 世纪发生的腥风血雨的两次世界大战。作品中由于鼠疫的爆发而生灵涂炭的奥兰城，影射了遭到战争重创的整个人类社会。奥兰城中的鼠疫最后消失了，但是加缪警醒人类，两次世界大战虽然结束了，但战争或疾病等隐患仍然潜伏在世界的某个阴暗角落里伺机而动，肆无忌惮地掠夺人类的生命。奥兰城是一座围困人们的死亡之城，也成为将人类玩弄于股掌之间、与人类为敌的荒诞的世界的象征。生存在荒诞的世界中的人们灾难深重，他们不断遭受莫名的挫败和死亡的打击。生命的脆弱使他们感受到存在的无意义，并产生悲观厌世的情绪。但加缪并不主张人们逃向虚无缥缈的彼岸世界，而是要求人们关注此世的生存处境。

《鼠疫》法文版封面

第二，加缪在《鼠疫》中设定了人们陷入生存绝境的“极端境遇”，并描写了绝境中的人们奋发图强、争取生存权利的行动，进而提出了关于人类的自由选择的理论。在因鼠疫而被封锁的奥兰城里，死神的魔爪伸向每一个角落。城中的人们与外界隔绝，无法从外界得到有力的精神支持和充足的物质援助。死亡随时会降临在人们身上，人们逃无可逃，死亡的恐惧折磨着每一个人，生的希望变得越来越渺茫。此外，人们目睹身边的亲人、好友相继在重病中受尽折磨死去，生离死别的痛苦与被抛弃的无助感交织在一起。人类的精神逐渐变得扭曲疯狂，甚至走向自我毁灭。但《鼠疫》并不仅仅是要写

① 加缪．局外人 鼠疫．郭宏安，顾方济，徐志仁，译．桂林：漓江出版社，1990：667.

出人类的绝境，而是要激发人们的生命能量，唤醒人们的生命尊严感，促使人们进行自由选择来守护自身的生存。加缪设定的“极端境遇”，是与人们的生存选择相关的境遇。《鼠疫》中的人们没有沉沦下去，他们开始反思自我生存，并积极地寻求生存之道。人们决定置之死地而后生，奋起反抗，依靠自身的力量来解救自己。正是在生与死的考验中，人们不但得到精神上的淬炼与升华，而且学会了向他人敞开心扉和彼此坦诚相待。奥兰城解除封锁的日子，既是奥兰城的人们重新回归人类世界的标志，也是人们走出自我的心灵围城、共同建立和谐关系的开端。

第三，加缪在《鼠疫》中塑造了反抗荒诞的“荒诞的英雄”群像。加缪并不着眼于在纷繁复杂的社会环境和社会关系的激烈冲突中刻画人物性格，而是力图展现人们在整个人类生死攸关的共同处境中做出自由选择的艰难历程。加缪的“荒诞的英雄”指生存在荒诞世界中的人们，不甘于被荒诞的世界吞噬，他们极力反抗荒诞，以顽强的生命意志推动人类自身的发展与历史的进程。《鼠疫》中的“荒诞的英雄”的形象，并不是引领人类历史之发展进程的领袖，也不是有着颠倒乾坤之伟力的强者，而是在各行各业从事平凡工作的普通人。在《鼠疫》中，他们最初过着平淡如水的庸常生活，有着各自的人生遭际和人生烦恼。突如其来的灾难，暴露出他们身上的人性弱点。鼠疫对人们的身体与精神的摧残，使他们害怕、畏缩甚而变得颓丧绝望。但加缪致力于发掘这些微不足道的人们身上的英雄气质，并将他们塑造为反抗荒诞的“荒诞的英雄”群像。在加缪笔下，“荒诞的英雄”都有着顽强的生命意志、尊重和怜惜生命的美德以及自觉呵护生命的良知。正是对生命的珍视，使他们再也无法容忍鼠疫的肆虐。他们认识到，每个人都有责任捍卫生命。他们最终振作起来，克服对死亡的恐惧，抛弃个人的烦恼，毅然选择与灾难展开斗争。“荒诞的英雄”的坚韧刚毅和他们的所作所为，对人们产生强烈的感召力。越来越多的人加入对抗灾难的行列中，有的争分夺秒地寻找有效的治疗手段，有的主动成立防疫自救组织，有的则在做好自己的本职工作之余，为抗击鼠疫承担一些力所能及的事务，人们点点滴滴的行动逐渐汇聚为浩大的力量洪流。在与死神展开的不屈不挠的斗争中，“荒诞的英雄”表现出不畏死亡的英雄主义气概、无私忘我的牺牲精神和众志成城的合作精神。加缪在《鼠疫》中塑造的“荒诞的英雄”并非某个或几个特定的人物，而是指所有参与到这场斗争中的人，他们共同构成了反抗荒诞的英雄群像。加缪认定，社会生活中默默无闻的、普通平凡的人，才是创造世界和历史的力量。

第四，加缪在《鼠疫》中表达出他以爱来建设人类社会的理想，并力图创造爱的艺术。从本质上看，爱是对生命的守护，可唤醒人们生命的活力。人只有爱自己与他人的生命，才能付诸行动，担负起保护自我与他人生命的责任。从意义上看，爱能消除人与人之间的隔阂与对立，凝聚人类的力量，对威胁人类生存的各种邪恶力量进行抗争。人们在爱中放弃偏见，平等对话，达到相互理解。从目的上看，人们以爱为纽带联结起来，建构人们同仇敌忾、和谐共处的人类共同体。加缪将爱的理想灌注在艺术创作中，使《鼠疫》成为爱的艺术的典范。首先，爱的艺术与荒诞的艺术相对立。荒诞的艺术注重描绘个体对世界之荒诞的各种微妙感受，世界之荒诞似乎成为人们无法摆脱的宿命。对加缪来说，爱的艺术不能沉溺于对世界之荒诞的过度描绘，而是应以最简洁、最朴素的方式，展现出人们从逃避畏惧鼠疫到积极应对灾难的精神历程，叙写人们从相互隔膜到彼此相爱的情感变化。爱的艺术应在揭示人类生存的荒诞、促使人们直面荒诞的同时，激励人们反抗荒诞，将人类精神从荒诞的重压下解放出来。其次，《鼠疫》作为爱的艺术，是众音齐鸣的艺术。加缪在《鼠疫》中，采取了多层面叙述嵌套的方式，既赋予人们独立思考世界与生命的权利，也使众多的声音形成对话关系，并最终汇聚为人类热爱生命的共同呼声。加缪期待以爱的艺术转变荒诞的世界，将世界建设为人类栖居的乐土，让人类社会成为爱的天堂。

一、无可逃离的“围城”：人类生存的荒诞

加缪将荒诞视为人类与世界发生联系时的必然遭遇。人类和世界是独立的、互为异质的存在，对人类而言，人类与世界的关系是疏离的，而非和谐融合的。不仅世界中发生的各种事件总是与人类的主观意愿相对立，天灾人祸也接连不断，对人类生存构成巨大威胁。只要生而为人，无论高低贵贱，都无法阻挡各种灾难的侵袭和破坏。痛苦的折磨和死亡的打击，仿佛成为人类共同的命运。在《鼠疫》中，世界仿佛蕴藏着一股人类无法抗衡的破坏性力量，随时会喷涌而出，无情地剿杀人类生命，人类却只能听任世界的压迫和摆布。也就是说，荒诞既不是人类造成的，也不是内在于世界的本质，而是人类生存在异己的世界中必定会产生的感受。世界对人类来说是无法逃离的“围城”，人类在世界中的生存则成为令人不堪忍受的“囚禁生活”。

加缪在《鼠疫》中虚构了一种因瘟疫而造成的“围城”情境，以触目惊心的笔触展现了人类生存之荒诞。如果追溯加缪的创作，人们可以看到，这是作家对人类生存之荒诞思考的结晶。加缪扯下覆盖在人类生活之上的虚幻的浪漫主义面纱，淡然地叙述了人类生活的乏味无聊。人类生活中充斥着混杂凌乱、细碎平淡的日常琐事，人们每天都在围绕着这些琐事无谓地忙碌着，“起床，乘电车，在办公室或工厂工作四小时，午饭，又乘电车，四小时工作，吃饭，睡觉，星期一、二、三、四、五、六，总是一个节奏，在绝大部分时间里很容易沿循这条道路”①。人们对周而复始、机械麻木的生活感到厌倦，却又如行尸走肉一般得过且过。加缪在《局外人》中，讥讽地指出荒诞已经成为人类生活在世界中本有的“事实状态”，生命本身变得毫无意义。主人公默尔索认为，既然生活不可能有改变，那么改变生活的任何行动都是徒劳的，“未来的生活并不比我以往的生活更真实”②。默尔索失去了对生活的

① 加缪．西西弗的神话．杜小真，译．北京：三联书店，1987：15.

② 加缪．加缪文集．郭宏安，袁莉，周小珊，等，译．南京：译林出版社，2001：546.

激情，他按部就班地生活，拒绝承担对世界和生命的责任。默尔索抱着“怎么都行”的无所谓态度，对职业抱着勉强应付的心态，冷漠地对待亲情、爱情和友情。默尔索对明辨是非善恶不感兴趣，对身边发生的暴行无动于衷，也毫不在乎自己的行为的对错，最后糊里糊涂地开枪打死了阿拉伯人。默尔索受到法庭审讯时，感到人间法律和社会道德的荒唐无稽。人们只是按照道德标准和思维定式对他人做出判断，却毫不关注人类自身的情感体验和行为动机。默尔索在监狱中，体会到监狱与监狱外的世界并无二致：“我在牢房里过的总是同样的一天，做的也总是同样的事。”默尔索被判处死刑后放弃上诉，并不是要为杀人行为赎罪，而是要尽快与这个世界脱离关系。在默尔索看来，世界就是巨大的监狱，人类不过是被世界判决死刑的囚徒。既然人注定都将走向无望的结局，那么世界中发生的一切就都与他无关。活着不再是值得做的事情，活 30 岁与活 70 岁，甚至生与死都没有区别。在《局外人》《卡利古拉》《误会》等作品中，加缪着力展现僵化的社会道德、冷酷的自然法则和不公平的际遇对人类的压迫。人类就如《西西弗的神话》中的西西弗那样，在日复一日地推动不断滚下的巨石，人类世界则像晦暗无光的地狱，恶劣恐怖。而在《鼠疫》中，加缪以两次世界大战为背景，将人类世界演绎为囚禁人类的“围城”，将人类生存的荒诞形象化为大肆吞噬人类生命的鼠疫。

加缪认定，人类随时都面临着战争或疾病等重大灾难的威胁，无法选择自己的命运。《鼠疫》开篇就引用了 18 世纪英国作家丹尼尔·笛福的名言：“用另一种囚禁生活来描绘某一种囚禁生活，用虚构的故事来陈述真事，两者都可取。”[①] 从作品的字面内容来看，作品描写了一个瘟疫横行的故事。加缪含混而又明确地提到，故事发生的时间在“四十年代的某一年”，地点是在“法属阿尔及利亚沿海的一个省城”即奥兰城。[②] 加缪在这部作品中，将鼠疫与战争的爆发相提并论：“世上有过鼠疫的次数和发生战争的次数不相上下，而在鼠疫和战争面前，人们总是同样地不知所措。”[③] 加缪出版《鼠疫》时，第二次世界大战刚刚结束。可以说，作家描写鼠疫的肆虐，实则在批判两次世界大战对人类生活的破坏与对人类生命的摧毁。《鼠疫》开篇提到一个平淡无奇、毫不出众的奥兰小城，并指出这个城市与其他城市并没有什么不同。奥兰城是个现代商业城市，城中的人们辛勤工作，他们终日忙于做生意和赚钱，闲暇时间也有娱乐。此外奥兰城的居民与世界上的芸芸众生一样，没有异乎寻常的大善大恶之人，他们行为节制，对外来游客坦率友好。但在加缪看来，奥兰城是缺乏灵魂的城市。奥兰城中的人们平庸乏味，除了安于日常生活以外，他们对其他的事情漠不关心，很少思考生命、爱与存在等问题。加缪刻意强调奥兰城的毫无特点和缺乏情趣，旨在强调，奥兰城出现的鼠疫，

① 加缪．加缪文集．郭宏安，袁莉，周小珊，等，译．南京：译林出版社，2001：235.

② 加缪．加缪文集．郭宏安，袁莉，周小珊，等，译．南京：译林出版社，2001：235.

③ 加缪．加缪文集．郭宏安，袁莉，周小珊，等，译．南京：译林出版社，2001：263.

并不能以宗教或道德说教中的罪—罚模式来解释。这场惨绝人寰的瘟疫并非由于奥兰城人作恶多端而招致的惩罚，而是一场没有任何来由的、人类无法预料的无妄之灾。这意味着，毁灭人类的灾难，在世界的任何地方、任何时间都有可能发生。鼠疫的突然降临打乱了人们一成不变的生活秩序，死亡的肆虐令人不知所措。作品在简单的开场白后，直接切入主题，叙述奥兰城鼠疫。奥兰城中死去的老鼠随处可见，人的死亡数量也在急速攀升。看门人米歇尔身患鼠疫死亡，预示着地狱之门打开了。奥兰城被封锁后，城中的人们无一例外地成为“囚徒”。人们每天眼睁睁地看着亲人患病死去却无能为力，每一个人的内心都充满了对死亡的恐惧。人们陷入生死不定、希望破灭、未来惨淡的绝境，他们漫无目的地生活着，整天无所事事地游荡。随着鼠疫的迅速蔓延和疫情的急剧恶化，鼠疫的结束变得遥遥无期。每个人的生活都开始与鼠疫密切相关，人们的生活内容简化为及时行乐或等待死亡，奥兰城变成了死气沉沉的人间地狱。

加缪在《鼠疫》中选择被认为已经绝迹的鼠疫作为写作素材，意在指出，世界并不像人类确信的那样属于人类，世界对于人来说是陌生的。人类生存在世界中，必然体会到身处异乡的流放之感。在这个意义上，加缪认定人们生存的荒诞具有超时间性。加缪谈到《鼠疫》的创作动机时说：“我想通过鼠疫来表现我们每个人所遭受的窒息，表现我们曾在其中生活过的那种被威胁和流放的氛围。同时我也想将这一阐释扩展到人类存在的普遍状况。”① 鼠疫在人类历史上多次大规模流行，造成大量的死亡。时至20世纪，人们认为鼠疫在人类生活中已经销声匿迹。人们相信社会的进步和科学的发展，对人类未来充满信心，但世界上发生的各种灾难，却能轻易地摧毁人类拥有的一切。加缪写作《鼠疫》，并不在于预言鼠疫的发生，而是强调，灾祸会在人们毫无察觉时突然袭击人们的生活。在加缪看来，正是人类盲目的乐观和自信，使人们在灾难面前不堪一击。加缪警示道，人们应当防范疾病、战争等天灾人祸的卷土重来，而不是沉浸在不切实际的幻梦中束手待毙。《鼠疫》通过主人公里厄医生的想象，由奥兰城的鼠疫回溯人类历史上爆发过的鼠疫。里厄医生凭借扎实的医学专业知识和丰富的行医经验，将奥兰城中的瘟疫确定为鼠疫。随即，人类历史上多次鼠疫造成的死亡人数，在里厄医生脑海中浮现出来。里厄医生根据抽象的数字，想象着鼠疫横行之下尸横遍野的恐怖景象。里厄医生的想象看似荒诞，却说明了鼠疫的残酷性，并预示了奥兰城中人们的悲惨命运。在《鼠疫》中，主人公的想象与无情的现实错杂在一起。里厄医生的想象性场景，在奥兰城的鼠疫达到高峰时，逐步变成现实。里厄医生不敢想象而中断的场景，则触目惊心地在现实中上演。人们的公共生活场所被临时用作墓地，葬礼由烦琐到简单，这一切都在表明死亡人数以超乎人们想象的速度与日俱增。加缪有意地将奥兰城的鼠疫与历史上的鼠疫混同起来，仿佛奥兰城的鼠疫是历史上鼠疫的重现，或者说鼠疫穿越时间和地点，在人

① 托德．加缪传．黄晞耘，何立，龚觅，译．北京：商务印书馆，2010：325.

类生活中屡屡大发淫威。《鼠疫》正是通过历史上鼠疫爆发的情景与奥兰城中各种事件的重叠，突出人类生存的荒诞的超时间性。人生在世，无论身处何时何地，都必然会遭遇生存的荒诞。

加缪在《鼠疫》中将鼠疫自然化，突出人类生存荒诞的非历史性，指出人类的文明和行动对战胜人类生存的荒诞是毫无帮助的。加缪将鼠疫比喻为"就好像负载我们房屋的大地正在清洗它的体液，让直到现在为止在它内部作祟的疮疖和脓血，升到表面来发作"[①]，灾难的到来仿佛是自然界自我净化的结果，与人类意愿无关，也是人类无法抗拒的。此外，加缪将鼠疫拟人化，鼠疫"几天之内就大乱起来，就像一个身体健壮的人，他那浓厚的鲜血突然沸腾起来，造起反来"[②]。也就是说，人类是自然界的一部分，人类的身体必然受到自然规律的支配。人类生存荒诞的非历史性在于，人类生存的荒诞贯穿在人类历史之中，而不是某个历史阶段的特定现象。加缪在《鼠疫》中展现，在鼠疫等灾祸不期而至时，残酷的现实总是将人类的幻想和企盼击得粉碎。《鼠疫》中描写歌剧《俄耳甫斯与欧律狄刻》的演出场面，展现鼠疫对人类文明的无情嘲弄。歌剧《俄耳甫斯与欧律狄刻》取材于古希腊神话，讲述的是俄耳甫斯前往地狱请求冥王放回爱妻欧律狄刻的故事。俄耳甫斯是个善弹竖琴的歌手，他的音乐有神奇的魅力，能使天地万物动容。他的妻子欧律狄刻被毒蛇咬死，俄耳甫斯到地狱去，他的琴声和歌声感动了冥王，于是获准将欧律狄刻带回人间。但是俄耳甫斯在离开地狱之前，没有能够遵守冥王关于不准回头的禁令，情不自禁地回头看欧律狄刻，结果欧律狄刻永远地留在了地狱。在鼠疫流行期间人心惶惶的时候，这出歌剧受到人们的欢迎，连续上演多次。或许，这部歌剧的表演和观看是一个祈求冥王的仪式，即：所有的人都像俄耳甫斯那样，在恳求冥王将生命还给人类。但是俄耳甫斯的表演者在舞台上动作不稳，唱腔出现了越来越多的失误，后来在舞台上倒了下去。这个演员感染了鼠疫并在观众面前死去，让所有的观众与死神打了个照面。这部歌剧的演出，似乎转换为鼠疫尽逞威风的场面。死亡不仅将人类的文明踩在脚下，而且毫不怜悯地摧残人类生命，正如歌剧院中出现的混乱恐慌的景象："从一个古怪地弯曲着四肢的蹩脚演员身上看到了降临在舞台上的鼠疫，而这时剧场里一切豪华的装饰品，比如那些被遗忘的折扇和红色椅子上的凌乱的花边织物都变成了一无用处的废物。"[③] 加缪指出，人类的行动同样无法阻挡鼠疫的蔓延和扩散。人们不愿毫无作为，决定积极展开救治工作。人们夜以继日地研制遏制鼠疫的血清，千方百计地挽救病人的生命，但是鼠疫将人类的一切努力化为乌有，疫情非但没有缓解，反而更加令人担忧。死亡人数呈级数上升，焚尸炉的火焰终日不熄，向人类宣告鼠疫不可战胜的威力。人类的精湛医术与研制的抗病药物，只有在鼠疫的威力自行消减时才能

---

① 加缪．加缪文集．郭宏安，袁莉，周小珊，等，译．南京：译林出版社，2001：246.
② 加缪．加缪文集．郭宏安，袁莉，周小珊，等，译．南京：译林出版社，2001：246.
③ 加缪．加缪文集．郭宏安，袁莉，周小珊，等，译．南京：译林出版社，2001：387.

奏效。鼠疫来势汹汹地打击人类，扼杀无数鲜活的生命，接着消失得无影无踪。在作品结尾，鼠疫结束了，加缪却对世人发出警告：灾难总是潜伏在人类生活中，“也许有朝一日，人们又遭厄运，或是再来上一次教训，瘟神会再度发动它的鼠群，驱使它们选中某一座幸福的城市作为它们的葬身之地”[①]。

在《鼠疫》中，经历了鼠疫浩劫的奥兰城成为人们无法逃离的“围城”的象征，城中人们的被囚禁生活便是整个人类命运的缩影。人们生活在“围城”中，永远无法预知灾难的来临，只能被迫承受致命的浩劫。在加缪看来，人类只有对生活中的重重灾难毫不畏惧，调动人类自身顽强的生存意志，才能找到通往未来的出路。既然人类生存的荒诞是非历史的，那么反抗荒诞的行动也就贯穿在人类历史中。

二、“极限处境”：自由选择之始

加缪在《鼠疫》中注重对“极限处境”的设计，作家将人类置于大祸临头、生死攸关的危急时刻，迫使人们在生存与毁灭之间做出抉择。加缪笔下的“极限处境”，是人类生命濒临毁灭从而与人类自由选择相关的处境。《鼠疫》中的“极限处境”，表现为三个层面的冲突：个人幸福与公众利益的冲突，关于生活意义的理论与生活本身的冲突，宗教信仰与人类行动的冲突。人们在“极限处境”中历经痛苦、磨难与困惑后，在个人幸福与公众利益的冲突中，确立了爱人如己的原则；在生活本身与阐释生活意义的理论学说的冲突中，人们认识到以生活本身来引导理论阐释的必要性；在宗教信仰与人类行动的冲突中，人们坚定了付诸行动以拯救自我的信念。对加缪来说，人类只有在“极限处境”中做出自由选择，才能反抗生存的荒诞、寻求生存之道，并实现人类的自我完善。

加缪在《鼠疫》中设计的“极限处境”，显现出个人幸福与公众利益的冲突，促使人们考量个人幸福与公众利益的关系。加缪在《鼠疫》中描写了记者朗贝尔态度的转变，为人们的自由选择指引方向。朗贝尔来到奥兰城搜集新闻资料，由于城市封锁而滞留此地。他希望离开奥兰城，与城外的热恋情人重逢，追求自己的幸福。朗贝尔屡次提出请求，但都被当局部门拒绝，便向里厄医生求助。里厄医生出于职业责任感，不同意为朗贝尔出具离城所需的相关证明。朗贝尔气愤地指责里厄医生，提出“公众利益也要以个人幸福为基础”[②]，坚持人们追求个人幸福是理所应当的，认定为公众利益而牺牲个人幸福是不值得的。朗贝尔将个人幸福与公众利益对立起来，并坚持个人幸福的优先性。如果个人幸福与公众利益发生冲突，那么个人幸福应该高于公

① 加缪．加缪文集．郭宏安，袁莉，周小珊，等，译．南京：译林出版社，2001：477.

② 加缪．加缪文集．郭宏安，袁莉，周小珊，等，译．南京：译林出版社，2001：301.

众利益。显然加缪在继续探讨《误会》等早期作品中的主题，即在个人幸福与他人权利之间，人类应当如何抉择。加缪肯定人类个体的生存诉求，人们都有权追求自己的梦想。但是，如果人们为了自己的幸福而损害他人的利益，那么人类社会必将分崩离析。在《误会》中，主人公“让”多年后回到荒凉破败的家乡，准备接母亲和妹妹玛尔塔去海边生活。让还没有来得及说出他的打算，就被开黑店的母亲和妹妹杀死。在作品中，自私无厌的欲望和残忍罪恶的行径，将母亲和妹妹变成了铁石心肠的恶魔。玛尔塔不甘心困守闭塞的家乡，她毫不留情地杀死留宿的房客并抢劫他们的钱财，希望有朝一日离开这个偏僻的地方，过上梦寐以求的海边生活。母亲认定自己有责任帮助女儿实现心愿，参与了女儿杀人劫财的勾当。老眼昏花的母亲没有认出自己的儿子，玛尔塔却在让出示护照时已经知道了哥哥的身份。良知泯灭的玛尔塔并不打算收手，而是不顾一切地要达到自己的目标：“为了得到我渴望的东西，我相信会踏碎路上碰到的一切。”[1] 母亲得知真相后自尽，玛尔塔最终感受到罪恶带来的孤独和被流放在自己家园里的绝望。加缪认为，当人们把个人幸福与他人权利隔离开来，人便会游离在人类社会之外，无所顾忌地践踏社会道德。对加缪来说，让“局外人”回到人类社会，他们才能体会到自己是人类社会中的一员，并自觉地杜绝自相残杀的行为。在《鼠疫》中，朗贝尔千方百计地准备离开奥兰城，他四处打探离城的门路。为了获得相关证明文件，他开始协助防疫自救队。在筹划离城的过程中，他见证了奥兰城里的幕幕惨剧。朗贝尔一度感到身体出现了鼠疫的某些症状，疑心自己患上了鼠疫。这种惶恐让朗贝尔明白，身在鼠疫流行的地区，鼠疫带来的心理压力也可能压垮人的精神。朗贝尔开始认真考虑从疫区逃离的后果，一旦患病，他就很可能成为传播疾病的罪人。此外，逃离奥兰城的轻率之举将让他终生蒙受耻辱，并可能葬送他的个人幸福。朗贝尔认识到个人幸福与公众利益息息相关，他不再把自己视为与奥兰城、与鼠疫无关的人。最终他放弃了通过非法途径偷偷出城的计划，加入了抗击鼠疫的队伍。或许公众利益与个人幸福相比，的确是抽象概念，但是每天无数的人在死去，却是近在眼前、无法否认的事实。就活着的人来说，他们已经是身体或精神上的潜在的鼠疫患者，不过稍微拖延了患病和死亡日期而已。里厄医生和塔鲁舍身忘我地救治病人的行为，为朗贝尔明确了行动的方向。里厄医生在个人幸福与医生职责之间选择了后者，进一步驱散了朗贝尔思想中的迷雾。里厄医生将生病已久的妻子送到山区疗养院，为了履行医生职责而坚守在奥兰城。朗贝尔从里厄医生身上认识到，人们追求个人幸福是对自己的爱，维护公众利益则是对人类之爱，两者之间并不对立。人与人是相互依存的，每个人的命运与人类群体的存在密不可分。如果人类整体走向毁灭，那么个人幸福也将灰飞烟灭。只有保全人类的共同权益，个人幸福才能得到保证。朗贝尔不愿意无所作为地等待死亡，因而加入医疗防疫队，直待到鼠疫结束。加缪通过里厄医生的选择

---

① 加缪．正义者．李玉民，译．桂林：漓江出版社，1985：33.

和朗贝尔的转变，将爱人如己作为人类自由选择的原则。加缪认定，公众利益是个人幸福的基础，人们在维护公众利益的前提下才能追求个人幸福。

加缪认为，19世纪以来人们致力于探询人类生活的意义，他们根据逻辑推理进行阐释，得出存在无意义的结论。加缪认为，诸如此类的理论学说在某种程度上代表着人们的生存感受，但人们却将之当作颠扑不破的“真理”，甚而以之取代对生活的真实体验。在加缪看来，只有当人们的生命处于岌岌可危的“极限处境”中，人们才能将阐释生活意义的理论学说与生活本身区分开来，从而亲身进入生活并找到生活的真义。在《鼠疫》中，加缪通过主人公塔鲁在生命意义问题上的困惑和探求，强调人类应当为生活而活着，而非为所谓的真理而活着（或者为所谓的真理而放弃生命）。塔鲁青年时代过着无忧无虑的生活，但是旁听了父亲主持的一场刑事法庭审理后，他的内心受到了激烈的震荡，从此对法庭、处决、死刑等深恶痛绝。他无法将日常生活中举止合宜的父亲与掌握人们生死大权的法官联系起来，更不能理解为什么一个人有权力以社会的名义决定他人的生死。他认为，人类社会本身有着对死亡的嗜好，总是为剥夺他人生命的正当性寻求理由。加缪塑造的塔鲁形象，在一定程度上浓缩了作家对现代西方文化的思考。在加缪看来，现代西方文化既展现了荒谬，又在用荒谬诱惑人类，导致了荒谬的不断循环。① 俄国作家陀思妥耶夫斯基《群魔》中的主人公基里洛夫用自杀的方式，证明人类有阻止自然规律、主宰自己生命的能力，向上帝和自然宣告人的神圣权利。基里洛夫反抗荒谬，却扮演着荒谬的角色。基里洛夫探寻生命的意义，却沿着生活意义的逻辑推理而走向坟墓。基里洛夫的形象展现了西方现代文化的内在荒谬，即以逻辑推理的方式生产出来的生活意义是背离生命本身的，或者说，生命成为人类捍卫所谓真理的手段和工具，生命本身却变得可有可无。加缪指出，陀氏笔下的其他人物都在实践这种荒谬的真理，如《罪与罚》中的拉斯柯尔尼科夫等，不同的是，他们走上另一条道路，即为实现社会“正义”而杀人。加缪指出，以“生活意义的逻辑推理”指导生活本身，从根本上来说是本末倒置的。如果说人们要在为生活赋予某种意义的理论中寻找生活的理由，那么人们就可能为了某种悬而未决的“真理”随意弃置生命，甚至醉心于“由面对存在的清醒过渡到要脱离光明的逃遁”的死亡的游戏。② 在加缪看来，陀氏揭示了人们狂热地追求生活的意义却使世界变得冰冷的现代魔咒。③ 加缪笔下的塔鲁则否定“合理杀人”的理论与行为，在他看来，人类社会所宣扬的真理和正义都包含着欺骗性和非正义。塔鲁为世上的杀戮感到不平，断言人们对“合理杀人”理论的认同本身就是人们精神的“鼠疫”。他把人类社会分成施害者和受害者两种人，前者在不断制造后者的死

① 加缪在《西西弗的神话》中，将荒谬的情感与荒谬的哲学区分开来。荒谬的情感主要指西方文化中出现的悖论对人类精神造成的痛苦。而荒谬的哲学指的是对世界与存在之荒诞的总体性认识。这段文字是从荒谬的情感的角度上来说的。

② 加缪．西西弗的神话．杜小真，译．北京：三联书店，1987：4.

③ 加缪．西西弗的神话．杜小真，译．北京：三联书店，1987：144.

亡。塔鲁断定施害者在人类社会中占有绝对优势，因为受害者也有可能变成施害者，也就是说，人人都在有意无意地参与杀人。塔鲁深切体会到了西方现代文化中的反人类、反生命的因素，认定自己也在参与杀人。面对社会的非正义，塔鲁拒绝当“一个合格的杀人凶手”，而是坚持“站在受害者的一边，以便对损害加以限制”[①]。塔鲁决定将自己从人类社会中流放出去，做一个“无罪的杀人者”。然而塔鲁在奥兰城爆发鼠疫期间，意识到整个人类正在成为鼠疫的受害者。无论是对无情攫取人类生命的鼠疫，还是对侵蚀人类社会和人类精神的“鼠疫”，如果人们采取置身于社会生活之外、无所作为的态度，那么人们都不但不能遏制形形色色的鼠疫的疯狂进攻，而且将使人类自身堕入万劫不复的深渊。塔鲁看到这一点后，决定重新面对生活本身。他认识到，虽然存在是无意义的，但这并不等于人们就不值得活下去。人类生活的意义并不存在于根据逻辑推理而构想出来的海市蜃楼中，而是存在于人们为生活而付出的努力中。塔鲁进而从里厄医生身上汲取精神的力量，力图从生活本身出发，追求生命的意义。对里厄医生来说，人类对世界一无所知，那么人类不能先于生活而思考世界与生活。人类应当“走在真理的道路上：同客观事物作斗争”[②]，即人类的思考和抉择都是在实实在在的生活中进行的，是在与各种灾难和谬误的斗争中进行的。里厄医生清醒地知晓，人类的力量并不足以战胜灾难，但人类不能因为遭受的挫折和失败而停止斗争。里厄医生的实干精神和镇定从容的神情，对塔鲁触动很大。最后塔鲁洞悉了生活的本质，即人类在生活中脚踏实地，才能真正地认识自己和弄清生命的意义，获得内心的安宁。

加缪在《鼠疫》中指出，人类应当承担对自身的责任，在现实生活中付诸行动，而不是将希望寄托于彼岸世界。作品描写了帕纳卢神甫在鼠疫期间做过的两场布道以及帕纳卢神甫的去世，意在说明，如果宗教信仰无视残酷的现实，那么宗教信仰对改变人类生存状况就毫无用处。帕纳卢神甫的两次布道，表现了帕纳卢神甫宗教观念的变化。在第一场布道中，帕纳卢神甫以基督教教义来解释鼠疫发生的原因。他提出，鼠疫在人类中间的迅速蔓延，是人类罪有应得。人们沉湎于尘世生活，疏忽了对上帝的信仰，因而受到上帝的惩罚。在帕纳卢神甫的布道中，鼠疫被归于上帝的潜在意图。上帝让人类饱受痛苦，旨在使人类认识到尘世生活的缺陷。人们想要得救，就应放弃尘世生活，回到上帝的怀抱。然而当帕纳卢神甫目睹了染病的孩子在挣扎中死去的惨状后，他不再坚持人类因罪恶而受罚的理论。如果鼠疫惩罚罪恶多端的人，那么无辜的孩子为什么要遭受痛苦的折磨？可见，鼠疫的爆发与所谓的因果报应无关，而宣扬人们将在天堂享受福乐、人间痛苦得到弥补之类的说辞更是荒谬绝伦。在第二场布道中，帕纳卢神甫不再解释鼠疫的原因，而是要求人们从无情的现实转向虔诚的信仰。从某种程度上来说，无情的现

① 加缪．加缪文集．郭宏安，袁莉，周小珊，等，译．南京：译林出版社，2001：432.

② 加缪．加缪文集．郭宏安，袁莉，周小珊，等，译．南京：译林出版社，2001：333.

实使帕纳卢神甫陷入了信仰危机。上帝创造的世界变成了瘟神当道的地狱，这似乎在证明上帝的无能或上帝的残忍。但帕纳卢神甫面对信仰与现实的冲突，却采取了更为极端的宗教立场。在全盘否定信仰还是全盘接受信仰之间，帕纳卢神甫选择了后者。鼠疫对人类的摧残和对世界的破坏是人类理性难以解释的，唯其如此，上帝的圣意显现出来。人类应当更虔诚地将自己交托给上帝，接受上帝对人类的考验。根据帕纳卢神甫的布道，上帝对人类的爱是永恒的，人们只要充分相信上帝的安排，无须寻求解决办法。或许帕纳卢神甫不愿亵渎对上帝的信仰，于是便以极端的方式表明对上帝的忠诚；或许帕纳卢神甫看到了人类在灾难降临时的任性妄为，故而要求人们以信仰进行自我约束；抑或帕纳卢神甫明白恐惧对人类精神的破坏，故而劝诫人们坚持对上帝的信仰，意在让人们在对死亡的恐惧中保持内心的平静。但在加缪看来，盲目的宗教信仰和空洞迂腐的宗教说教迎合了人们听天由命的消极情绪，无助于改变人类的处境。如果人们听任鼠疫蔓延与扩散，那么人们将看到更多无辜生命的痛苦与消亡。这将加剧人们内心的恐慌和人类社会的动荡，进而导致人类在绝望中做出自我毁灭的举动。换言之，毫不顾及人类生存之迫切需要的宗教信仰，最终将会走向虚无。显然帕纳卢神甫意识到信仰在现实面前的无所作为，但是他难以克服内心的信仰危机。最后帕纳卢神甫在疑似鼠疫的疾病中死去。在加缪看来，宗教的意义不在于谴责人类罪恶，更不是以虚幻的彼岸世界安慰人们，使人们忘却对此世的责任。上帝对人类的恩典与爱，应当是赋予人们战胜灾难的信心和勇气，促使人类付诸行动来拯救自己。加缪批判帕纳卢神甫“研究学问……代表一种真理在讲话”[①]，实际上是不满于西方文化中的灵魂与肉体的二分法。在加缪看来，西方文化重视灵魂而贬抑肉体，这是对人类生命的蔑视。因而加缪推崇人类的行动，提出“任何一种道德、任何一种努力都不能先验地证明自己是正确的”[②]。但是加缪深知，人们为反抗生存的荒诞，有可能以形而上的自由为名，任意摧残人类肉体，从而由一种荒诞滑入另一种荒诞。《卡利古拉》中的古罗马暴君卡利古拉意识到，残酷无情的自然法则主宰着人类，死亡将人的存在变成非存在：“我周围的一切，全是假象；而我，我要让人生活在真实之中！”[③] 卡利古拉渴望实现世界的永恒和绝对的自由，发誓“要铲除自相矛盾者与矛盾”，“要使不可能变为可能”。卡利古拉认为，人类只要抹杀好与坏、美与丑、正义与非正义、伟大与卑下的界限，就能超越神明，凌驾于世界之上，操纵世界的秩序与人类的生命。卡利古拉决意撞击自然法则的荒谬之墙，自称要担当人类的启蒙者和解放者。卡利古拉利用独断专制的权力，教导人类去认识世界的“把人的生命碾成齑粉的无情逻辑”[④]。卡利古拉暴虐无度，滥杀无辜，迷失在反抗荒诞的眩晕中。最终卡利古拉众叛亲离，遭到暗杀。在加缪看来，卡利古拉

---

① 加缪．加缪文集．郭宏安，袁莉，周小珊，等，译．南京：译林出版社，2001：332.

② 加缪．西西弗的神话．杜小真，译．北京：三联书店，1987：19.

③ 加缪．正义者．李玉民，译．桂林：漓江出版社，1985：73.

④ 加缪．正义者．李玉民，译．桂林：漓江出版社，1985：156.

希望通过摧毁人类肉体，张扬人类精神的绝对自由，但这种反抗“不是向往，而是无希望地存在着……不过是确信命运是一种彻底的惨败”[①]。加缪肯定人类的肉体，强调人类生命依存于肉体，“即使是受屈辱的身体，它也是我唯一确认的东西。我只能依靠它为生。这被造物是我的家乡”[②]。加缪通过里厄医生的形象，提出呵护人类身体的思想。从医多年的里厄医生并不相信上帝万能，也不赞同将人们遭受苦难视为获得幸福的代价的主张，“我是处在黑夜里，我试图在黑暗中看得清楚些”[③]。里厄医生对人类的疾苦有着深切的体会，也深知人类的苦弱。里厄医生在诊治鼠疫病人时愈发认识到，生命是人类生存的根基。里厄医生感到，鼠疫对人类身体的折磨是对生命最大的侮辱。他认定人类行动应当为拯救人类生命而奋斗，并将“把本位工作做好”确立为自己的使命。

鼠疫消除了人与人之间的一切差别，将小城里的所有人都置于生死存亡的紧要关头，“围城”处境更将人们抛入无依无靠的境地。在加缪看来，人类在“极限处境”中的自由选择，才能彰显人类生命的至高无上的价值。人类必须立足于此世，尽其所能地生活，毫不屈服地与威胁人类生存的各种力量和灾难展开斗争，以人类生存为目标去追求自我超越。

三、反抗荒诞的英雄群像

加缪认为，虽然生存的荒诞是人类注定的命运，但有着顽强生存意志的人类，必然不会屈服于命运的淫威。加缪曾说“我反抗，故我们在”[④]，作家将人类对荒诞的反抗与人类的存在联系起来，并在《鼠疫》阴森恐怖的图景中塑造出了反抗荒诞的人类形象。加缪笔下的“荒诞的英雄”，并不是力挽狂澜的领袖或超乎常人的英雄，而是来自各行各业的普通平凡的人物。在鼠疫爆发之前，他们从事着自己的工作，也有着个人的困惑、烦恼与痛苦。鼠疫爆发后，他们开始将个人烦恼置于一旁，在“对亲密友爱的要求”和“对光明的渴求”[⑤]的深层欲望的作用下，“从希望结束的地方起步”[⑥]，以人类整体生存为目标、以人类友爱为纽带，不屈不挠地反抗生存的荒诞，共同创造人类的未来。

荒诞的英雄，是加缪根据古希腊神话中西西弗的故事塑造出来的。在《西西弗的神话》一文中，加缪将西西弗称为反抗荒谬之法则的“荒诞的英

① 加缪．西西弗的神话．杜小真，译．北京：三联书店，1987：67.

② 加缪．西西弗的神话．杜小真，译．北京：三联书店，1987：113.

③ 加缪．加缪文集．郭宏安，袁莉，周小珊，等，译．南京：译林出版社，2001：332.

④ Camus. The Rebel：An Essay on Man in Revolt. Anthony Bower，trans. New York：Vintage，1956：22.

⑤ 加缪．西西弗的神话．杜小真，译．北京：三联书店，1987：20.

⑥ 加缪．西西弗的神话．杜小真，译．北京：三联书店，1987：100.

雄”。希腊神话中，西西弗欺骗戏弄诸神，被罚将一块巨石推上山顶，但是石头不断滚落下来，于是他不得不无休无止地重复这种无效无望的劳动。加缪则将先贤的智慧与现代英雄主义汇聚于西西弗的形象，以此界定西西弗形象的意义。西西弗“藐视神明，仇恨死亡，对生活充满激情”，因而他遭受着用言语难以描述的非人折磨。[①] 西西弗体现出来的先贤的智慧在于，西西弗热爱生命，拒绝死亡，为此敢于与诸神作对，即便付出在地狱被罚受苦的代价也毫不退缩。西西弗体现出来的现代英雄主义在于，西西弗不再是对诸神倨傲自满自大的人，也不再是被动地接受惩罚的罪人，而是对人类自身的命运有着清醒的认识从而主动承受自己命运的英雄。西西弗参透了生命的奥秘，即人类自身的痛苦源于对幸福的憧憬。不断滚落的巨石象征着人类追求幸福而必然经历的失败，人类推动石头则象征着人类果敢刚毅地迎接无所不在的挑战，坚韧不拔地实现自身的存在。加缪通过西西弗形象认定，人类在反抗命运的斗争中才能获得幸福，这正是生活的坚实基础所在，“幸福与荒谬是同一大地的两个产儿”[②]。加缪也由此改变了命运的内涵，人类的命运不再是由希腊神话里冥冥之中的神秘力量决定的，也不再被纳入基督教的上帝拯救世界的计划中，而是人类在奋斗拼搏的过程中创造出来的。这种创造就“体现在西西弗斯无成果也无终点的劳作中”[③]，但加缪肯定了人类的无望却不懈的劳作。在加缪看来，这彰显了人成其为人、人是自身命运和生活之主人的荣耀。

加缪在《鼠疫》中塑造反抗荒诞的“荒诞的英雄”群像，表现出加缪对“荒诞的英雄”理解的深化。在《西西弗的神话》中，西西弗是孤独的英雄。加缪在艺术创作的过程中发现，孤独的人不足以成为反抗荒诞的英雄，反而会误入歧途并成为倾覆人类社会的罪人。从加缪的作品来看，人的孤独主要来自三种情况：其一，社会对人本身的漠视（《局外人》）；其二，恶劣的生存环境对人的孤立（《误会》）；其三，死亡对人的生命的无情毁灭（《卡利古拉》）。可见，孤独是人类生存在世界上而产生的危机意识，是荒诞的一种表现形式。人们不甘于被荒诞吞没而进行反抗，但他们在孤独中找不到通往未来的道路，他们的所作所为或导致自我毁灭，或造成人类世界的分崩离析。《局外人》里的默尔索愤恨社会生活僵化空洞的形式，他毫无目标地虚度时日，甚而莫名其妙地开枪杀人。《误会》中的玛尔塔为改变自己的命运而将至亲送上黄泉之路，最终她无法忍受罪恶带来的孤独而自尽身亡。卡利古拉为报复生存的孤独，不惜毁灭整个人类世界。加缪认为，孤独在人类的内心世界中构筑了“围城”，人类成为自己的囚犯。[④] 如果说默尔索、玛尔塔和卡利

① 加缪．西西弗的神话．杜小真，译．北京：三联书店，1987：157.

② 加缪．西西弗的神话．杜小真，译．北京：三联书店，1987：159.

③ 阿隆森．加缪和萨特——一段传奇友谊及其崩解．章乐天，译．上海：华东师范大学出版社，2005：98.

④ 加缪．置身于苦难与阳光之间：加缪散文集．杜小真，顾嘉琛，译．上海：上海三联书店，1997：24.

古拉等人物都有着遗世独立的恶魔气质，那么加缪在《鼠疫》中着力展现的却是，普通平凡之人也会在孤独中逐渐远离社会，并对人类社会造成重大危害。有犯罪案底的科塔尔宁愿上吊自杀，也不愿成为与社会隔离的单身囚徒。但是为了逃避人间法律的制裁，科塔尔只能隐藏自己的身份和行踪，孤独地游走在社会边缘。鼠疫的出现使人们无暇追究科塔尔的罪责，科塔尔如释重负，从随时会被逮捕的焦虑中解脱出来。科塔尔一扫往日的垂头丧气，泰然自若地活跃在大街小巷。与整天生活在忧惧中惴惴不安的人们相比，科塔尔生气勃勃，变得殷勤慷慨。他在鼠疫期间如鱼得水，利用当时物质匮乏的状况，从事投机生意，大发横财。鼠疫将所有的人围困起来，科塔尔在人们身上看到了自己曾经历过的惊慌与恐惧，他带着报复心理从中寻找乐趣。科塔尔与全城的人们一起寻欢作乐，或许人们是为摆脱鼠疫带来的心理压力，科塔尔却享受着放荡不羁的快感，正如塔鲁所评价的那样："鼠疫使这个不甘孤独的人成了他的同谋者。是的，很明显，是一个同谋者，而且是一个乐此不疲的同谋者。"[①] 但是在鼠疫即将结束时，行政机构对科塔尔展开的调查，使他再度陷入惶恐不安中。在人们欢呼庆祝胜利时，科塔尔却像快乐的旋律中不和谐的音符。他的精神在害怕被捕的惊恐中濒临崩溃，他躲在家中向进入房屋大门的人疯狂地开枪，后被警察制服。加缪指出，人类的身体遭到疾病的威胁，变得脆弱不堪，精神的病态狂乱同样会使人沉沦。加缪在《鼠疫》中揭示了孤独的深层含义：人类的苦难是无所不在的，既然人类注定是在苦难中凝聚为共同体的，那么任何企图超脱苦难或置身于苦难之外的人，都有可能成为新的灾难的始作俑者。从这个意义上说，人类生存的荒诞，既来自与世界的关系，也与人类自身的偏执以及人类在孤独中产生的盲目性有关。沉溺在孤独中的人们不可能反抗荒诞，反而会把人类社会变成群魔乱舞的世界。加缪认识到，人们回到人类社会，相互理解，携手共进，才能反抗荒诞，改变满目疮痍的世界。

《西西弗的神话》中的西西弗在凄清寂静的地狱里，坚忍地对抗乖谬的命运，但加缪在《鼠疫》中则围绕着人们对待鼠疫的态度，立足于人与人之间的关系，塑造"荒诞的英雄"群像。加缪并不刻意刻画人物鲜明的性格特征，而是注重他们在相互关系中所发生的观念和思想上的变化，并描述这些变化对他们的行动产生的影响。他们在对抗鼠疫的斗争中并肩作战，摆脱了个人的孤独，并在相互理解中明确了生活的方向和生活的意义。加缪以里厄医生为中心人物，但是着眼于表现里厄医生与其他人物以及其他人物之间相互影响的关系，力图塑造反抗荒诞的英雄群像，以此表达对人的本真存在的信念，即"人就是他自己的目的，而且是他自己唯一的目的"[②]。

加缪将里厄医生作为"荒诞的英雄"群像的中心人物，并在里厄医生与其他人物的关系中写出里厄医生的困惑和思考，展现一位品德高尚、意志坚

① 加缪．加缪文集．郭宏安，袁莉，周小珊，等，译．南京：译林出版社，2001：384.

② 加缪．西西弗的神话．杜小真，译．北京：三联书店，1987：115.

定、实事求是的现代英雄形象。里厄医生医术精湛，却没有因为见惯疾病与死亡而变得铁石心肠，而是一个对整个人类怀着深切之爱的人。里厄医生对待病人一视同仁，无论病人高贵富有还是贫贱低下，他都本着医者仁心，耐心细致地予以救治。里厄医生胸襟博大，他推己及人地对待他人，对人们抱着一种感同身受的同情心。里厄医生从不居高临下地对任何人进行道德评价，而是时时进行自我反省。当朗贝尔指责里厄医生漠视个体幸福时，里厄医生开始思考公众利益与个人幸福之间的关系。里厄医生看到越来越多的人死于鼠疫，他意识到，在人类群体遭受没顶之灾时，人类的公众利益与个人幸福并非背道而驰。在涉及人类整体性的生死问题上，人们不能轻率地做出决定，更不能感情用事。里厄医生虽然思念和牵挂妻子，也为不能陪护重病的妻子而感到内疚，但是里厄医生以理智战胜情感，更为冷静克制地履行医生的职责。在鼠疫迅速蔓延时，里厄医生根据医学方面的严格要求，克服怜悯之心，不顾悲痛欲绝的病人家属的百般阻挠，将病人强行带走隔离。里厄医生注重实事求是的原则，反对人们根据某种乐观的假定来行事。如果没有确切的证据，他对任何事物都不轻易地做出定论。在证实了鼠疫后，他以医者的良知据理力争，敦促政府机构尽快采取措施，防范疫病的大规模爆发。里厄医生与妻子分离，他同样能理解朗贝尔想念情人的急切心情和对幸福的追求，但为了顾全大局，他拒绝向朗贝尔发放相关医疗证明。在鼠疫肆虐、人人自危的时期，里厄医生将个人安危置之度外，四处奔忙。但里厄医生尽心竭力，却只能眼睁睁地看着病人在苦苦挣扎后死去。他并未因此而厌恶脆弱的人类，而是更崇敬人类身上蕴藏着的顽强不屈的生命本能与渴望生活的热情，“任何力量也阻挡不了人们去实现自己的愿望，现在传到里厄耳边的声音正是人们的心愿所汇成的吼鸣”[①]。虽然里厄医生常常受到失败感的困扰，但他领悟到，与鼠疫斗争并不是为了追求英雄主义，而是必须做好的医者本职工作。他极力勉励自己，全力以赴地投入工作中。里厄医生本着对人类的热爱，坚守着医者的使命和职责，深入现实生活中，顽强地与吞噬人类生命的灾难斗争。里厄医生以他坚忍沉着与无私牺牲的精神，以他对不同的人和不同的思想的宽容态度，赢得了人们的理解。人们不再自暴自弃，而是积极地配合治疗工作。里厄医生如同黑暗中的明灯，鼓舞着人们的斗志，感召着性情气质、思想观念殊异的人们加入到对抗鼠疫的阵营。

加缪认为，荒诞的英雄并非孤高自许的英雄，而是善于观察生活和努力探寻生活目的的人。他们共同经历人生之荒诞，思考生活的意义，并在相互理解中明确为人类自身而奋斗的信念，“他们在这场战争中曾经思考、沉默，并且经历过精神上的痛苦”[②]。加缪笔下的塔鲁形象，最初对生活的意义感到迷茫和彷徨。塔鲁愤世嫉俗，拒绝当精神上和身体上的“鼠疫患者”。塔鲁观察周围的人们，对平庸无聊的生活感到失望。患哮喘病的老人过着离群索居

① 加缪．加缪文集．郭宏安，袁莉，周小珊，等，译．南京：译林出版社，2001：476.

② 托德．加缪传．黄晞耘，何立，龚觅，译．北京：商务印书馆，2010：325.

的生活，不过是在浑噩度日，无所事事地等待死亡的来临。父亲携带妻儿一起吃饭，故意对妻子和孩子使用不恰当的尊称，使他们屈从于自己的淫威。奥兰城中的人们看似循规蹈矩，却在鼠疫带来的绝望中放浪形骸，恣意妄为。对他们而言，既然人类的最终结局都是死亡，那么人类的一切行为都是合理的。塔鲁发现，他在奥兰城中的自我流放并没有多大意义，他和奥兰城中的人们一样，都对人类受到迫害的现象麻木不仁。然而面对日益猖獗的鼠疫，塔鲁不再停留在对自己和奥兰人的批判上。他深切地体会到，对戕害人类的暴行和灾难无所作为，采取弃权的态度，无异于助纣为虐，“在自己满心以为是在理直气壮地与鼠疫作斗争的漫长岁月里，自己却一直是个鼠疫患者”[①]。改变自己的强烈愿望，促使塔鲁把目光转向那些不惧危难的人。塔鲁看到，里厄医生无法阻止鼠疫的流行，却依然毫不懈怠地忘我工作。奥兰城的警察们在鼠疫期间毫不退缩，兢兢业业地维持着社会秩序。病人们虽然遭受着病痛的折磨，却迸发出不可摧折的生存意志。塔鲁受到触动，逐渐摆脱内心的疑虑，并积极地介入生活。从某种程度上说，塔鲁形象是加缪对其笔下的“局外人”形象的改造。加缪曾在英文版《局外人》的序言中，指出默尔索并不是一个浑浑噩噩的流浪汉，而是怀有“追求绝对与真理的热情”的人。[②]实际上《局外人》中的默尔索与加缪的评断并不相符，默尔索对一切都无动于衷，缺乏最基本的是非观念和行为准则。默尔索的所作所为，都出于其混乱的个人情绪，他不过是人类社会中一个多余人而已。然而加缪在《鼠疫》中塑造的塔鲁形象，却有着“追求绝对与真理的热情”。塔鲁意识到，每个人都有生的欲望，那么同样为人，每个人都必须坚持不懈地与人类社会中的压迫和罪恶现象展开斗争，对自己和他人的生命承担责任。虽然一个人不太可能成为圣人，但他可以争取做一个“真正的人”。塔鲁走出孤独的自我，主动请缨，组织志愿卫生防疫队，与里厄医生并肩作战。他冒着更易于被传染疾病的风险，参与到这场前途不明的战役中，力图为人们争夺更多的生存机会。此外，塔鲁以切实的行动和真诚的态度，邀请帕纳卢神甫、格朗、朗贝尔等个性和思想各异的人参加防疫队的工作。塔鲁在这场艰苦卓绝的战役中更深切地认识到，如果人们只是为斗争而斗争，那么斗争将缺乏持久而强有力的精神支撑。他开始转向对斗争的意义的思考，但是在鼠疫即将结束时，他却染病而亡，他的思考也戛然而止。或许，加缪以此表达出的观念是，只要生而为人，对生活之意义的探求就是永无止境的。

加缪从默默无闻的小人物身上挖掘生命之光，将所有不甘于忍受生存之荒谬、努力为生活而斗争的人都铸造为“荒诞的英雄”群像中的一员，使那些在斗争的磨砺中充满生活热情的人都成为“荒诞的英雄”。这些小人物也许没有杰出的才能和伟大的志向，但他们在重大灾难面前却能挺身而出，抛开个人烦恼，力所能及地贡献力量。格朗是政府机关的小职员，职业生涯黯淡，

---

① 加缪．加缪文集．郭宏安，袁莉，周小珊，等，译．南京：译林出版社，2001：429.

② 奥布莱恩．加缪．赵建政，译．北京：中国社会科学出版社，1992：22.

地位卑微。他深爱妻子，但妻子因生活贫困而离开了他。格朗的生活黯淡无光，他幻想着通过文学创作而成名，让妻子回心转意。但是格朗并没有文学才华，只是在重复一个永远无法完成的句子。格朗的行为看似滑稽可笑，却折射出他对幸福的执着追求，也反映了他内心的孤独与凄楚。他并未因婚姻不幸而厌倦生活，也未因个人烦恼而仇视社会。格朗善良真挚，关心他人，及时救下企图自杀的科塔尔。奥兰城中的死亡人数迅速上升，人们情绪变得焦躁而狂乱，但格朗在做好本职工作之余，自告奋勇担任防疫队的秘书。他耐心细致地登记和统计庞杂的疫情数据和资料，有效地推动防疫队的工作，得到了人们的认可和赞许。他在与里厄医生、塔鲁一起工作时，体会到了友谊带来的快乐和个人的价值。他在染上鼠疫后绝处逢生，生命的奇迹恢复了他对生活的信心。身体遭受病痛折磨的经历，使他更加珍惜生命和热爱生活。《鼠疫》的叙述者将格朗树立为英雄形象[①]，或许传达出加缪对人类社会的某种看法，即人类社会正是由无数的格朗组成的。虽然他们平凡普通，毫不起眼，但他们热爱生活，他们的奋斗和追求成为人类社会发展最内在的动力。

在《鼠疫》中，加缪对笔下人物都怀着宽容悲悯之心，带着冷静内敛却饱含深情的笔调叙述他们的故事，书写人们在磨难中的思考、转变以及生命的升华。加缪主张“小说从来都是通过形象来表达的哲学”[②]，艺术家应当“总是睁大双眼，渐渐地为那些处在沉睡的世界中心的人唤醒一种现实的转眼即逝、瞬息万变的形象，这形象我们认识却从未遇见过”[③]。加缪以此为使命来塑造“荒诞的英雄”群像，号召人们为正义而斗争并创造自己的生活。“荒诞的英雄”群像，成为人们在可怕的自然灾难和人类社会的非正义现象面前宣告何为“真正的人”的方式。

四、爱的艺术

加缪说：“我纵情恣意地爱这生命，愿意率直地谈论它，它让我对我作为人的处境感到自豪。”[④] 作家声称要对人类努力保持“无限的爱的权利”[⑤]，并将《鼠疫》构造为爱的艺术。加缪对爱有独特的理解，认为爱的本质是对生命的热爱。人们热爱生命，才能生发出对整个人类和世界的热爱。爱能将战胜荒诞的力量赋予人类，并推动人们实现与世界的融合和谐。《鼠疫》作为爱的艺术，要唤醒人类对生命、他人与世界的爱，激励人类在爱中相互理解并共同行动。作品采用多层面叙述嵌套的方式，既呈现出人们复杂多样的心路历程，也表达出人们渴望走出内心的孤独并相互沟通的心愿，同时使人类发

① 加缪．加缪文集．郭宏安，袁莉，周小珊，等，译．南京：译林出版社，2001：342.

② Camus. Lyrical and Critical Essays. Kennedy，trans. New York：Vintage，1970：199.

③ 加缪．孤独、团结与反抗：加缪作品选．郭宏安，译．广州：花城出版社，2014：372.

④ Camus. Lyrical and Critical Essays. Kennedy，trans. New York：Vintage，1970：69.

⑤ Camus. Lyrical and Critical Essays. Kennedy，trans. New York：Vintage，1970：68.

出能与鼠疫的呼啸之音相抗衡的“我要活着”的强劲生命之音。

加缪将《鼠疫》构造为爱的艺术，显然与作家对艺术发展状况的看法相关。在《西西弗的神话》中，加缪提到以往的艺术都是荒诞的艺术：“艺术作品本身就是一种荒谬的现象，而最关键的仅仅是它所作的描述。它并不是要为精神痛苦提供一种出路。相反，它本身就是在人的全部思想中使人的痛苦发生反响的信号之一。但是，它第一次使精神脱离自身，并且把精神置于他人的面前，并不是为着使精神因之消逝，而是为着明确地指出这条所有人都已涉足但却没有出路的道路。”[①] 可见，荒诞的艺术具有以下特征：其一，荒诞的艺术是艺术家传达对人类生存之荒诞的深刻体验的艺术；其二，荒诞的艺术对荒诞现象的描述，虽然会给人们带来痛苦，却也能震撼人们的精神，促使人们从庸常生活中超拔出来，勇敢地直面荒诞。加缪认为，伟大的艺术家都是经历并思考人类生存之荒诞的艺术家。但是荒诞的艺术并没有为人类指出反抗荒诞的道路，人们无法看到人类未来的希望。这反而遏制了人们爱生命与爱他人的能力，导致人与人之间的冷漠与敌视，“一旦世界失去幻想与光明，人就会觉得自己是陌路人。他就成为无所依托的流放者，因为他被剥夺了对失去的家乡的记忆，而且丧失了对未来世界的希望”[②]。对加缪而言，爱是从“思想终结的地方开始的”[③]。如果荒诞将人类禁锢在黑暗的地狱中，那么人类要走出地狱并迎来人类生活的光明，就只能依靠自身的爱的力量。加缪要在荒诞的艺术之外寻求爱的艺术，引导人们以爱为纽带凝聚起来并共同创造“喜剧性”的生活。《鼠疫》采取多层面叙述嵌套的艺术形式，展现了爱的艺术的特征。

《鼠疫》设定了三个层面的叙述，由不同的叙述者进行叙述。这打破了荒诞的艺术的单一叙述，让不同的叙述者表达他们对生存之荒诞的感受，赋予他们言说生之欲望与爱之渴望的权利。作品将三个层面的叙述组织成嵌套的形式，每个层面的叙述具有叙述上的独立性，又与其他层面的叙述融合为叙述整体，代表着人类整体发出的生命之音。

第一层面的叙述，是由超越人类又内在于人类群体的匿名叙述者来完成的。匿名叙述者俯瞰全局，是整个事件的见证者：“当他知道某件事确已发生，而且这件事已关系到全体人民的生死，因而会有千千万万的见证人从内心深处证实他所说的话是真的，这时他就说：‘这件事发生了’。”[④] 匿名的叙述者以第三人称的口吻来叙述，时而在奥兰城之前添加复数的第一人称所有格形式——“我们这个城市”，时而称呼奥兰城为“那里”。叙述的指示用语的不断变换似乎在告诉读者，他始终关注着奥兰城中的人们所经历的这场灾难，对所有的细节和人们内心的呼声都了如指掌。匿名的叙述者，代表了度过这段艰苦卓绝的历史的每一个人，“这段历史的叙述者也有他自己的资料：

---

① 加缪．西西弗的神话．杜小真，译．北京：三联书店，1987：125.

② 加缪．西西弗的神话．杜小真，译．北京：三联书店，1987：6.

③ 加缪．西西弗的神话．杜小真，译．北京：三联书店，1987：129.

④ 加缪．加缪文集．郭宏安，袁莉，周小珊，等，译．南京：译林出版社，2001：237.

首先是他自己的见证；其次是别人的见证，因为他的地位使他能收集这篇报道中所有人物向他倾诉的心里话；最后还有终于落入他手中的一些文字资料"[①]。此外，《鼠疫》浓缩着历史长河中人类命运的坎坷曲折，并呈现了人类不甘失败、争取生存的强劲意志。从这个角度看，加缪从人类历史和人类命运的角度，将饱经沧桑却战斗不止的整个人类化身为匿名的叙述者。

作家将主人公里厄医生设定为第二层面的叙述者。《鼠疫》在类似后记的结尾部分指出："这篇叙事到此行将结束。现在该是里厄医生承认自己是这本书的作者的时候了。"[②] 这给人们造成一种印象，即匿名的叙述者是在假托里厄医生之名进行叙述，或者说，匿名的叙述者只是在里厄医生的叙述之外添加了序言和后记。但是从《鼠疫》的谋篇布局来看，加缪有意地将匿名的叙述者与里厄医生区分开来。匿名的叙述者在后记部分指出，里厄医生本着非个人化和客观审慎的原则，只叙述亲眼见到的事情。如果说匿名的叙述者代表的是在苦难中创造历史的人类本身，那么里厄医生叙述的则是身处其中的具体的生存感受，正是众多个体对自身感受、思考和奋斗的叙述汇成人类斗争的历史长河。里厄医生决心叙述整个事件，意在"当一个同情这些鼠疫患者的见证人，为了使人们至少能回忆起这些人都是不公平和暴力的牺牲品……告诉人们，人的身上，值得赞赏的东西总是多于应该轻蔑的东西"[③]。里厄医生没有对灾难造成的损失轻描淡写，同时拒绝把灾难变成人类为自己歌功颂德的契机，而是书写人们顽强不屈的生命意志和坚持不懈的斗争精神。里厄医生并不将自己凌驾于众人之上，也不对他人妄加揣测和评断。他深深地感到，他和其他的人一样，都是鼠疫进攻之下的受难者和失败者，自己经受的痛苦与他人的痛苦是一样的。他推己及人，怀着同病相怜的情感，把人们的痛苦和喜悦表达出来，让人与人之间能相互了解。匿名的叙述者强调，里厄医生的叙述传达出人类共同的信念，即"爱在一起，吃苦在一起，放逐在一起"。[④] 或许这就是加缪强调爱的艺术的使命所在。爱的艺术不仅让人们对威胁着自身生存的灾难保持清醒的认识，而且要向人们发出警示：人类与灾难的斗争将永远不会停止。此外，爱的艺术必须为生活在荒诞中的人类指点迷津：人类只有彼此相爱，众志成城，才能在反抗荒诞的道路上赢得生存的机会。

第三层面的叙述者是作品中的主人公塔鲁，但塔鲁的叙述以笔记的形式出现。塔鲁是暂居奥兰城的外来者，或者说他是来到奥兰城的自我流放者。塔鲁正处在精神危机中，他充当奥兰城的观察者，他不厌其烦地记录奥兰城中居民的日常生活的细枝末节，追问人们行动的价值与意义。相对来说，里厄医生的叙述具有冷静克制的理性精神，塔鲁的叙述则充满动荡不安的激情，带有强烈的主观色彩和质疑精神。塔鲁的笔记在鼠疫来临后改变了基调，流露出塔鲁悲天悯人的情怀。塔鲁把所有的人都视为鼠疫的受害者，写出人们

---

① 加缪．加缪文集．郭宏安，袁莉，周小珊，等，译．南京：译林出版社，2001：238.
② 加缪．加缪文集．郭宏安，袁莉，周小珊，等，译．南京：译林出版社，2001：471.
③ 加缪．加缪文集．郭宏安，袁莉，周小珊，等，译．南京：译林出版社，2001：477.
④ 加缪．加缪文集．郭宏安，袁莉，周小珊，等，译．南京：译林出版社，2001：471.

惨痛的悲鸣。塔鲁的笔记并没停留在对所见所闻的记录上，而是进一步讨论了人类精神与鼠疫的关系。他以科塔尔与鼠疫的关系为题，研究人类精神中的骚乱与黑暗。见到终日奔波、忘我工作的里厄医生后，塔鲁追问的问题是：值得人们牺牲生命的事物到底是什么？他在与里厄医生的畅谈中认识到，人们牺牲生命的目的，在于呵护人类生命本身。他决定放弃游离在生活之外的思考，将积极参与生活的行动视为人生要务。

《鼠疫》以三个层面叙述的嵌套，意在展现不同社会阶层的人们像兄弟一样相互理解的景象，并汇聚为人类集体发出的“我不要死”的共鸣。匿名者的叙述在作品中发挥着穿针引线的作用，将相互隔绝、缺乏沟通的人物连缀起来，并对人物的行为做出评价。里厄医生的叙述则随着他的行医经历展开，像一幅卷轴画那样，将奥兰城人们在鼠疫中的痛苦经历和思想转变呈现出来。里厄医生以具体的时日和详细的数字交代了鼠疫的发生、发展、高潮到结束的整个过程，也描绘了奥兰城人们从漫不经心到恐惧绝望最后奋起反抗的变化。此外，里厄医生记录了他与朗贝尔、塔鲁等人的谈话。这些谈话在里厄医生的内心激起了阵阵涟漪，激发了里厄医生的深层思考。人们的困惑和苦恼也在这些谈话中反映出来，同时他们在与他人的谈话中获得心灵的启迪。里厄医生的叙述成为人们相互理解的场域。但里厄医生始终冷静客观地看待人们的行动和处境，这使里厄医生的叙述有着情感与理智并重的特征。里厄医生肯定人们自发组织志愿防疫队的行动，却清醒地意识到夸大这种志愿活动之重要性的负面效果。在里厄医生看来，人们对高尚的过度赞美，会间接地肯定作恶的理所应当，或者说承认恶的正当性。这与塔鲁反对“合理杀人”的主张达成一致，即人们可能以高尚的名义，干着反人性的勾当。他们都认同人们的责任意识，人类只有承担生命的责任，才能从孤独的自我中走出来，凝聚自身的力量而汇合成洪流，给予人类战胜苦难的信心和勇气。塔鲁的笔记与里厄医生的叙述，构成对匿名者的叙述的证实。

虽然塔鲁的叙述被包含在里厄医生的叙述中，但两者形成了对话关系。一方面，里厄医生和塔鲁的叙述既将对方的形象描绘出来，也以对方的形象来映照自己；另一方面，他们从各自的角度看待同一个人物，格朗、科塔尔等人都是在他们的观察中如浮雕一般鲜明生动地凸显出来的。虽然塔鲁与里厄医生素不相识，人生经历和生活体验完全不同，但他们都从对方那里汲取与鼠疫进行抗争的力量。他们在对话中力图寻求解答自身困惑的答案，在相互理解中并肩作战。作品通过里厄医生与塔鲁一起在大海里游泳的情节，展现了人类能够消除隔膜、达到心意相通的可能。塔鲁追随里厄医生跳进水里，他们在沉默中以同样的节奏、同样的力量向前推进。里厄医生与塔鲁在鼠疫中相识相知，成为同心同德的生死之交，并在休戚与共的战斗中，形成了无言胜似千言的默契和勠力同心的纯真友谊。加缪在《西西弗的神话》中指出，“人与人之间那样强烈又那样纯真的友谊”①，是属于人类的真正的财富。人

① 加缪．西西弗的神话．杜小真，译．北京：三联书店，1987：116.

与人之间的相互沟通让人们不再囿于一己之见，人们学会从自己和他人的生活角度，更深入地思考关于世界、生命与自我的问题。塔鲁染上鼠疫后，里厄医生守护在他的身边，塔鲁的困惑引发了里厄医生的深思。如果说，塔鲁着眼的是人类精神层面的“鼠疫”世界，里厄医生则更关注人类身体层面的“鼠疫”世界。然而里厄医生从科塔尔的疯狂中发现，人类精神中的“鼠疫”隐秘抽象，使人类与自身精神中的“鼠疫”的斗争更为艰难。身体强健的塔鲁并没有打败鼠疫与死神，这使里厄医生领悟到，人类在与灾难的对抗中总是处于弱势地位，人类未来的前景并不乐观。种种难以预料的灾难隐匿在人类生活中，随时会发作并摧毁人类拥有的一切。作品的结局呈现出未完结的、开放的态势，这意味着，人类生存荒诞之真实与人类反抗荒诞的斗争，贯穿在人类社会发展的全部历史中。然而《鼠疫》中三个层面的叙述的嵌套，却在鼠疫呼啸的声音之外，发出人们内心巨大的呐喊声。有评论者就此指出，《鼠疫》“不是一部小说，而是一篇寓言式的布道”[①]。鼠疫如从天而降不可一世的瘟神一样围困并杀戮人类，人类追求幸福的心愿却汇合为永不屈服的吼鸣，“任何力量也阻止不了人们去实现自己的心愿”[②]。正是对人类的敬意和对人类社会抱有的理想，使加缪在展现鼠疫造成的阴郁黑暗的画面上，绘制出另一幅充满温情和光明的图景。

加缪在《鼠疫》中描述了一个人类在生活中饱受磨难和奋起反抗的故事，表达出艺术家的坚定信念：即使无法确信能否到达终点，艺术家也应怀着对人类深沉的爱，勇敢地步入危难处境，推进改变人类生活的事业。正是在这一信念之下，加缪设计了“极端境遇”并塑造了反抗荒诞的“荒诞的英雄”群像，强调人类的爱、理智和意志是人类自身永不枯竭的力量源泉。加缪也指出，人类发挥自身的力量，不屈不挠地与人类生活中一切灾难和不公正的现象展开斗争，护持人类自身的生命，追求生活的幸福，是人类永恒的奋斗目标。

推荐书目

1. 加缪．加缪文集．郭宏安，袁莉，周小珊，等，译．南京：译林出版社，2001.

2. 加缪．西西弗的神话．杜小真，译．北京：三联书店，1987.

3. 托德．加缪传．黄晞耘，何立，龚觅，译．北京：商务印书馆，2010.

4. 张茂军．一个对抗荒诞的反抗者．成都：西南交通大学出版社，2013.

① 奥布莱恩．加缪．赵建政，译．北京：中国社会科学出版社，1992：59.

② 加缪．加缪文集．郭宏安，袁莉，周小珊，等，译．南京：译林出版社，2001：476.

第8讲

约瑟夫·海勒与《第二十二条军规》

美国作家约瑟夫·海勒（1923—1999）出身俄裔犹太人家庭，在纽约布鲁克林区长大。海勒9岁时父亲患病去世，他意识到人类生命的不确定性。第二次世界大战期间，海勒参加了美国空军，担任飞机投弹手。惊心动魄的战争场面与士兵阵亡的惨烈景象，深深地印在海勒的脑海中。《第二十二条军规》（1961）就是作家根据亲身经历写成的。战争结束后，海勒到大学学习并任教，开始发表作品。海勒创作了《出事了》（1974）、《像高尔德一样好》（1979）、《上帝知道》（1984）、《画下这个》（1988）以及《最后一幕》（1994）等作品，题材广泛，主题多样。

约瑟夫·海勒

《第二十二条军规》创作的起止时间是1953年至1961年，当时正值朝鲜战争结束、越南战争爆发和冷战发展的时期。海勒承认，作品的写作受到了当时美国国内反战和反政府情绪的影响，作品“与其说是一部心理小说，不如说是一部政治小说”①，主题是抗议国家机器和社会制度对人类生命的控制与操纵。《第二十二条军规》的出版使海勒声名鹊起，他被认为是“黑色幽默”的代表作家。海勒曾说：“我善于搞笑——有时长达一页半，有时甚至更长，但我不会碰运气尝试花十页的篇幅来搞笑。我可以用几种不同的方式来幽默，包括用讽刺、对话、闹剧等形式，偶尔也用某个祝福的格言或短句。然而，我的本意是想严肃。另一方面，我写不了那种简洁、直接、独立的叙述。”② 海勒的《第二十二条

---

① 海勒．得过且过．郭国良，赵婕，译．杭州：浙江文艺出版社，2006：308.

② 海勒．约瑟夫·海勒访谈录．杨向荣，译．青年文学，2007（7）：125.

军规》立足于严酷可憎的社会环境中，将滑稽与严肃、悲伤与反抗结合在一起，形成了“病态的、怪诞的”滑稽与折射着希望之光的幽默并存的“黑色幽默”双重美学特色。

一、“第二十二条军规”：无所不在的圈套

《第二十二条军规》描绘了驻扎在意大利地中海区域的一个美国空军分队的战争生活，展现出战争和官僚权力机构对人类生命的无情摧残。作品以“第二十二条军规”（Catch 22）为标题，“Catch”有圈套、陷阱之意，小说扉页题词是“只有一个圈套……那便是第二十二条军规”。在海勒看来，圈套是官僚权力机构为迫使人们屈从而使用的各种诡辩与伎俩。作品描绘了人们在抽象无形却权力无限的“第二十二条军规”圈套中逃无可逃的境地。此外，以第二十二条军规为代表的圈套无所不在，战争机器和官僚权力机构以此将人类生命玩弄于股掌之中，使人类社会具有“有组织的混乱”和“制度化了的疯狂”[①]。《第二十二条军规》中描绘的圈套共有四个层面：制度层面的圈套、观念层面的圈套、管辖层面的圈套、经济层面的圈套。人类的理性观念和道德准则在圈套中变得无效，人们要么如行尸走肉一般活下去，要么被圈套勒住脖子，除此之外，人们别无选择。但无论是哪种方式，人们最终的命运都是被迫送死。

《第二十二条军规》电影海报

制度层面的圈套体现在，制度不仅以其无可辩驳的诡辩对人们施加强制性力量，而且迫使人们依附制度而生存。在作品中，人人都知道第二十二条军规，虽然谁也无法说出其明确出处和具体条文，但人人闻而生畏。卡斯卡特上校为了博取军功，不顾士兵的死活，屡屡提高人们的作战任务。对士兵来说，每一次例行飞行任务都意味着与死神擦肩而过。面对不断加码的任务，人们在对死亡的恐惧中承受着巨大的精神压力。第二十二条军规规定，疯子必须停止飞行，但是这得由士兵自己提出停飞的要求。这意味着，士兵只有证明自己是疯子，才能被允许停飞。约塞连很快察觉到，第二十二条军规是个圈套。如果士兵提出自己是疯子并要求停飞，则表明士兵在寻找借口来逃避作战和保护自身安全。士兵心系自身安危，那便是神志正常的理性行为。他不是疯子，就必须继续执行飞行任务。但如果他真的变成了疯子，失去了恐惧之情，那么他将不会提出任何要求，并无怨无尤地听任调遣。第二十二条军规凭借

① 哈桑．当代美国文学：1945—1972．陆凡，译．济南：山东人民出版社，1982：95．

荒谬绝伦却无懈可击的螺旋式诡辩，把所有的士兵都网罗其中。制度层面的圈套还表现在，人的存在并不取决于其自身的生命特征，而是取决于官僚权力制度的认可。马德刚到中队，还未来得及报到，就在执行任务中被打死。空军中队没有将他的名字登记在册，无法宣告他的死亡，也不能按照正常程序将他埋葬。从法律角度说，他仍然活着。马德的尸体躺在约塞连的帐篷里，他成为死了的活人。然而被军事管理制度列入死亡名单的人，即使有着鲜活的生命，也依然被认定为死亡。丹尼卡医生为获得飞行津贴，挂名在麦克沃特的飞行记录上。由于麦克沃特的飞机失事，丹尼卡医生被列入了死亡名单。他失去了军医职务和军饷，被人们视为幽灵而遭到驱逐排挤。丹尼卡医生恳求妻子帮助他证实身份，但是丹尼卡太太为得到一大笔抚恤金，毫不留情地将他抛弃。丹尼卡医生在生理学意义上安然无恙，但在法律意义上却成了一个死人，成了一个活着的死人。权力机构的制度和国家机器对人生命的认可远远凌驾于人的肉体性存在，人的生命本身在高度制度化的社会里是无足轻重的，人只有依附于社会制度和国家机器才有生存的可能。

观念层面的圈套体现为官僚权力制度以及它所宣扬的爱国精神渗透在人们的意识中，塑造着人们的思维方式和价值标准。第二十二条军规不仅迫使士兵们在战场上不断卖命效力，而且深深地渗透在人们的意识中。士兵们将第二十二条军规当作至高无上的真理，对他们来说，胆怯怕死之辈都是疯子。为了证明自己不是疯子，他们在战斗中都表现得勇敢无畏。在人们眼中，约塞连贪生怕死，执行任务时只想着保命，并把发布作战命令的长官视为敌人，这是不折不扣的疯子做法。但在约塞连看来，人们对生命危在旦夕的事实茫然无知，不过是被第二十二条军规驯化的疯子。第二十二条军规成为人们看待和判断事物的依据和标准，故而人们无法认识到第二十二条军规的反人性和自身的可悲命运。此外，官僚权力机构宣扬爱国精神，鼓动人们白白送死。空军中队的士兵都怀着坚定不渝的爱国信念，走上战场浴血奋战。但是他们没有觉察到，他们信奉的爱国精神，只不过让他们自愿地充当战争的炮灰而已。当权者则喊着爱国精神的空洞口号，为了谋取自己的私利而驱使人们卖命。作品中的得克萨斯人大谈爱国心，表明人们所形成的观念受到官僚权力机构宣扬的意识形态的影响。得克萨斯人强调，根据爱国心，有产者理应比无产者享有更多的权利，那么无产者就应当将生命交付于有产者，任其随意支配。约塞连一针见血地指出，当权者倡导的爱国精神，不过是有产者制造出来的谎言，用以驱使人们心甘情愿地充当牺牲品。在浑身打满雪白石膏的士兵被宣布死亡时，邓巴和约塞连开玩笑地戏称得克萨斯人是杀死浑身雪白的士兵的凶手。作品进一步强调当权者并不真正关心士兵的生命，而是把士兵的生命当作争权夺利的筹码。布莱克上尉用不着上战场，没有性命之忧。为了扳倒梅杰少校，他发动了轰轰烈烈的效忠宣誓运动，逼迫士兵们签字表明忠诚于祖国，甚至打算饿死那些不愿签字的人。德·科弗利少校终止了布莱克上尉发起的运动，并非因为觉得这场运动荒唐透顶，而是为了显摆德高望重的显赫地位。沙伊斯科普夫少尉为了在阅兵比赛中获胜，竟然异想天开地要在士兵的体内嵌入金属旋转轴承。沙伊斯科普夫后来平步青云，一直升为将军，说明当权者正是踩着成千上万士兵的尸体爬向权力高峰的。作品指出，当权者以爱国精神为冠冕堂皇的幌子，盗用国家之名义对士兵实施生杀予夺的大权。卡斯卡特上校将自己当作国家的代言人，迫使约塞连俯首听命。在卡斯卡特上校眼里，诸如约塞连（Yossarian）这样的名字是“可憎的、令人厌恶的外国人的名字”，而“卡斯卡特、德里德尔”则是“干净、利落、诚实的美国名字”[①]。卡斯卡特上校和科恩中校之流把“满怀爱国精神”的口号挂在嘴边，欺骗人们向他们俯首帖耳。卡斯卡特上校在收买约塞连时，对约塞连的不以为然感到气恼不已，斥责道：“难道就没有一点爱国精神吗？”科恩中校看似大义凛然地质问约塞连：“难道你不愿意为你的祖国而战吗？”对约塞连的犹疑不决，科恩中校直接挑明用意：“难道你不愿意为卡斯卡特上校和我而献出你的生命吗？”继而科恩中校厚颜无耻地将自己与国家相提并论：“你要么为我们而战，要么对抗你的祖国。事情就是这么简单。”[②] 言下之意，当权者的“我们”代表了国家，如果士兵们为国家牺牲生命是理所应当的，那么士兵们就必须把为当权者献出生命视为己任。对爱国精神的滥用，不过是某些利欲熏心者玩弄权术、欺压士兵的手段而已。当权者得意扬扬地声称，破坏人类道德观念正是他们获得并把持权力的秘诀。科恩中校在威胁约塞连妥协时，就毫不掩饰自己的丑恶本性：“我却是个毫无道德观念的人，因此，我正好处在评价你的道德品格的理想位置上。”[③] 更有甚者，士兵们受到官方宣扬的价值观念的蒙蔽，却利用这套荒谬的价值观念作恶。海勒在“不朽之城”一章中写出，士兵们打着“伪善的、冷酷的所谓正义感和献身精神”的幌子，无恶不作，残害欺凌势单力薄的弱小者。

管辖层面的圈套体现为，官僚权力机构和当权者运用手中的权力，颠倒黑白，为所欲为。作品极尽调侃戏谑之能事，先后描绘了当权者对克莱文杰、塔普曼牧师和约塞连的三场如荒唐诞妄的闹剧般的审判。当权者利用审判的形式，强加莫须有的罪名，胁迫人们俯首就范，让他们屈从于当权者的淫威。沙伊斯科普夫少尉采纳克莱文杰的建议，在阅兵比赛中赢得了胜利。他嫉恨克莱文杰的才能，借机指控克莱文杰扰乱军纪。裁定委员会对克莱文杰的审问，看似荒唐无稽却令人不寒而栗。在整个审判中，主持审判的上校自始至终都没有对指控进行调查。上校不由分说的怒吼、训斥和谩骂充斥着整个审判。“那么说，你是个喜欢信口开河的狗杂种，是不是？”“你是存心想跟我吵架咯？”“你他妈的，存心想跟我吵架。谁要是肯出两分臭钱，我就从这张大桌子上跳过去，把你那发恶臭的、卑怯的身体撕碎。”[④] 克莱文杰受过良好教育并富有才智和理想，当权者感到难以掌控他的精神。他们以激烈的人身攻击的方式，恶语相向，大肆辱骂克莱文杰。如果说当权者践踏的是克莱文杰

① 海勒．第二十二条军规．扬恝，程爱民，邹惠玲，译．南京：译林出版社，2006：264-265.

② 海勒．第二十二条军规．扬恝，程爱民，邹惠玲，译．南京：译林出版社，2006：540.

③ 海勒．第二十二条军规．扬恝，程爱民，邹惠玲，译．南京：译林出版社，2006：540.

④ 海勒．第二十二条军规．扬恝，程爱民，邹惠玲，译．南京：译林出版社，2006：97.

的尊严，那么卡斯卡特上校对塔普曼牧师的审判，却是为了摧毁塔普曼牧师的意志。塔普曼牧师同情士兵们的遭遇，为民请命，请求卡斯卡特上校撤销增加飞行次数的命令。卡斯卡特上校假意邀请塔普曼牧师前来商谈，并送给他一个西红柿，设局陷害塔普曼牧师。塔普曼牧师被迫收下西红柿，却无端地背上了偷盗西红柿的罪名，被带到摆满刑具的地下室受审。对塔普曼牧师的整个审讯过程，贯穿着一套受审者的有罪理论。“如果你不想要它，为什么要从卡斯卡特上校那儿把它偷来呢?”“我不是从卡斯卡特上校那儿偷来的!”“如果你没有偷，那你为什么显示出这么一副有罪的模样?”“我没有罪。”“如果你没有罪，那我们为什么要审问你?”“天哪，我不知道。”[①] 如果人们没有罪，就不会受到审问；如果人们受到审问，就证明人们有罪。塔普曼牧师虽然坚信自己无罪，却在审讯室中感到软弱无力和心慌意乱。这段荒谬的有罪逻辑将罪感意识植入人们的精神之中，扼杀人们的反抗意志，显现出当权者的阴险毒辣。对约塞连的审判，则是一场彻头彻尾的卑鄙龌龊的交易。卡斯卡特上校不断地增加飞行次数，无限期地延长士兵回国的时间，把牺牲士兵的生命当作进身之阶。约塞连拒绝执行更多的飞行任务，卡斯卡特上校和科恩中校对胆敢挑战其权威的约塞连恨之入骨。他们企图利用约塞连不愿作战的心理收买他，用英雄的头衔和光环诱惑他，要求约塞连回国后为他们歌功颂德，以便为他们捞取加官晋爵的政治资本。与前两场充斥着咆哮叫嚣和威胁恐吓的审判相比，这场审判充满了轻松快活的嬉笑闲谈。实际上，这场审判是一次软硬兼施的威逼利诱。他们给约塞连两种选择，要么接受交易，要么接受军法审判。对约塞连来说，接受交易意味着背叛海岛上的战友，让他们在执行没完没了的飞行任务中最终送死；接受军法审判意味着，卡斯卡特上校和科恩上校将歪曲事实，捏造出各种罪名，并让他无影无踪地消失。作品对这几次审判的描写，充分揭露了当权者掌握着制定是非善恶之标准的权力的事实。

经济层面的圈套表现在，战争投机家与官僚权力机构相互勾结，形成所谓“人人都有份”的经济圈套，将世界拖入了无穷无尽的战火之中，无数的士兵则在这种左手打右手般的战争游戏中丧生。作品通过战争投机家米洛的发迹以及对整个战争形势的操纵，揭示出战争的实质是战争投机家与官僚权力机构对权力与金钱的争夺。米洛起初担任食堂管理员，凭借为皮亚诺萨岛空军基地提供食品的机会，将与世隔绝的皮亚诺萨岛与外界联系起来。后来米洛利用战争和金钱的力量，勾结各国的官僚权力机构，打造出一体化世界市场，建立了庞大的商业帝国。米洛宣称辛迪加联合体奉行“人人都有份”的原则，用虚拟的股份摆布所有人的命运，把高级将领和普通士兵都纳入这张权力和金钱共同编织的庞大网络中。米洛的真正意图在于，以所谓的共同利益为诱饵，驱使人们肝脑涂地，便于他从中牟取暴利。米洛进而采取国家入股的形式，把美国、英国、法国、德国等所有交战国都变成辛迪加联合体

---

① 海勒．第二十二条军规．扬恝，程爱民，邹惠玲，译．南京：译林出版社，2006：490.

的成员，“他们都属于咱们的联合体……他们都明白凡是对咱们联合体有利的事，对国家也是有利的”①。米洛与美国当局签约轰炸德国人的桥梁，又与德国签约守护这座桥梁。或者，他也可以反过来，与德国当局签约轰炸美国人的营地，而后与美国当局签约守护该营地。米洛策划着一次次攻击，让交战国打得不可开交，而他只与交战双方签了两次名，便从中捞取了巨额利润。在米洛的辛迪加联合体的控制下，战争再无正义与非正义的界限，也无势不两立的敌对双方，交战双方随时可以成为盟友，盟友也可以随时变成敌人。每一次战争都是辛迪加联合体牟利的手段，也是辛迪加联合体成员国获利的方式。但是米洛和官僚权力机构反过来以“人人都有份”的原则欺骗人们，形成人人为自己而战的假象，驱使人们死心塌地作战。海勒揭示出，战争投机家与官僚权力机构，是战争真正的幕后黑手，他们翻手为云，覆手为雨，不断地推动战争升级。作品中的“不朽之城”一章，描绘了罗马城被炸毁后的景象。而罗马城被炸，或许就是像米洛之流的投机者导演的一出“好戏”。海勒在一篇谈论《第二十二条军规》电影改编的文章中，对电影中所呈现的罗马城被炸后的一幕场景非常赞赏。在这幕场景中，约塞连来到妓院寻找内特利的女友，妓院里一片狼藉，人去楼空，约塞连只见到一个老妇人。“那里空落落的，只有那个老妇人坐在那里，一个劲地抽着雪茄。除了问一句答一句外，她就再也没有其他反应，透着一种疲惫倦怠、旷日持久的无奈。……她的人生并不开心，但又何必这样大惊小怪呢？这对我来说，是最具震撼力的场景。”② 在妓院之外，整个罗马城只剩下了断壁残垣，到处都是令人窒息的死寂。这幕电影场景的精彩之处，就在于契合了作品中所描绘的世界末日景象。海勒强调，战争投机家与官僚权力机构为了攫取权力与金钱，不断推动战争升级，甚而将整个世界变成战场，世界则沦为一片废墟。

作品以第二十二条军规来贯穿作品，并展现官僚权力机构设置的四个层面的圈套，表明官僚权力机构与当权者任意欺辱下层官兵的骄纵与蛮横。在海勒看来，官僚权力机构与当权者依靠第二十二条军规，才能随心所欲地滥施权威。海勒借用妓院老太婆之口点出了第二十二条军规的本质：“第二十二条军规说，他们有权利做任何事情。”③ 第二十二条军规本身是空洞无物的，但权力的无所不在使第二十二条军规变成不容侵犯的神圣律法。海勒愤激地指出：“根本不存在这么条军规。第二十二条军规不存在……可那又有什么用呢？问题在于每个人都认为它存在，而更糟糕的是，它没有实实在在的内容或条文可以让人们嘲笑、驳斥、指责、批评、攻击、修正、憎恨、谩骂、啐唾沫、撕成碎片、踩在脚下或者烧成灰烬。”④ 从这个意义上说，第二十二条军规是官僚权力机构与当权者制造出来的统治工具。官僚权力机构和当权者正是通过第二十二条军规和各种圈套，将人们死死地套牢在他们的权力运作和利益争夺中。

---

① 海勒．第二十二条军规．扬恝，程爱民，邹惠玲，译．南京：译林出版社，2006：293.

② 海勒．得过且过．郭国良，赵婕，译．杭州：浙江文艺出版社，2006：304.

③ 海勒．第二十二条军规．扬恝，程爱民，邹惠玲，译．南京：译林出版社，2006：519.

④ 海勒．第二十二条军规．扬恝，程爱民，邹惠玲，译．南京：译林出版社，2006：521.

二、人的物质化：难以承受的生存恐怖

官僚权力机构和当权者设置各种圈套，肆意摆布人们的命运，消除了人们把握世界与自身命运的主体性，并褫夺了人们自由选择的权利。海勒进而在《第二十二条军规》中展现出，人们在不可理解、残酷冷漠的世界中，感受着难以名状的创痛和恐惧，体会到人被物质化的生存恐怖。

在作品中，战争机器的杀戮与官僚权力机构的专制不但消灭人们的生命，而且摧残人们的精神。在高压的统治下，人们如行尸走肉一样活着。《第二十二条军规》别有深意地把故事的场景放置在地中海的“皮亚诺萨岛”上，这个意属岛屿是 19 世纪中期直到 20 世纪 70 年代关押重刑犯的天然监狱，关在这里的罪犯即便刑期已满，也必须在这个岛屿度过余生。作品中，驻扎在这里的美国士兵，正如被囚禁的罪犯一样，被迫留在岛上执行飞行任务而不能回国。死亡的威胁时刻压在人们的心头，官僚权力机构的暴虐则彻底摧毁了人们的信念，让人们感到生不如死。克莱文杰和丹比少校在战前都在大学里深受西方人文主义文化精神的熏陶，但是当权者的毒辣击碎了他们的理想和信念，让他们看到现实的残酷丑恶。克莱文杰是个理想主义者，他怀抱着以人为本的信念，把对生命意义的思考与参加战争结合起来。克莱文杰认为，人的生命是短暂的和充满痛苦的，但是人们参加战争，担负保卫祖国的神圣使命，便能实现生命的价值。克莱文杰珍视个人尊严，他把不惧死亡、为国牺牲视为捍卫生命尊严的方式。克莱文杰不能容忍约塞连对战争的厌恶，多次与约塞连展开辩论。但是同伴们阵亡的惨烈景象，似乎在表明约塞连对战争的痛恨不无道理。克莱文杰与约塞连进行辩论，在某种程度上，是在说服自己坚持信念。克莱文杰虽然看到战争的残酷无情，却仍然坚信战争的正义性，为此他反感约塞连不分敌我的态度。约塞连认定，不管是他们正在与之作战的敌方，还是命令他们走上战场的长官，都是意欲让他们白白送死的敌人，两者并没有什么不同。克莱文杰认为，约塞连缺乏对国家的忠诚和明确的是非观念，是有反社会敌对心理的疯子。但是官僚权力机构和当权者的任性妄为和阴险放肆，使克莱文杰对人类社会所抱有的理想破灭了。克莱文杰最初满腔热情地参与军旅生活，热心地在短训班授课。他为沙伊斯科普夫少尉献计献策，却遭其嫉恨和报复。克莱文杰从裁定委员会中身居高位、专横跋扈的长官身上，感受到了一种毫无来由的“赤裸裸的残酷无情的仇恨”。裁定委员会的长官对爱国精神和正义的歪曲，更使克莱文杰万念俱灰。克莱文杰不堪羞辱，辩解道他在为正义事业而战。主持裁定的上校却肆无忌惮地讥笑道：“正义就是半夜里在地板上用膝盖顶着别人的肚皮用手按着别人的下巴手里拿着一把刀偷偷摸摸地摸到一艘战列舰的弹药舱里事先不给任何警告在黑暗中秘密地用沙袋把别人打昏。正义就是勒杀抢劫。……要凶残。”[①] 克莱

① 海勒．第二十二条军规．扬恝，程爱民，邹惠玲，译．南京：译林出版社，2006：100.

文杰突然感受到，这场战争毫无意义。最后，克莱文杰驾驶飞机冲向“天堂”，以决绝的方式告别荒谬的世界。与克莱文杰同样怀抱理想来到战场的丹比少校，差点无缘无故地被枪毙。生命毫无保障的悲惨境地和任人宰割的命运，使丹比少校失去了意志的独立性。当权者滥用权力，以死亡的恐惧对人们加以驯服。丹比少校放弃了自己的理想，认定“卡斯卡特上校和科恩中校是我的上级，执行他们的命令是我能对我们所进行的这场战争做出的唯一贡献。我和他们共事，是因为这是我的职责”①。丹比少校决定依附当权者卑微地活着，他虽然良知未泯，却变得胆怯懦弱。他不敢违抗卡斯卡特上校的命令，奉命劝说约塞连与卡斯卡特上校合作，为这场卑鄙肮脏的交易充当说客。

《第二十二条军规》以夸张的手法写出，人们处在死亡的边缘，对死亡的恐惧折磨着他们。人们在惨无人道的专制统治下，精神走向崩溃。他们变得怪异疯癫，行为离奇古怪。有评论者就此指出，海勒“将战争小说所固有的焦虑从战场环境中那种坚忍的恐惧转化为一种对于人类脆弱性的意识”②。亨格利·乔完成了规定的飞行任务，一直盼望着回家，但他的愿望一再落空。无休无止的飞行任务和回家的遥遥无期，让亨格利·乔变得极度焦躁抑郁。亨格利·乔的精神在忧惧中日益萎靡，每晚都在噩梦中痛苦地尖叫，最后在噩梦中死去。哈弗迈耶是最出色的轰炸手，总是圆满地完成飞行任务。他在晚上射击田鼠，欣赏田鼠惊恐的目光和飞溅的血肉，以此取乐。或许，哈弗迈耶正是在田鼠那里看到了自己有朝一日血肉横飞的景象，便通过这种野蛮的方式发泄心中的愁闷。麦克沃特热衷飞行，却不过是在抵御巨大的心理压力。他在一次超低空飞行中把岸边的基德·桑普森劈成两半，在自知闯祸后驾机撞山自杀。战争使人们变得疯狂又怯懦，人们难以克服内心的惶恐。他们在残酷的现实面前不知所措，癫狂之态百出。弗卢姆上尉害怕哈尔福特在夜里割断他的喉咙，向梅杰少校报告，却被梅杰少校威胁要割断其喉咙。虽然哈尔福特和梅杰少校都不过是口出戏言，弗卢姆上尉却在畏惧和惊慌中藏身树林，极力远离危机四伏的人类社会。弗卢姆上尉对周围人们的反应，与约塞连的担心相互呼应。弗卢姆感觉危险近在咫尺，感觉人人都想杀死自己、人人都是敌人。对弗卢姆上尉来说，在树林中受尽磨难，也比在相互杀戮的人类社会里要安心得多。更多的士兵则在作战任务结束后，沉湎于亵玩妓女和酗酒斗殴，以驱散心中无法排遣的痛楚。人们接二连三地死去，悲哀和惊恐使人们丧失理智。邓巴在医院里又一次看到裹着石膏、缠着绷带的士兵，精神上受到强烈刺激而发疯。在战争机器与官僚权力机构的压制下，人们变得乖张怪戾和麻木不仁。阿费在战场上不像约塞连那样惊慌失措，对周围接踵而至的炮弹视而不见。他像个机械的木偶一样不知恐惧，在飞机上笨拙地游来荡去。战争剥夺了人们的正常情感，也使人性发生变异，造成了人们的嗜杀心理和暴虐倾向。阿费凌辱军官公寓里的女佣，并把她举起从窗口扔出

① 海勒．第二十二条军规．扬恝，程爱民，邹惠玲，译．南京：译林出版社，2006：568.

② 伯科维奇．剑桥美国文学史：第7卷．孙宏，主译．北京：中央编译出版社，2005：133.

去摔死。他心安理得地认为杀死女佣是无罪的，并且坚信不会受到任何惩罚。既然战争就是杀人，那么杀死一个微不足道的女佣就不值得大惊小怪了。人们意识到生命面临危机，却无力改变自身的处境。在生死未卜的境地下，他们的精神躁狂而脆弱，他们常常做出荒唐可笑、疯癫放浪的举动。

战争机器和官僚权力机构把世界变成生灵涂炭的屠宰场，人们变成可被随意征用和弃置的无生命的物质。医院里满身裹着石膏的士兵、帐篷里的尸体与在痛苦和寒冷中死去的斯诺登，这些仿佛在告诉人们，所有的士兵都是正在死去的斯诺登，都将是医院里躺着的满身雪白的士兵或者是帐篷里的死人。作品在第1章“得克萨斯人”中描写了满身雪白的士兵的样子：

除了那个全身素裹的士兵以外，因为他根本没办法动弹，全身上下都裹着石膏和纱布，双腿双臂已全无用处。他是趁黑夜没人注意时被偷偷抬进病房的。直到第二天早晨醒来，大伙儿才发现病房里多了他这么个人，他的外观实在古怪得很：双腿双臂全都被垂直地吊了起来，并且用铅陀悬空固定，只见黑沉沉的铅陀稳稳地挂在他的上方。他的左右胳膊肘内侧绷带上各缝入了一条装有拉链的口子，纯净的液体从一只明净的瓶里由此流进他的体内。在他腹股沟处的石膏上安了一节固定的锌管，再接上一根细长的橡皮软管，将肾排泄物点滴不漏地排入地板上一只干净的封口瓶内。等到地板上的瓶子满了，从胳膊肘内侧往体内输液体的瓶子空了，这两只瓶子就会立刻被调换，液体便重新流入他的体内。这个让白石膏白纱布缠满身的士兵，浑身上下唯有一处是他们看得到的，那就是嘴巴上那个皮开肉绽的黑洞。①

人们看不清楚这个士兵的长相，也不知道他的名字、生平、家乡、性情等，只能看到由石膏和一连串装置与器械组合而成的怪异的物体。那么石膏遮盖着的身体究竟是什么样子，海勒在作品第41章“斯诺登”中描写被弹片打穿的斯诺登的身体，将之呈现出来：

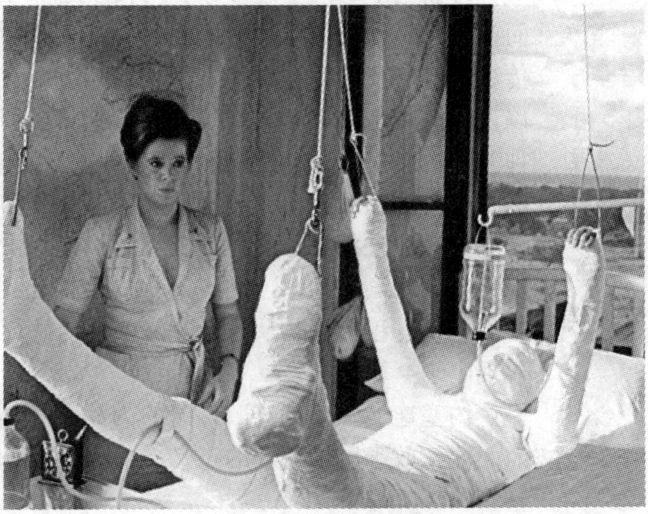

满身雪白的士兵（电影剧照）

约塞连一把扯开斯诺登防弹衣的扣子，不由得尖声叫了起来。斯诺登的内脏涌了出来，湿漉漉地堆在地板上，而且伤口里面的血仍然滴滴答答地往外流淌着。一块三英寸多长的弹片正巧从他另一侧的腋窝处射了进去。这块弹片穿过他的腹腔，又在这边的肋骨处打通一个大洞，把他肚子里杂七杂八

① 海勒．第二十二条军规．扬恝，程爱民，邹惠玲，译．南京：译林出版社，2006：6－7.

的东西全都带了出来。约塞连又尖叫了一声，伸出双手使劲捂住眼睛。他吓得浑身战栗，牙齿格格打战。他强迫自己再次抬眼看过去。他一边看一边痛苦地想，上帝造出的一切都在这儿了——肝、肺、肾、肋骨、胃，还有斯诺登那天午饭吃的煨番茄。①

作品故作诙谐地写出斯诺登“肚子里杂七杂八的东西”流出来的情景，似乎在漫不经心地追求一种荒谬滑稽的效应，却暴露出战争机器运转下人类生命的脆弱。人类身体在战争中的四分五裂，根本没有悲壮崇高的悲剧意味，只是物质的单纯分解而已：

人是物质。这就是斯诺登的秘密。把他从窗口扔出去，他就会摔下去；把他点燃了，他就会烧起来；把他埋入地下，他就会和别的各种垃圾一样腐烂。灵魂离去之后，人就变成了垃圾。这就是斯诺登的秘密。②

海勒在《第二十二条军规》中指出，人们被卷入战争机器和官僚权力机构的运转机制中，他们的生存面临着灭顶之灾。人们感觉到前所未有的生存恐怖，即人不过是可以随时被装卸、被任意更换的物件，人的肉体随时会被碾碎并不留痕迹地消失。

三、约塞连“反英雄”形象的深层内涵

海勒笔下的约塞连形象，与传统意义上的“英雄”形成鲜明的对比，因而被认为是“反英雄”形象。然而，有评论者指出：“海勒使用对情感倾注的传统与非传统的两种方式，来表达其道德含义，这正是该作品的主题。”③ 可以说，海勒是以非传统的方式，运用先抑后扬的手法，将“傲岸孤高的精神”④ 注入约塞连形象中，将之作为“反英雄”形象⑤塑造出来。但是约塞连的“反英雄”形象在作品中的形成，具有精神发展和伦理成长的动态性。与作品中其他人物的平面化、类型化、漫画化不同，约塞连的形象有着内在的变化与发展，即约塞连完成了从贪生怕死到反抗强权、从自私自利到心系弱者的成长过程。正是从这个意义上，约塞连作为“反英雄”形象的深层内涵显现出来。

约塞连的“反英雄”形象的内涵首先体现在，约塞连立足于对自身生命的关注，敢于质疑战争的正义性，而不盲从官僚权力机构灌输给人们的观念

① 海勒．第二十二条军规．扬恝，程爱民，邹惠玲，译．南京：译林出版社，2006：561.

② 海勒．第二十二条军规．扬恝，程爱民，邹惠玲，译．南京：译林出版社，2006：562.

③ Harold. The Ethics of Non-Realist Fiction：Morality's Catch-22. Philosophia，2007（35）：158.

④ 海勒．得过且过．郭国良，赵婕，译．杭州：浙江文艺出版社，2006：309.

⑤ Simmons. The Anti-Hero in the American Novel：From Joseph Heller to Kurt Vonnegut. Macmillan：Palgrave Macmillan，2008：49.

赤身裸体的约塞连坐在树上，参加斯诺登葬礼并给米洛"出谋划策"（电影剧照）

形态。作品开头部分展现出的约塞连，畏缩，逃避作战并消极破坏作战计划，是个一心只想活命的胆小鬼。但约塞连珍视生命而厌恶战争，在海勒看来，这是值得肯定的。在作品开头部分出现的约塞连，并不是勇敢无畏的士兵。为了逃避作战，约塞连把医院当成避难所。他宁愿在医院里担任信件审查官，在百无聊赖中胡乱地涂改信封上的姓名和地址，也不愿在战场上丢掉性命。他每次作战时，都不在乎是否完成了任务，只想活着返回地面。在营帐里，约塞连嘲笑人们的爱国精神，无所事事地打发时光。他毫不在乎同伴们坚守的道德准则和价值观念，与周围的环境格格不入。从传统价值观念来看，约塞连对爱国主义精神和人们信奉的神圣崇高的理想信念嗤之以鼻，是彻头彻尾的虚无主义者；他缺乏大义凛然和视死如归的英雄气概，是一心只顾逃命的懦夫。他由于胆怯，不得不第二次飞抵目标才能完成轰炸任务，却还恬不知耻地要求卡斯卡特上校给他以嘉奖，所以他还是个典型的厚颜无耻之徒。但是海勒却突出约塞连对官方权力机构鼓吹的战争正义性的怀疑。在海勒的笔下，约塞连是疯狂世界里为数不多的有着清醒意识的人。当人们热情高涨地修建战争设施、准备为祖国和正义而奋战时，约塞连就发现，战争无关正义，战争就是让人送死。"约塞连知道自己没错，因为正如他曾给克莱文杰解释的那样，他很清楚自己从来就没错过。他目光所及，处处是疯子，而在这疯子充塞的世界里，唯有像他自己这样明智而有教养的年轻人，方能明察事理。他必须如此，因为他明白他的生命危在旦夕。"[1] 约塞连知道，周围同伴

① 海勒. 第二十二条军规. 扬恝，程爱民，邹惠玲，译. 南京：译林出版社，2006：22.

眼中都有“苍蝇”，他们无法认清与死神近在咫尺的真相。约塞连看到同伴们在战争中变得日益萎靡，哈弗迈耶随遇而安，亨格利·乔听天由命，麦克沃特故作洒脱。约塞连感到难过的是，同伴们虽然为没完没了增加的作战任务而苦恼，但都认为士兵理应承担为国献身的责任，为此他们仍然甘于服从命令，冲锋陷阵。在约塞连看来，他们都出了毛病，他们并不知晓“对死人来说，谁打赢这场战争，都无关紧要”[①]。约塞连并不遵行人们广泛接受的、习以为常的道德准则，在他看来，这些道德准则变成了官僚权力机构和当权者粗鲁虚伪的托词。战争的形势变得越来越严峻，约塞连再也不能躲在医院里，而是被赶上战场。他对战争进行消极破坏，开始绞尽脑汁地扰乱作战计划。在博洛尼亚战役前夕，他移动轰炸路线，导致飞行任务被取消。当作战计划再次被提上日程时，约塞连让人把捣碎的肥皂掺到食物中，造成人们拉肚子，致使作战任务被延期。但这一切并不能阻止卡斯卡特上校继续实施博洛尼亚作战的决定。对执行任务的极度憎恨，使约塞连将仇恨的矛头指向了以卡斯卡特上校为首的行政长官们：“敌人……就是让你去送死的人，不管他站的是哪一边，自然也包括卡斯卡特上校。”[②] 约塞连无计可施，只好要求丹尼卡医生准许他停飞，试图为自己争取生的希望。当约塞连发现第二十二条军规是个圈套后，他明白了处境的艰难和回家的无望。卡斯卡特上校却仍然在不断增加士兵的飞行次数，从之前规定的25次不断加码到35次、50次……约塞连多次反对飞行次数的增加，但由于力量的弱小而未能奏效。约塞连由此认识到，“敌人”变得无形而不可捉摸，却无所不在，威胁人们生命的是人们无法对抗的制度性、系统性力量。消极反抗的失败，让约塞连决定麻痹自己。他纵欲狂欢，胡吃海喝，打架狎妓，试图忘却对战争的恐惧。但是身边同伴的死亡和医院里躺着的毫无生命气息的伤兵，却充斥着他的生活。约塞连胆战心惊，明白人们的处境越来越危险。他无法摆脱内心的焦灼，变得无所适从。作品写约塞连在医院里见到随军牧师后的激动，显得突兀可笑：“这可是实实在在的一见钟情。初次相见，约塞连便狂热地恋上了随军牧师。”但这恰恰反映了约塞连无以言表的痛苦。约塞连对上帝并不抱任何幻想，但冰冷残酷的世界更令人绝望，约塞连情不自禁地把随军牧师当作救命稻草。不过他清楚地知道，这只是无可奈何的自我安慰而已。

其次，约塞连的“反英雄”形象的内涵体现在，约塞连在逃避和消极破坏作战任务失败后，开始对战争的本质和人类命运展开深入的思考。约塞连从米洛的生意经那里认识到战争的本质，军事、政治、经济等各种势力相互勾结而形成强大的利益集团，将人们的生命当作追求利益的筹码。人们生命都要服从利益的需要，这必定使每个人都难逃厄运。约塞连并不受米洛所谓的“人人都有份”的原则的蒙蔽，而是看到米洛对战争的影响。米洛秉持利益至上的原则，悍然践踏人类社会的正直、良知、诚信等道德准则，对法律

---

① 海勒．第二十二条军规．扬恝，程爱民，邹惠玲，译．南京：译林出版社，2006：155.
② 海勒．第二十二条军规．扬恝，程爱民，邹惠玲，译．南京：译林出版社，2006：155.

不屑一顾。约塞连深知，米洛靠着无数谎言和罪恶勾当建立的金钱帝国，不仅操纵战争的局势，而且使人们陷入走投无路的绝境。米洛在军用物资的供应上弄虚作假，从事各种非法走私活动，为卖出滞销货物而向政府官员行贿。米洛口口声声地宣称“绝不可能有意识地违背作为其正直品性依赖的道德准则”，但是他坚持，“这些道德准则之中，有一条即是，只要实际情况允许，无论要价多少，就都算不得是罪孽”[①]。米洛购买的埃及棉花卖不出去，向约塞连讨教。约塞连带着讥讽之意，建议他行贿让政府买下棉花，米洛义正词严地拒绝了他。但米洛很快为行贿找到了理由：“行贿犯法，这你是知道的。可是做生意赚钱是不犯法的，对吧？……不算，当然不算犯法！”[②] 既然赚钱不算犯法，那么行贿是为了赚钱，也就不算犯法了。约塞连鄙视米洛的无耻行径，但米洛在世界各地都受到追捧和崇拜，让约塞连感到非常震惊。米洛在战争中如鱼得水，在世界各地畅通无阻。他神通广大，无所不能，主导着物资的流通和战争的形势，决定着人们的升迁和各种军用物资的调遣。米洛不仅是人们心目中的英雄，而且成为至高无上的君主和无所不能的神灵，“事实还表明，米洛不仅是奥兰的代理国君，他同时还是巴格达的哈里发、大马士革的伊玛目和阿拉伯的酋长。在那些落后的地区，米洛既是谷物之神，也是雨神和稻米之神，因为在那些地方，这些神灵仍受到愚昧而又迷信的人们的崇拜。”[③] 由此约塞连意识到，利益原则已经成为通行世界的至高无上的原则，利益集团用人们的生命换取他们的利益。战火只会不断延续下去，将人们推入死亡的黑洞。约塞连伤心欲绝地看着同伴们接二连三地死去：内特利与多布斯分别乘坐的飞机在规避高射炮火时相撞；哈尔福特在紧张中病重而亡……但是让约塞连感到更为毛骨悚然的是，即便是没有在战争中丧生的人，如果失去了可利用的价值，也会被毫不留情地清除掉。作品中涉及几次失踪。邓巴发疯后，官方权力机构为避免恐慌情绪蔓延，秘密地处决邓巴。梅杰少校是平庸无能之人，对上司恭顺服从、卑躬屈膝。他在空军中队中担任要职，但他难以应付公务，便对公务采取推诿拖拉的态度。后来梅杰少校干脆将自己封闭起来，拒绝与任何人接触。梅杰少校的名字“Major”有“少校”“重要人物”之义，但他在整个官僚权力体制的运作中是个无用之人。梅杰少校莫名其妙地不见了，连卡斯卡特上校也不知道他的下落。可见，梅杰少校很可能像邓巴一样，被悄悄地“消失”了。约塞连更深切地领会到，对官僚权力机构来说，即便是俯首帖耳地服从命令的人，如果他们在持续不断的作战中耗尽生命能量，或者他们不能有效地推动战争机器和官僚权力机构的运转，那么他们便是毫无用处的，也是需要被剪除的“坏黄瓜”。为了取代这些“坏黄瓜”，官僚权力机构急于培养年轻顺从的“好黄瓜”。于是，在一批士兵阵亡后，一批批新的士兵源源不断地来到空军中队。令约塞连心痛不已的是，

---

① 海勒．第二十二条军规．扬恝，程爱民，邹惠玲，译．南京：译林出版社，2006：79.

② 海勒．第二十二条军规．扬恝，程爱民，邹惠玲，译．南京：译林出版社，2006：336.

③ 海勒．第二十二条军规．扬恝，程爱民，邹惠玲，译．南京：译林出版社，2006：300.

利益原则渗透到整个人类社会中，决定着人与人的关系。人们以利益原则对待他人，对他人的生命毫无怜惜之情。马德的尸体停放在约塞连的帐篷里，给约塞连带来诸多不便，但是约塞连却不忍心随意处置它。新来的士兵却把马德的尸体当作垃圾，干脆利落地扔出帐篷，以便他们能酣畅痛快地玩乐。这既让约塞连产生同病相怜的悲哀，也使约塞连对战争深恶痛绝。约塞连看着这些年轻欢快的笑脸，却联想到漂在河边鼻孔里冒出河水的死尸青色的脸。约塞连发现，战争将整个人类逼到毁灭的边缘，人们正处在生死攸关的时刻，随时会死于非命。

再次，约塞连的"反英雄"形象的内涵体现在，约塞连具有不为强权所屈的精神，并成长为勇于为自己和他人生命担负道义的勇敢者。对生命的珍视使约塞连不愿意自暴自弃，但约塞连将对自我生命的珍视推及对自我与他人生命的关注。最初，约塞连虽然害怕死亡，但把他人的死亡看作与自己无关的事情，对他人的死亡表现出事不关己的冷漠态度。他在浑身打满石膏的士兵前，可以若无其事地拿其说笑；对帐篷里的死人，他感到憎恶厌烦；在与克莱文杰的争辩中，出于争强好胜的心理，他把斯诺登的死亡挂在嘴边，让克莱文杰哑口无言。但是约塞连逐渐感到，他人的生命同样是宝贵的，他们的命运是共通的。在医院里又一次见到满身打满石膏的士兵时，约塞连一反调笑的口吻而变得沉默严肃。他开始反省自己的过失，检讨自己造成的同伴的死亡。约塞连过去在作战时只想着自己逃命，而不顾及战友的死活，这导致了弗拉拉战役中克拉夫特与飞机一起在空中被炸毁。约塞连为自己作战时的过失感到歉疚，决心对他人的生命承担责任。在朋友内特利死后，他到处寻找内特利的妓女女友和她未成年的妹妹，打算救助她们。约塞连不同意多布斯暗杀卡斯卡特上校的计划，担心暗杀计划会使更多无辜的人牵连其中。在卡斯卡特上校和科恩中校提出"交易协定"时，约塞连虽然因可以保全生命和顺利回国而有过动摇，但他最终不愿以出卖战友的生命来换取自己的存活。约塞连做出这个决定，经历过一番激烈曲折的思想斗争。约塞连知道，卡斯卡特上校和科恩中校一手遮天，他对战争的逃避与消极破坏都不可能奏效。惨淡的现实仿佛在告诉他，留给他的唯一活路就是服从卡斯卡特上校和科恩中校。约塞连正在犹豫是否要与卡斯卡特上校达成罪恶交易，在此关头，内特利的女友行刺约塞连，使约塞连彻底清醒了过来。内特利女友要为内特利报仇，却把前来告知内特利死讯的约塞连当作报复对象。内特利女友的报复不合情理，但约塞连深受触动。他突然明白过来，他既是惨绝人寰战争的受害者，也是屠戮人类战争的参与者，"每个受害者都是犯罪者，每个犯罪者又都是受害者"①。战争毁灭了人们的生命、尊严、爱情等一切宝贵的东西，人们心中燃烧着复仇的火焰。约塞连感到，如果与卡斯卡特上校同流合污，为自己苟活而牺牲战友，那么他与卡斯卡特上校就没有什么两样，他的身体与内心都将沾满战友们的鲜血。约塞连冒着会被送上军事法庭或被秘密"消

---

① 海勒．第二十二条军规．扬恝，程爱民，邹惠玲，译．南京：译林出版社，2006：517.

失”的危险，拒绝向卡斯卡特上校妥协。

作品通过约塞连这个“反英雄”形象要表达的是，人类只有重视自己的生命，才能对抗异己、反常、疯狂、滑稽之世界。在这个意义上，海勒把约塞连视为“希望的化身”。

四、在“黑色”的绝望中积极寻找希望的“幽默”

《第二十二条军规》被认为是“黑色幽默”的代表作，对于“黑色幽默”，人们定义为“在生活的绞刑架下幽默”[①]、大祸临头时致命一蜇的幽默等。也就是说，“黑色幽默”是人们在绝望中故作轻松诙谐的幽默。这种观点指出了《第二十二条军规》流露出来的悲观绝望的情绪。但是就《第二十二条军规》作品本身而言，“黑色幽默”是一种在“黑色”的绝望中积极寻找希望的“幽默”.《第二十二条军规》由此体现出独特的艺术特征，作品看似结构混乱无序，人物形象呈现碎片化的倾向，但作品却围绕着主人公约塞连的内在转变，分别以“第二十二条军规”和“满身雪白的士兵”为线索进行安排和组织，最后以约塞连的成功脱逃作结，显现出作家对人类寄寓的希望，即：人类最终能冲破黑暗的专制统治，捍卫人类自身的生存权利与生命尊严，并重建人类自身的未来。

《第二十二条军规》结构混乱无序，没有一以贯之的叙事脉络和完整的故事情节。作品的“形式几乎土崩瓦解。若不论及小说本身的结构，而只从其意识形态来看，则《第二十二条军规》是一幅拼贴画”[②]。作品共有 42 章，大多以某个人物为题，或者以某个节日或地点为题。每一章的内容看似讲述了标题所指的人物与事件，却并不塑造性格鲜明的人物形象，也没有叙述完整的事件。整个章节由毫无意义的对话和场景的不断滑动构成，对标题所指的人物和事件往往只是蜻蜓点水般带过。比如以“得克萨斯人”为题的第 1 章，就没有中心和主旨可言。在开端部分，作品平铺直叙，写约塞连在医院里百无聊赖的生活以及他与病友们东拉西扯的闲聊，仅仅提到得克萨斯人参与了他们的交谈。随后作品转而讲述塔普曼牧师来到医院与约塞连的对话，接着便写住在医院里的上校接受全身检查的场景。第 1 章中涉及的人物与事件都毫无联系，事件之间没有因果联系或逻辑过渡，而只是由一个事件平滑地转移到另一个事件。

作品的各章之间缺乏时间和事件的连续性，它们的顺序可以随意颠倒。整部作品看上去支离破碎，就像 42 章零散杂乱的片断的拼凑。事实上海勒对

---

① 黑塞．荒原狼．马云，译．北京：北京理工大学出版社，2015：214.

② 海勒．得过且过．郭国良，赵婕，译．杭州：浙江文艺出版社，2006：304.

作品的结构安排别有匠心。虽然作品看似将所有章节一股脑儿塞在《第二十二条军规》的书名之下，但作品对人物和事件的描述，都是在它们与第二十二条军规发生的关联中展开的。作品围绕着人与战争机器和军事管理制度之间的“一种紧张状态”和“一场永无止境的冲突”[①]，将所有章节连接起来。从事件本身发生的时间顺序来看，作品涉及的大战役先后有弗拉拉战役、博洛尼亚战役、阿维尼翁战役，此外还描述了这几次大战役期间和后来的多次例行飞行以及阅兵、审讯等事件。但是作品有意地将所涉及的战役和事件切割成七零八落的碎片，然后断断续续、零散凌乱地将之拼贴起来，从而“引出各种可能性和组合，包括人物、语调、焦虑或不安全的情绪纷至沓来”[②]。作品的叙述时间是从阿维尼翁战役后开始，约塞连在这场战役中眼睁睁地看着斯诺登死去，而后逃进了医院。接着作品毫无条理地回溯此前的几场战役、人们执行例行飞行任务的情况以及他们的军营生活。但是每次对事件的回溯都不完整，时常中断，并穿插其他的事件，就好像是一个人在梦魇中头绪不清、前言不搭后语的絮叨。如作品中有关斯诺登的描写，断续而反复，似乎总在不经意间冒出来。首先在第 4 章“丹尼卡医生”中，作品第一次提到斯诺登。在第 17 章中，躲在医院里的约塞连感到死神无处不在，斯诺登的呻吟声又从约塞连的记忆深处传出来。在第 22 章“米洛市长”中，作品描写约塞连惊慌失措地阻止飞机发疯般的俯冲和指挥飞机在高射炮火中突围，这时斯诺登微弱的求救声在隆隆炮声中显得异常清晰。但作品对斯诺登临死前的叙述再度中断，显示出约塞连在极力压抑这段往事，但惨痛的回忆却挥之不去。在 43 章“斯诺登”中，作品才交代了约塞连目睹斯诺登死亡的细节。约塞连手忙脚乱地为斯诺登包扎伤口，最后却发现斯诺登的身体已被弹片打穿。

此外，作品常常插入无关紧要的因素，并将之放大变形，使之对原本正在进行的叙述构成干扰。作品写道，佩克姆将军和德里德尔将军并不关心战争事务，而是忙于争权夺利的斗争。他们千方百计地要博得上级的垂青，得到往上爬的机会。然而他们呈送的信件能否到达上级手里，却取决于司令部的信件收发兵温特格林的口味。温特格林毫不在意信件与战事的关系，他喜好德里德尔将军信件的简洁质朴文风并将之传送上去。温特格林甚至左右了卡斯卡特上校的前途，因为温特格林销毁或弄错了卡斯卡特上校往来信函的地址，断绝了卡斯卡特上校升迁为将军的梦想。作品以令人啼笑皆非的戏谑手法，展现了官僚权力机构内部的组织性混乱。哈尔福特是个文盲，大字不识，却被委任为助理情报官。而温特格林在战争机器中是不起眼的棋子，却不经意地制造出诸多搅扰整个军队的事件。在佩克姆将军签发的大队官兵传阅的说教词中，言不及义地提到哪个诗人会捞钱，而温特格林不知其然地回答道“T. S. 艾略特”。作为战争的领导者，佩克姆将军与德里德尔将军在战事紧张时，却在军用电话里展开了一场相互捉弄的闹剧，并使整个军队都卷

---

① 海勒．得过且过．郭国良，赵婕，译．杭州：浙江文艺出版社，2006：304，309.

② 海勒．约瑟夫·海勒访谈录．杨向荣，译．青年文学．2007（7）.

入了对这个莫名其妙的“T. S. 艾略特”的调查中。

作品对人物的处理也别具一格，某个人物在前一章中已经死去，在后面的章节中却活生生地出现在人们的生活中，仿佛死去的人复活过来。然而作品强调的是，虽然人们活着，但是他们很可能下一秒就命丧黄泉。人们在朝不保夕的生活中意识到，生者与死者仅一步之遥。作家以此呈现出世界的不可理解和人们时空体验的失常，表达出人们欲哭无泪、难以言喻的痛苦。战争切断了人们与过去、未来的联系，人们不再有过去和未来，等待他们的就是无声无息死去的惨景。作品章节的标题与章节本身内容的背离，使标题所涉及的人物被撕裂成碎片，散落在作品的各个地方。人物似乎只有飘忽不定的名字，他们仿佛失去了鲜活的个性特征，不过是套上不同名字、在作品各处游荡的幽灵。作品以此传达出人们无法把握自身命运、生命朝不保夕的感受。

《第二十二条军规》结构杂乱无章，人物形象支离破碎，但是作品却巧妙地安排了两条平行线索，它们之间的冲突与主人公约塞连的思想发展和伦理成长形成内在的呼应。作品在第二十二条军规这条线索之外，设置了“满身雪白的士兵”的线索。《第二十二条军规》出现了三次“满身雪白的士兵”，分别是在第 1 章“得克萨斯人”、第 17 章“满身雪白的士兵”和第 34 章“感恩节”。作品据此可以分为三个部分。第一部分为第 1 章到第 16 章，第二部分为第 17 章到第 33 章，其余章节为第三部分。有研究者认为，作品的这三个部分的基调从幽默转变为严肃，继而转变为悲伤。[①] 不过，作品的基调不仅在于作品本身的情感表现，而且对应着约塞连认识深化和伦理成长的过程。作品叙述皮亚诺萨岛上空军中队发生的事件和士兵们的命运，屡次回落到约塞连见到满身雪白的士兵和约塞连对斯诺登死亡的回忆上，这进一步推动了约塞连的内在转变。在第一部分中，作品的节奏拖沓迟缓，调侃逗趣，废话连篇，反映了约塞连逃避战争的心理。在第二部分中，作品节奏骤然加快，卡斯卡特上校、德里德尔将军、米洛市长纷纷登场，他们利用权势与金钱组成了巨大的网络。士兵面临的情势日益险恶危急。人们在战场上拼命搏杀，回到驻扎的营地，却遭到辛迪加联合体发动的突袭。卡斯卡特上校继续增加飞行次数……作品的笔调转为凄怆悲凉，表明人们都处在命悬一线的紧急状态。但约塞连幻想着，他能通过消极破坏的手段，达到远离战争的目的。在第三部分，约塞连看着同伴们一个个死去，这时作品的节奏变得如疾风骤雨般，让人喘不过气来。随后作品以阴沉冷峻的笔调，描绘卡斯卡特上校对约塞连的步步紧逼。这时斯诺登死亡时的细节清晰地浮现在约塞连脑海里。这表明，约塞连抛开了畏缩和消极的情绪，敢于面对自身荒诞的生存处境，并毅然抵制官僚权力机构的收买。如果说第二十二条军规像巨大的旋涡一样，将所有的人物和事件席卷进去，并给人们带来黑云压顶般的压迫感，那么“满身雪白的士兵”的线索，则既强调死亡形象在人们内心世界中造成的恐

---

① 唐文．约瑟夫·海勒小说中的死亡书写．东岳论丛，2015（4）：74.

慌，也意在促使人们产生置之死地而后生的决心。

海勒在结尾部分设定约塞连成功脱逃的情节，表达了海勒对人类终将把握自身命运与未来的坚定信念。显然海勒通过“第二十二条军规”这条线索，透露出作家的某种担忧，即人类社会将在官僚权力机构与当权者的腐化堕落中走向终结。但是作品描写约塞连的成长过程，旨在探寻人在荒谬世界中的伦理追求。海勒曾指出《第二十二条军规》的创作主旨：“人们奋力要在无意义中发现意义，最终失败；困扰他们的冲突公然蔑视理性与道德——显得既可憎又无逻辑。”① 虽然作品自始至终为沉重阴暗的气氛所笼罩，但作家依然执着地要“在无意义中发现意义”。作品一方面展现官僚权力机构暴虐无道地残害生命，另一方面却通过塑造约塞连形象，凸显人类守护生命的顽强和执着。不仅如此，海勒进一步将对抗强权、拯救自己生命的力量赋予人类。约塞连拒绝与卡斯卡特上校“合作”，这使他处境险恶。但约塞连不愿坐以待毙，决定付诸行动来拯救自己的生命。作品以奥尔的胜利，为约塞连指引了一条绝境逢生的道路。《第二十二条军规》提到的诸多人物中，逃到瑞典的奥尔没有被作为标题。显然，作品将奥尔塑造为皮亚诺萨岛上卓然不群的人物。奥尔只是一个普通的士兵，在空军中队中显得微不足道。但他技艺超群，睿智机敏。他与约塞连一样，看透了第二十二条军规的本质，洞悉官僚权力机构灌输的各种观念对人们的欺骗。奥尔明白人们在官僚权力机构的统治下必将死路一条，并自知弱小的个体无力对抗官僚权力机构。他雇用妓女用高跟鞋使劲敲击他的头顶，企图损伤大脑，打算无知无觉地加入疯狂的世界。这一切无法奏效后，奥尔一边装疯卖傻，一边积极地谋划逃跑的事宜，并旁敲侧击地劝说约塞连一起逃离。作品描绘了奥尔为准备逃跑进行的各种周密筹备，显露出奥尔的有勇有谋。奥尔身量矮小，却逃脱了强大的官僚权力机构的天罗地网，让皮亚诺萨岛上痛苦绝望的人们看到了一线生机。最初约塞连并不相信奥尔，拒绝了奥尔的出逃建议。奥尔逃跑的消息传来后，约塞连不仅领会了奥尔的良苦用心，而且从奥尔的身上看到，哪怕是平凡普通的人们，身上也蕴含着不可限定的力量。约塞连受到鼓舞，终于下定决心与官僚权力机构决裂。约塞连的伦理成长，反向消解了以第二十二条军规为代表的强权，也是作品在整个黯淡阴沉的氛围之外升腾起来的希望之光。

海勒在《第二十二条军规》中展示出，人类在社会制度和权力机构的压迫下，陷入欲哭无泪的悲惨境遇。但海勒认为，人类个体的生命意识是人类促进自身思想发展和伦理完善的立足点，也是人类对抗外在的强权和暴力的决定性力量。海勒呼吁人们树立生存的危机意识，要求人们不断反思自己的观念，呼吁人们与威胁自身生命的各种异己力量进行斗争。总之，海勒在作品中基于对人类生命的尊重，开始涉及国家机器和权力机构威胁人类肉体性生命的主题，这在世界文学史上具有振聋发聩的意义。

---

① Gray. A History of American Literature. Malden：Blackwell Publishing Ltd.，2004：602.

推荐书目

1. 海勒．第二十二条军规．扬恝，程爱民，邹惠玲，译．南京：译林出版社，2006.

2. 海勒．得过且过．郭国良，赵婕，译．杭州：浙江文艺出版社，2006.

3. 陈永国．海勒．成都：四川人民出版社，2003.

4. 成梅．小说与非小说：美国20世纪重要作家海勒研究．北京：中国社会科学出版社，2009.

第9讲

加西亚·马尔克斯与《百年孤独》

一、加西亚·马尔克斯小传

马尔克斯有一次在与自己的好友门多萨谈起《百年孤独》的创作初衷时说："我要为我童年时代所经受的全部体验寻找一个完美无缺的文学归宿。……我只是想艺术地再现我童年时代的世界。……全书到处可以看出，影射着不少至亲好友。"① 在另一次访谈中，马尔克斯说道："我不记得谁曾说过，所有小说家的头六本书都是自传性的。我已经出版了五本书，都是根据自己的经历写的。……我的作品中写的基本经历不是很多，而且它们已开始变得陈旧了：都是在我生命的最初八年的经历。"② 我国作家格非在谈到马尔克斯的创作时提出了与马尔克斯本人略有差异的观点："加西亚·马尔克斯一生的经历仿佛都是在为《百年孤独》做准备，其中既有资料的收集，又有个人经验的积累，当然还包括他在此之前一次次成功和失败的写作训练。"③ 细细推敲，两人的观点并无本质性的冲突，只是两人强调的侧重点不同而已。马尔克斯强调的更多是自己的创作题材、感觉世界的方式以及讲述故事的语调等，而格非强调的则要宽泛得多，它不仅

马尔克斯

① 马尔克斯，门多萨．番石榴飘香．林一安，译．北京：三联书店，1987：103-104.

② 马尔克斯．两百年的孤独．朱景冬，译．昆明：云南人民出版社，1997：252.

③ 萨尔迪瓦尔．马尔克斯传．卞双成，胡真才，译．上海：上海人民出版社，2008：5.

包括马尔克斯所强调的内容，还包括了技术储备、思想情感储备等。正因为这样，我们解读《百年孤独》，就首先从马尔克斯的人生经历、创作经历讲起。

马尔克斯出生于 1927 年 3 月 6 日，出生地是哥伦比亚加勒比地区马格达雷纳省的阿拉卡塔卡镇。这是马尔克斯外祖母的家乡。马尔克斯就出生在他外祖母家的大宅子里。马尔克斯的童年也主要是在他外祖母家度过的。1936 年 12 月才离开阿拉卡塔卡，而这时他已是一个二年级的小学生了。

外祖母特兰基丽娜·伊瓜兰是一个自己的王国不在这个世界上的人。她终日“忙于料理活人死人相遇的阴阳两间边界上的事务。忙于用迷信保护家人。比方说，阴魂走开以前就应该让小孩睡觉；孩子们躺着的时候如果门前有出殡的行列经过，应该叫他们坐起来，以免跟着门口的死人一块儿死；应该注意别让黑蝴蝶飞入家中，因为飞进来就意味着家里要死人；若是飞来了金龟子，家里就要来客人；保证不撒落盐能躲避厄运；如果听见怪声那就是巫婆进了家门；如果嗅到硫黄味就是附近有妖怪”①。对于外祖母来说，生者与死者之间没有什么明显的界限。鬼怪神奇的故事一经她讲来，便轻松平凡，仿佛聊家常一般；一谈起死人来，就好像他们一个个都活在世上一般。每当夜晚降临，外祖母就让当时只有五六岁的马尔克斯坐在椅子上一动不动，听她讲住在家里的鬼魂：佩特拉姨妈、拉萨罗舅舅，还有玛加丽塔姨妈。“你要是敢动，”外祖母对外孙说，“佩特拉姨妈或拉萨罗舅舅就会来了。”幼年的马尔克斯常常是想着那几个熟悉的鬼魂，闻着院子里的花香，听着昆虫的鸣叫，吓得大气都不敢出。一直到睡觉以后还噩梦不断。直到雄鸡高唱、晨曦显露，惊恐才会消除。与外祖母住在一起的埃尔维拉姨妈、弗朗西斯卡姑姥姥、韦内弗里达姑姥姥也都是些怪异的女性，整日回忆陈旧的往事，并都拥有预知未来的超常本领。比如弗朗西斯卡姑姥姥，突然有一天就坐下来给自己织裹尸布了。马尔克斯问她：“你干嘛要织裹尸布呢？”回答是：“孩子，因为我快要死了。”果然，她织完裹尸布，就躺在床上死了。另外，马尔克斯童年所居住的外祖母家的宅邸，据说也是一座幽灵常常出没的宅院，“有时候，还可以听到死人亡灵在里面轻轻叹息”②。

与外祖母、姨妈、姑姥姥等人一起生活的这段经历，在马尔克斯幼时的心田里播下了魔幻的种子，以至于对马尔克斯的人生观、现实观都产生了铸造性的影响。马尔克斯的好友门多萨就指出，马尔克斯“有点像巫师”，在生活中拥有许多迷信观念。他相信黄花可以给人带来好运气。“只要有黄花，我就不会遇上倒霉事儿。”③ 马尔克斯认为光着身子穿鞋走路、穿着袜子做爱，准会倒霉。门后面出现蜗牛、房间里摆设鱼缸、身穿燕尾服，也会让人遇见倒霉事。据说，他出席诺贝尔文学奖授奖典礼，穿的就是便装，因为害怕穿

---

① 萨尔迪瓦尔．马尔克斯传．卞双成，胡真才，译．上海：上海人民出版社，2008：99－100.
② 马尔克斯，门多萨．番石榴飘香．林一安，译．北京：三联书店，1987：3.
③ 马尔克斯，门多萨．番石榴飘香．林一安，译．北京：三联书店，1987：167.

燕尾服会遇到倒霉事。在生活当中，马尔克斯的许多重大决定是根据自己的预感作出的。而实际上，马尔克斯在生活当中也确实拥有超常的预言能力，就如《百年孤独》中的奥雷良诺上校一样。1955年7月的一天，他到罗马采访，向导将他带到一家三楼的宾馆（包管一日三餐），但坐在前厅里的17位英国人粉红色的膝盖引起了马尔克斯的注意。“冥冥之中，来自加勒比地区的不知什么奇异的声音在我耳旁悄悄地说，那一排粉红的膝盖为不祥之兆。”于是马尔克斯就告诉向导将他带到另一家旅店。结果当天晚上，那17位英国人吃罢晚饭，全都中了毒。1958年元旦在加拉加斯，马尔克斯感到要发生什么严重的事情，结果发生了军事政变，总统府遭到了叛军飞机的轰炸。有一天，他在巴塞罗那系鞋带，忽然感到自己位于墨西哥的寓所发生了什么事，打电话一问，原来是在他家里干活的那位姑娘生了一个男孩。可以说，外祖母、姨妈、姑姥姥等人的迷信大词典大部分传给了马尔克斯，她们所讲述的鬼怪故事、所信奉的迷信信条后来都成了马尔克斯的创作沃土。尤其是外祖母讲述鬼怪故事的那种言之凿凿、不动声色的语气，更是为马尔克斯在《百年孤独》中所直接采用。

外祖父尼古拉斯·马尔克斯与外祖母特兰基丽娜·伊瓜兰是表姐弟关系。他出身银匠，是个自由党人，参加过“千日战争”（1899—1902），在战争中获得了上校军衔。生前，他每周都在等待领取战争结束时政府许诺给老兵的退伍年金。1908年10月，他与自己昔日的战友发生了一次决斗，在决斗中杀死了人家，并因之下狱。出狱后他带领全家离开原籍，辗转数年之久，最终定居于阿拉卡塔卡。据达索·萨尔迪瓦尔在《马尔克斯传》中记述，尼古拉斯因这事终生没能获得灵魂的安宁。“从此，梅达多的幽灵便不让痛苦不堪的上校安宁。正如普鲁登西奥·阿吉拉尔阴魂必须跟着何塞·阿卡迪奥·布恩迪亚一样，梅达多·帕切科·罗梅罗的阴魂也跟着尼古拉斯·里卡多·马尔克斯·梅希亚，不仅跟到了大山那边的阿拉卡塔卡，而且跟到了将近30年后他逝世的时候。”① 尼古拉斯身材矮胖、面色红润，非常好吃，且性欲旺盛，在男女私情方面肆无忌惮，有数不清的私生子，据说全镇就有几十个。他播散在加勒比地区的根苗隔三岔五地会光顾阿拉卡塔卡这所大宅院，特兰基丽娜都像对待亲生孩子那样接待他们。尼古拉斯在镇上德高望重，深受民众敬重。马尔克斯进入童年以后，外祖父与他作为家庭中仅有的两个男人，建立起了非常亲密的关系。60多岁的外祖父常常带着小外孙一起到香蕉园散步，到奔腾清澈而又布满洁白巨石的溪流中洗澡，到吉卜赛人的马戏团见识各种稀罕物（其中包括冰块），有时一不留神还会来到美国联合果品公司的地界。外祖父常常给小外孙讲述阿拉卡塔卡的黄金时代、香蕉种植园工人大屠杀案以及发生在“千日战争”中的故事——他参加过的战斗、他与战友险被捉住枪毙的经历、公墓围墙前被枪毙的人、骡拉的大炮等等。外祖父的故事

---

① 萨尔迪瓦尔．马尔克斯传．卞双成，胡真才，译．上海：上海人民出版社，2008：48．不同资料对同一人物名称的翻译有所不同，为尊重原书，未作统一，提请读者注意。以下不再一一说明。

及祖孙二人的经历，多年后，在《百年孤独》等作品中留下了明显的痕迹。

母亲路易莎·圣地亚加是上校夫妇唯一的女儿（大女儿早逝）。她堪称阿拉卡塔卡的美人，衣饰精致，受过严格体面的教育。父亲加夫列尔·埃里希奥是个私生子，家境贫寒，大学（医学）没能读完。他向路易莎求婚并私订终身时，是阿拉卡塔卡新来的电报员。他虽然风度翩翩，但皮肤较黑，尤其是在感情上不太认真，有点朝三暮四。求婚遭到了路易莎家人的反对。原因主要有四：他是外乡人，属于路易莎家人鄙视的“枯枝败叶”类人物；私生子、肤色黑且不属于阿拉卡塔卡的上流阶层；在政治上属于上校所属党派的宿敌——保守党；在感情上不认真，是一个花花公子式的人物。但是，加夫列尔·埃里希奥有着不可战胜的勇气。他想尽一切办法与自己的未婚妻联络。为了阻断他们的恋情，特兰基丽娜带着路易莎踏上了探亲访友的漫长旅程。而加夫列尔·埃里希奥也制订了自己的“战斗计划”，未婚妻走到哪儿，他的电报就打到哪儿。结果恋情没能被阻止，反而更加浓烈。路易莎的双亲只好屈服。后来，路易莎决定把自己的头生儿子留给自己的父母抚养，也可能带有对自己拂逆长辈之命的补偿之意。马尔克斯的父母一生生养颇多，共计有 11 个子女。其中妹妹马戈特小时候一直有吮手指、偷吃泥土的恶习。父亲婚后从事的职业主要是开设药店、诊所，做顺势疗法医生。由于收入不稳定，再加上家中人口较多，因而在大部分的时间里，一家人的生活都比较窘迫。父母的故事，多年后为《霍乱时期的爱情》的写作提供了素材。而马尔克斯与父母及家人的关系，则深深地影响了作家的内心世界，进而对《百年孤独》等作品的写作产生了影响。关于这一点，我们下文再作展开。

马尔克斯的文学启蒙始于阿拉卡塔卡时期。这首先是听外祖母讲故事，其次是阅读《一千零一夜》。1936 年的一天，当时已是二年级小学生的马尔克斯，在外祖母家发现了一本没有封面、已经散页的《一千零一夜》，读后大为惊叹。山鲁佐德的故事不仅验证、扩充了外祖母的故事，而且讲故事的风格与外祖母如出一辙。“《一千零一夜》的阅读不但改变了加比托（马尔克斯的昵称）的生活，而且作为他的阅历跟随他到了《百年孤独》。”[①] 《百年孤独》中奥雷良诺第二与奥雷良诺·布恩地亚躲在墨尔基阿德斯的房间里阅读《一千零一夜》的情节，吉卜赛人带来飞毯的情节，就与马尔克斯阅读《一千零一夜》的经历有关。

马尔克斯离开阿拉卡塔卡之后，在巴兰基亚市结束了小学学业。然后又在该市读了三年中学。1943 年，16 岁的马尔克斯只身来到首都波哥大，获得了国家奖学金，进入锡帕基腊国立中学学习。1947 年进入波哥大哥伦比亚大学法学系学习。大学一年级的一天，他阅读了卡夫卡的《变形记》，大受启发，其触动不亚于阅读《一千零一夜》。受此影响他创作了短篇小说《第三次无奈》，并在随后的几年里，陆续创作了十数篇类似风格的小说，后来集结为小说集《蓝狗的眼睛》出版。1948 年 4 月，波哥大爆发暴力冲突，哥伦比亚

---

① 萨尔迪瓦尔．马尔克斯传．卞双成，胡真才，译．上海：上海人民出版社，2008：123.

大学被关闭，马尔克斯不得不离开波哥大。在这之后，马尔克斯虽先后在几所大学注册，但终没能完成学业。1948年至1961年，马尔克斯先后供职于《宇宙报》、《先驱报》、《观察家报》、时刻杂志社、古巴拉丁社，足迹遍及卡塔赫纳、巴兰基亚、波哥大、巴黎、日内瓦、罗马、威尼斯、维也纳、华沙、莱比锡、柏林、莫斯科、加拉加斯、哈瓦那、纽约等地。这一时期，是马尔克斯整个文学事业的学习、历练与积累阶段。马尔克斯在工作之余，广泛地阅读了欧美各国的文学名著，其中以弗吉尼亚·伍尔夫、福克纳、海明威、索福克勒斯等人的作品对其影响最大。在这一阶段，马尔克斯有了创作一部长篇小说《家》的想法，这便是《百年孤独》的雏形，但终因力不从心而只好暂时作罢。但其内容却衍生出了以下几篇中短篇小说：《枯枝败叶》《没有人给他写信的上校》《恶时辰》《格兰德大妈的葬礼》。而这些作品的写作，也成了《百年孤独》写作前的必要演练。

《枯枝败叶》发表于1955年，是马尔克斯出版的第一本书。小说由上校、女儿与小外孙三个人涌动的意识流组成。内容是写老上校违背全镇人的意愿为上吊而死的大夫举行葬礼的故事。小说追述了大夫来到马孔多后的种种行为、他与上校的关系以及被众人恨之入骨的原因等。小说说明以下事实：大夫的孤独并不是与生俱来的，“枯枝败叶”是带给大夫心灵封闭、孤独、困顿的根本原因。作品通过上校形象的塑造，说明只有像上校那样宽以待人，给人以爱才能使冷酷无情的马孔多人走上相互理解与和睦相处的道路。《枯枝败叶》的基本主题是孤独，而“大夫”则是孤独的代言人。这部小说打造了作者后来几乎所有作品的主题——孤独；宣告了马孔多的诞生，让奥雷良诺·布恩地亚上校第一次出场；具备了《百年孤独》的雏形，常被人们看作《百年孤独》的序篇。

《没有人给他写信的上校》发表于1961年。作品描述的是一位老上校盼望养老金的悲苦状况。老人年轻时曾参加过“保卫共和国的战争”，战争结束时，政府许下诺言：发放退伍养老金。上校与妻子无儿无女，经济上没有任何依靠。唯一的希望就是政府能够兑现承诺，给他们寄来养老金。但是，多年以来，老人除了等待还是等待，孤立无援，几近陷于绝境。小说“表现了孤独的主题——上校与他妻子的孤独”①，同时，也批判了统治阶级的背信弃义。

《恶时辰》发表于1962年，是马尔克斯的成名作。小说写的是出现在某一小镇的“匿名帖事件”以及由此引发的白色恐怖。它是马尔克斯描述权力孤独的第一次尝试。作品“主要内容是表现镇长的孤独，他是来征服这个镇子的，却渐渐地消沉下去，觉得被镇子征服了”②。“他得不到老百姓的信任，饱尝了权力的孤独的滋味。”③ 镇长是马尔克斯笔下的第一个孤独的独裁者形象，是《百年孤独》中奥雷良诺上校形象的前驱。

---

① 马尔克斯．两百年的孤独．朱景冬，译．昆明：云南人民出版社，1997：45.

② 马尔克斯．两百年的孤独．朱景冬，译．昆明：云南人民出版社，1997：45.

③ 马尔克斯中短篇小说集．何裳，译．长春：时代文艺出版社，1999：516.

《格兰德大妈的葬礼》发表于1962年，是一短篇小说，收在同名小说集中。小说写的是马孔多镇女族长格兰德大妈规模宏大极尽奢华的葬礼。在作者笔下，格兰德大妈及其家族不仅控制着马孔多周边地区广大的产业，而且控制着国家的政治、文化、人们的精神状况等。作者以夸张、讽刺的笔调，写出了格兰德大妈及其家族的独裁统治给马孔多社会带来的停滞、孤独。但小说写了独裁者的葬礼，预示着一个新世纪的到来。

1961年6月，马尔克斯移居墨西哥。经过多年的历练、积累、学习，马尔克斯应该步入收获阶段了。但他遇到了瓶颈。原因是，在较长的一个时段内，马尔克斯接受了“听命文学”的观念，力求更进一步地接近社会现实。基于这一观念，马尔克斯放弃了早期的“神奇方法”，创作了《没有人给他写信的上校》与《恶时辰》等一些现实主义色彩较强的作品。小说尽管无懈可击、非常精致，但艺术上却难有较大突破。正是在这个时候，马尔克斯读到了墨西哥作家胡安·鲁尔福的中篇小说《佩德罗·巴拉莫》。这部小说在写法上有三大特点：突破了生者与亡者的界限；突破了时间性叙事模式，将不同时间不同地点的事件并置于同一个“画面”内；运用了“许多年后……将会回忆起……”的句式。马尔克斯坦承，自己“能够背诵全书，且能倒背，不出大错”，“是因为对于胡安·鲁尔福作品的深入了解，我才终于找到了为继续写我的书而需要寻找的道路”。1965年7月的一个周末，幸运之神终于降临到马尔克斯的头上。这一天，马尔克斯正带着一家人驱车外出旅行，多年来一直困扰他的那部大部头《家》的脉络突然非常清晰地浮现在他的脑际。经过十七八年的构思，终于瓜熟蒂落了。1967年5月，《百年孤独》在阿根廷的南美洲出版社出版，引起轰动，“市场的需求量如同亚马逊河的水量一般”，仅西班牙语国家三年售量就达到了60万册，并迅速被翻译为几十种语言。1975年，长篇小说《族长的秋天》出版，这是“描写权力的孤独的一首诗”[①]。作品运用多人称独白的方式，叙述了暴君尼卡诺尔的身世，以夸张、嘲弄的笔调，刻画了一个当政二百余年的独裁暴君形象，抨击了拉美国家的独裁统治。1981年，纪实性小说《一桩事先张扬的凶杀案》出版，再一次引起轰动。作品采用采访记录的方式，追述了30年前的一桩凶杀案。“那两个凶手本来没有杀人的念头，他们还千方百计地想让人出面阻止他们行凶，结果事与愿违。”[②] 作品由此揭示、批判了人与人之间的冷漠状况，同时也揭示了命运的不可抗拒

《百年孤独》1967年版封面

① 马尔克斯，门多萨．番石榴飘香．林一安，译．北京：三联书店，1987：123.

② 马尔克斯，门多萨．番石榴飘香．林一安，译．北京：三联书店，1987：35.

性。在小说中，命运就如同一个无形的向导，引导着被害人一步步走向死亡。1982年，与好友门多萨合作推出了文学谈话录《番石榴飘香》。同年10月，因小说“把幻想和现实融为一体，勾画出一个奇异的世界，反映了拉美大陆的生活和斗争”被授予诺贝尔文学奖。

1985年，长篇小说《霍乱时期的爱情》出版。这是一部“爱情专著”。美国作家艾萨克·巴什维斯·辛格曾批评马尔克斯，说他的小说里缺少爱情。马尔克斯的这部小说便带有回应辛格之意。作品围绕着两个主人公讲述了形形色色的爱情故事，诠释了作者对爱情的独特理解，被誉为“爱情大全”。1989年，《迷宫中的将军》出版，这是一部历史纪实小说，叙述的是民族英雄玻利瓦尔人生最后几个月的生活情景。作品恢复了原本为历史学家们所扭曲的英雄形象，向读者展现了玻利瓦尔最富人情味的方面：他的饮食男女生活，他的失望、沮丧、孤独和哭泣等。1994年，中篇小说《爱情和其他魔鬼》出版。2004年，中篇小说《苦妓回忆录》出版。这些是马尔克斯的另外两部“爱情专著”，表达了他对爱情的进一步理解。据《马尔克斯传》作者达索·萨尔迪瓦尔透露，马尔克斯生前还写有另一部“爱情专著”，但没有透露书名。何时面世，尚不可知。2014年4月17日，马尔克斯在墨西哥城去世，享年87岁。

我国著名“马学”专家朱景冬曾对马尔克斯的创作有过这样一个概括：“孤独是他写作的出发点，是他的作品的主人公。他的作品，几乎没有一部不是表现孤独的，也几乎没有一个人物不是孤独的。……孤独贯穿他的一切作品。孤独像一种可恶的黏胶一样黏着他和他的人物。”① 朱景冬先生的这一概括应该是相当准确的。马尔克斯本人实际上也曾多次对自己的创作做过类似的说明：“迄今为止，尽管我写了那么多作品，但翻来覆去都是写的一个主题，也就等于写的是一本书，而且今后还要继续写下去。”② “实际上，一个人只是在写一本书。……如果你仔细想一想，就会明白我正在写的书不是描写马孔多的书，而是表现孤独的书。”③ 那么，是什么原因使马尔克斯成了“专门”探讨、描写人类孤独状况的作家？一般来讲，一个作家的创作大都植根于自己的生活。马尔克斯的情况也是这样。马尔克斯在创作当中之所以如此关注孤独，原因就在于他本身就是一个孤独的人。“孤独的怪影始终追随着他，追随着流落在阿拉卡塔卡他外祖父家里那个小男孩，追随着坐无轨电车打发凄凉的星期天的穷学生，追随着在巴兰基亚蹩脚的旅店下榻的青年作家，追随着如今世界闻名的文学家。”④ 孤独是马尔克斯终生摆脱不掉的一个梦魇。马尔克斯缘何如此孤独？关于这一点，我们只需稍加琢磨，便能明白其中的缘故。

马尔克斯还在幼年时期，就被寄养在了外祖母家。直到4岁才认识妈妈，

① 马尔克斯．两百年的孤独．朱景冬，译．昆明：云南人民出版社，1997：20－21.
② 马尔克斯．两百年的孤独．朱景冬，译．昆明：云南人民出版社，1997：283.
③ 马尔克斯．两百年的孤独．朱景冬，译．昆明：云南人民出版社，1997：44.
④ 马尔克斯，门多萨．番石榴飘香．林一安，译．北京：三联书店，1987：136－140.

7岁才认识爸爸。在记忆里，他根本没有在父母的怀抱里待过。外祖父、外祖母当然都很疼爱他，这对他多少还是个抚慰。但是，外祖父、外祖母的疼爱毕竟代替不了父母的关爱。孤独的种子可以说早早地就在马尔克斯幼小的心田里扎下了根。马尔克斯是9岁以后回到父母身边的。那时他已很难与双亲建立起正常的感情关系了。这与我们身边许多被寄养在亲戚家的孩子回到父母身边的情况类似。与母亲的关系，“总是亲密不足，严肃有余”；与父亲的关系，一直到青年时代“还很僵”，觉得父亲“是一个不可理解的人”。而实际上，自从离开阿拉卡塔卡以后，马尔克斯基本上也就结束了童年时代，进入了成人世界。母亲把他“看作是能帮她考虑令人十分头痛棘手的家庭问题的人”。而父亲“永远不会安安稳稳地在一个地方做药剂师和医生”，但是“一到搬家的时候就借口去打前站而走了捷径”。于是，马尔克斯就成了搬家所有程序的组织者与检查者：订卡车、监督打包装箱、买火车票等等。12岁时候的某一天，马尔克斯去镇妓院帮父亲收几笔欠账，不想被一位姑娘强暴失去了童贞。可以说，马尔克斯是在毫无准备的情况下，直接从童年越过少年跌入成人世界的。面对各种各样的成人问题，他该是多么困惑、惶恐与无助啊！

对于一个孩子来说，一般都比较害怕离开亲人。马尔克斯的童年、少年时代可以说有着许许多多这样的分别。先是离开外祖父、外祖母，回到有些陌生的父母身边。然后是不断地离开父母，到外地求学。尤其是只身远赴锡帕基腊、波哥大上中学大学的那几年，他更是深感无依无靠、“抑郁和悲哀”。锡帕基腊与波哥大地处安第斯山区，常年云遮雾罩、细雨霏霏、冷风习习，阴冷、灰暗、抑郁。那里的居民也刻板、冷漠。这是一个与自己的家乡完全相反的世界。置身在这样的环境中，他深感自己是一个外乡人，这使他压抑痛苦。“他唯一的慰藉是读书……他只有在书本里才能找到摆脱这种阴暗的现实的唯一途径。”[①] 工作以后他更是进一步品尝到了孤独的滋味。尤其是1955年冬天困居巴黎的那一次，更是令他刻骨铭心终生难忘。由于失去了国内职位，没有了经济来源，加之人生地疏、语言不通，他无以为计，只好当乞丐，捡垃圾，艰难度日。每天晚上，他把膝盖靠在暖气片上取暖，陪伴他写作的只有钉在墙上的未婚妻照片。他每天望眼欲穿地盼望着国内来信，寄来支票，但除了等待还是等待。那个时候，应该说，他困窘、落魄到了极点。他无依无靠，举目无亲，孤独之感无以言表。

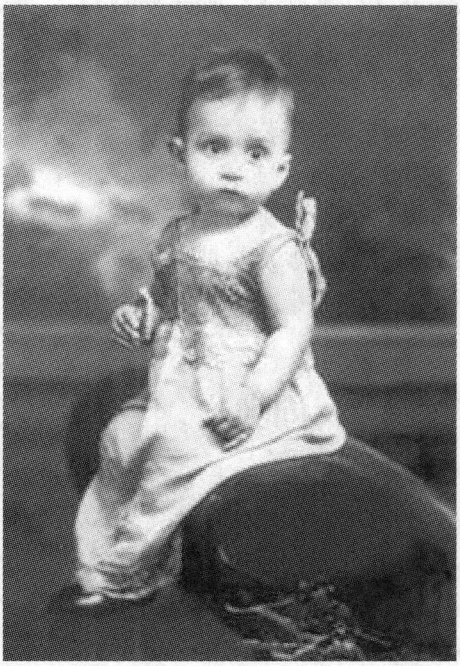

幼年马尔克斯

正是因为拥有这种持续而强烈的孤独感，

① 马尔克斯，门多萨．番石榴飘香．林一安，译．北京：三联书店，1987：54.

马尔克斯才会对孤独有着特别的敏感。一个踯躅徘徊的身影、一两点要干未干的泪痕或者是一个忧郁的眼神，都会让他立刻发现一颗孤独的灵魂。也正是因为拥有这种根深蒂固的孤独感，他才产生了去探讨、去描述人们这种心理状况的热情。不是在孤独中爆发，就是在孤独中死亡。马尔克斯正是为了克服、化解这种孤独感，才走上了创作道路。马尔克斯曾不止一次地说："我写作是为了感到我身边总有同伴，为了让朋友们更喜欢我。"这应该是肺腑之言，而绝不是随口一说。

马尔克斯曾多次声称《百年孤独》不是他最好的作品，他说《百年孤独》"轮廓粗糙"，"写得很肤浅"，"不是一部正经作品"，在写之前就被超越了。他认为自己的平生得意之作是1981年出版的《一桩事先张扬的凶杀案》，他声称这部作品在艺术上甚至超过了《百年孤独》。他又说，出版于1985年的《霍乱时期的爱情》是他最好的作品，是他发自内心的创作；而出版于1975年的《族长的秋天》则是其最重要的作品，当没有人记得《百年孤独》中的奥雷良诺是人名还是街名的时候，《族长的秋天》将使其免于被遗忘。他又说，出版于1962年的《没有人给他写信的上校》是《一桩事先张扬的凶杀案》之前最好的小说，是所有作品中最无懈可击的，可以面对任何敌人。但是，平心而论，马尔克斯的以上说法并不符合实情。从马尔克斯的整个创作历程来看，《百年孤独》无疑是其顶峰。在它之前的创作，实属准备性质；在它之后的创作，实属补充性质。这些作品，在探讨、展开的问题方面，也可能比《百年孤独》深入了些，比如权力的孤独、爱情的孤独等，但是，它们所探讨的问题往往局限于某一狭小领域，根本无法与《百年孤独》所涉及的宽广领域相比。另外，在艺术方面，《没有人给他写信的上校》与《一桩事先张扬的凶杀案》尽管都写得比较精致，但相较于传统的现实主义方法却并无多少突破。《族长的秋天》与《霍乱时期的爱情》两部作品，在艺术手法上虽然相较于《百年孤独》有某些发展，比如意识流手法、心理描写等，但也没有在《百年孤独》的基础上获得本质性的突破。所以在马尔克斯所有的小说中，影响最大的还是《百年孤独》。有评论者甚至认为《百年孤独》是"继塞万提斯的《堂吉诃德》之后最伟大的西班牙语作品"。

二、《百年孤独》：一部关于孤独的综合性"大词典"

《百年孤独》不是描写马孔多的书，而是表现孤独的书。小说揭示了个人的孤独、家族的孤独、民族的乃至拉丁美洲的孤独。小说是一部关于孤独的综合性"大词典"。

首先，小说塑造了一系列不同孤独类型的人物形象，从个体存在的角度阐释了孤独的心理学内涵。

霍塞·阿卡迪奥·布恩地亚是一个因执着于各种探索而走向孤独的人。他受吉卜赛老人墨尔基阿德斯的影响，对科学实验产生了浓厚兴趣，并对外面的文明社会充满了向往。他利用磁铁勘测黄金，利用放大镜研制新式武器，利用罗盘和六分仪观测星体探测空间，在炼金实验室里试炼点金石，运用银版照相术查找上帝存在的科学依据，试图利用钟摆原理设计永动系统等等。他的“想象常常超越大自然的智慧，甚至比奇迹和魔术走得更远”。他往往“连续好几天像是着了魔，喃喃自语，说出一连串自己都无法相信的惊人设想”，“他养成了自言自语的习惯，独自在家中晃悠，对谁也不理睬”。但是，落后与愚昧的生活环境注定了霍塞·阿卡迪奥·布恩地亚科学探索的失败。他的科学探索不仅不为村上的人所理解，甚至也不为自己的妻子所理解。当他发着高烧，因激动而颤抖地说出自己的新发现“地球是圆的，像个橘子”时，乌苏拉愤怒地摔碎了他的观测仪器，而全村人则都认为他失去了理智，“甚至有人将他视为某种诡异巫术的牺牲品”。面对这种状况，霍塞·阿卡迪奥·布恩地亚感到了莫大的悲哀，“世界上正在发生令人难以置信的事情，就在那边，在河对岸，就有各式各样神奇的机器，可我们还在过着毛驴似的生活”，“我们注定要在这里活活烂掉，享受不到科学的好处”。尤其是当他发现自己的这种呕心沥血的探索对于改变自己的生存环境毫无帮助，“他花了六个小时观察各种事物，试图找出一分一毫与前一天的不同之处，期待发现某种变化能证明时间的流逝”，但终于什么也没有发现，于是，他失去了理智，最终被捆绑在一棵栗树下长达半个多世纪。霍塞·阿卡迪奥·布恩地亚的孤独是科学智慧的孤独，是曲高和寡的孤独，是不被现实容纳和接受的超前意识的孤独。他的“发狂”实际上不过是他的超前智慧不为智力平凡的常人所理解的表现而已。他被捆绑在树上这一情节是富有象征意义的。这说明，在马孔多这样一个愚昧落后的地方，科学先驱们的超前智慧，不仅得不到理解、认同，而且有可能遭到束缚、扼杀。

奥雷良诺上校走向孤独的原因有些复杂。小说里写他从小就沉默寡言、性格孤僻，甚至“在母亲腹中就会哭泣”。很明显，在作者看来，奥雷良诺的孤独有天生的成分。小说还写到了奥雷良诺在妓女面前的羞惭以及妻子死亡后的挫败感，这些当然也是导致奥雷良诺孤独的因素。但是，我们通观奥雷良诺上校的一生可以看出，其走向孤独的关键还是在于战争给他带来的灾难性影响。奥雷良诺之所以要参加自由派，之所以领导武装起义，主要是出于对保守派卑劣政治骗局和残暴统治的义愤。为此，他先后发动了数十起武装起义，率领部队南征北战，成为政府最惧怕的人物。但是随着战争形势的发展，他越来越弄不清楚自己到底为何而战了，越来越感觉到战争的无正义性了。因为自由派为了笼络人心，获取支持，基本上推翻了自己所有的原则，改变了初衷，回到了与保守派一致的立场之上。最初为了正义而发动的战争，最终却演变成了纯粹的权力之争。所以，当部下毕恭毕敬地向他报告“一切正常”的时候，他非常清楚地认识到，“正常”恰恰是这场永无休止的战争最可怕的地方，因为“什么都不曾发生”，什么也没有改变。于是，他在政治上幻灭了。另外，奥雷良诺参加自由派、领导武装起义也有着追求高位、谋求权力的成分。他自己曾坦言“打仗是为了自尊”，“像猪一样在荣誉的猪圈里打滚”。他的母亲乌苏拉也清楚地认识到了这一点：“打胜仗也好，打败仗也好，他都出于同一个原因，纯粹出于罪恶的傲气。”但是，“就在他的权威被所有起义军将领承认的当天夜里，他猝然惊醒，叫喊着要毯子。一种内在的寒冷直入骨髓，即使烈日当空也让他不堪其苦，好几个月都难以安睡，到最后成了习惯。权力带来的陶醉消失于阵阵烦恼之中。”① 因为对他来讲，权力、高位也是与残酷的镇压以及其他绝情无义的行为紧紧相连的，所以，权力与高位也意味着危险。他不由自主地怀疑手下的军官对他撒谎，对最亲密的战友也产生了敌意。“最好的朋友是刚死去的朋友”成了他的口头禅。正因为如此，他做出了这样的决定：不管什么人，都不可靠近他三米之内的范围。无论他走到哪里，他的副官都会用粉笔在他周围的地上画一个圈，那个圈里只有他一个人能进去。权力与高位并没有给他带来他想要的那种荣誉感，那种生命的充实感，而有的则是那种与别人的深深的隔膜感，那种无休无止的阵阵寒意。那么，这就是他追求的目标吗？于是，他对权力的追求也幻灭了。总之，战争给奥雷良诺带来的只有空虚与迷惘。他最终悟到“幸福晚年的秘诀不过是与孤独签下了不失尊严的协定罢了”。于是，他从战争的泥潭中抽身出来，躲进了孤独的深穴之中。他待在作坊里足不出户，“小金鱼”生意成了他与外界联系的唯一纽带：“用小金鱼换来金币，随即把金币变成小金鱼，如此反复。”后来干脆不再出售，而是做完25条后熔掉重做。“实际上，上校在乎的不是生意，而是干活本身。”他就以这种方式来获得心灵的平静，“等着自己下葬”。总之，奥雷良诺是一个因政治幻灭、权力幻灭而走向孤独的人物。

雷蓓卡是一个因缺乏关爱、遭受嫉恨而走向孤独的人物。雷蓓卡在小说中第一次出场，展现给读者的就是一个孤独的形象：“她一到这里就坐在摇椅上吮指头。人们向她提问，她毫无听懂的表示。……大家几乎把她当成聋哑人了。……她躲在家中最僻静的角落里，坐在摇椅上吮指头。没有东西能引起她的注意，只有那挂钟的音乐使她惊恐不已，她每隔半小时就用畏惧的目光搜索一番，仿佛在空中某个地方能找到那音乐似的。一连几天人们无法让她吃饭，谁也搞不懂她怎么没有饿死。最后还是印第安人了解了事实真相。因为他们经常蹑手蹑脚地在家里走来走去，他们发现雷蓓卡只吃院子里的湿土和用手指从墙上挖下来的石灰块。”② 这时她是一个孤儿，父母双亡，被带到布恩地亚家寄养。此时她之所以孤独，很明显是由于家人关爱的缺乏。在雷蓓卡的一生当中，她一直都没能走出孤独。原因也是在于她生命中一直缺乏关爱、遭受嫉恨。与意大利技师皮埃特罗·克雷斯庇的受挫恋情、与霍塞·阿卡迪奥大逆不道的婚姻，是雷蓓卡整个人生中两件非同寻常的事件。这两桩事体现了雷蓓卡打破孤独的努力，但结果却是失败，她不仅没能走出孤独，反而接受了孤独。与意大利技师皮埃特罗·克雷斯庇的恋情之所以屡

① 马尔克斯．百年孤独．范晔，译．海口：南海出版公司，2011：147.

② 马尔克斯．百年孤独．黄锦炎，沈国正，陈泉，译．上海：上海译文出版社，1989：37-38.

屡受挫并最终失败，主要是因为妹妹阿玛兰塔的嫉恨、作梗。她不仅伪造了皮埃特罗·克雷斯庇母亲病危的信件阻止他们的婚礼，而且反复设计事故以便推迟他们的婚礼，最终造成了他们恋情的失败。另外，家人关爱的缺乏也是导致雷蓓卡恋情失败的主要原因。对于雷蓓卡的恋情，霍塞·阿卡迪奥·布恩地亚虽然表示赞同并给予祝福，但他很快走向了疯狂；乌苏拉一开始极力反对，后来虽然同意，但在何时举行婚礼上并不用心。她先是把雷蓓卡的婚礼与奥雷良诺的婚礼安排在一起，后来又听从阿玛兰塔的建议，决定等教堂落成后再举行婚礼，而等雷梅苔丝去世之后，她就再也不去理会此事了。面对这种状况，雷蓓卡孤独异常，只能以吃土来排遣自己的绝望。与霍塞·阿卡迪奥的婚姻虽然没人能够阻挡，但也没能获得家人的祝福。乌苏拉更是禁止他们再进家门。而就是这桩婚姻，也没能维持长久，数年后随着霍塞·阿卡迪奥遭暗杀而结束。对于大多数人来说，谁也不想孤独。所以，人们喜欢交朋友、结婚生子，喜欢事业成功，从而获得社会的认可，等等。但是，倘若辛辛苦苦一番之后却发现，不论怎样挣扎、摸爬滚打，最终还是孤独，那么人们便不免产生这种想法：闭守孤独，以享安宁。雷蓓卡的情况正是这样。所以，从丈夫尸体被抬走的那一刻起，她就紧闭家门，过上了活死人的生活。她把自己包裹在高傲的厚壳里，尘世间的一切诱惑都无法将其打破。小说分三次描写了雷蓓卡独享孤独的状况。第一次是以奥雷良诺的眼光来描写的。奥雷良诺看到"她遍体着黑直到指节"，"感觉她骨头的磷光从皮肤透出"，"感觉她在重重鬼火间行走"，简直是一个旧时的鬼影。第二次是以奥雷良诺·特里斯特的眼光来描写的。奥雷良诺·特里斯特是奥雷良诺上校的私生子，他打算定居马孔多，在租房子时见到了雷蓓卡："锈成铁屑的铰链，几乎靠厚厚实实的蜘蛛网粘住的大门，被潮气浸得像焊住了的窗户和让野草野花穿成千疮百孔的地面——在那些缝隙里趴着蜥蜴和各种各样的爬虫，这一切看来更证实了这儿至少已经有半个世纪没人住过的说法。……他一肩膀撞开了大门……等灰雾消散后，猛然看见客厅正中一位瘦骨嶙峋的女人，穿着还是上个世纪的服装，秃脑袋上残存着几绺黄发，她长着一对大大的依然很美的眼睛，眼睛里最后的一丝希望的火花早已熄灭，脸上的皮肤由于索然无味的孤独都裂开了口子。"[①] 最后一次描写是在雷蓓卡死后。雷蓓卡死前把自己反锁在房间里。人们强行打开她的卧室看到的是："她躺在孤寂的床榻上，像虾米般缩成一团，头发因生癣而落尽，大拇指含在嘴里。"可以

雷蓓卡看到临刑的奥雷良诺（西班牙文版插图）

① 马尔克斯．百年孤独．黄锦炎，沈国正，陈泉，译．上海：上海译文出版社，1989：206.

说，孤独之情难以名状。其实，雷蓓卡并不是天生的冷漠之人，她也知道知恩图报。乌苏拉治好了她的嗜土症，她就和乌苏拉最亲，甚至“连乌苏拉的亲生儿女都比不上”。结婚后，奥雷良诺是唯一关心他们夫妻的人。等到奥雷良诺面临死刑时，她执拗地冒死相救。雷蓓卡的孤独不是天生的，她与《枯枝败叶》中吃草的法国医生一样，其孤独是由环境造成的。乌苏拉暮年曾发出“雷蓓卡我们对你真是太不公平”的悔悟之言，很清楚地说明了这一点。

在小说当中，阿玛兰塔是一个最令人困惑、最不可思议的人物。她对意大利技师皮埃特罗·克雷斯庇一腔痴情，为此不惜一再对姐姐雷蓓卡的婚礼进行破坏，但是当天遂人愿皮埃特罗·克雷斯庇向她求婚时，她却又决然地予以拒绝，并最终导致皮埃特罗·克雷斯庇自杀身亡。她期盼马尔克斯上校陪伴左右，希望为他燃起青春的激情，因他忠心不改而暗自欣喜，但是当马尔克斯向她求婚时，她同样拒绝了。马尔克斯富有耐性，一再追求，阿玛兰塔则任性执拗，一再以各种理由予以拒绝。她渴盼与侄子奥雷良诺·霍塞睡在一起，与他在家中各个角落你追我逐，但是当乌苏拉险些发现他们的私情，侄子趁机想进一步推进他们的关系时，她却又断然拒绝。阿玛兰塔是渴望爱情、渴望男人的，她的一生也有幸不断地为真爱所环绕，但是她总是欲求又拒，孤独一生，没能走进婚姻的殿堂。这是什么原因呢？乌苏拉认为：“所有这一切都是她那强烈的爱情与不可战胜的怯弱之间的殊死搏斗，而最后却是那种荒谬的恐惧占了上风，阿玛兰塔的这种害怕的感情始终凌驾于她自己那颗备受磨难的心。”[①] 也就是说，由于自卑、由于怯懦。这种理解当然有其道理。面对马尔克斯上校的求婚，阿玛兰塔的回答是：“‘我谁也不嫁，’她告诉他，‘尤其不嫁给你。你太爱奥雷良诺才想跟我结婚，因为你没法跟他结婚。’”[②] 其实，阿玛兰塔之所以拒绝意大利技师皮埃特罗·克雷斯庇，原因也与这大同小异。在阿玛兰塔看来，皮埃特罗·克雷斯庇向她求婚，只不过是他不能与雷蓓卡结婚的无奈之举而已。所以，阿玛兰塔尽管深爱着皮埃特罗·克雷斯庇，却不得不拒绝这份感情。因为她追求的是双方的渴慕，而不是一方的施舍或替代。很明显，阿玛兰塔前两次婚恋的失败，主要是由于她的自卑。但是，这仅仅是表面，更为深层的原因是她的嫉妒。雷蓓卡比阿玛兰塔漂亮，首先赢得了皮埃特罗·克雷斯庇的爱情，这使阿玛兰塔饱受折磨、嫉恨异常，进而扭曲了她的心灵、摧毁了她的自信。于是，她对一切优于自己的竞争对手都充满嫉妒，对一切追求者的追求都缺乏自信。这才是问题的关键。应该说，嫉妒是阿玛兰塔走向孤独的逻辑起点。当然，阿玛兰塔对于侄子奥雷良诺·霍塞的拒绝，不属于这种情况，那更多是出于恐惧，是出于家族乱伦的禁忌，惧怕生出猪尾巴的孩子。后来的阿玛兰塔·乌苏拉没有顾忌这一点，勇敢地与自己的外甥结合，生出了带猪尾巴的孩子，进而终结了孤独的家族。所以，恐惧、怯懦也成了阿玛兰塔走向孤独的原因之一。总之，

---

① 马尔克斯．百年孤独．黄锦炎，沈国正，陈泉，译．上海：上海译文出版社，1989：235.

② 马尔克斯．百年孤独．范晔，译．海口：南海出版公司，2011：123.

是嫉妒、自卑、怯懦把阿玛兰塔封闭了起来，使她难以走出自我，难以达到与别人心心相印的境界。当阿玛兰塔最终明白了这一切的时候，她已经不再去做任何努力改变这一状况了。既然已经走不出自我，走不出孤独，那就不如安享孤独、守护孤独。所以，为自己编织裹尸布，白天织晚上拆，反复地编织，就成为她的一种必然选择。她如此行为不是为了击败孤独，而是为了持守孤独。

俏姑娘雷梅苔丝是一个因纯真不能融入现实世界而导致孤独的人物。雷梅苔丝“不属于这个世界”，即所谓“遗世独立”。她“早在母腹中就注定永不受玷染”。“岁月流逝，她却永远停留在天真烂漫的童年，对各样人情世故越发排斥，对一切恶意与猜忌越发无动于衷，幸福地生活在自己单纯的现实世界里。”[①] 她不明白女人为何要穿胸罩、衬裙，于是便为自己缝制了一件宽大的麻布长袍裸体穿上。她认为在家里赤身露体才是唯一体面的方式，以至于直到20岁的时候，仍常常赤身裸体在院子里走来走去。她厌烦打理垂至腿肚的长发，于是索性理了个光头。她对所有男人的追求都无动于衷，对所有围绕她产生的混乱也毫无察觉。而家人们也“对她不闻不问，任其自然”。她“独自留在孤独的荒漠中，一无牵绊”[②]。外人惊艳于她的外表，但也止于她的外表，无力穿透两个世界的阻隔进入她的世界。于是，雷梅苔丝在这个世界上所能够做的也只有沐浴。“她上午十一点钟起床，接下来的两个小时赤身露体关在浴室里杀蝎子，慢慢从漫长而昏沉的梦境里清醒过来。然后她用加拉巴木果壳瓢从池里舀水沐浴。沐浴过程漫长而细致，充满仪式感，不了解她的人会以为她在专注地欣赏自己的胴体，而那胴体也的确值得这样欣赏。其实对她而言，这一独自进行的仪式毫无肉欲的意味，仅仅是打发时间的方式，直到自己有了吃饭的胃口。”[③] 雷梅苔丝的一生，可以说既没有人能够走进她的世界，她也没能突破壁障融入这个世界。她的一生只有孤独，但也无所谓痛苦。她只是平静地生活于另一个世界之中。她的出生好像就是为了向世人显示孤独的存在似的。在小说当中，她事实上成了一个孤独的符号。她升天而去是必然的，因为她根本就不属于这个污秽的世界。

除以上这些人物外，小说塑造的孤独人物形象还有以下这些：一生执着于振兴家族延续家族血脉但无人能解的乌苏拉，一生流连于情欲世界而不知世间还有他物的霍塞·阿卡迪奥，深陷于自卑与权力的泥潭而无力自拔的阿卡迪奥·布恩地亚，深陷于与姑妈乱伦的情感而无力自拔的奥雷良诺·霍塞，因恐惧躲进墨尔基阿德斯的房间后半生足不出户的霍塞·阿卡迪奥第二，终生耽于自己身世幻想的菲南达，在修道院里想念着马乌里肖终生一言不发的梅梅，等等。可以说，马尔克斯通过塑造这样一些不同孤独类型的人物形象，为我们描绘出一幅冷漠无情、自我中心、人与人之间无法沟通的可怕图景，

---

① 马尔克斯．百年孤独．范晔，译．海口：南海出版公司，2011：203.
② 马尔克斯．百年孤独．范晔，译．海口：南海出版公司，2011：209.
③ 马尔克斯．百年孤独．范晔，译．海口：南海出版公司，2011：205.

进而从个体存在的角度揭示了孤独的多样化内涵。

其次，小说还描述、揭示了布恩地亚家族的孤独，进而从血缘群体的角度阐释了孤独的内涵。

在小说当中，作者主要发掘、揭示了布恩地亚家族孤独表现的以下几个方面：内聚力与回归情结、近亲婚姻与乱伦情结、性格与行为的遗传性。

布恩地亚家族的孤独首先表现为家族的内聚力及家族成员的回归情结。在作者笔下，布恩地亚家族的成员，尽管彼此间缺乏心灵沟通，彼此间冷漠相对，拒他人于千里之外，但他们却又相互吸引，具有很强的内聚力。布恩地亚家族就如同一块巨大的吸铁石，吸引着散落到世界各地的家族成员回归故里。霍塞·阿卡迪奥曾跟随吉卜塞人出走，浪迹天涯，但最终还是回到家中；奥雷良诺上校早年曾领导起义军南征北战，足迹遍布加勒比地区，但投降后选择的则是回到故里继续做“小金鱼”；奥雷良诺·霍塞也曾跟随父亲征战各地，但最终还是回到家乡死在家乡；奥雷良诺上校曾在加勒比各地留有自己的血脉，先后生下十七个私生子，这些私生子都鬼使神差般一再到马孔多访问，并全部在额头刻下家族的徽章——灰十字；霍塞·阿卡迪奥与阿玛兰塔·乌苏拉先后被父母送到欧洲读书，接受或新式或传统的教育，他们最终也是执意回到家中，继续祖先的生活。在作者笔下，布恩地亚家族的每一位成员，不管走出多远，都无法逃脱家族磁场的牵引，他们都必然要回到这个强大的磁场中等待判决。家族呼唤着每一位成员回归故里，并将他们紧紧地吸附在自己的周围不让其离去。

布恩地亚家族的孤独还表现为近亲婚姻与乱伦情结。布恩地亚家族的第一代霍塞·阿卡迪奥·布恩地亚与乌苏拉是表兄妹，他们的后代普遍怀有乱伦情结。霍塞·阿卡迪奥与自己的情人庇拉·特内拉待在一起时，常常想到的是自己的母亲，后来他拐走了自己父母的养女雷蓓卡并与之结为夫妻。奥雷良诺上校也曾找庇拉·特内拉睡觉，他的妻子雷梅苔丝与他年龄悬殊，雷梅苔丝与他结婚时甚至可以做他的女儿。阿卡迪奥·布恩地亚在不明自己身世的情况下也曾欲火中烧地希望与庇拉·特内拉睡觉。奥雷良诺·霍塞成年之后一直深陷于对姑姑阿玛兰塔的畸恋中不能自拔。奥雷良诺上校的十七个私生子来到马孔多见到俏姑娘雷梅苔丝一个个难以自持，险些酿成悲剧。奥雷良诺第二与霍塞·阿卡迪奥第二也曾有过共享一个女人的经历。家族的第五代霍塞·阿卡迪奥直到死时还想着曾祖母阿玛兰塔。家族的第六代奥雷良诺在不知自己身世的情况下与自己的姨妈阿玛兰塔·乌苏拉结合在了一起。布恩地亚家族血缘上的这种内聚力、这种乱伦情结还突出地表现为对于异姓婚姻的排斥。庇拉·特内拉与霍塞·阿卡迪奥及奥雷良诺上校分别生有一个孩子，但她始终没能获得家族的认可。雷梅苔丝嫁给奥雷良诺上校，但结果不久就被毒死了。阿玛兰塔先后有两个异姓追求者，前者自杀，后者终生独身，阿玛兰塔则终老闺中。梅梅与马乌里肖·巴比洛尼亚相恋，但结局是后者被菲南达请来的哨兵一枪击中，落得个终生卧床。阿玛兰塔·乌苏拉本来已与加斯东结婚，但最终选择的还是分开。布恩地亚家族前前后后总共七代，总共维持下来的异姓婚姻仅有三人：霍塞·阿卡迪奥·布恩地亚、阿卡迪奥·布恩地亚、奥雷良诺第二。而其中第一代霍塞·阿卡迪奥·布恩地亚与乌苏拉的婚姻还属于近亲婚姻。总之，乱伦似乎成了布恩地亚家族成员的宿命。

奥雷良诺·布恩地亚与阿玛兰塔·乌苏拉（西班牙文版插图）

布恩地亚家族的孤独还表现为性格与行为的遗传性。布恩地亚家族的成员，禀性具有明显的传承性，这就如他们的名字一再重复或相加一样。乌苏拉是小说中活得最长的人物，她阅尽了布恩地亚家族的盛衰演变，最后得出了这样的结论：所有叫奥雷良诺的都离群索居却头脑出众，所有叫霍塞·阿卡迪奥的都性格冲动、富有事业心，但都命中注定带有悲剧色彩。这仅是就男性而言。其实布恩地亚家族的女性也是这样。比如，所有叫雷梅苔丝的都拥有非凡的美貌，但心灵往往较为单纯；所有叫乌苏拉的往往都充满活力，热衷于振兴家业。布恩地亚家族的成员不仅性格具有遗传性，行为也具有遗传性。霍塞·阿卡迪奥第二清理河道开发航路的宏伟工程可以说就与当初他曾祖父的诸多狂想不相上下，比如开辟马孔多通往外部文明通道的工程；奥雷良诺·特里斯特画出的铁路图样也与霍塞·阿卡迪奥·布恩地亚所绘制的太阳战方案草图一脉相承；霍塞·阿卡迪奥第二领导香蕉园工人罢工也与奥雷良诺上校领导起义似有传承；还有布恩地亚几代子孙对于羊皮书的一再破译。以至于乌苏拉多次发出这样的感叹：“世界好像在原地转圈。”

小说虽然描述、揭示的是布恩地亚家族的孤独，但是这种描写、揭示确实也具有一定的代表性质。比如近亲婚姻与乱伦情结这种状况，西班牙的哈布斯堡家族就是一个很好的案例。在家族的谱系中可以看到，查尔斯二世是西班牙哈布斯堡王朝的最后一代国君。在查尔斯二世之前的200年中，家族的11次重要婚姻中有9次是近亲结婚。叔叔与侄女这种近乎乱伦的婚姻，在西班牙哈布斯堡宫廷屡见不鲜。查尔斯二世的曾祖父菲利普二世是他曾祖母安娜的舅舅，他的父亲菲利普四世是他母亲玛丽亚娜的舅舅。另有福克纳笔下的美国南方约克纳帕塔法县的几个贵族家庭、麦克尤恩笔下的几个家庭也都存在这种情况。再如性格与行为的遗传，这在人类的历史长河中也不乏案例。拜伦性格狂放，素有“恶魔诗人”之称。他的这种性情其实就与他父系、母系祖先有着明显的关联。他的父亲是个堕落贵族，被称为“疯子杰克”。他的母亲则是神经质的。在母方的家族史上，企图自杀或下毒药谋害他人者不乏其人；在父方的家族史上，则时而有英雄的冒险业绩，时而有不顾一切的放荡。岸信介是日本的甲级战犯之一，战后曾出任首相，长期对新中国抱有敌视态度。安倍晋三是他的外孙，现在也出任首相，对中国的态度有目共睹，不需多说。李小龙是武打电影演员，33 岁时突然去世，死因成谜。李国豪是李小龙的儿子，也是武打电影演员，28 岁时突然去世，死因也是一个谜。再有内聚力与回归情结，我们常说的“故土难离”“叶落归根”“衣锦还乡”是否属于这种情况？家族是社会的，需要融入社会。一个家族如果从社会当中孤立了出来，不与社会上其他家族有人员、信息、事业上的交流，那么这个家族不仅会陷入孤独状态，也必然会走向没落。布恩地亚家族最后在地球上消失，应该是必然的。

再次，小说还描述、揭示了哥伦比亚乃至拉丁美洲的孤独，进而从民族、地域的角度阐释了孤独的文化学、社会学、地理学内涵。

在小说当中，马孔多不仅是一个不断扩展的小镇，更是一个映射哥伦比亚乃至拉丁美洲的“镜像之城”。作者通过对马孔多居民日常生活、政治生活的描写，揭示了哥伦比亚乃至拉丁美洲孤独的以下几个方面：与世隔绝愚昧落后、政治的残暴与荒诞、现实的神奇。

哥伦比亚乃至拉丁美洲的孤独首先表现为社会文化、社会生活与文明世界的隔绝。在小说当中，作者细致地描写了马孔多居民对磁铁、冰块、照相术、电灯泡、留声机、电话、电影和火车等这样一些现代事物的荒唐认识以及所产生的混乱：看到拖动磁铁所引发的景象，所有的人目瞪口呆；看到冰块，布恩地亚茫然无措，居然对孩子说“这是世上最大的钻石”，“这是我们这个时代最伟大的发明”；看到自己和全家人的形象在一块闪光的金属板上凝固成永恒，布恩地亚惊讶得说不出话来，认为一旦人的形象被摄到金属板上，生命就会随之日渐销蚀；人们彻夜地观看发出惨白光芒的电灯泡；法国女郎带来的手摇留声机被看成是魔法音乐轮；电话

火车开进马孔多（西班牙文版插图）

令最不肯轻信的人也不免陷入了困惑；电影则引发了市民的愤慨，“因为他们刚刚为一个人物不幸死亡并被下葬而抛洒伤心之泪，转眼间那人又变成阿拉伯人，生龙活虎地出现在下一部影片里”，于是他们认为自己受到了嘲弄、欺骗，愤怒地把影院的座椅砸了个稀烂；而火车的到来更使人们惊愕不已，引发了骚乱，他们认为火车是“一个吓人的东西，好像一间厨房拖着一个镇子”。马尔克斯通过这样一些描写，实际上写出了拉美社会为现代社会所遗忘、所抛弃的状况，以及与现代文明社会的隔绝状况。马孔多居民之所以这么孤陋寡闻，之所以这么少见多怪，主要也就源自他们的封闭自守，源自他们生活的世界与现代文明世界的隔绝。

哥伦比亚乃至拉丁美洲的孤独还表现为政治的残暴与荒诞。在小说当中，作者认真地描写了拉美大地上的政治状况。保守党操纵选举，欺骗选民。政府军士兵收缴马孔多居民的猎枪、砍刀、菜刀甚至农具，并作为自由派准备开战的证据予以上交。他们未经审判就处决反对派人员，还把一个被狗咬过的女人从家中强行拖出，当街活活打死。警察小队长只因孩子将汽水溅到了他的制服上，就用砍刀把孩子捣成肉泥，还砍下了前去阻拦的孩子爷爷的头。秘密警察猎杀了奥雷良诺上校的十七个儿子，但是共和国总统却发来唁电，向死者致哀。政府军屠杀了三千多罢工工人，用一列二百节车厢的火车运到大海边抛弃。但是政府却运用一切宣传机器，向全国宣布罢工已经和平解决，没有人死亡。马孔多军事管制期间，政府军士兵搜捕工会领袖与嫌疑分子，并将他们秘密处决。但军官们却反复向公众宣布：“马贡多［又译‘马孔多’］过去没有，现在没有，将来也永远不会发生任何事情的，这儿是幸福之邦。”自由派的政治也大同小异。阿利里奥·诺盖拉医生是自由派的领袖之一，他信奉个人暗杀，主张消灭一切官员以及他们的家庭，特别是他们的子女，以便将保守派斩草除根。阿卡迪奥是自由派成员，他主政马孔多后，凡是抗议的人，一律关进牢房。一个乐队的小号手只因向他打招呼引起了众人的笑声，就被他下令枪决。奥雷良诺上校是自由派起义军领袖，他不仅下令枪毙自己的保守派朋友蒙卡达将军，而且还要枪毙自己的挚友马尔克斯上校。只因蒙卡达将军的遗孀没有允许他进门，他便下令让自己的私人卫队将其房舍夷为平地。更为荒诞的是，自由派发动起义，进行了长达数十年的内战，但是，事实上他们与保守派的唯一区别，不过是自由派是五点钟去望弥撒，而保守派是八点钟去而已。小说第十五章有一段文字，可以说把政治的荒诞写到了极致。

那些穿着黑衣服的老朽的律师，过去曾经围着奥雷良诺上校转，现在成了香蕉公司的代理人。他们用种种变魔术似的仲裁方法使人们的指责失效。工人们联名写了一份请愿书，可是过了很久也没有能正式送交香蕉公司。布朗先生看到这份联名请愿书后，马上把他那节豪华的玻璃车厢挂在火车上，同公司的其他头面人物一起离开了马贡多。可是，下一周的星期六，几个工人在一家妓院碰到了他们中的一个，就让他在请愿书的一份抄件上签了字。当时他正光着身子同一个女人呆在一起，那女人是自告奋勇引他上圈套的。

那些可悲的律师在法庭上证明那个人同公司毫无关系。为了不使任何人怀疑他们的说法，他们把那个人作为诈骗犯关进了牢房。后来布朗先生乘三等车厢乔装微行时又被人发现，就让他在请愿书的另一份抄件上签了字。第二天，当他出庭作证来到法官面前时，他的头发已经染成黑色，并操着一口流利的西班牙语。律师们证明他不是出生在阿拉巴马州帕拉特维尔的香蕉公司总负责人布朗先生，而是出生在马贡多的一位安分守己的草药商人，连他的名字达戈维托·丰塞卡也是在马贡多起的。不久以后，面对工人们作出的新的尝试，律师们干脆在公共场所公布了布朗先生已经去世的证明文件，而且是得到领事和外长们公证的文件。文件证明，他已于六月九日在芝加哥城被一辆消防车撞死。工人们对于这种旁征博引的胡言厌烦了，于是他们撇开马贡多当局，把他们的意见越级上诉至最高法院。那里的法律魔术师们证明这些要求完全无效，简单说就是因为香蕉公司过去没有，现在没有，将来也永远不会有任何为它服务的工人，该公司只是偶然招募一些临时工。至此，关于弗吉尼亚火腿、神奇的药丸和圣诞节活动厕所等等谎言已经被彻底粉碎，经过法院判定，并以公告形式严正宣布所谓香蕉公司的工人是不存在的。[①]

正是政治的残暴与荒诞，使得哥伦比亚乃至拉丁美洲社会只在原地打转而不能前进，追不上现代文明的脚步，成为落后、愚昧的民族与大陆，进而陷于孤独。而政治的残暴与荒诞本身也成了哥伦比亚乃至拉丁美洲孤独的表征之一。

哥伦比亚乃至拉丁美洲的孤独还表现为现实的神奇性。在小说当中，作者着力描写了拉丁美洲现实的神奇性。人们生活的世界，充满了各种各样的神异现象：鲜血可以报信，失眠可以传染，人物可以升天，事情往往会有预兆，大雨一下就是四年多；而在这样一个世界里，人鬼混杂，生死交融，有的人甚至可以在生死间往来穿梭。许多人物拥有奇异的能力：俏姑娘的美可以致人死亡，奥雷良诺上校可以未卜先知，佩特拉·科特的爱可以使牲畜染上多产症。马尔克斯认为这就是哥伦比亚乃至拉丁美洲的现实。在与秘鲁作家曼努埃尔·奥索里奥的谈话中，马尔克斯指出："在加勒比地区，在拉丁美洲，人们在以不同的方式学习生活。我们认为，魔幻情景和'超自然的'情景是日常生活的一部分，和平常的、普通的现实没有什么不同。对预兆和迷信的信仰和不计其数的'神奇'的说法，存在于每天的生活中。……不管怎样，加勒比的现实，拉丁美洲的现实，一切的现实，实际上都比我们想象的神奇得多。"[②] 哥伦比亚乃至拉丁美洲的现实如此神奇，如此匪夷所思，最大的挑战是无法用常规之法去表现、去使其他国家其他大陆的人们相信，这也成了哥伦比亚乃至拉丁美洲孤独的一个症结所在。

《百年孤独》揭示了个人的孤独、家族的孤独、哥伦比亚乃至拉丁美洲的

---

① 马尔克斯．百年孤独．黄锦炎，沈国正，陈泉，译．上海：上海译文出版社，1989：282-283.

② 马尔克斯．两百年的孤独．朱景冬，译．昆明：云南人民出版社，1997：309.

孤独。《百年孤独》成了一部关于孤独的综合性“大词典”。但是马尔克斯写作《百年孤独》的目的却并非仅限于揭示各种孤独，他还有着更为深远的考虑。在一次与哥伦比亚记者玛·埃·萨佩尔的谈话中，马尔克斯指出：“我的书最后并非都是孤独。要我说，我是企图把所有的消极因素都摆在桌面上，以便让大家明白我们应该做的事。”那么，我们应该做什么呢？回答是战胜孤独。如何战胜？回答是爱情，是团结。在马尔克斯看来，布恩地亚家族的成员之所以孤独，马孔多之所以毁灭，原因就在于缺乏爱情、缺乏团结的精神。那么，出路也便在于寻回爱情、寻回团结的精神了：“也许唯一的选择是爱情，留给我们的唯一能拯救我们的东西也是爱情。”[①] “孤独的反面是团结。”小说最后，布恩地亚家族的第七代——一个猪尾巴小男孩，作者说他是这个家族百年来唯一一个爱情的产儿。小说安排他终结这个家族的历史。这一安排是很富有象征意义的。作者在创作的后期，连续创作了《霍乱时期的爱情》《爱情和其他魔鬼》《苦妓回忆录》等“爱情专著”，其用心也很耐人寻味。但是，我们也应该看到，马尔克斯所提供的战胜孤独的方案并不清晰，并不完善。在《百年孤独》中，布恩地亚家族的成员间缺乏关爱，缺乏团结的精神，这确实是他们孤独的主要原因。以爱情、团结的精神加以应对、加以解决，也确实有其道理。但是，这种应对、这种解决仅限于人类个体。至于家族的孤独、民族的孤独，仅有爱情、团结的精神是远远不够的。

三、《百年孤独》与马尔克斯的现实主义

马尔克斯认为自己是一位现实主义作家。他说：“创作的源泉永远是现实。”[②] “小说是用密码写就的现实，是对世界的揣度。”[③] “促使我写成《百年孤独》的，仅仅是我发现并观察了的现实，我们拉丁美洲的现实。”[④] 但是，在《百年孤独》这部小说当中，他的现实主义与传统意义上的现实主义却又存在很大的错位。这主要表现为以下几个方面。

第一，《百年孤独》中大量描写了各种神异现象。比如小说对马孔多失眠症的描写：“确实所有的人都染上了失眠症。乌苏拉从她母亲那里学会了植物的药用价值，她用乌头煎汤让大家喝，但没有能使大家睡着，却使他们整天睁着眼睛做梦。在这种幻觉状态中，人们不仅能看到自己梦中的形象，还能互相看到别人梦中的形象，就仿佛家里到处是客人。雷蓓卡坐在厨房角落里的摇椅上，她梦见一个跟她长得很像的男人，那人身穿白麻布衣衫，衬衣领口上缀着一颗金纽扣，手里捧着一束玫瑰花。边上有一个女人陪着，她用纤细的双手摘下一朵玫瑰花插在女孩头发上。乌苏拉知道那一男一女是雷蓓卡

---

① 马尔克斯．两百年的孤独．朱景冬，译．昆明：云南人民出版社，1997：291.

② 马尔克斯．两百年的孤独．朱景冬，译．昆明：云南人民出版社，1997：186.

③ 马尔克斯，门多萨．番石榴飘香．林一安，译．北京：三联书店，1987：46.

④ 马尔克斯，门多萨．番石榴飘香．林一安，译．北京：三联书店，1987：84.

的父母。但尽管她极力辨认，最后还是不得不承认她从未见过他们。”① 再如小说对霍塞·阿卡迪奥被枪杀后鲜血及身上火药味的描写。霍塞·阿卡迪奥的鲜血居然能够走街串巷去老宅向自己的母亲报信；进入家门后，为了不弄脏自家的地毯，竟然还能贴壁而行。而留在尸体上的火药味，不论使用何种方法都不能去除，以致下葬后，墓园里经年飘荡着火药味。另外，小说对霍塞·阿卡迪奥·布恩地亚去世时黄花雨的描写、对奥雷良诺上校十七个私生子额头上灰十字的描写、对俏姑娘雷梅苔丝升天场景的描写、对孪生子身份混同及最终结局的描写、对羊皮卷灵异性的描写（四个调皮的孩子一拿到手，马上就被一股神力平地托起，悬在半空）、对马孔多持续四年之久的大洪水及持续十年的干旱的描写等等都是如此。所有这些描写，在传统的现实主义作品中是见不到的，或者很少见到。

墨尔基阿德斯带来的药水治好了马孔多人的失眠症（西班牙文版插图）

第二，《百年孤独》中大量描写了不同人物的神异能力。比如小说对俏姑娘雷梅苔丝美貌致命魅力的描写：“她的美貌传说伴着人们惊人的狂热在整个大泽区流传。他们等了很久才如愿以偿，事实上等不到那机会才是真正的幸运，因为他们中的大多数人终生再也无法安眠。”“（她）能散发撩人心魄的气息、扬起令人断肠的微风，所过之处几小时后仍然余香袅袅。”“从少女们走进种植园的那一刻起，空气中便有致命的芳香满溢。在沟垄间劳作的男人感到自己被奇异的魔力所控制，面临着无形的危险，很多人甚至忍不住想要痛哭一场。”② 再如小说对奥雷良诺上校预言能力的描写、对神父喝浓巧克力后能从地面腾起十多厘米场景的描写、对阿玛兰塔一语成谶情节的叙述、对庇

① 马尔克斯．百年孤独．黄锦炎，沈国正，陈泉，译．上海：上海译文出版社，1989：40.

② 马尔克斯．百年孤独．范晔，译．海口：南海出版公司，2011：173－207.

拉尔·特尔内拉纸牌占卜能力的描写、对奥雷良诺·森特诺双手毁灭力量的描写、对佩特拉·科特的具有催化牲畜繁殖能力的爱的描写、对马乌里肖身边黄蝴蝶的描写、对乌苏拉设定死期情节的叙述等等。所有这些描写、叙述，在传统的现实主义文学作品中，也是不容易见到的。

第三，《百年孤独》中描写了一个人鬼混杂、生死交融的奇异世界。比如小说对于阿基拉尔鬼魂的描写。在一场斗鸡比赛中，被霍塞·阿卡迪奥·布恩地亚刺死后，他阴魂不散，不断地出现在布恩地亚的家中。他或是站在水瓮旁边，设法用芦草堵住喉咙上的伤口；或是出现在浴室里努力用芦草擦洗脖子上的血迹；或是在雨中徘徊。直至把布恩地亚夫妇弄得心烦意乱远走他乡。但是，他仍不辞辛劳多方打听，最终又找到布恩地亚，并与后者了却了恩怨，成为挚友。再如小说对墨尔基阿德斯的叙述、描写。墨尔基阿德斯是个吉卜赛人，他知识渊博，上通天文下知地理，且能预测未来。正是他写下了羊皮卷，预言了马孔多与布恩地亚家族的百年命运。但是，小说中又多次交代，他其实早已死在了新加坡的沙洲上，只是因难忍孤独才重返人世来到马孔多。在马孔多他再次死去，而他的幽灵仍不时来到人间，为布恩地亚家族的子孙指点迷津。墨尔基阿德斯可以说是一个不受生死界限约束，自由往来于人世与冥界的人物。再如小说对阿玛兰塔与死神见面约定死期场景的描写：在一个炎热的中午，阿玛兰塔正在缝纫，死神出现了。阿玛兰塔“当下就认了出来，没有丝毫恐惧，因为她面前是一位穿蓝衫的长发女人，外表有些老气，与昔日帮忙下厨的庇拉尔·特尔内拉有几分相似。费尔南达［又译‘菲南达’］很多次也在场，却没有看见死神，尽管她是那样真实，那样有血有肉，好几回还请阿玛兰妲［又译‘阿玛兰塔’］帮忙穿针。死神并未说到她何时会死，也没告知她是否会死在丽贝卡［又译‘雷蓓卡’］之前，只是让她从四月六日起开始为自己缝制寿衣。死神应许她尽可以做得精美复杂，但要像为丽贝卡缝制时一样认真，还说她会死在完工的当天傍晚，死时没有痛苦、没有恐惧，也没有烦恼”①。另外，小说还多处描写了霍塞·阿卡迪奥·布恩地亚的鬼魂。所有这些描写、叙述，在传统的现实主义文学作品中，也是很少见到的。

第四，《百年孤独》中多处描写了神异的空间。比如小说对墨尔基阿德斯房间的描写。墨尔基阿德斯死后多年，奥雷良诺第二打开了他的房间：“一道光线施施然射入，仿佛是这房间的常客，天天造访从未间断，而且屋内没有丝毫灰尘或蛛网，一切整洁如经清扫，甚至比梅尔基亚德斯［又译‘墨尔基阿德斯’］下葬那天还要干净几分。墨水瓶里没有干涸，金属材料上不见锈迹，连何塞·阿尔卡蒂奥·布恩迪亚［又译‘霍塞·阿卡迪奥·布恩地亚’］烧煮水银的炉火也不曾熄灭。……虽然幽闭多年，房间里的空气却似乎比家中别处还要纯净。一切都如此整洁，几个星期后乌尔苏拉［又译‘乌苏拉’］

① 马尔克斯．百年孤独．范晔，译．海口：南海出版公司，2011：243.

提着水桶拿着扫帚走进房间想要打扫的时候，竟然发现无事可做。”① 但是，当奥雷良诺上校打开墨尔基阿德斯的房间看到的却是另一番景象：“却只看见废料、垃圾和多年积累下来的污物。在没人再翻动的残破书页间，在被潮气侵蚀的羊皮卷上，生出繁密的紫苔；曾经是家中空气最洁净的房间，却充斥着腐朽记忆令人难以忍受的气味。”② 然而，多年之后，当霍塞·阿卡迪奥第二遭到军方追捕，躲在墨尔基阿德斯房间的时候，房间又恢复了往日的整洁、纯净：“房间深处的隔板上放着书页散落的书籍和羊皮卷，整洁的工作台一尘不染，墨水瓶中的墨水仍未干涸。空气纯净明澈，一切不染尘埃，清新如故，与奥雷里亚诺第二［又译‘奥雷良诺第二’］童年记忆中的景象丝毫不差，只有当初的奥雷里亚诺·布恩迪亚［又译‘奥雷良诺·布恩地亚’］上校感觉不到。”③ 这真是一个奇异的空间，在这里不同的人看到的景象居然是不同的。再如小说对香蕉园的描写：“在香蕉林中弥漫着湿润气息又杳无尽头的小径间漫步，那里的寂静仿佛刚刚从别处迁来，崭新未用，因此还不能正常传播声音。有时候在半米的距离内听不清别人说话，但在种植园另一头却能听得清清楚楚。”④ 还有小说对奥雷良诺第二在寻找菲南达途中所穿越的一片黄色荒原的描写，在作者笔下，在荒原上回声能够重复人的所思所想，而焦虑能够引出预示未来的蜃景。以上这些描写，在传统的现实主义作品当中，是难以想象的。

第五，《百年孤独》中还大量写了各种预兆。比如小说第二章对乌苏拉失踪多月后突然归来预兆的描写：“架子上被遗忘多日的一个空瓶子忽然重得挪不动。工作台上的一锅水未经加热便沸腾了半个小时，直到完全蒸发。”“一天阿玛兰妲的小筐自行移动了起来，在房间里兜了个圈。”又如小说第九章对奥雷良诺自杀征兆的描写：在签订完投降协定后，“他脱下衬衣，坐在行军床边，于下午三点一刻拿起手枪朝胸前私人医生画圈的地方开了一枪。同一时刻在马孔多，乌尔苏拉见灶上的奶锅久烧不开，便掀开锅盖，发现里面满是蛆虫”⑤。再如小说第十七章对乌苏拉去世预兆的描写：“玫瑰发出土荆芥的气味；一个加拉巴木果壳杯失手掉落，鹰嘴豆和谷粒撒落在地排列出完美的几何图形，组成海星形状；一天晚上她还看见夜空中有一排发光的橙色圆盘飞过。”⑥ 所有这些描写，我们在传统的现实主义作品当中一般也是不会见到的。

总之，在《百年孤独》这部小说当中，作者在着力叙述、描写移民图景、马孔多的兴起历程、马孔多居民的日常生活、党派斗争、连年内战、外国资本的入侵、香蕉热、新工业的兴起、罢工浪潮、血腥镇压、布恩地亚家族的

① 马尔克斯．百年孤独．范晔，译．海口：南海出版公司，2011：163.
② 马尔克斯．百年孤独．范晔，译．海口：南海出版公司，2011：213.
③ 马尔克斯．百年孤独．范晔，译．海口：南海出版公司，2011：271.
④ 马尔克斯．百年孤独．范晔，译．海口：南海出版公司，2011：207.
⑤ 马尔克斯．百年孤独．范晔，译．海口：南海出版公司，2011：158.
⑥ 马尔克斯．百年孤独．范晔，译．海口：南海出版公司，2011：297.

兴衰等这样一些传统现实主义文学内容的基础上，还大量叙述、描写了各种各样虚幻的令人难以置信的现象、人物、空间，进而描绘、营造了一个充满魔幻性、神秘性氛围的艺术世界。这是与传统的现实主义文学迥然不同的，也是传统的现实主义文学概念所不能解释的。正因为如此，批评界对于是否可以将《百年孤独》归入现实主义文学之列存有争议。批评界一般倾向于把《百年孤独》界定为魔幻现实主义作品。

但是，马尔克斯并不认同批评界的说法，他坚持认为："我写的一切都有某种现实基础，因为它们不是幻想。……在我的任何一本书里我都没有写幻想。"① 之所以如此，主要是因为马尔克斯有着与众不同的现实观。马尔克斯认为现实远远不是感觉和理性所能简单说明的东西。在加勒比地区，超自然的因素也是人日常生活的组成部分。他说："我发现现实也是人类的神话，是信仰，是人类的传说，是人的日常生活，并影响着人的胜利与失败。我发现，现实不仅是跑来杀人的警察，而且是纯粹的神话，纯粹的传说，是构成人的生活的一切。"② "现实并不是西红柿或鸡蛋多少钱一斤。拉丁美洲的日常生活告诉我们，现实中充满了奇特的事物。"③ "我们生活在一块大陆上，这里每日每时的生活中现实都与神话掺杂。我们诞生和生活在一个虚幻的现实世界当中。"④ "看上去是魔幻的东西，实际上不过是拉丁美洲现实的特征。我们每走一步都会遇到其他文化的读者认为是神奇的事物，而对我们来说却是每天的现实。但是我认为，这不仅是我们的现实，也是我们的观念和我们自己的文化。我们由衷地相信这样一种现实的存在，它和理性主义者划定的现实的范畴相去甚远。理性主义者在所到之处发现某种事情正在发生，甚至看到了它，他们知道它存在着，但是却否认它的存在，因为这和他们的原则不相容，因为它打破了他们的界限，于是他们说这有点神秘，需要一种科学的解释，因为他们的理解方法比我们狭窄得多。我们接受了各方面的影响，正像人们说的，我们是由全世界的残渣构成的，所以我们的视野比他们的宽阔得多，我们的接受能力也宽广得多。所以，我们认为是现实的、真正现实的东西，他们便认为是神奇的，并且为了进行解释而找到了神奇现实主义或魔幻现实主义之类的说法。而对我来说，这就是现实主义。"⑤ 马尔克斯的以上这些言论，可以说既是他对评论界的回答，也是他对自己现实主义观念的阐释。他讲得很明白，看上去很魔幻、很神奇的东西，在拉丁美洲实际上却是一种客观的现实，是拉丁美洲人民日常生活的一部分。它处处可见，每日出现，而绝不是什么作家的有意创造。通过马尔克斯的以上这些阐述我们可以看出，马尔克斯所理解的现实其内容实际上要比我们通常所理解的现实概念丰富得多、宽广得多。在他看来，所谓现实不仅包括各种客观存在的自然现

---

① 马尔克斯．两百年的孤独．朱景冬，译．昆明：云南人民出版社，1997：151.
② 马尔克斯．两百年的孤独．朱景冬，译．昆明：云南人民出版社，1997：48.
③ 马尔克斯，门多萨．番石榴飘香．林一安，译．北京：三联书店，1987：46.
④ 马尔克斯．两百年的孤独．朱景冬，译．昆明：云南人民出版社，1997：169.
⑤ 马尔克斯．两百年的孤独．朱景冬，译．昆明：云南人民出版社，1997：236.

象、社会生活与历史事件，还包括各种极具主观性特征的文化现象和思想观念，如古老传说、巫术活动、鬼神观念等迷信思想以及各种令人难以置信的事情等。为了说明他的现实概念，他还举出了许许多多的例子。比如，荷兰探险家厄普德·格拉夫在亚马逊河上游遇到了一条沸水滚滚的溪流，在溪水中五分钟即可煮熟鸡蛋；他还经过一个地区，在那里一说话阵雨就随之而下。马尔克斯四五岁的时候，有一个电工，每次来他外祖父家，总会有黄蝴蝶随他而来。有一次，马尔克斯赶夜路回家，半路汽车抛锚。等赶回家后，他的一个兄弟说："瞧，多巧啊！我梦见加博在路上，需要我们帮助。"还有一次，马尔克斯在加勒比地区某个地方亲眼看到一个人对着一头牛默默祈祷，牛耳朵里的虫子居然掉了出来。在墨西哥，马尔克斯还见过会跳舞的赤豆。总而言之，在马尔克斯看来，拉丁美洲的现实，加勒比地区的现实，无论有多么神奇，有多么令人难以置信，它们都是拉丁美洲人民日常生活的一部分，和平常的普通的现实没有什么不同。而作家的天职，就在于设法谦卑地去模仿现实。

正因为有着这样的现实观，所以，在《百年孤独》的写作过程当中，马尔克斯一般并不会在真实的事物与看似虚幻的、令人难以置信的事物之间设置什么界限，而是把它们极其自然地、紧密地糅合在一起。因为，在马尔克斯看来，这二者之间原本就不存在什么界限，原本就是一个有机的整体。同时，也正是基于这种现实观念，马尔克斯在《百年孤独》的写作过程中，才采用了一种不容置疑的、极富说服力的叙述语调，一种老老实实讲述的语调——他外祖母讲述故事的语调。这种语调，无所畏惧、沉着冷静、绘声绘色，讲起故事来仿佛刚亲眼见到似的，平静、肯定。哪怕是最令人毛骨悚然、最异乎寻常、最令人难以置信的事情，讲述起来也是那么不动声色、毫不怀疑。所以，小说尽管极富魔幻性特征，但是读起来却又那么真实可信。这篇小说的艺术魅力，在很大程度上也正源自这种魔幻性与现实性的高度融合，也正源自这两种不同艺术元素的张力性结构。

四、《百年孤独》中的"超时间"叙事视点

《百年孤独》在叙事方面，最为人们所称道也最具开拓性的地方，就是"超时间"叙事视点的运用。传统叙事基本上都是线性叙事，叙事视点一般也都是时间内视点。叙事者在叙事当中，大都将自己的目光投注于某一瞬间，然后沿着时间的线性逻辑，逐步推进。他们一面观察一面讲述，进而构成一个观察、讲述的线性序列。《百年孤独》从总体上来讲，实际上并没有放弃线性叙事的模式。它依然是按照时间的序列来安排结构的。小说一章章写来，依次写了布恩地亚家族七代人的丰功伟业、生活起居、生老病死；写了马孔多小镇从无到有，然后再从有到无。但是，作品却改变了传统的那种仅将目光投注于某一历史瞬间的做法，而尽可能地把关注点从某一瞬间的羁绊当中

挣脱出来，以形成一种跨越历史、超越时间的目光。

在小说的第二十章，作者详细地叙述了羊皮卷的破译情况。根据作者的叙述，奥雷良诺最后破译出了羊皮卷。羊皮卷的卷首写道：“家族的第一人被绑在一棵树上，最后一个人正在被蚂蚁吃掉。”羊皮卷原来“是墨尔基阿德斯提前一百年写就的这个家族的历史，细枝末节无不述及”。只是“墨尔基阿德斯没有把事情按人们惯常用的时间程序排列，而是把一个世纪的琐碎事件集中在一起，使它们共存于一瞬间”[①]。根据作者的交代，羊皮卷其实也就是《百年孤独》了。那么，在羊皮卷中，墨尔基阿德斯对于布恩地亚家族一个世纪各种事件的组织安排方式，也可以看作是《百年孤独》叙事方式的一个有效的、相近的参照了。那么，“把一个世纪的琐碎事件集中在一起，使它们共存于一瞬间”，那是一种怎样的叙事状态呢？马尔克斯有一次在谈论伍尔夫《达洛维夫人》对自己创作的影响时，曾谈到过这一问题。他说如果没有读到《达洛维夫人》中的一段话，自己的创作可能就是另一种样子了。马尔克斯所说的那段话是这样的：“但是（轿车）里面确实坐着一位大人物；大人物正在从这里路过，她隐身遮面，与平民之隔伸手可及，这些老百姓或许是第一次也是最后一次与英王陛下即国家永不磨灭的象征近在咫尺，这个国家将来会被辛勤的考古工作者在时间废墟的挖掘中发现，当伦敦变成一条长满野草的小径的时候，当所有那些在这个星期三的上午匆匆行进于人行道上的人都变成白骨，白骨里剩下的几枚结婚戒指埋没于自身尸体化作的泥土和无数个镶过牙齿的金质外壳之中的时候，轿车里的那张脸将大白于天下”[②]。马尔克斯坦承：“它完全改变了我的时间概念。也许，还使我在一瞬间隐约看到了马贡多毁灭的整个过程，预测到了它的最终结局。”[③] 由此可见，所谓的“把一个世纪的琐碎事件集中在一起，使它们共存于一瞬间”，也就是抽去时间，只留下事件，使不同时间发生的事件并置在一起，叙事者如在空间中观察并存的事物一样，可以同时审视并叙述存在于不同历史时间中的事件。

依据《百年孤独》中对于羊皮卷的叙述、交代，作品中的最高叙事视角应该是墨尔基阿德斯的预言视角。我们从作品中可以了解到，墨尔基阿德斯是一个存在于历史时间之外的神话人物。他可以一而再再而三地踏入时间世界，与布恩地亚家族几代人交朋友，为其指点迷津，生生死死反复数次。但是他更多的情况下却是置身于历史时间之外来讲述、预言布恩地亚家族七代人的故事。在他的目光之下，历史时间的遮蔽已不复存在，人类历史就如空间性的存在一样，同时铺展于他的面前。他可以俯视整个历史，“观千年于一瞬”。羊皮卷的卷首题词是：“家族的第一人被绑在一棵树上，最后一个人正在被蚂蚁吃掉。”可以说，只有墨尔基阿德斯才能有如此宏阔的视野，也只有从墨尔基阿德斯的视角才会有如此凝练的概括。而这一题词也成了墨尔基阿

---

① 马尔克斯．百年孤独．黄锦炎，沈国正，陈泉，译．上海：上海译文出版社，1989：384.

② 萨尔迪瓦尔．马尔克斯传．卞双成，胡真才，译．上海：上海人民出版社，2008：291－292.

③ 马尔克斯，门多萨．番石榴飘香．林一安，译．北京：三联书店，1987：67.

德斯视角的一个有力注释。

当然，墨尔基阿德斯的视角、羊皮卷中“把一个世纪的琐碎事件集中在一起，使它们共存于一瞬间”的叙事模式，更多地还只是小说中的神话，是一种写作的目标与参照。实际上，在现实的小说写作中是很难做到的。即或做到了，那写出来的也是天书，是另一部羊皮卷。尽管如此，马尔克斯在《百年孤独》的写作中，还是努力地去实践了这一目标——尽力把叙事视角从瞬间的时间禁锢中拯救出来，以便取得一种对历史的整体性视野，尽管这一视野在绝大多数情况下难以俯视“百年”。其具体做法大致有以下几种。

其一，运用循环叙述或回环式叙述。小说开头的第一句话“许多年之后，面对行刑队，奥雷良诺·布恩地亚上校将会回想起，他父亲带他去见识冰块的那个遥远的下午”① 用的就是循环叙述。在小说当中，“多年以后……将会想起……”几乎成了一个固定句式，成了作者的叙事习语。以下例句，仅仅是笔者一个粗略的搜索结果。

许多年后，在正规军军官命令行刑队开枪前一分钟，奥雷良诺·布恩地亚上校重温了那个和暖的三月的下午的情景：父亲中断了物理课，一只手悬在空中，两眼一动也不动，呆呆地倾听着远处吉普赛人吹笛擂鼓。②

若干年后，面对行刑队，阿卡迪奥准会回忆起，墨尔基阿德斯给他念了几页那本深奥著作时他惊奇得震颤的情景，当然他听不懂，可是觉得高声朗读起来像人家唱的教皇通谕。③

几个月后，面对行刑队，阿卡迪奥定会重新回忆起课堂里这茫然失措的脚步声和绊着长椅的磕磕绊绊的相碰声，记起在屋里一团漆黑中最后触到一个丰腴的肉体和感受到由另一颗心脏搏动而产生的空气的颤抖。④

若干年之后，当他在病榻上奄奄一息的时候，奥雷良诺第二一定会记得六月份一个淫雨连绵的下午，他踏进房去看他头生儿子时的情景。⑤

多年后，人们还是认定，那位闯进来的女王的皇家卫队原是正规军的一个小队。⑥

好多年以后，这孩子还常说，他那天看到有一个中尉拿着留声机喇叭筒在宣读省军政长官的第四号通令，可是没有一个人相信这孩子的说法。⑦

许多年以后，尽管人们仍然认为霍塞·阿卡迪奥第二是个疯疯癫癫的老头，可那孩子却常常讲起当时霍塞·阿卡迪奥第二把他高高举过头顶，几乎使他悬在空中，仿佛在人们的恐惧之中漂浮似的，被人群推到附近的一条

---

① 马尔克斯．百年孤独．黄锦炎，沈国正，陈泉，译．上海：上海译文出版社，1989：1.
② 马尔克斯．百年孤独．黄锦炎，沈国正，陈泉，译．上海：上海译文出版社，1989：14.
③ 马尔克斯．百年孤独．黄锦炎，沈国正，陈泉，译．上海：上海译文出版社，1989：64.
④ 马尔克斯．百年孤独．黄锦炎，沈国正，陈泉，译．上海：上海译文出版社，1989：103.
⑤ 马尔克斯．百年孤独．黄锦炎，沈国正，陈泉，译．上海：上海译文出版社，1989：171.
⑥ 马尔克斯．百年孤独．黄锦炎，沈国正，陈泉，译．上海：上海译文出版社，1989：189.
⑦ 马尔克斯．百年孤独．黄锦炎，沈国正，陈泉，译．上海：上海译文出版社，1989：286.

街上。[①]

几个月以后，在临终的时刻，奥雷良诺第二将会记起最后一次见到阿玛兰塔·乌苏拉时的情景。[②]

在这样一种叙述模式中，叙述者是站在某个不确定的“现在”，讲述“多年之后”的一个“将来”，然后又从这个“将来”回眸“那久远的一天”的“过去”。一句话中就包含了现在、将来、过去三个时间点，这突破了某一个固定的瞬间时间点限制，实现了视点对时间的大跨度审视，进而在有限的叙述中，把不同时间的事件高度地集中在一起，使其呈现出一种空间性的铺展状态。

其二，在叙事过程中不时插入对未来事件或以往事件的叙述、交代。因为小说在叙事上总体采用的是一种预言模式，所以，小说在叙述过程中，插入的多是未来的事件。比如小说在叙述霍塞·阿卡迪奥·布恩地亚带领一班人马寻找马孔多通向外界文明道路的时候，写到他们遇到一艘大帆船，这时小说中就突然插入了这么一段：“许多年以后，这里成了一条定期的驿道，奥雷良诺·布恩地亚上校从这一地区经过时，看到这艘帆船只剩下一具烧焦的龙骨，在一片虞美人花地中。这时，他才相信这一段历史并非父亲杜撰的产物。他想，这艘大船怎么会深入到陆地这块地方来呢？”[③] 然后小说继续沿着原来的叙述推进。比如，小说在叙述墨尔基阿德斯葬礼的过程中，在指出这是镇上第一次也是参加人数最多的一次葬礼时，便马上插入了这么一句：“一个世纪后格兰德大妈的葬礼或可与之媲美。”在叙述奥雷良诺上校的婚礼过程中，在写到上校“身穿黑色呢服，脚蹬一双带有金属弯钩的漆皮靴”时，便马上插入了这么一句：“几年后他面对行刑队时穿的就是这双靴子。”再比如，小说在叙述马孔多在经历了四年零十一个月的阴雨天之后，木屋以及露台都被飓风刮走的时候，插入了这么一句：“仿佛是多年以后马孔多必将从世间被抹去的预演。”可以说，“后来……”“多年以后……”“直到多年以后……”“很久以后……”“一个世纪后……”“日后将会……”“只有到了……后……”“将会……”等这样一些句式，也成了作者叙事的另一习语、另一固定句式，几乎出现在小说中的各个角落。当然，小说在叙事过程中也有插入以往事件的情况，比如小说在写“梅梅”被送往修道院途中，火车经过烧焦的大帆船龙骨所在的原野，经过泛着肮脏泡沫的大海边时，就插入了这么一句：“将近一个世纪以前，霍塞·阿卡迪奥·布恩地亚的幻想就是在这里破灭的。”[④] 比如小说第十八章，写到霍塞·阿卡迪奥游欧多年回到了家中。作者在写过“他走到哪儿，哪儿就留下花露水的香味”这句之后，马上就插入了这么一句：“当年他还是个孩子的时候，乌苏拉曾给他洒过这种花露水以便能够在黑

① 马尔克斯．百年孤独．黄锦炎，沈国正，陈泉，译．上海：上海译文出版社，1989：287.
② 马尔克斯．百年孤独．黄锦炎，沈国正，陈泉，译．上海：上海译文出版社，1989：330.
③ 马尔克斯．百年孤独．黄锦炎，沈国正，陈泉，译．上海：上海译文出版社，1989：11.
④ 马尔克斯．百年孤独．黄锦炎，沈国正，陈泉，译．上海：上海译文出版社，1989：277.

暗中找到他。”再如小说第十九章，写阿玛兰塔·乌苏拉到墨尔基阿德斯的房间去造访奥雷良诺·布恩地亚，临走时在门口用指尖向奥雷良诺送了个飞吻。写过这个之后，就突然插入了这么一句：“她父亲送她去布鲁塞尔的那个下午，她也是用同样的飞吻向父亲告别的。”① 但是，相对来说，这种情况不是很多。总之，小说在叙事过程中，通过不断插入对未来事件或以往事件叙述的方式，不断在当前的叙事瞬间引入未来时间或以往时间，以此使叙事视点从当前的瞬间桎梏中超越出来，进而形成一种跨越较长时间段的叙事视点。

其三，用一个叙事单位（一句话或一个自然段落）叙述、交代一个较长时间段发生的事件。比如，小说第六章，仅用了一小段文字，就简略地介绍了奥雷良诺上校的整个军旅生涯。又如，小说第七章，在写到霍塞·阿卡迪奥下葬后，也仅用了不长的一段文字，就简略地交代了雷蓓卡后半生的整个生活状况。再如，小说第八章，仅用了一小段文字，就简略地交代了奥雷良诺上校在政府与反对党宣告停战后所领导的一系列起义及军事行动。当然，小说中更常运用的是句子，而不是段落。比如：“他一生中从没有，也将永远不会像现在这样担惊受怕。”② “梅梅那时并不知道，而且永远不会知道，这个年过百岁的算命老妪是自己的曾祖母。”③ “自从听到后院的枪声和马乌里肖·巴比洛尼亚随即发出的凄惨叫声以后，她就不再说话了，而且整个后半辈子里再也没有讲过半句话。”④ “那时连她自己也不知道芥末泥蒸汽没能生效，费尔南达更是要到一年后孩子被送来时才知晓。”⑤ “她每一天都在想念他，直到多年以后一个秋天的早晨在克拉科夫一家阴森的医院里衰老而死，那时的她已改名换姓，终生一言不发。”⑥ 在小说当中，“一生都将……”“……余生……”“……到死……”“……从未……”“此后十年中……”“……永远……”“从此……”“自从……”“从……起……”“从那以后……”“此后数月……”等这样一类句子，比比皆是。作者正是通过大量运用这样一些段落、句子的方式，来取得叙事视点铺展、跨越一个较长历史时段的效果。因为，这样一些段落、句子，所叙述、交代的事件，本身就是一个长时间段的存在。

其四，运用叠加叙事。比如小说第六章，在写到阿卡迪奥被军事法庭判处死刑时，有一段文字就运用了叠加叙事：“在这所毁坏了的学校里——在这里，他曾第一次体会到掌握了权力的安全，离他模模糊糊尝到爱情滋味的那个房间不过几米远——阿卡迪奥对死亡的这套程式感到可笑。”⑦ 又如，小说第十六章，在写到马孔多小镇经历了四年十一个月零两天的大雨之后的景象

① 马尔克斯．百年孤独．黄锦炎，沈国正，陈泉，译．上海：上海译文出版社，1989：363.
② 马尔克斯．百年孤独．黄锦炎，沈国正，陈泉，译．上海：上海译文出版社，1989：268.
③ 马尔克斯．百年孤独．范晔，译．海口：南海出版公司，2011：252.
④ 马尔克斯．百年孤独．黄锦炎，沈国正，陈泉，译．上海：上海译文出版社，1989：276.
⑤ 马尔克斯．百年孤独．范晔，译．海口：南海出版公司，2011：257.
⑥ 马尔克斯．百年孤独．范晔，译．海口：南海出版公司，2011：258.
⑦ 马尔克斯．百年孤独．黄锦炎，沈国正，陈泉，译．上海：上海译文出版社，1989：110.

时，有一段文字运用了叠加叙事："这阵浩劫之风留下的唯一人迹，就是帕特里夏·布朗忘在一辆陷进蝴蝶花丛中的汽车里的一只手套。霍塞·阿卡迪奥·布恩地亚建村时期考察过的中了魔法的地区，后来曾经是兴旺的香蕉种植园，现在又变成了到处是枯枝烂根的泥沼地。"[①] 再如，小说第二十章中有一段文字，也运用了叠加叙事："他倒在摇椅里，这张摇椅，早年雷蓓卡曾坐在上面教人绣花，阿玛兰塔曾坐在上面和赫里奈多·马尔克斯上校下过围棋，阿玛兰塔·乌苏拉曾坐在上面缝制过孩子的小衣服。"[②] 这类叙事，可能最接近于羊皮卷中那种"把一个世纪的琐碎事件集中在一起，使它们共存于一瞬间"的叙事模式。这与羊皮卷卷首题词"家族的第一人被绑在一棵树上，最后一个人正在被蚂蚁吃掉"的组织方式如出一辙。在这种叙事方式当中，历史时间已经被抽离，原本存在于时间之中的一个一个事件，就如同一种空间性的存在，并置呈现于人们的目光审视之下。不过，在《百年孤独》当中，这种叙事模式运用得不是太多。

马尔克斯在《百年孤独》的写作当中，主要就是通过以上这样几种方式，来实现其以"百年"之眼光观"孤独"之状况目的的。通过以上这样几种方式，作品的叙事眼光已经在很大程度上摆脱了时间的限制。叙事者已如三界外的一位智者一般，置身于时间之外，俯视布恩地亚家族七代人的恩怨情仇、兴旺与沉沦，以及马孔多小镇的兴起与衰微。时间的遮蔽被揭开了，深隐于历史之中的人类的各种秘密便敞亮于叙事者的目光之下。马尔克斯在《百年孤独》当中之所以采用这种"超时间"的叙事眼光，首先是基于内容表达的需要。作品当中写到了家族成员百年来的循环往复，即乌苏拉所一再慨叹的"时间好像倒转了""世界好像在原地转圈"；也写到了马孔多社会的停滞不前，即霍塞·阿卡迪奥·布恩地亚所苦恼的"时间这个机器散架了""今天还是星期一"。那么，这样一些人世间既在时间之内又在时间之外的现象，应该如何去表现？实际上，也只有那种跨越"百年"的叙事眼光才能够与之相配。只有在那种叙事眼光之下，才能够看清人世间"孤独百年如一""社会百年如一"的可悲状况。在一眼阅尽百年人世沧桑之后，才能够发出"羊皮卷上所载一切自永远至永远不会再重复，因为注定经受百年孤独的家族不会有第二次机会在大地上出现"的呐喊。其次，马尔克斯之所以采用"超时间"的叙事眼光，也是基于审美的需要（至少从读者阅读的方面看是这样）。人是时间动物。人不仅生命短暂，而且在短暂的一生中也易于时过境迁。所以，人的眼光是受制于时间的，即庄子所说的"夏虫不可语于冰，井蛙不可语于海"那种状况。人类总是"因时因地"地去看待事物。借用俄国文论家什克洛夫斯基的一个术语，即人类在时间中看待事物的行为，已经陷于一种"自动化"的状态了。马尔克斯在《百年孤独》中，大量运用了"超时间"叙事视点，这对广大的读者来讲是一种"陌生化"手法，是一种挑战。把眼光从时间的

---

① 马尔克斯．百年孤独．黄锦炎，沈国正，陈泉，译．上海：上海译文出版社，1989：310.

② 马尔克斯．百年孤独．黄锦炎，沈国正，陈泉，译．上海：上海译文出版社，1989：383.

羁绊中解放出来，“观千年于一瞬”。这种洞达之感、超越之感，对于广大的读者来说，该是一种多么自由、多么新异的感觉啊！而作品的艺术魅力也由此而生。

推荐书目

1. 马尔克斯．百年孤独．范晔，译．海口：南海出版公司，2011.

2. 马尔克斯，门多萨．番石榴飘香．林一安，译．海口：南海出版公司，2015.

3. 萨尔迪瓦尔．马尔克斯传．卞双成，胡真才，译．上海：上海人民出版社，2008.

4. 曾利君．马尔克斯在中国．北京：中国社会科学出版社，2012.

后　记

这本教材是南昌大学国家级汉语言文学特色专业建设项目的一项建设成果。

2009年9月，南昌大学中文系获批国家第四批高等学校特色专业建设点（汉语言文学专业）。系领导责成我起草《南昌大学国家级汉语言文学特色专业建设实施方案》并具体负责建设点的日常管理工作。经过半年多的调研，并通过与系领导的多次讨论，终于完成了《南昌大学国家级汉语言文学特色专业建设实施方案》的编订工作。确定把培养学生坚实的语言文学基础、较强的语言文学实践能力作为建设的主要目标。初步确定把大学三年级、四年级开设的各类专题研究课程作为培养学生语言文学实践能力的主要课程。为了有效地开展这项工作，我率先在“外国文学专题研究”课程中进行了一些实验。具体做法是：先选定作家作品，划分老师讲授部分与学生讲授部分；然后组织老师授课，每位老师选择讲授自己有一定研究的作家作品；最后是组织学生授课，采取学生自主报名，分头准备，择优授课，给予计分的方式。经过几年的尝试，取得了良好的教学效果，并最终反映在《南昌大学2012版汉语言文学专业培养方案》的编订中。这本《20世纪外国文学选讲》也是我们在已有实验、已有讲稿的基础上集体写作的一个成果。

从2010年尝试课程实验直至现在，我们一直没有停止过课程实验，在以后的时间里，我们也不会停止这一工作。我们希望随着该项工作的逐步深入，能有机会进一步修订完善这本教材。

参与授课的教师有杜吉刚、周丹、肖徐彧、蔡俊。参与编写教材的教师有杜吉刚、周丹、肖徐彧。我们一起授课、一起编写教材，合作得非常愉快。在此，我要向几位合作的同事表达我深深的谢意。没有他们的通力合作，我难以完成该门课程的实验，也难以完成该部教材的编写。我还要感谢南昌大学中文系的领导，没有他们的大力支持，也不会有该部教材的编写与出版。

我也要感谢这部教材的策划编辑刘静老师，以及责编徐德霞老师，正是她认真专业的编辑工作，消除了教材中的许多缺点、纰漏，提升了教材的质量。

杜吉刚

2017年7月7日

图书在版编目（CIP）数据

20世纪外国文学选讲/杜吉刚，周丹主编．—北京：中国人民大学出版社，2018.1
（21世纪中国语言文学通用教材）
ISBN 978-7-300-25373-2

Ⅰ.①2…　Ⅱ.①杜…②周…　Ⅲ.①外国文学-文学欣赏-高等学校-教材　Ⅳ.①I106

中国版本图书馆CIP数据核字（2018）第002238号

21世纪中国语言文学通用教材
20世纪外国文学选讲
杜吉刚　周　丹　主编
20 Shiji Waiguo Wenxue Xuanjiang

出版发行	中国人民大学出版社		
社　　址	北京中关村大街31号	**邮政编码**	100080
电　　话	010－62511242（总编室）		010－62511770（质管部）
	010－82501766（邮购部）		010－62514148（门市部）
	010－62515195（发行公司）		010－62515275（盗版举报）
网　　址	http://www.crup.com.cn		
经　　销	新华书店		
印　　刷	北京宏伟双华印刷有限公司		
规　　格	185 mm×260 mm　16开本	**版　　次**	2018年1月第1版
印　　张	13.25	**印　　次**	2021年7月第2次印刷
字　　数	259 000	**定　　价**	35.00元

关联课程教材推荐

ISBN	书名	作者	单价
978-7-300-18195-0	20 世纪外国文学史	曾艳兵	45.00 元
978-7-300-15457-2	世界文学名著赏析	钱谷融　刘洪涛	49.00 元
978-7-300-20316-4	外国文学简编（欧美部分）（第七版）	朱维之　赵澧　黄晋凯	45.00 元
978-7-300-19046-4	外国文学简编［亚非部分］第五版	梁立基　何乃英	39.80 元
978-7-300-18194-3	外国文学简史	黄晋凯　何乃英	49.80 元
978-7-300-21905-9	外国文学通用教程（第三版）	杜宗义	45.00 元
978-7-300-20418-5	新编简明东方文学（第二版）	何乃英	29.80 元

配套教学资源支持

尊敬的老师：

衷心感谢您选择使用人大版教材！相关的配套教学资源，请到中国人民大学出版社网站（www.crup.com.cn）免费下载，或是直接与我们联系。

欢迎您随时反馈教材使用过程中的疑问、修订建议以及您个人制作的课件。您的课件一经采用，我们将署名并付费使用。

样书申请及课件处理，请联系：
龚洪训
电话：010－62515637
电子邮件：6130616@qq.com

选题策划及出版，请联系：
刘　静
电话：010－62513587
电子邮件：12918646@qq.com

地址：北京海淀区中关村大街 31 号
邮编：100080